삶은 희망이다

삶은 희망이다

초판 1쇄   2014년 2월 7일
지은이   용혜원
펴낸이   김영재
펴낸곳   책만드는집

주소   서울 마포구 양화로3길 99 (121-887)
전화   3142-1585·6
팩스   336-8908
전자우편   chaekjip@naver.com
출판등록   1994년 1월 13일 제10-927호
ⓒ 용혜원, 2014

ISBN 978-89-7944-465-0 (03810)

이 도서의 국립중앙도서관 출판사도서목록(CIP)은 e-CIP
홈페이지(http://www.nl.go.kr/cip.php)에서 이용하실 수 있습니다.
(CIP제어번호 : CIP2014000139)

삶은 희망이다

꿈꾸는 자가 승리한다

• 용혜원 지음 •

책만드는집

아침에 동쪽 하늘에 붉게 떠오르는 태양을 바라보라! 어둠을 뚫고 찬란하게 빛을 발하는 것이 얼마나 멋지고 아름다운가! 삶은 단한 번밖에 살 수 없다. 너무나 고귀하고 소중한 삶이다. 사람들은 누구나 인생을 신 나고 멋지게 살고 싶어 한다. 시계는 지금도 삶을 갉아먹는 소리를 내며 돌아가고 있다. 인생이란 자신의 이야기를 만드는 시간이다. 멋있게 살아가려면 자신이 아주 소중한 사람이라는 것을 알아야 한다. 자신 있게 세상과 맞서 싸워서 이겨야 한다. 안전한 울타리에서 벗어나 과감하게 도전해야 한다.

세상이라는 바다에 마음의 장작을 힘껏 던져 불태워야 한다. 살아갈수록 삶이 좋아진다면 그 사람은 멋지게 살고 있는 것이다. 날마다 즐겁고 신 나고 기대가 되는 일을 성취해나가야 한다. 삶의 순간순간을 감동과 아름다움으로 물들여야 한다. 그런 삶은 다른 사람들의 눈에도 멋있고 보기 좋기 마련이다. 실수와 실패를 통해서 더 큰 것을 배워가며 마음껏 행복을 느끼며 살아야 한다.

참을 수 없고 견딜 수 없는 지독한 아픔과 돌이킬 수 없는 슬픔이 찾아와도 낙심하지 마라. 칠흑 같은 고통이 찾아와도 잘 이겨내야 한다. 모든 아픔과 슬픔은 끝나는 날이 분명히 있다. 눈물을 거두고 웃어라. "저 사람! 사는 모습이 정말 멋지다. 나도 저렇게 살고 싶다!"라는 말을 들을 정도로 삶을 제대로 당당하고 멋지게 살아야 한다. 헬렌 켈러는 "인생은 멋진 모험이 될 수도 있고 보잘것없는 것이 될 수도 있다"라고 말했다. 모두가 다 자신의 선택이다.

나는 늘 "단 한 번뿐인 삶 멋지게 신 나게 열정적으로 살자!"라고 외치며 강의를 다니고 있다. 강의에 언제나 최선을 다하고 공감하려고 노력하고 감동을 주려고 힘쓴다. 강의를 하다 보면 시간이 지날수록 사람들의 얼굴이 행복해지는 게 보인다. 그러면 나도 힘들지 않고 같이 감동하며 기가 살아난다. "나에겐 특별한 것이 있다"라는 마음으로 열정을 쏟으면 기운이 난다.

얼마나 많은 사람이 멋진 인생을 꿈꾸는가? 또 얼마나 많은 사람이 꿈도 없이 다람쥐 쳇바퀴 돌듯 아무 변화 없이 살아가는가? 자기의 소중한 것을 찾아내면 삶을 값있게 살아갈 수 있다.

멋이란 눈으로 볼 수도 있고 마음으로 느낄 수도 있다. 멋이란 자신이 가지고 있는 장점과 좋은 성품과 재능을 삶 속에 아주 적절하게 표현하는 것이다. 피천득은 "맛은 얕고 멋은 깊다. 맛은 현실적이고 멋은 이상적이다. 정욕 생활은 맛이요, 플라토닉 사랑은 멋이다"라고 말했다. 김태길은 "들판에 무리 지어 핀 코스모스가 바람에 하늘거리는 광경을 보았을 때 맛을 느끼고 멋을 말한다"라고 말했다. 정말 멋있는 사람은 옷을 잘 입거나 돈이 많은 사람이 아니라 오랫동안 동행하기 편안하고 좋은 사람이다. 진정한 성공을 손에 거머쥐려면 옳고 바른 삶을 살아야 한다.

화이트데이가 다가오고 있을 때 아내에게 깜짝 이벤트를 해주려고 금은방에 가서 금으로 작고 예쁜 사탕을 만들어달라고 했다.

화이트데이에 아내에게 작고 예쁜 상자에 담긴 금사탕을 주면서 말했다.

"영원히 녹지 않을 사탕과 함께 내 사랑을 선물하겠다."

뜻밖의 선물을 받은 아내는 행복해하며 밝게 웃었다.

삶의 가치를 발견하고 최선을 다하면 흥미를 솔솔 느낄 수 있다. 자신이 원하는 것을 아무런 두려움 없이 주저하지 않고 추진해나가면 멋진 결과를 만들 수 있다. 스스로 자부심을 가지고 가슴 뿌듯하고 멋지게 살아야 한다. 열심을 다한다면 모든 것이 내 편이 되고 함께해준다. 누구나 자신이 원하는 일을 할 수 있는 재능을 가지고 있다. 능력을 잘 발휘하면 능력은 고갈되지 않고 성장한다. 재능을 마음껏 뽑아내어 능력을 발휘할 수 있을 때 더욱 멋진 삶이 된다. 자신을 훈련하고 내면의 힘을 쏟아내야 성장할 수 있다.

변화가 없고 도약과 발전이 없는 사람은 무능하고 나약하다. 도전해보지도 않고 쓸데없는 걱정과 근심부터 하는 것이 가장 어리석은 행동이다. 삶은 외로움의 연속이다. 이 외로움을 어떻게 떨쳐버리느냐에 따라 삶의 모습이 각기 달라진다. 외로움을 괴로움으로 만들 것인가, 외로움을 통해 삶을 하나의 작품으로 만들 것인가는 자신의 선택이다. 살면서 누구나 흔들릴 때가 있다. 그러나 언제나 자기가 정한 길을 가는 사람이 멋진 사람이다.

삶

모두 다
떠나고
혼자 남았다

모두 다
남고
혼자 떠났다

나는 언제나 혼자였다

평생을 가난과 절망의 벽에 갇혀 산다면 얼마나 초라하고 비참한 인생인가? 정확하고 뚜렷한 목표 속에 분명한 생각으로 충실하게 산다면 삶은 변화된다. 불안과 쓸데없는 걱정이 인간의 한계를 만들고 무능하게 한다. 스스로 자신의 한계를 만들지 말고 뛰어넘어야 한다. 행복은 선물이 아니라 스스로 만드는 것이다.

갈망 속에 기회가 찾아오면 놓치지 말고 잡아야 한다. 입으로는 불평을 내뱉고 행동은 게으르면 모든 것은 끝난다. 모든 불행의 원인은 불평에서 시작한다. 불평이 끝나야 즐거움 속에 보람을 찾고 웃음을 발견할 수 있다. 자신의 미래의 꿈을 만들고 눈앞에 이루어 가야 한다. 별 볼 일 없는 하찮은 삶보다 풍요롭고 위대한 삶을 살자. 작은 씨가 땅에 심겨 큰 나무가 되듯이 우리는 성장하고 발전해야 한다.

에픽테토스는 "무엇이 되고자 하는가? 그것을 먼저 자신에게 말하라. 그리고 해야 할 일을 행하라"라고 말했다. 삶을 멋지게 사는 방법은 늘 성실하고 부지런하게 사는 것이다. 멋지고 행복한 삶은 자신 속에 있다. 자신의 역할에 충실하고 가족과 주변 사람들에게 행복을 주고 세상을 보다 아름답게 만들어가야 한다. 유머를 던질 수 있는 여유와 타인을 이해하는 넓은 마음을 가져야 한다. 이웃과 더불어 살아가는 따뜻한 마음은 마음의 방을 한층 밝게 만든다.

사람들은 아름다운 사랑을 하고 싶다고, 돈을 많이 벌고 싶다고, 좋은 집에 살고 싶다고, 건강해지고 싶다고, 멋진 곳으로 여행을 하고 싶다고 말한다. 어느 날인가 그림자조차 남기지 못하고 떠나는 삶이다. 아무런 후회 없이 아름답게 살아야 한다. 스코틀랜드 속담에 "살아 있는 동안 행복하라. 죽어 있는 시간은 너무나 길다"라는 말이 있다. 이 말이 너무나 가슴 깊게 다가온다. 이 짧은 삶에 미워하고 비난하고 싸울 시간이 있을까. 결국 죽음의 시간이 눈앞에 닥쳐올 텐데 사랑할 시간이 너무나 짧다.

삶을 멋지게 살고 싶다면 아름답게 사랑하며 살자. 어디서나 꼭 필요한 존재가 되어야 한다. 쓸모없는 존재가 되면 불행한 삶을 살 수밖에 없다. 하고 싶은 일을 하고 되고 싶은 존재가 되어야 한다. 당신도 위대하고 아름답고 멋진 삶의 주인공이 될 수 있다. 각고의 노력과 분명한 대가를 치른다면 멋진 삶을 살 수 있다. 삶의 최후에도 아무런 후회가 없도록 자신을 던져서 살아야 한다. 괴테는 "인생이란 사랑이며 그 생명은 정신이다"라고 말했다. "사랑한다!" 표현하지 못해 평생 '이별'이라는 슬픔과 아픔을 안고 살지 말아야 한다.

삶이란 묻고 물으며 가는 길이다. 우리는 자신이 원하는 삶을 살아야 한다. 자신의 삶을 바라보며 "나는 참 잘 살고 있다"라고 확신할 수 있어야 한다. 다른 사람들로부터 "나도 저 사람처럼 살고 싶다"라는 말을 들을 수 있도록 멋지게 살아야 한다.

마르크 아우렐은 "삶을 마감할 때 바라는 삶을 바로 지금 살 수 있다"라고 말했다. 우리에게 주어진 하루하루를 자신이 원하고 바라는 것들을 이루어가며 아무런 후회 없이 멋지게 살자. 행복은 멀리 있는 것이 아니다. 아주 작은 행복도 많이 좋아하고 즐거워하는 사람에게는 큰 행복과 행운으로 찾아온다.

너를 만나면 더 멋지게 살고 싶다

너를 만나면
눈인사를 나눌 때부터
재미가 넘친다

짧은 유머에도
깔깔 웃어주는 너의 모습이
내 마음을 간질인다

너를 만나면
나는 영웅이라도 된 듯
큰 소리로 떠들어댄다

너를 만나면
어지럽게 맴돌다 지쳐 있던

나의 마음에 생기가 돌아

더 멋지게 살고 싶어진다

너를 만나면

온 세상에 아무런 부러울 것이 없다

나는 너를 만날 수 있어

신 난다

너를 만나면

더 멋지게 살고 싶어진다

2014년 1월

용혜원

좋아하는 일을 해라

하나의 생각에 몰두하고, 계속해서 꿈을 시각화하고, 그 꿈을 기르고, 그 길이
어둡고 무서울지라도 절대 목표에서 눈을 떼지 않는 사람은 반드시 원하는 것을 얻게 된다.

오리슨 스웨트 마든

멋지게 살고 싶다면 자신이 하고 싶은 일을 신명 나게 해야 한다.
공짜로 얻어지는 성공은 없다. 좋아하는 일을 하면 꿈과 희망으로
가슴이 설레고 두근거린다. 좋아하는 일을 하면 할수록 즐거움이
샘솟아 춤을 추고 싶어진다. 자신이 원하는 일을 해야 싫증과 짜증
과 원망이 없다. 좋아하는 일을 하고 싶은 강한 확신이 들면 주저
없이 뛰어들어야 한다.

좋아하는 일을 하면 살맛이 나고 능률이 오른다. 날마다, 평생을
해도 전혀 힘들지 않고 더 세련되고 능숙해진다. 자기가 하고 싶은

일이 뭔지도 몰라 소망을 갖지 못한다면 어리석고 바보 같은 인생을 살게 될 것이다. 하고 싶은 일을 하는 사람은 성공한 뒤의 자신의 모습을 생각만 해도 가슴이 떨린다.

자기를 사랑할 줄 아는 사람이 성공한다. 자애自愛는 자기 자신을 사랑하는 것을 말한다. 자애는 열등감 없이 자신을 사랑하고 자기주장을 펼 줄 알고 자기가 좋아하는 일을 하는 것이다. 자신을 사랑하지 못하면 천하를 다 소유해도 소용이 없다. 자신을 사랑할 줄 아는 사람이 남도 소중하게 여기고 사랑을 잘 베푼다.

자기가 싫어하는 일을 억지로 하는 사람은 늘 무기력하게 지쳐 있다. 아무런 의욕도 없고 내일도 없다. 그냥 세월에 대롱대롱 매달려 산다. 눈동자도 빛을 잃고 기력도 없다. 자신의 삶을 아무짝에도 쓸모없는 좌절감으로 그늘지게 하지 마라. 시간에 끌려가는 노예와 같은 삶을 살게 된다. 삶을 제대로 산다면 가장 멋진 삶을 살 수 있다. 하고 싶은 일을 찾아 그곳에서 능력을 발휘하면 놀라운 결과를 만들 수 있다.

자신이 잘할 수 있는 것, 곧 특기와 재주를 찾아내는 것은 반드시 해야 할 일이다. 날마다 자신의 재능을 갈고닦아 잠재 능력을 발휘하면 지금까지 살아왔던 모든 괴로움에서 벗어나 활달하게 살 수 있다. 변화와 성장을 포기하고 내일을 맞이한다면 찾아오는 것은 절망뿐이다. 자신의 숨어 있는 잠재 능력을 탁월하게 계발하여 멋지게 살아야 한다. 잠재 능력潛在能力은 곧 자신 속에 있는 능력을 다 쏟아내는 것이다.

　뛰어난 사람들은 안목이 넓고 깊어 자신의 재능을 일찌감치 발견하고 그 분야에서 뚜렷한 두각을 나타낸다. 하지만 평범한 사람이라도 실망할 필요가 없다. 노력하면 기적은 일어나는 것이다. 기적奇蹟은 기이하고 놀라운 일이다. 기적은 상상 이상의 일이 일어난 것을 말한다. 자신의 삶에 스스로도 놀랄 정도로 기적을 일으켜야 한다.

　기적은 누구에게나 일어날 수 있지만 그것을 믿는 사람들에게만 일어난다. 자기 스스로 기적을 만들고 좋아할 수 있는 삶은 기대가 되고 참으로 멋지다. 자기가 좋아하는 일을 할 수 있다는 것은 축복과도 같다. 살아 있는 생동감을 가지고 기쁨과 영감을 가득히 느껴야 한다. 자신의 일에 열정을 쏟아붓는다는 것은 대단히 명쾌하고 신 나는 일이다.

　미국 인텔 본사 입구에는 "미친 사람들만 살아남는다only the paranoids survive"라고 쓰여 있다. 세상은 자기 일에 미친 사람들만이 살아남는 곳이다. 오직 한길을 가는 사람들, 언제나 노력하고 열정을 쏟아붓고 최선을 다하는 사람들이 결국에 자신이 원하는 것을 누린다. 오직 한길로만 매진하여 꾼이 된 사람들은 분명히 행복하게 살아갈 수 있는 특권을 갖게 된다.

　세상의 모든 사람은 자신의 마음을 통째로 흔드는 개성 있고 매력 있고 독특한 것을 좋아한다. 좋아한다는 것은 믿을 수 있고 신뢰할 수 있다는 것이다. 좋아하는 것을 간절히 원하면 그것을 이루어낼 수 있는 힘이 생긴다. 남보다 뛰어나고 탁월한 능력은 자신의 노력에 의해서만 얻을 수 있다. 잠재 능력은 자기가 원하는 일을 하면서 재능을 향상시키고 꿈을 추구하는 가운데 새롭게 나타난다. 탁월한 잠재력은 누구에게나 있다.

8cm밖에 안 되는 누에고치에서 1200~1500m의 명주실이 뽑아진다. 이 얼마나 놀랍고 신비한 일인가? 자신의 능력을 뽑아 쓸 것인가? 무능력자로 전락하여 불행하게 살 것인가? 이는 자신의 선택과 행동에 달려 있다. 대나무를 심으면 4년 동안 죽순만 나오다가 5년째가 되면 무려 25m까지 쭉 자라난다. 이 얼마나 놀라운 일인가? 준비하고 도전하는 사람을 막을 것은 아무것도 없다. 자신의 능력을 알려고 하지도 않고 늘 같은 행동 속에서 무의미하게 살아간다면 초라한 인생을 살 수밖에 없다. 자신이 스스로 준비하고 도전하면 무슨 일이든지 해낼 수 있다.

자신의 능력을 꺼내서 마음껏 탁월하게 발휘해야 한다. 탁월卓越하다는 것은 높고 뛰어난 것을 말한다. 남과 비슷해서는 멋진 삶을 살 수 없다. 두드러져야 한다. 자기가 하고 싶은 일에 대해 용암처럼 솟구치고 터져 나오는 뜨거운 열정을 가지고 있어야 한다. 탁월함을 추구한다는 것은 곧 성숙의 표시다.

탁월한 사람은 언제나 꾸준하게 인내하고 노력한다. 탁월하고 우수한 성과는 행운의 작용이 아니라 성실하고 끈덕진 노력의 결과다. 위대한 성공의 원리는 될 때까지 연습하고 숙련하여 최고의 작품을 만들어내는 것이다. 어떤 분야에서든 성공은 하루아침에 일어나지 않는다. 성공과 멋진 삶은 복권에 당첨되듯 주어지는 것이 아니라 엄청난 시간의 노력과 수고가 만들어낸다. 과거의 실패와 실수를 수없이 뛰어넘어야 한다. 실수했으면 고쳐야 한다. 고치지 않으면 또다시 실수한다.

항상 최선을 다해 완벽하게 만들어놓아야 한다. 재능이 있는 사람은 기회를 잘 잡는다. 재능을 잘 발휘하고 열심히 일하면 놀라운 일들을 해낼 수 있는 능력이 만들어진다.

자신의 재능이 빛을 발할 장소를 과거에서 현재로 바꿔야 한다. 과거는 이미 흘러갔다. 낡은 곳에서 떠나 지금 새롭게 서 있는 곳에서 자신이 가지고 있는 능력을 마음껏 쏟아내 아낌없는 찬사와 박수갈채를 받아야 한다.

게으르고 무능한 사람들도 부지런하고 지혜로워야 잘 산다는 것을 안다. 그러나 그런 사람들은 이미 무기력에 빠져 일하기 싫어하고 남에게 의지하려고만 한다. 삶에 무능의 이끼가 끼지 않도록 늘 갈고닦아야 한다. 날마다 새롭게 변화하고 진화해야 살아남는 것이다.

성공을 위해서는 모든 아픔을 참고 이겨내야 한다. 곤경困境은 어려운 처지나 경우를 말한다. 사람들은 곤경에 처하면 낙심하고 고민하지만 마음 자세를 바르게 하고 이겨나가면 도리어 삶에 보약이 될 수 있다. 곤경을 당하더라도 그것을 딛고 일어서면 삶의 나침반과 발판이 되어준다.

곤경은 마음을 강하고 담대하게 만들고 굳세게 연마하게 하는 자극제가 된다. 확실하고 정확하게 자기 스타일을 만들고 노력하여 많은 사람에게 인정받아야 한다. 뛰어난 스타일은 그만큼 박수와 대가를 받을 수 있다. 이 세상 모든 분야의 최고의 사람들은 자기의 인생을 자기 작품에 다 쏟아부은 사람들이다. 최고의 평가를 받으려면 자신의 능력을 깨워 스스로도 감탄할 수 있는 기적을 만들어내야 한다.

아무런 가치 없는 열등감을 가지고 있다면 쓰레기통에 확 던져 버려라. 열등감이라는 병의 포로가 되어 날마다 고통스럽게 살아가는 사람이 있다. 열등감은 남과 비교하는 습관이 지나칠 때 생겨난다. 열등감과 무력감을 과감하게 버려야 희망을 확신하며 살아갈 수 있다.

자신의 재능이 빛을 발산하게 만들어야 한다. 재능才能은 재주와 능력을 말한다. 자신의 재능과 능력을 발전시키는 일을 하찮게 생각해서는 절대로 안 된다. 자신이 가지고 있는 재능을 가능한 한 확대해나가야 더 탁월하게 일할 수 있다.

재능 있는 사람도 부자가 되고 얼간이도 부자가 된다. 매우 똑똑한 사람도 부자가 되고 똑똑하지 못한 사람도 부자가 된다. 육체적으로 강한 사람도 부자가 되고 약하며 아픈 사람도 부자가 된다. 재능을 가지고 태어난 사람은 그 재능을 발휘하면서 가장 큰 행복을 느낀다. 만약 그대가 재능을 가지고 있다면 부지런함은 재능을 더욱 크게 만들어준다.

꿈은 나의 가슴 한복판에서 내일을 위한 희망의 길을 열어준다. 꿈은 미래를 기대하게 만들고 "내일은 어떤 좋은 일이 생길까?" 하는 설렘 속에 모든 일에 열정을 쏟게 한다. 오늘은 먹구름이 끼고 비가 세차게 내려도 내일의 날씨는 분명히 화창하고 태양은 찬란하게 떠오를 것이다. 자신이 원하는 일에 미치도록 몰두해라. 스스로 할 수 있는 능력이 있는데 원하는 것을 이루지 못하는 것은 자신의 목적이 분명하지 않기 때문이다. 미친 듯이 일에 몰두하는 사람은 자기가 하고자 하는 일에 열정을 아끼지 않는다. 꿈과 목표가 이루어질 때까지 자신의 모든 것을 쏟아부어 이루어낸다. 어떤 시련과 역경이 찾아와도 굴복하지 않고 끝끝내 해낸다. 무슨 일이든지 미친 듯이 집중하지 않으면 결코 전문가가 될 수 없다. 자신의 부족을 탓하는 고정관념의 틀을 깨라. 고정관념이 악영향을 미치면 목표를 이루고 성공하는 데 장해물이 된다. 틀에 갇힌 관념을 버리고 늘 변하지 않던 것을 깨버리고 새로운 변화를 시도해야 한다.

인생에 관해 내가 깨달은 것이 하나 있다. 그것은 바로 우리가 지금 서 있는 곳이 어디냐가 중요한 것이 아니라 우리가 나아가야 할 방향이 어디인지가 더 중요하다는 사실이다. -올리버 웬델 홈스 좋아하는 일을 찾지 못하면 진보하지 못하고 남에게 끌려다니는 삶을 살 수밖에 없다. 자신이 원하는 것을 하지 못하면 인생이 참 비굴하고 비참해진다. 자신을 이겨내고 멋지게 살 것인가 아니면 아무런 시도도 하지 않고 초라하게 살 것인가는 자신의 선택에 달려 있다. 행복하게 살려면 자기의 장점과 특기와 재주를 잘 발휘하여 능력을 신장해야 한다. 헨리 포드는 "가장 위대한 발견 가운데 하나는 인간이 무언가를 만들 수 있다는 사실이다. 가장 놀라운 일 가운데 하나는 인간이 무언가를 행할 수 있다는 인식이다"라고 말했다.

잘할 수 있는 일, 좋아하는 일을 하면 더 크게 발전하여 삶의 기류를 최고로 상승시킬 수 있다. 아무런 망설임 없이 자기 일을 좋아하고 그 일에 미쳐야 최선을 다하게 되고 최고가 된다. 꼭 해내고야 말겠다는 결단과 간절한 마음으로 일을 해야 한다. 모든 사람은 각기 다른 재능을 가지고 있다. 어떤 재능도 꼭 같지 않다. 자신의 재능을 잘 드러내야 한다. 무슨 일이 있어도 하고자 하는 일을 절대 포기하지 마라. 실패는 교훈을 주고 이겨내면 성공을 만든다.

자기가 좋아하는 것이 있고 잘하는 것이 있다. 자기가 좋아하는 것과 잘하는 것이 하나가 되면 이는 금상첨화다. 정말 좋은 일에 더 좋은 일이 된다. 자신이 흥미를 가지고 있는 일을 좋아한다면 일이 잘 풀려나갈 수 있다.

외국에서 큰 교회를 지었을 때의 일이다. 공사의 책임을 맡은 감독이 견습공 청년 때문에 매우 골치가 아팠다. 이 견습공은 교회의 여러 창문 중 하나를 새로운 유리로 디자인해서 배열하고 싶어 했다. 감독은 이 청년의 의욕을 꺾고 싶지는 않았지만 비싼 재료를 낭비할까 봐 작은 창문을 가지고 마음대로 해보라고 기회를 주었다. 이 청년은 신이 나서 못 쓰게 된 유리 조각과 잘라진 유리들을 모아서 정말로 보기 드문 아름다운 작품(스테인드글라스)을 만들었다. 교회가 완성되어서 많은 사람이 보게 되었을 때 사람들은 견습공이 만든 창문 앞에서 그 아름다움에 감탄하여 아낌없는 찬사를 보냈다.

불행한 사람들의 8가지 잡념

1. 부자였다면 행복했을 것이다.
2. 유명했다면 행복했을 것이다.
3. 좋은 배우자만 찾았다면 행복했을 것이다.
4. 더 많은 친구만 있었다면 행복했을 것이다.
5. 더 매력적이기만 했다면 행복했을 것이다.
6. 몸에 단점이 없었다면 행복했을 것이다.
7. 가까운 사람이 죽지만 않았다면 행복했을 것이다.
8. 세상이 더 살기 좋은 곳이었다면 행복했을 것이다.

불평과 원망은 아무것도 하지 못하게 한다. 이 세상은 즐겁고 기쁘게 자기의 목표를 향해 변화해가는 사람들이 만들어낸다. 세상에 일할 기회가 부족한 것이 결코 아니다. 해야겠다는 마음의 결단이 부족한 것이다. 처음부터 인정받는 사람이 어디에 있는가. 모두 다 피나는 노력 끝에 인정을 받고 돈을 버는 것이다. 하루아침에 유명해졌다는 사람들도 그 사람의 삶만큼 준비해왔기에 그런 멋진 날이 찾아오는 것이다. 이 세상에 그 어떤 일도 수고와 대가 없이 이루어진 것은 없다. 운이 좋았다고 생각되는 것도 다 이유가 있기 마련이다.

자신이 원하는 일을 즐겁게 하면 잘 아프지도 않고 우울해지지도 않는다. 할 일이 없으니까 짜증도 나고 우울해진다. 실패한 사람들은 자기도 할 만큼은 했다고 변명한다. 할 만큼이 아니라 모든 것을 아낌없이 다 쏟아서 해야 한다. 누가 보아도 정말 잘한다는 생각과 신뢰를 가질 수 있도록 일을 해야 한다.

우리는 항상 자신의 능력보다 한 단계 높여서 목표를 세워야 한다. 뛰어넘을 수 있는 일을 시도해보아야 한다. 사람의 마음은 들판과 같다. 토끼와 사슴이 뛰놀게 할 수 있고 사자와 호랑이와 여우가 먹이를 찾아다니게 할 수도 있다. 잘못된 생각을 던져버리고 행복이 쑥쑥 자라도록 만들어야 한다.

당신의 생각을 바꾸면 세상이 바뀐다. -노먼 빈센트 빌

자신의 일에 몰두할 때 끼와 타고난 재능을 마음껏 발휘할 수 있

다. 자신이 좋아하는 일에 집중하고 더 많은 노력과 시간을 투자해야 한다. 기대했던 것보다 더 큰 결과를 만들어낼 수 있다. 사람은 누구나 자기가 잘하는 것을 하나씩 가지고 있다. 무능력하게 억지로 끌려가듯 살면 삶에 싫증이 나고 아무런 능력도 발휘하지 못한다. 열심을 다해 자기의 재능을 찾고 발휘해야 한다.

누구를 탓하기 전에 스스로 자기 인생을 계발하고 변화시켜나가야 한다. 모든 것을 성장시켜야 한다. 멈추는 것은 죽는 것과 다름이 없다. 일을 끝내놓고도 성취감을 느끼지 못하는 것은 자신이 원하던 일이 아니기 때문이다. 그런 식의 나날이 계속되다 보면 삶에 맛을 느끼지 못하고 재미를 느끼지 못하게 된다.

베토벤은 "삶은 천 번을 살아도 좋을 만큼 아름답다"라고 말했다. 베토벤은 삶을 사랑했다. 그리고 자기가 좋아하는 음악을 했다. 그래서 세상을 아름답게 바라볼 수 있었고 위대한 음악을 만들어냈다. 제대로 실력을 갖추고 단단한 각오로 노력을 하면 이 세상에 뚫고 나가지 못할 일이 어디에 있겠는가? 일을 즐겁게 하면 자신도 주변 사람들도 흥미와 재미를 함께 느끼고 밝고 희망적인 미래를 건설할 수 있다.

자신의 적성에 맞는 일을 하면 삶에 흥미와 재미와 보람을 느끼게 되고 기운이 난다. 날마다 새로운 날들이 펼쳐질 것이다. 기대가 되고 흥분이 되고 환호할 날이 날마다 생겨날 것이다. 마침내 성공하여 하늘을 날아갈 듯한 최고의 기쁨을 만끽할 것이다.

좋아하는 일을 하며 인생을 즐겨야 한다. 하기도 싫고 원하지도 않는 일을 억지로 하다가 낭패를 당하는 것처럼 불행한 일은 없다. 일을 사랑해야 한다. 꿈꾸기만 해서는 안 된다. 불타오르는 간절한 열망을 가지고 이루어내야 한다.

지금 이 순간을 잡아라. 그대가 할 수 있는 일, 꿀 수 있는 꿈을 마음을 넓고 크게 먹고 시작해라. 담대함에는 재능과 힘과 마법이 있다.

-괴테

존 러스킨은 "나무가 아름다운 꽃을 피우는 것처럼 일 속에서 즐거움이 피어난다. 불행한 이들을 위해 진심 어린 도움의 손길을 펼친다면, 마음은 언제나 차분해지고 깊이가 생기는 동시에, 마치 심장의 고동이 온몸에 끊임없는 활력을 전해주는 것처럼 그 사람의 영혼을 생생하게 만든다"라고 말했다. 좋아하는 일, 하고 싶은 일은 만들어가는 것이다. 이 세상에 내 마음에 꼭 맞는 것이 얼마나 될까? 항상 긍정적인 생각을 하면서 살아야 한다. 멋지게 성공하여 빛나는 삶을 살아가는 사람들을 보라. 얼굴에 웃음이 가득하고 열정과 자신감이 넘친다. 그리고 매사에 당당하고 보기에도 좋다. 왜 그럴까? 자신이 하고 있는 일을 좋아하고 자부심이 있기 때문이다. 자기가 하고 있는 일을 자랑하고 싶을 정도로 기분 좋게 성취해나가기 때문이다. 자신의 인생의 가치를 느끼기 때문이다. 누구나 성공하고 싶고 삶을 멋지게 살고 싶다. 자신의 일을 미치도록, 정말 죽을 각오를 하고 덤벼들어 성취하면 여유가 생기고 기쁨을 누릴 수 있는 시간이 찾아온다.

어떤 일을 하든지 강한 프로 정신으로 치열하게 해야 한다. 대충 대충 해서는 절대로 살아남을 수 없는 것이 현실이다. 어리석어 엉성하고 흐지부지 행동하면 죽도 밥도 안 되는 불행한 삶을 살 수밖에 없다. 목표도 없이 막연하게 사는데 될 것이 뭐가 있겠는가. 잘 되는 사람도 망하는 사람도 다 이유가 있다. 하는 일마다 안되는 것은 의욕도 없고 제대로 하지도 않고 열정도 부족한 탓이다. 열정을 쏟아 삶을 드라마틱하게 만들어야 한다. 자신이 가지고 있는 매력을 발산하여 타인의 마음을 사로잡아야 한다.

좌절하고 포기하며 시간과 열정을 낭비하지 말아야 한다. 얼마나 많은 사람이 세월이 지난 후에 가슴을 치며 통곡하는가. 왜 그때 아무것도 하지 않았을까. 왜 뛰어들지 못했을까. 자신이 좋아하고 하고 싶고 즐거운 일을 하며 꿈을 실현해나가면 된다. 자신의 진로에 대한 빠른 선택, 빠른 결정이 인생을 통째로 바꾼다.

올바른 선택을 하고 앞으로 나아가면 늘 가라앉는 기분보다는 상승하는 기쁜 마음으로 일하게 되고 삶의 모습이 확연하게 달라진다. 아무리 부지런히 살아도 꿈과 비전이 없으면 무능한 인간이 된다. 세상을 바꾸려면 자신부터 바꿔라! 목표는 계획이 아니라 행동이다.

자신이 원하는 일을 갈망하며 성취해나가면 자부심이 생기고 강한 의지력으로 내일을 향해 나갈 수 있다. 달인, 명장, 명인들을 보면 자부심이 대단하다. 자신이 하고 싶은 일에 미쳐 최선을 다했기에 웃으며 자신의 삶을 말할 수 있다. 자신이 할 수 있는 일을 열심히 하며 탐구와 노력을 동반한다면 자신의 가치를 느끼며 원하는 것을 성취할 수 있다. 자신의 재능과 무한한 능력을 찾아내어 원하는 것을 이루어낼 수 있다.

자신의 역할과 목적을 분명히 할 때 가치 있는 삶을 살 수 있다. 부족하고 나약한 자기를 완성해나갈 때 기분도 좋아지고 삶의 의미도 더 깊어진다. 강한 의지와 추진력이 있다면 그 어떤 것도 가는 길을 막을 수 없다. 지나온 삶의 모든 역경은 오늘을 만들기 위한 준비였을 뿐이다. 언제나 소홀함이 없이 최선을 다할 때 최대의 성과가 있다. 삶에 공짜는 없다. 꿈을 향해 당당하게 전진하면서 원하는 삶을 위해 노력한다면 생각지도 못했던 큰 성공을 얻게 될 수 있다. 자신을 잘 관리해야 삶에 멋이 깃든다.

그 어떤 것을 지배하는 것보다 자신을 지배하는 것이 더 쉽고 더 어렵다.
－레오나르도 다빈치

삶을 멋지게 살아가는 사람들은 자신에게 거짓이 없고 솔직하며, 자기가 누구인지, 자기가 무엇을 해야 하는지, 자기에게 가장 소중한 것이 무엇인지, 자기가 어떤 것을 이루어야 하는지 분명하게 알고 도전한다. 자신이 좋아하는 일을 하며 자신의 모든 능력을 펼칠 때 주변 사람들도 부러워할 만큼 멋진 삶이 그려지는 것이다. 사람은 누구나 마음만 잘 먹으면 무엇이든 할 수 있다. 자신이 할 수 있는 일, 좋아하는 일을 찾아내면 가장 성공적으로 해낼 수 있다.

자신의 가능성을 가능으로 바꿔라. 모든 분야에서 정상에 오른 사람들은 모두 자신이 이루어야 할 일에 미친 듯이 목숨을 건 사람들이다. 누가 보아도 자기가 하는 일에 푹 빠져 있다. 사람들은 누구나 무한한 가능성을 가지고 있다. 중요한 것은 가능성을 어떻게 가능으로 바꾸는가이다. 사람들은 자신이 바라는 것들을 눈앞에 보이게 만드는 능력이 있다. 숨어 있는 능력을 찾아내어 꿈을 이루어야 한다.

학창 시절 가을비가 내리면 그 비를 맞으며 시를 가슴으로 외우고 다녔다. 집에 돌아와 어머니가 "또 비를 맞았구나!" 하시면 "쓸쓸해서요!" 대답하던 생각이 난다.

시가 좋아서 시를 읽고 쓰고 살았더니 시인이 되었다.

젊은 시절에 시가 읽고 싶은데 돈은 없어 늘 헌책방을 찾아다니며 시집을 사서 읽었다. 지금 집에 있는 수많은 희귀본들은 도리어 나에게 찾아온 축복이다. 많은 시집을 읽고 많은 시인들을 시 속에서 만난 것은 시를 쓰는 데 큰 도움이 되었다. 수많은 시집을 읽으며 수없이 공감했고 감탄했고 즐거웠고 고독했다. 가장 쉽고 가장 편하게 다가가는 시를 쓰고 싶었다. 역사에 남을 시를 쓰기보다 지금 이 시대를 살아가는 사람들과 함께 느끼고 나누는 시를 쓰고 싶었다. 내 시를 읽다가 공감하고 감동을 받은 많은 사람이 다른 이들에게 시를 읽어주고 나누는 것을 알았다. 나는 참 행복한 시인이다.

모든 것은 자신의 습관과 행동에 달려 있다. 출근 시간에 늦는 사람은 항상 늦는다. 남보다 한 발자국 빠른 것이 삶을 변화시킨다. 밝고 상냥한 마음과 부드러운 눈빛으로 주위를 따뜻하게 해라. 그것이 삶을 멋지게 하고 신 나게 한다. 남을 행복하게 하면 자신도 행복해진다. 인격과 부드러운 마음과 뛰어난 리더십은 삶을 행복하게 만든다. 피와 눈물과 땀은 성공을 만들고 삶을 멋지게 만드는 요소다. 피는 용기와 결단의 상징이요, 눈물은 정성과 사랑의 심벌이며, 땀은 근면과 열심의 표상이다. 이 세 가지를 뼈저리게 느끼지 않고서는 성공을 하거나 멋진 삶을 살 수 없다.

삶은 자전거를 타는 것과 같다. 자전거는 오직 앞으로 나아갈 때만 균형과 평행을 유지할 수 있다. 자신이 원하는 대상과 성취할 목표가 없다면 진정한 만족이나 행복을 느낄 수 없다.

순간순간마다 다가오는 어려움과 문제를 어떻게 효과적으로 대처하느냐가 중요하다. 실패는 경험과 기술의 부족 때문에 일어난다. 목표를 정하는 것만으로는 충분하지 않다. 행동으로 옮길 용기와 담력이 있어야 한다.

말이 아닌 행동으로 옮길 때 비로소 목표를 현실로 바꿀 수 있다. 성공한 사람과 실패한 사람의 차이는 능력이나 생각의 차이가 아니라 결단하고 행동으로 옮기는 자신감과 열정의 차이다. 쉬지 않고 노력하는 사람은 아주 좋은 결과를 만든다. 자신이 설 무대가 생긴다. 강철은 불덩이 속에서 얻어진다. 철은 뜨거워질 때까지 두드려야 한다. 자신의 삶이 긍정에 놓일 때까지 항상 열의를 다해야 한다. 삶의 길에는 오르막길도 내리막길도 때도 있다. 언제나 대처할 수 있는 능력이 있어야 한다.

1년 내내 전국에 강의를 다니는데도 피곤하기보다는 늘 기분이 좋다. 일주일에 몇천 킬로미터를 다녀도 즐겁다. 사람을 만나고 음식을 먹고 풍경을 구경하는 맛이 쏠쏠하기 때문이다. 내가 하고 싶은 일을 하기 때문이다. 사람들과 만나면 즐겁고 강의를 하고 나면 기가 빠지는 것이 아니라 도리어 살아난다. 열정을 쏟아 신 나게 강의하고 책을 집필하고 아내와 여행을 다니며 행복하게 살아가고 있으니 날마다 행복하고 즐거운, 참 멋진 인생이다.

조슈아 레이놀즈는 "예술가의 재능은 천부적으로 타고난다. 그러나 성실하게 노력해야 훌륭한 작품을 만들 수 있다"라고 말했다. 삶의 모든 결과는 열정과 노력에 따라 달라진다.

성공한 사람들의 성격을 살펴보면 공통적으로 다른 사람에 대해 관심을 가지고 그들을 배려한다는 것을 알 수 있다. 그리고 다른 사람의 문제와 요구를 존중한다. 다른 사람을 하찮게 여기지 않고 하나의 인격체로 대한다. 그들은 모든 사람이 존엄과 존중을 받을 만한 독립된 개개인이라는 사실을 받아들인다.

> 희망에 불타는 사람의 마음은 늘 건강하고 행복하다. 쾌활함은 곧 다른 사람에게도 영향을 미친다. 쾌활하게 일하는 사람 옆에 있으면 남들도 따라서 의욕을 불태우게 된다. ─새뮤얼 스마일스

세상에서 가장 두려운 불신은 자신에 대한 불신이다. 자신감을 갖지 못하고 열등감을 느끼는 것은 초라하고 나약한 일이다. 자신의 내부에서 늘 부정하며 자신을 나약하게 만드는 것들을 철수시켜 버려야 한다. 나약함에서 과감하게 떠나라. 자신감 넘치게 활달하게 사는 것이다. 획기적으로 변화하기 위해 스스로 노력해야 한다. 변화가 없으면 결코 좋은 결과를 기대할 수 없다.

사람이 힘들고 어려운 일을 해서 무너지는 것은 아니다. 의지가 약해서 쓰러지고 넘어지는 것이다. 자신감은 성공의 경험에서 생겨난다. 어떠한 일을 시작할 때 사람들은 성공의 경험이 없기 때문에 자신감을 갖지 못한다. 성공이 성공을 부른다는 것은 맞는 말이다. 따라서 우선 작은 성공부터 시작하여 자신감을 길러나가면서 성공 경험을 차곡차곡 쌓아나가는 것이 중요하다.

자신 있게 행동을 하면 자신감이 붙는다. 행동이 성격을 만들어 간다. 스스로 능력이 있다고 생각하는 자신감이 자신을 유익하게

만든다. 성공이라는 화살을 쏘고 싶다면 집중하여 정확하게 과녁의 한가운데를 명중시켜라. 단단히 각오를 하면 분명히 화살이 날아가 정중앙에 꽂힐 것이다. 불안한 마음을 다 떨쳐버리고 온 마음과 온 힘을 다해 성공이란 화살을 강하게 쏘아라.

살아가는 동안 삶 속에 기쁨을 발견하고 황홀한 맛을 누릴 수 있다는 것은 축복 중의 축복이다. 해가 지날수록 행복한 삶을 살아야한다. 진정한 성공이나 행복은 어느 정도의 자기 긍정이 없으면 불가능하다. 자기 긍정이란 자신의 자산이나 능력뿐만 아니라 실수, 약점, 결점, 잘못 등도 있는 그대로 받아들이고 거기서부터 시작하는 것을 말한다. 자기 자신을 있는 그대로 받아들여라. 그리고 자발적이고 합리적으로 노력해라. 명성과 함께 부를 얻을 수 있다.

하루하루 최선을 다해 살면 인생이 더 멋지게 펼쳐진다. 꿈이 현실이 되어 눈앞에 보여야 한다. 꿈만 같은 날이 눈앞에 펼쳐진다면 삶의 최고의 날이 될 것이다. 이 얼마나 가슴 설레는 멋진 순간인가!

꿈만 같은 날

꿈만 같은 날이
어느 날 갑자기 찾아온다면

심장이 터질 듯한

기쁨에 얼마나 신 나고 좋을까

꿈꾸고, 상상하고,

간절히 원하던 일들이

눈앞에 그림처럼 펼쳐진다면

살 재미가 톡톡 날 것 같다

아이처럼 좋아서 날뛰고

기뻐서 소리를 지르고

즐거워서 눈물이 펑펑 쏟아지고

미치도록 좋아할 것 같다

단 하루만이라도

온 세상이 떠나도록

폭소를 터뜨려도 좋을

꿈만 같은 날이

한순간에 찾아온다면

정말 아주 참 많이 좋겠다

즐거운 상상을 해라

누구나 밝은 미래를 믿을 수 있다. 건전한 자아상만 있으면 지금보다 더 멋진 미래를 믿고
인생의 모든 영역에서 점점 자라나는 자신을 상상할 수 있다. 인생의 풍랑을 만나도 영원히
바다가 잠잠해지지 않으리라 걱정할 필요는 없다. 풍랑이 걷히고 밝은 해가 뜰 것을 기대하라.

조엘 오스틴

상상想像은 경험하지 못한 것을 마음속으로 미루어 생각하는 것을 말한다. 상상력이 풍부한 사람은 결코 낙심하지 않는다. 즐거운 상상을 하면 짜증과 원망과 불평이 한순간에 사라지고 우울함에서 벗어나 행복해진다. 자신이 원하는 일을 생각하며 상상의 날개를 펴라. 그리고 아름답고 희망적인 생각으로 가득하게 만들어야 한다. 우에니시 아키라는 "프레시 와칭Fresh Watching, 아직 가본 적이 없는 새로운 곳을 찾아가 본다"라고 했다. 남이 하지 않은 일, 자기만의 독특한 일을 해보는 것도 참 즐거운 일이다. 날마다 즐거운 상상을 해라.

자신이 꿈꾸고 상상해왔던 것을 이루고자 노력한다면 평범한 시간 속에서도 전혀 기대하지 않았던 성공을 얻게 된다. 삶에 꿈과 즐거운 상상이 없다면 참 지루하고 보잘것없는 삶이 되고 말 것이다. 기대할 것이 없는 삶은 살맛이 나지 않는다. 꿈 앞에 놓인 험한 언덕을 넘고 깊은 골짜기를 건너려면 즐거운 상상과 함께 강한 열정이 필요하다. 상상은 자신이 이루고 싶은 것에 대한 강렬한 소망이다.

내일을 즐겁게 상상해라. 사람은 누구나 상상력을 가지고 있다. 마음만 먹으면 상상력을 멋지게 단련시키고 이루어낼 수 있다. 즐거운 상상에 빠지는 것은 행복한 일이다. 상상할 때는 가능한 한 시각, 청각, 미각, 후각, 촉각의 오감을 모두 활용하면 더욱더 많은 것을 얻을 수 있다. 상상은 누구나 할 수 있는 가장 넓고 깊은 공간이다. 어느 누구에게도 전혀 통제나 압제를 받지 않고 자신의 꿈을 만들고 원하는 것을 가질 수 있다. 지금 당장 원하는 곳으로 한순간에 여행을 떠날 수도 있다.

상상은 수없이 그림을 그리고 지울 수 있는 화판이다. 상상의 날개를 마음껏 펼치며 비상해야 한다. 상상을 할 때 자신이 성공했을 때의 모습을 또렷이 떠올리고 가슴 벅찬 기쁨을 느낀 사람은 반드시 성공을 한다. 세르반테스는 그의 소설 「돈키호테」에서 이렇게 썼다. "이룩할 수 없는 꿈을 꾸고, 이루어질 수 없는 사랑을 하고, 싸워 이길 수 없는 적과 싸움을 하고, 견딜 수 없는 고통을 이기며,

잡을 수 없는 저 나름의 별을 잡다." 엉뚱한 생각 같지만 참으로 즐거운 상상이다.

> 우리는 생각하는 대로 된다. 우리는 믿는 대로 된다. 우리 삶은 상상하는 모습대로 된다. 우리 삶은 말하는 대로 된다. 생각을 바꾸면 삶도 바뀐다. ―바바라 버거

상상을 현실로 만드는 삶이 멋지다. 자신의 꿈이나 원하는 것이 있다면 자유롭게 상상해야 한다. 자신의 상상을 자신이 좋아하고 하고 싶은 일에서 최고가 되어야 한다. 모든 꿈에는 상상이라는 대본이 있다. 이 대본을 자신의 삶의 무대에 올려 관객들이 박수를 치며 환호하게 만들어야 한다. 상상만으로도 마음이 즐겁고 기쁘고 열정도 더 강해진다. 자기 자신에게 박수를 치고 싶은 기대감 있는 멋진 삶을 살아야 한다. 기대감은 흥분, 성공하는 데 도움이 되는 모든 자질을 만들어낸다. 기대감이 사라지지 않도록 하기 위해 모든 능력을 동원하는 데는 대단한 기술이 필요하다. 즐거운 상상을 통해 비현실이 현실로, 어둠이 빛으로 변화될 수 있다.

로렌조 그라시안은 "사람들이 당신에 대해 기대감을 계속 품도록 하라. 그 기대감을 끊임없이 부추기라. 약속을 더욱 많이 해주고 뛰어난 업적을 앞으로 계속해서 보여준다고 알리라"라고 말했다. 자신도 기대할 수 있고 다른 사람들도 기대할 수 있는 삶을 산다는

것은 참으로 멋진 일이다. 상상력想像力은 상상하는 심적 능력을 말한다. 상상력이란 마음속에 아이디어나 화상을 만들어내는 능력이다. 상상력은 여러 가지 문제들을 푸는데 창조적인 역할을 한다. 뚜렷하고 분명하게 상상하고 열렬히 갈구하며 열정을 쏟아 노력한 일은 반드시 이루어진다.

누구나 마음만 먹으면 상상력을 긍정적이고 올바르게 단련시킬 수 있다. 내일은 어떤 일이 일어날까? 나의 꿈이 이루어질까? 꿈을 실현하고 비전이 현실이 될 때까지 긍정적인 마음을 가지고 전력투구하면 이루어진다. 성공한 사람들은 상상하던 것들이 현실이 되었다고 말한다. 현대의 우리 삶에 편리함을 제공해주는 갖가지 기계나 기구, 물건 등도 사람들이 상상하고 꿈꾸던 일들이 현실이 된 것이다.

그 예로 신용카드가 있다. 1950년 프랭크 맥나마라는 레스토랑에서 식사를 한 뒤 계산을 하려다가 지갑을 두고 온 사실을 알게 되었다. 식사 값을 낼 수 없어 창피를 당할 뻔했던 그때, 현금을 대체할 수 있는 카드가 있다면, 하고 상상한 것이 아이디어가 되었다. 그로 인해 오늘날의 신용카드가 나오게 된 것이다. 당신도 위대한 일을 만들 수 있다. 즐거운 상상을 해라.

상상이란 영혼의 눈이다. -주베르

상상이 모든 것을 조리한다. 상상은 이 세상의 온갖 것, 즉 미와 정의

와 행복을 창조한다. -파스칼

상상은 사고에 있어서 맨 위가 아니라 맨 앞에 위치한다. -존 어데어

상상과 꿈을 현실로 만들려면 탄력을 받아 행동해야 한다. 탄력 彈力은 튀거나 팽팽하게 버티는 것을 말한다. 자신의 꿈을 그려가며 자신의 모든 에너지와 열정과 자신감을 총동원하여 쏟을 때 성공할 수 있다. 상상의 불꽃을 현실에 꽃피우게 만들어야 한다. 꿈이 크다면 어떤 장애물도 막을 수 없다. 아인슈타인은 "상상이 지식보다 더 중요하다. 지식은 제한적이지만 상상은 세상을 둘러싸고 있다"라고 말했다. 이 세상에 행복하고 멋지게 살고 싶지 않은 사람이 어디에 있는가? 누구나 삶에서 가장 행복하고 멋진 순간을 만들고 싶어한다. 멋지게 살고 싶다면 즐거운 상상의 날개를 마음껏 펼쳐라. 가능성을 확인하고 눈앞의 현실로 만들어내야 한다.

자신의 미래는 많은 것들에 의해 좌우되지만 대부분은 자신에게 달려 있다. 상상하는 즐거움에 빠져 내일의 나의 모습은 어떨까 생각하며 미래로 꿈을 날려 보내야 한다. 자신이 원하던 성공을 보기 좋게 그려나가면 상상한 대로 미래가 눈앞에 펼쳐진다. 행운을 불러들여라. 클레망소는 "행운은 눈이 멀지 않았다. 따라서 반드시 부지런하고 성실한 사람에게 찾아간다. 노력하는 사람에게 행운이 찾아온다"라고 말했다. 높은 산은 올라가기가 힘들지만 올라가면 드넓은 평야가 보인다.

세상을 향해 가슴을 확 열어라! 나쁜 상상을 하지 말고 행복한 상상, 멋진 상상을 하며 내일의 행운의 주인공이 되자! 상상이 미래를 만들어가는 것이다. 성공한 사람들은 늘 미래의 자기가 이루는 일을 상상했다. 오늘의 상상이 내일의 현실이 되도록 살아가는 것이다.

변화란 과거를 던져버리는 것이 아니다. 과거의 습관을 버리고 새로운 습관을 받아들이는 것이다. 성취감을 갖기 위해서는 부족함 속에 겸손과 겸양의 미덕을 날마다 배워나가야 한다. 다른 사람에게 늘 나눔과 사랑을 넘치도록 베풀면 행복한 미소가 날마다 꽃피고 삶에 힘이 샘솟는다.

"어떤 일을 하고 싶다. 돈은 얼마나 벌고 싶다. 어떤 집에 살고 싶다. 어떤 사랑을 하고 싶다. 어디로 여행을 떠나고 싶다"라는 상상이 현실로 만들어준다. 자신의 미래의 성공을 위하여 상상으로 그림을 그려놓고 이루어나가면 그 기쁨과 감동은 가슴이 벅차도록 클 것이다. 수많은 만화가들이 공상처럼 그려놓았던 일들이 지금 역사 속에서 현실이 되어 눈앞에 보이고 있다. 상상하는 것은 무엇이든 성취할 수 있다.

상상은 막연하게 뜬구름을 잡는 망상이 아니다. 자신이 원하는 삶을 마음의 미래에 그려놓고 이루어나가는 삶의 목표다. 노신은 "목표가 없는 삶이란 죽음과도 마찬가지다. 인생에서 가장 고통스러운 것은 꿈에서 깨어났을 때 갈 길이 없는 것이다. 꿈을 꾸고 있는 사람은 그래도 행복하다. 아직 갈 길을 발견하지 못한 경우라면 가장 긴요한 것은 그를 꿈에서 깨우지 않는 것이다"라고 말했다.

자신의 내일을 즐거운 상상을 하며 오늘로 끌어당기면 현실이 된다. 꿈꾸고 상상하는 것은 내일을 끌어당기는 힘이다. 꿈과 상상이 없다면 과연 무엇을 이루어가며 무엇을 끌어당길 것인가? 아무런 목적이 없는 삶을 살 수밖에 없다. 자신이 가고자 하는 이정표를 바로 보고 가라. 이정표를 바로 보고 가야 빠른 시간에 목적지에 제대로 도착할 수 있다. 머뭇거리거나 서성거릴 시간이 없다. 이 세상에 그 누구도 영원히 살 수 없기에 머뭇거리거나 서성거리지 말고 뒤돌아보아도 후회 없을 삶을 살아야 한다. 고속도로에서 아차 하는 순간 지나쳐서 많은 거리를 다시 돌아온 경험이 있을 것이다. 삶도 마찬가지다. 목표가 뚜렷해야 방황하지 않는다.

> 두려움은 실체가 있지 않은 상상 속에서만 존재하는 것이다. 우리가 높은 곳에 앉아서 죽을 것 같은 공포에 사로잡혀 있을 때 어떤 사람들은 4000미터 상공에서 스카이다이빙을 하면서 스릴을 맛본다. 그것도 스스로 돈을 지불하면서 즐긴다. -위르겐 휠러

이 세상에서 성공하려면 두 가지 길밖에 없다. 하나는 자신의 근면에 의한 것, 또 하나는 남의 덕을 보는 것이다. 발명가 마르코니는 전선을 사용하지 않고 소리의 진동을 전달할 수 있는 것을 찾아내려고 했다, 에테르를 만드는 상상을 했다. 이런 꿈과 상상이 현실

이 되었다. 마르코니는 수없는 실패와 좌절에도 불구하고 마침내 성공하여 세계 최초로 무선통신을 발명해냈다. 즐거운 상상이 현실이 된 것을 눈앞에서 보게 된 것이다.

실패란 성공의 아침이 오기 직전의 어두운 이른 새벽과 같다. 오늘도 세계 곳곳에서는 실패의 쓰라린 눈물을 흘리는 사람이 많다. 그렇지만 그들이 훗날 성공의 웃음을 웃을 수 있는 사람들이다. 그중 하나가 되어야 한다.

자신에게 주어진 시간과 기회와 사랑을 절대로 놓치지 마라. 인생은 하나가 꼬이면 다 꼬이기 시작하고 하나가 풀리면 다른 것도 풀리는 법이다. 자신의 마음에 꿈을 그려놓고 현실로 만들어가라. 자신의 삶을 꿈과 치밀한 계획도 없이 흘러가는 세월 따라 살아가면 결국에는 따분하고 고달픈 인생밖에 될 수가 없다.

자신이 원하는 일을 시도도 하지 못하고 인생을 흘려보낸다면 땅을 치고 슬퍼해도 아무 소용이 없다. 때로는 난파선처럼 느껴졌던 삶을 상상으로써 큰 파도에도 끄떡없이 항해하는 크루즈선으로 바꿔버려야 한다. 그래야 꿈을 가득 안고 내일을 향해 항해할 수 있다. 마고르 레셔는 "기가 막히게 아름다운 섬에 자신이 있다고 상상해보라. 그것은 당신만을 위한 완전한 섬이다. 당신은 육체적으로나 정신적으로 안락함을 느끼며 평화로운 상태에 있다. 그것은 당신만의 섬이며 당신만의 세계다"라고 말했다.

지배적인 생각이나 마음가짐은 자석처럼 비슷한 것을 끌어당기는 법이다. 마음가짐이 어떠하든 어울리는 조건이 삶에 나타난다. -찰스 해낼

꿈을 향해 전진하며 스스로 상상하던 삶을 이어간다면 예상했던 것보다 멋진 성공과 만나게 된다. 스스로 상상하지 못하는 일은 결코 이루어지지 않는다. 마르쿠스 아우렐리우스는 "자기에게 없는 것을 구하려고 괴로워할 것이 아니라 그 열성으로 자기가 이미 가지고 있는 것을 즐기면 어떨까? 자기에게 최고로 소중한 것을 바라보면서 만일 너에게 그게 없었다면 지금쯤 얼마나 그걸 찾고 있을까를 상상해보라"라고 말했다.

삶을 멋지게 살려면 마음이 큰 그릇이 되어야 한다. 큰 그릇이 되려면 작은 일에도 소홀하지 않고 늘 넉넉한 마음을 가져야 한다. 그릇이 큰 사람은 언제나 당당하게 미래를 바라보면서 커다란 출입구를 향해 나간다.

사진을 잘 찍으려면 사진기 뚜껑부터 열어야 하는 것처럼 마음부터 활짝 열어야 한다. 헨리 워드 비처는 "상상력이 없는 영혼은 망원경 없는 천문대와 같다"라고 말했다. 꿈이 있어야 내일의 삶에 풍성한 소득과 결실이 찾아오는 것이다.

상상이 현실이 되어 눈앞에 보이는 일보다 기분 좋은 일은 없다. 꿈을 상상하지 못하면 목적도 없이 삶이 무기력해진다. 자기가 원

하는 것에 대한 즐거운 상상을 하며 살 때 매사에 긍정적이고 적극적인 사고방식을 갖게 된다. 삶에서 기쁨을 만끽하며 살아야 한다.

> 당신의 마음속에 선명하게 그림을 그리고, 열렬히 소망하며, 깊이를 믿고, 그를 위해 열의를 가지고 행동하면 어떤 일이라도 반드시 실현된다. -폴 마이어

상상력을 키우고 싶다면 책을 읽어야 한다. 책은 사람의 두뇌를 자극해주어서 삶의 흥미와 관심사를 충족시켜준다. 그러므로 책을 읽는 습관을 길러야 한다. 책 속에서 아이디어를 발견하고 자신의 독특한 개성을 만들어갈 수 있다. 책을 읽으면 지혜가 많아지고 화젯거리가 늘어나고 삶을 활기차게 살아갈 수 있다.

삶 속에서 쓸데없는 사사로운 고민을 해결해라. 헨리 워드 비처는 "일이 아니라 바로 고민이 인간을 죽이는 것이다. 일은 건강에 좋다. 하지만 자기 힘의 한계 이상으로 일할 수는 없다"라고 말했다. 고민이란 바라는 것 대신 바라지 않는 것을 잘못 갖게 될 때 일어나는 것이다. 고정관념에 사로잡혀 있으면 괴로워하게 된다. 쓸데없는 고민을 하면서 후회하거나 헛된 상상에 빠지지 말고 훌훌 다 털어버리고 갈 길을 가야 한다. 끙끙대고 고민해봐야 더 되는 일이 없다. 오늘은 고민을 떨쳐버리고 시작해야 한다.

삶 속에서 행복의 조각들을 하나씩 맞추어가는 일은 참 근사한

일이다. 아등바등 산다고 세상일이 잘되는 것은 절대로 아니다. 불평과 비난을 던져버려야 한다. 중심을 못 잡는 것은 흔들리는 마음 때문이다.

> 찾고 있는 '기회'는 당신 상상력 안에 있다. 상상력은 마음속의 번뜩임을 부로 만들어주는 공장이다. -나폴레옹 힐

즐거운 상상을 하지 못하고 꿈이 없는 사람은 삶을 살기도 전에 포기해버린 사람이다. 상상력이 없으면 아무것도 바랄 것 없이 늙어가는 것이다. "나는 어떤 일을 할 것이다. 어떤 목적으로 어떤 결과를 만들 것이다"라는 확실한 목표가 있어야 한다. 누구나 상상력을 가지고 있으므로 마음만 먹으면 그 상상력을 올바르게 표현할 수 있다.

즐거운 상상, 즐거운 생각이 삶을 바꾸어놓는다. 자기가 원하는 목표를 정했다면 온몸을 던져서 이루어내야 한다. 상상하고 나가면 일하면서도 날마다 즐거움 속에 살 수 있다. 분명하게 그려낼 수 있기 때문이다. 우리를 항상 실패의 늪에서 건져주는 것은 즐거운 상상이다. 열정적인 사람들은 모두 다 자신이 가야 할 길을 찾고 자신이 해야 할 일을 찾아낸 사람들이다. 자신 앞에 펼쳐진 삶을 멋지게 즐기는 사람들이다.

성공하는 사람이 말하지 않는 3가지

1. 없다.
2. 잃었다.
3. 한계가 있다.

　즐거운 상상을 하면 주어진 시간 동안 수많은 일들을 해낼 수 있다. 시간을 낭비하는 사람이 있고 유용하게 쓰는 사람이 있다. 부지런한 사람은 시간을 절약하고 여유를 만든다. 범죄자는 시간을 좀먹게 한다. 게으른 사람은 시간을 무의미하게 흘려보낸다. 삶을 멋지게 살고 싶다면 시간을 잘 활용해야 한다. 시간을 멋지게 사용하는 조종사가 되는 것이다. 자신이 상상하던 일을 시간과 열정을 잘 조종하여 만들어내는 것이다.

　조지 워싱턴은 젊은 날의 즐거운 상상을 현실화했다. "나는 아름다운 여자와 결혼할 것이다. 나는 미국에서 가장 큰 부자가 될 것이다. 나는 군대를 이끌 것이다. 나는 미국을 독립시키고 대통령이 될 것이다. 나는 열두 살 때부터 이 목표를 글로 적으며 하루도 꿈을 잊은 적이 없다. 그리고 마침내 꿈을 이루었다." 꿈과 비전을 가지고 즐거운 상상을 하고 행동하면 꿈은 이루어지기 시작한다.

　세상이 험해지고 살기가 어려울수록 주눅 들지 말고 꿈과 희망을 가지고 살아야 한다. 즐거운 상상을 하며 살아가는 사람은 활기차게 살아간다. 자신의 미래를 바라보며 살고 있기 때문이다.

월트 디즈니는 그림을 그렸다. 그림을 들고 신문사를 찾아다녔으나 늘 허탕이었다. 신문사 편집자들은 하나같이 냉담한 반응을 보일 뿐이었다. "당신에겐 재능이 없소! 단념하시오!" 하지만 월트 디즈니는 꿈을 저버리지 않았다. 그에게는 강렬한 삶의 목표가 있었기 때문에 거듭 거절을 당해도 체념하지 않았다. 이곳저곳을 찾아다니다가 겨우 행사 광고 표지에 그림 그릴 수 있는 일을 시작하게 되었다. 수입은 적었지만 잠도 자고 그림도 그릴 수 있는 낡은 창고를 얻게 되었다. 어느 날 그림을 그리고 있는데 어디선가 생쥐 한 마리가 나타났다. 월트 디즈니는 그림을 그리던 손을 멈추고 빵 조각을 떼어주었다. 그리고 생쥐를 한번 그려보았다. 지금의 디즈니사의 대표 캐릭터가 된 미키 마우스가 탄생하는 순간이었다.

월트 디즈니가 가장 초라했던 시절, 자기가 거처하던 곳에 쥐까지 나타났던 비참한 순간에 그는 세계인에게 사랑받는 캐릭터를 만든 것이다. 그는 만화 그리기라는 자기 장점을 최대한 살려냈다. 고난과 절망을 극복하여 세계적인 인물이 되었다.

비전이란 무엇인가? 비전은 다른 사람들보다 더 멀리, 더 넓게 보는 능력을 의미한다. 가슴속에 비전이 있는 사람은 고난과 시련이 다가올수록 앞으로 나아간다. 비전이 이루어질 것을 확신하기 때문이다. 비전은 지성의 눈으로 미래를 보는 것이다. 비전이란 다른 사람들에게는 보이지 않는 것을 보는 예술이다. 비전을 갖는다는 것은 가능한 것은 무엇이고 또한 열심히 추구할 가치가 있는 것은 무엇인지 믿음을 가지고 시작하는 것이다. 비전은 황홀하며 환상적이다.

루스벨트가 말한 성공하기 위한 3가지

1. 믿음.
2. 미래.
3. 친구.

비전은 미래를 만든다. 미래는 무한하다. 비전이 없고 지적 능력의 개발을 소홀히 하는 사람은 피해 의식 속에 실망만을 맞닥뜨린다. 비전을 모르고 달리는 사람은 결승선이 어디인지 모르고 달리는 선수와 같다. 비전은 살아남기 위해서는 필수적이다. 비전은 믿음을 갖게 하고, 희망을 품게 하고, 상상으로 빛이 나게 하고, 뜨거운 열정으로 강해지게 한다. 비전은 우리가 보는 것보다 더 위대하고, 꿈보다 더 깊고, 아이디어보다 더 크다. 비전은 예측할 수 있는 것들 속에서 놀라운 전망을 만들어낸다. 비전이 없으면 죽은 것과 같다.

비전이 없으면 가난에서 벗어나기 어렵다. 삶을 멀리 보지 못하고 가까운 지점만 보게 된다. 자신의 안경이나 자신의 세계를 통해서만 보는 것이다. 비전은 새로운 경험을 갖게 하고 과거를 뛰어넘을 수 있게 해준다. 비전이 있어야 대인 관계도 잘할 수 있다. 타인을 향해 넓은 마음을 갖게 된다. 비전의 한계를 정하는 것은 모험하는 것과 같다. 힘든 과제이고 따라서 도전이 되기 때문이다. 아직 잘 알려지지 않은 비전은 특성상 위험이 크다. 그렇지만 그만큼 보상을 받을 수 있는 잠재적인 강점도 있다.

꿈꾸라. 그러면 이룰 것이다. 상상하라. 그리하면 얻을 것이다.
　－도티 빌링턴
지금 자면 꿈을 꾸지만 지금 공부하면 꿈을 이룬다. －하버드 대학 도서관 격언

　세상을 바꾸려면 자신부터 바꿔라! 부정적인 생각과 불평과 짜증과 비효율적인 행동을 바꿔야 한다. 상상하고 목표를 만드는 것에서 끝나면 안 된다. 행동으로 옮겨야 한다. 나폴레옹은 "불가능이란 바보들의 사전에나 있는 말이다"라고 말했다. 성공의 반대말은 실패가 아니라 포기다. 실패는 성공으로 가는 연습이고 과정이다. 포기하지 않으면 절대로 실패는 없다!
　영화 〈록키〉의 주인공 실베스터 스탤론은 집이 너무나 가난해서 자선 병동에서 태어났다. 그리고 아마추어 의사의 실수로 왼편 눈 아래가 마비되는 사고를 당했다. 말할 때 치명적인 발음장애까지 있었다. 12살 때 부모가 이혼을 하고 학교를 12번이나 옮기는 등

불우한 학교생활을 했다. 영화배우가 되고 싶은 꿈이 있었지만 인맥도 돈도 없어 좋은 역할을 하지 못했다. 나이 서른에 아내가 임신을 했지만 돈이라고는 106달러밖에 없었다. 실베스터 스탤론은 영화의 성공을 상상하고 그리며 〈록키〉의 각본을 써서 헐리우드 제작사를 찾아다녔다. 한 제작사에서 관심을 보였지만 무명 배우라는 이유로 최소한의 비용으로 영화를 만들게 했다. 그러나 그는 실망하지 않고 최선을 다해 28일 만에 영화 〈록키〉를 만들었다. 영화는 세계적으로 히트를 하면서 흥행에 성공했고 실베스터 스탤론 역시 세계적인 배우가 되었다.

자신의 마음속에서 시작하는 미래의 꿈을 현실로 만들어가는 기쁨이란 하늘을 날아오르는 듯 대단하다. 위대한 생각을 해야 위대한 일을 만들 수 있다. 아무런 생각과 행동 없이 미래를 만들어낼 순 없다. 조슈아 레이놀즈는 "탁월한 능력은 노력의 대가로서만 인간에게 주어지는 것이다. 올바르게 노력을 기울일 때 안 되는 일이 없고, 올바른 노력 없이 되는 일이 없다!"라고 말했다.

워런 버핏이 제시한 성공의 3가지 요건

1. 성실.
2. 지적 능력.
3. 에너지(힘).

오프라 윈프리는 "거만함을 절대 드러내지 않는 것"이 성공 철학이라고 말했다. 그녀는 사생아로 태어나 어린 나이에 미혼모가 되었고, 그때 낳은 아이를 겁에 질려 내다 버린 범죄자였다. 지금의 자리에 이르기까지 그녀는 자신이 겪어온 아픔을 절대로 잊지 않았다. 최악의 상황에서도 이겨낼 비결은 있다. 최악의 상황 속에서도 언제나 배울 무언가가 있다는 긍정적인 생각이 그녀의 삶을 성공으로 만들어주었다. 그녀는 체중 때문에 방송에서 쫓겨난 적이 있다. 눈물겨운 다이어트로 체중을 줄인 후 방송에 복귀하면서 그녀는 자신의 어두운 과거를 가감 없이 드러냈다. 사람들이 그녀를 다시 주목하게 된 것은 그녀가 과거를 고백할 때 진솔한 자세로 말했기 때문이다.

우리는 자신의 삶을 흐르는 강물처럼 마음껏 흐르게 만들어야 한다. 오늘은 우리에게 주어진 멋진 기회의 날이다. 우리의 꿈과 목표를 이루어나갈 수 있는 기회의 날이다. 오늘은 나에게 찾아온 단 한 번의 날이다. 그러므로 나에게 찾아온 날을 환영하며 살아야 한다.

미국 뉴욕에서 1858년에 한 아기가 태어났다. 아기는 소아마비를 앓아 다리를 절었다. 몸도 약한데 시력도 안 좋았다. 또한 천식으로 호흡이 곤란해 혼자 촛불을 끄는 것도 힘에 부쳤다. 아이가 11세가 되는 생일에 아버지가 말했다. "사랑하는 아들아! 네가 가진 장애는 장애가 아니다. 네가 오늘 전능하신 하나님을 신뢰하고 하나님의 도우심이 너와 함께한다면 오히려 너의 장애로 모든 사람이 너를 주목할 것이고 너는 역사에 신화와 같은 기적을 남길 것이다." 그는 23세에 뉴욕 주 의회 의원이 되었다. 그리고 28세에 뉴욕 시장이 되었고 주지사를 거쳐서 부통령이 되었다. 그리고 그는 미국 역사상 가장 암울했던 시절의 미국을 새롭게 만드는 신화를 남기고 노벨평화상을 수상했다. 그가 바로 많은 미국인에게 오늘날에도 존경받고 있는 루스벨트 대통령이다.

뜨겁게 열심히 살아가면 보람이 눈앞에 보이고 가슴 뿌듯함이 가득해진다. 슬픔의 눈물이 그렁그렁한 삶을 살지 말고 감동의 눈물을 흘릴 순간들을 만들어가야 한다.

나를 만들어준 것들

내 삶의 가난은 나를 새롭게 만들어주었습니다
배고픔은 살아야 할 이유를 알게 해주었고
나를 산산조각으로 만들어놓을 것 같았던
절망들은 도리어 일어서야 한다는 것을
일깨워 주었습니다

힘들고 어려웠던 순간들 때문에

떨어지는 굵은 눈물방울을 주먹으로 닦으며

내일을 향하여 최선을 다하며 살아야겠다는

다짐을 했을 때 용기가 가슴속에서 솟아났습니다

내 삶 속에서 사랑은 기쁨을 만들어주었고

내일을 향해 걸어갈 수 있는 힘을 주었습니다

사람을 만나는 행복과 사람을 믿을 수 있고

기댈 수 있고 약속할 수 있고

기다려줄 수 있는 마음의 여유를 주었습니다

내 삶을 바라보며 환호하고

기뻐할 수 있는 순간들은

고난을 이겨냈을 때 만들어졌습니다

삶의 진정한 기쁨을 알게 되었습니다

자신만의 스타일을 만들어라

자신 있는 것처럼 행동하면 자신감이 붙는다. 성격이 행동을 만드는 것이 아니라 행동이
성격을 만들기 때문이다. 자신이 유용한 인재라는 자신감만큼 사람에게 유익한 것은 없다.

앤드루 카네기

삶을 멋지게 살고 싶다면 자기 자신만의 독특한 스타일을 만들어야
한다. 자기가 잘할 수 있는 스타일을 만들어야 한다. "이 분야에서
만큼은 내가 최고다" 할 수 있어야 한다. 자기 개성과 색깔이 있는
사람이 오래도록 사랑받는다. 아무도 흉내 낼 수 없는 자기만의 것
이 있어야 한다. 그러면서도 다른 사람들이 공감할 수 있어야 한다.

스타일Style은 사물의 존재 양태나 사람의 행동에 드러나는 독특
하고 일정한 방식, 미술·건축·음악·문학 등에서 특정한 유파나
시대에 나타나는 독특한 양식을 말한다. 옥스퍼드 사전에서는 스타

일을 "대단히 뛰어난 자질"로 표현한다. 스타일은 그 사람만의 독특한 자질이며 돈으로 사는 것이 아니다. 모방을 뛰어넘어 자신의 세계와 작품을 독특하게 창작해내는 것이다. 멋진 스타일은 그 사람의 인격과 됨됨이를 반영하고 그 매력에 반하여 사람들이 다가오게 만든다.

자기 스타일을 확고하게 만드는 것은 삶 속에서 자기 역할을 가장 잘하는 것이다. 삶을 아주 평범하게 사는 사람은 전혀 자기 스타일이 없다. 그런 사람들이 여럿 모여 있으면 누가 누구인지 구분조차 가지 않는다. 월리 민토스는 "만약 여러분이 자신의 역할을 완전히 외우지 못한다면 일부러라도 역할을 연기해야 한다. 처음에는 그 연기가 어색하겠지만, 시간이 지나 그 역할을 완전히 외우고 나면 그것은 습관이 되고 본성이 된다"라고 말했다. 처음부터 자기 스타일이 완벽한 사람은 없다. 연습 벌레라는 말이 있듯이 피나는 연습과 훈련을 통해 자기 분야에서 우뚝 서야 한다.

센스가 뛰어난 사람이 자기 스타일을 만든다. 센스 있는 사람은 눈치가 빠르고, 재치가 있으며, 때와 장소에 어울리는 행동을 한다. 센스가 있으면 두뇌 회전이 재빠르다. 소통을 잘하여 일의 능률을 올릴 줄 안다.

사람은 누구나 각기 다른 개성과 천성을 가지고 있다. 개성個性은 다른 사람이나 개체와 구별되는 고유의 특성을 말한다. 천성天性은 선천적으로 타고난 성품과 자성資性을 말한다. 그러므로 사람들은 각기 다양한 삶을 살아간다. 자신에게 주어진 천성과 개성을 잘 살려내어 아름답고 멋지게 살아야 한다. 자신만의 재능을 발굴하고 찾아내어 혼신을 다해 무언가를 이루어낼 것인가는 자신이 정하는 것이다. 아무런 개성도 스타일도 없이 노예처럼 살 것인가, 아니면 자기 스타일을 가지고 주인공으로 살 것인가. 모두 자기 하기 나름이다.

삶을 멋지게 살아가는 사람은 분명한 자기 스타일을 가지고 있다. 삶 속에 열정이 넘치고 꿈을 실현해나간다. 기쁘고 즐거운 마음과 분명한 확신으로 자신의 일을 멋지게 해내는 것이다. 새로운 길은 언제나 만들어지고 만들어가는 것이다. 스스로 판단에 따라 움직이는 순간 자기 스타일이 만들어지기 시작한다. 이 세상의 모든 길은 누군가 제일 처음 길을 걸은 사람의 발걸음이 있었기에 만들어진 것이다. 새롭게 살고 싶다면 아무도 도전하지 않은 길을 가야 한다.

자신만의 스타일을 만들어야 한다. 자기만이 독특하게 최고로 잘할 수 있는 일을 하는 것이다. 색다른 것은 좋은 것이다. 사람들에게 매력을 느끼게 하고 시선을 끄는 사람은 자기 스타일이 있다. 월트 디즈니는 "성공하려면 남과 다른 나만의 개성을 가져야 한다. 남과 달라야 한다. 내가 지닌 것이 사람들이 원하는 것이라면 사람들은 그것을 얻기 위해 나에게 오게 되어 있다"라고 말했다. 스타일은 이미 만들어진 것이 아니다. 작곡가가 음악을 만들듯이, 안무가가 춤을 짜듯이, 조각가가 새로운 작품을 조각하듯이 자기 스스로 만들어내는 것이다.

나는 강의할 때 내 스타일을 만들어 강의를 하고 있다. 빔을 쏘거나 칠판에 글씨를 쓰지 않고 단상과 핸드 마이크만 사용한다. 될 수 있는 한 청중에 가까이 가서 강의를 한다. 때로는 강의장이 떠나가도록 소리도 지른다. 때로는 농담을 주고받는다. 중간중간 청중에게 사인한 책을 주며 꿈을 묻고 하고 싶은 일을 묻는다. 사람들은 자기의 꿈을 말할 때 표정이 더 밝고 자연스럽게 된다. 때로는 연극하듯 표정도 지어보고 행동을 한다. 간간이 시와 유머를 섞어 많은 이야기를 나누다 보면 강의가 기분 좋게 끝난다. 강의를 통해 서로의 벽을 헐고 부담 없이 시간을 보내면 강의를 시작했을 때보다 모든 사람의 얼굴이 행복하게 밝아져 있다. 이것은 내가 오랜 세월 노력하여 아무나 흉내 낼 수 없는 나만의 강의 스타일을 만든 결과다.

나는 날마다 전국을 돌아다니며 각계각층의 사람들 앞에 서서 강의를 하고 있다. 강의가 진행될수록 듣는 사람들의 표정이 밝아질 때 노력한 보람을 느낀다. 강의를 들은 사람으로부터 "행복했어요!"라는 말을 들으면 더 열심히 강의를 하고 싶어진다.

내가 강의를 언제나 기쁘고 즐겁게 다닐 수 있는 이유 중 하나는 장거리를 갈 때는 언제나 음악을 듣기 때문이다. 신 나는 노래, 가사가 좋은 노래를 들으면 강의를 가면서도 여행하는 기분이 든다. 시간이 있으면 그 지방의 명소를 찾아보고 아름다운 풍경도 만끽하며 그 고장의 맛있는 음식까지 먹으면 신명 나게 강의를 하고 삶을 즐길 수 있다. 삶의 지루함을 던져버리고 즐겁게 살아야 멋이 찾아온다.

이 세상 모든 사람은 행복하게 살 권리가 있다. 누구나 성공하고 멋지게 살 수 있다. 쓸데없는 사리사욕에 얽매이지 말고 하찮은 일에 마음을 두지 말아야 한다. 자신이 하고자 하는 일에 몰입하고 몰두한다면 못 할 일이 없다. 복잡다단한 사회일수록 아주 단순하게 자기가 하고자 하는 일에 열정을 쏟으면 된다. 자기 일에 자기가 열심을 다하지 않는다면 누가 그 일을 대신 해주겠는가. 부지런히 일하지 않는데 어떻게 연봉이 오르고 수입이 늘어나겠는가. 세상의 무엇이든 그것을 얻으려면 대가를 치러야 한다. 빈둥거리고 놀면 처절하게 시간과 지나간 세월의 복수를 받게 되고 만다.

수많은 사람들의 마음을 사로잡는 것은 쉽지 않은 일이다. 각고의 노력 끝에 이루어지는 것이다. 고난과 역경이 그들을 더 위대하게 만들어놓는다.

자기만이 할 수 있는 일에서 솜씨를 발휘해라. 뱃사람의 솜씨를 알 수 있는 것은 폭풍우가 불 때고, 장수의 용기를 볼 수 있는 것은 전쟁터에서다. 가장 위험한 순간에 처했을 때 사람의 됨됨이를 알 수 있다. 말보다 행동으로 옮겨야 한다.

대성한 사람들은 삶에서 초조함과 안달하는 마음을 버리고 균형 있게 살아간다. 강한 에너지를 발휘하는 사람이다. 스스로 자신을 세일즈하며 자신을 잘 나타내는 사람이다. 자기가 자기를 나타내지 못한다면 알아줄 사람은 아무도 없다.

자기 스타일을 만들고 싶다면 큰 나무에게 배워라. 큰 나무가 오랜 세월 말없이 굳건히 서서 자라는 모습에서 세월이 얼마나 놀라운 일을 만들어놓는가 그 비결을 배워야 한다. 흔들리지 않는 견고함과 인내심으로 성장하여 하나의 작품이 되려면 오래 참고 견디는 것을 배워야 한다. 한순간 잘되는 건 물거품이다. 어떤 일이든지 내 작품이라는 긍지와 자부심을 가져야 한다. 눈빛을 반짝이며 적극적으로 접근하려는 기백이 있을 때 승리는 다가온다. 타성과 자만은 성공의 적이다. 타성은 인간을 무사안일하게 만들고 자만은 인간을 바보로 만든다. 타성과 자만에서 벗어나야 한다.

이종선은 뉴욕대에서 호텔경영학을 전공하고 런던 이미지 인스티튜트에서 디플로마를 받았다. 삼성경제연구소가 뽑은 커뮤니케이션 분야의 대표 강사이기도 하다. 그는 여성의 세련됨과 따뜻함을 살려 자기만의 스타일을 만들었다. 그의 저서 『따뜻한 카리스마』 『성공이 행복인 줄 알았다』 『멀리 가려면 함께 가라』는 베스트셀러다. 강의장에서 여러 강사들을 만나며 인사를 나누었는데 나의 팬이라고 하며 사진을 찍어서 금방 보내왔다. 그의 독특한 스타일과 매력에 나도 그의 독자가 되어 출간되는 책마다 사 보고 있다. 딱 한 번 만나고 본 사람도 스타일이 멋있으면 오랫동안 기억에 남아 있는 것이다.

자신의 나약함을 몰아내라. 앙드레 지드는 "개조해야 할 것은 세계뿐이 아니라 인간이다. 그 새로운 인간은 어디서 나타날 것인가? 그것은 결코 외부로부터 오지 않는다. 그것을 그대 자신 속에서 발견하라"라고 말했다. 남의 뜻에 따라 좌우되지 말고 자유롭고 책임 있게 살아야 한다. 어떤 경우에도 자신의 가치를 떨어뜨리는 나약함에서 벗어나야 한다. 쓸데없는 습관의 노예가 되지 말고 잘못된 습관을 벗어던지고 잘될 것을 바라는 마음의 결단 속에 앞으로 당당하게 나아가야 한다. 이 세상은 강하고 확신이 있어야 살아갈 수 있다.

자기의 스타일을 만드는 데 방해가 되는 것들을 다 고쳐나가야 한다. 게으름, 우유부단, 남을 배려하지 못하는 고집을 철저하게 버려야 한다. 자기희생 없이 위대한 일을 할 수 없다. 자기 하고 싶은 대로 다 하고 살 수는 없다. 군중 앞에 서는 두려움을 버려야 한다. 성공하고 멋지게 살려면 사람 앞에 서야 한다. 삶은 무대다. 무대에 서서 자기의 역할을 충분하게 해내야 한다. 조연을 하든 주연을 하든 열정을 쏟아내고 자기 스타일을 만들면 박수를 받게 된다.

KBS TV 프로그램 〈아침마당〉의 이금희 아나운서는 마음이 참 착하고 부드러운 분이다. 항상 겸손하고 따뜻하게 인사를 나눈다. 늘 웃는 얼굴이다. 그리고 언제나 방송에 최선을 다하는 모습이 아름답다. 〈아침마당〉에 출연할 때마다 이금희 아나운서를 보고 느끼는 것은 어쩌면 저렇게 한결같을까 하는 마음이다. 남에게 행복을 주는 사람이 많아야 세상은 살기가 좋아진다.

모든 사람이 세상을 바꾸려고 한다. 하지만 누구도 자신을 바꾸려고
하지 않는다. ‒레프 톨스토이

자신의 내면에서 놀라운 능력이 깨어나고자 안간힘을 쓰고 있다
는 것을 알아야 한다. 사람들은 누구나 자신 안에 엄청난 능력과 재
능을 가지고 있다. 그 재능을 끌어내어 마음껏 활용하여 자기 스타
일을 만드는 사람이 성공한다. 자신의 모든 재능을 발휘할 때 삶의
진가가 나타난다.

자신의 장점과 겸손한 마음은 힘들고 어려울 때 큰 도움이 된다.
어려울 때 장점이 빛을 발한다. 자신이 선택한 것을 꾸준히 해나갈
때 자신의 원하던 모습을 이루어낼 수 있다. 자신의 스타일은 스스
로 만드는 것이다. 자신의 개성과 열정과 인내가 만들어내는 것이
다. 자기의 개성을 잘 나타내고 아이디어를 개발해서 새로운 것을
만들어낸다면 부를 창출하고 성공할 수 있다.

인간의 개성이란 꽃의 향기와 같다. ‒찰스 스와브

가수 싸이의 〈강남 스타일〉이 성공했다. 싸이는 자신만의 스타일
을 모두 발산하여 전 세계 사람들이 같이 춤추고 노래하게 했다. 평
범함과 웃음과 누구나 따라할 수 있는 춤이 가장 멋진 스타일을 만
들어놓았다. 싸이는 〈강남 스타일〉의 성공에 대해 "최대한 우스꽝

스러워지려고 했던 노력이 언어의 벽을 넘어 세계인들에게 통한 것 같다"라고 말했다. 빌보드 차트에서 7주 연속 2위를 기록했다. 싸이의 혼신을 쏟는 열정과 끼와 스타일이 전 세계를 흔들어놓은 것이다. 일부 사람만이 이해할 수 있는 지나친 개성보다 모든 사람이 쉽게 받아들이고 마음을 열 수 있는 것이 좋은 것이다.

강의 때문에 장거리를 이동할 때 음악을 많이 듣는데, 여러 가수의 노래를 듣다 보면 감정을 살려주는 스타일이 있고 아무리 노래를 잘 불러도 감정이 살아나지 않는 가수들이 있음을 알게 된다. 역시 대중의 마음을 파고드는 노래란 애절함과 함께 마음을 읽어주는 노래이거나 신바람이 절로 나는 노래다. 귀에 꽂히는 좋은 노래를 부른 가수들은 역시 히트곡이 많다. 다른 사람의 마음을 행복하게 해주고 기쁘게 해주는 스타일이 역시 오래도록 기억에 남는다.

자기 자신에게 숨어 있는 잠재력을 발휘해라. 마이클 린버그는 "잠재력을 실현하고 특별한 삶을 만들고자 노력할 때 당신의 사소한 승리들이 모여 당신을 지탱해줄 것이다. 그리고 당신의 꿈까지 다리를 놓아줄 것이다"라고 말했다. 잠재력은 누구나 있지만 발휘하지 못하면 의미가 없다. 숨은 실력을 발휘해야 한다. 마음만 한번 굳게 먹으면 세상은 확 달라진다.

일찍 세상을 떠나 안타까운 마음을 더하게 하는 가수 김정호는 노래도 잘 부르지만 그의 노래는 특히 가사가 참 좋다. 그는 "노래는 작곡하는 것이 아니라 낳는 것이다"라고 말했다고 한다. 김정호도 자기만의 스타일이 분명하다. 그만큼 자신의 노래에 애정을 쏟아 만들고 노래한 것이다. 가객이라 불리는 김정호의 주옥같은 노래 〈이름 모를 소녀〉 〈하얀 나비〉 〈누가 울어〉 〈잊으리라〉 등은 언제 들어도 마음을 사로잡는 좋은 노래다.

목요일 〈아침마당〉에서 만난 배우 선우용여는 황혼이 깃들어 가는 나이에도 아름답게 자신의 스타일을 잘 만들었다는 것을 알 수 있었다. 빨간 옷과 빨간 구두가 참 잘 어울렸다. 황혼의 나이에도 사랑을 받으며 활동하는 모습이 참 아름답다. 나이 탓만 할 것이 아니라 자신을 잘 관리하고 자신의 스타일을 만들어가야 한다.

삶에서 최고의 유혹은 일이다. 일을 열심히 하는 사람은 참 재미가 있고 흥미가 있고 매력이 있다. —파블로 피카소

자기만의 독특한 스타일은 하루아침에 만들어지는 것이 결코 아니다. 각고의 피나는 노력과 땀의 결과다. 뚜렷하고 강한 개성은 오랜 시일에 걸쳐 만들어지고 다듬어지는 것이다. 자신의 독특한 스타일을 가지고 개성 있게 살아야 한다. 이 세상에 존재하는 모든 자연의 생물은 자기만의 개성을 가지고 있다. 삶을 건성으로 살지 말고 자신 있게 진심과 진정으로 살아야 타인의 마음을 움직이고 자신도 멋지게 살 수 있다.

처음에 서툴고 부족하다고 해서 나약해질 필요는 전혀 없다. 누

구나 처음에는 다 그렇게 시작한다. 불안감을 떨쳐버리고 열정을 쏟아내면 모든 두려움은 한순간에 극복된다. 누구나 처음부터 성숙하고 원숙해지는 것이 아니다. 아마추어 과정을 필연적으로 겪어야 프로가 된다. 가장 길고도 실망스러운 세월이 지나가면 삶에서 가장 행복한 시간들이 속속 찾아온다.

삶을 멋지게 살지 못하는 것은 열정이 부족하기 때문이다. 노력하지 않는데 어떻게 좋은 결과가 오겠는가. 위대한 업적을 이룬 사람들은 하나같이 자신의 집념과 열정을 불태운 사람들이다. 용맹과 끈기가 삶을 변화시킨다. 어려움이 생기면 문제를 보지 말고 극복할 기회를 찾아야 한다. 자기 발전에 항상 노력해야 한다. 언제나 서두르지 말고 한순간도 허비하지 말아야 한다. 우리는 모두 자신이 아는 것보다 훨씬 큰 능력과 가능성이 있다. 자기가 가지고 있는 능력을 발휘할 때 자기도 놀랄 힘을 발휘할 수 있다.

강한 개성과 함께 서로 공유할 수 있는 독특한 매력이 있을 때 사람들이 좋아하고 따르게 된다. 스즈키는 "나는 삶의 예술가이며 나의 삶은 작품이다"라고 말했다. 삶을 멋진 작품으로 만들자. 런던 올림픽에서 금메달을 딴 체조 선수 양학선도 자기만의 독특한 기술로 금메달을 목에 걸었다. 아무도 생각하지 못하고 행동으로 옮기지 못한 일을 멋지게 해낸 것이다.

명창들도 자기 나름대로의 독특한 득음을 한 사람들이다. 위대한 작곡가들도 자기의 음악을 독특하고 개성 있게 표현한다. 악기 연주자들도 자기만의 특유의 연주법을 가지고 있다. 세계적으로 유명한 성악가나 가수들도 독특한 음색을 가지고 있다. 세계적인 건축물에도 건축가의 독특한 설계와 열정이 담겨 있다. 삶을 멋지게 살고 싶다면 개성 있는 자기 스타일을 만들어야 한다. 자기 스타일을 통해 멋지고 아름다운 삶을 살아야 한다.

삶을 멋지게 살려면

1. 자기 스타일을 찾아서 만들어라.
2. 독특하고 매력적인 스타일을 만들어라.
3. 공감하고 환호하고 감동하게 만들어라.
4. 아무것도 두려워하지 말고 자기 스타일에 열정을 쏟아라.

톨스토이는 "예술은 우리가 도달한 최고, 최상의 감성을 다른 사람들에게 전하는 것을 목적으로 삼는 인간 활동이다"라고 말했다. 모든 예술은 사랑의 표현이다. 사랑을 노래하지 않으면 예술이 아니다. 사랑해라. 삶이 예술이 된다.

예술가에게는 타고난 끼가 있어야 한다. 남다른 열정과 연습이 있어야 한다. 다른 사람과 공감할 수 있는 힘이 있어야 한다. 웰레스 와틀스는 "예술가의 최고의 무기는 자기 자신에게 충실함이며, 가장 밑바닥부터 길을 걸어 나아가는 것이다. 예술이 우리들의 문화의 뿌리를 개조하는 것이라면, 사회는 예술가에게 비전의 방향대로 전진할 수 있는 자유부터 부여해야 한다"라고 말했다. 위대한 예술가는 최고의 작품을 만들어낸다. 모든 열정을 쏟아내어 영혼을 노래하고 사람들을 감동시켜 찬사를 온몸에 받는다. 세계인들의 찬사를 받는 위대한 예술 작품에는 예술가의 고된 땀방울과 피나는 인내가 담겨 있다는 것을 알아야 한다. 어떤 작품은 매우 손쉽게 만들어진 것같이 생각되지만 그 작품을 만들어내기까지는 작가가 살아온 만큼의 삶의 고통과 노고가 숨어 있다.

소중한 삶을 남의 인생을 베끼며 살면 불행하다. 아무도 흉내 낼 수 없는 독특한 자기만의 스타일 있는 삶을 살아야 한다. 아무나 만들어낼 수 없는 독창성이 있고 개성이 강한 자기표현이 있어야 한다. 그림도 서예도 음악도 조각도 춤도 모든 예술과 삶도 독특한 자기만의 색깔이 있을 때 두각을 나타낸다. 예술품 감정가들도 작가들의 독특한 스타일을 알기에 진품과 가짜를 가려낸다. 사람들은 누구나 자기 스타일을 잘 살려야 한다.

자기를 새롭게 변화시키는 방법

1. 적당한 스트레스도 필요하다.

2. 두 마리의 토끼도 잡을 수 있다.

3. 다양하게 살면서도 성공할 수 있다.

4. 포기한 꿈도 되살릴 수 있다.

5. 목표에는 대가가 있다.

웨인 다이어는 "내 인생은 나 자신을 위해서 있다. 다른 사람의 시선이나 생각에 얽매이지 말고 더욱 자유롭고 대범하게 살라"라고 말했다. 값진 보석도 가공하지 않으면 찬란한 빛을 발하지 못한다. 자신 스스로 변화시키고 성장한다면 행복과 성공은 언제나 이루어진다. 멋지게 무대에 오르는 모든 사람들은 모두가 남다른 노력과 열정을 쏟아내는 사람들이다. 열심히 열정을 쏟은 만큼 보상해주는 것이 세상이다.

희망을 나누는 7가지의 말

1. "힘내세요."

이 말을 들으면 정말 힘이 난다. 칭찬과 격려는 삶에 용기와 희망을 준다.

2. "걱정하지 마세요."

이 말은 우리를 걱정과 근심에서 벗어나게 한다.

3. "용기를 잃지 마세요."

이 말을 들으면 힘과 용기가 생겨난다. 우리 자신도 용기를 얻게 된다.

4. "용서합니다."

   이 말은 마음에 평안을 준다. 감격하게 만든다. 우리도 용서를 받게 된다.

5. "고맙습니다."

   이 말을 들으면 마음이 따뜻해지고 환해진다.

6. "아름답습니다."

   이 말을 들으면 행복해진다. 이 말을 해주면 우리도 아름다워진다.

7. "사랑합니다."

   이 말을 나누면 사랑이 깊어진다. 사랑을 나누며 살아야 한다. 우리도 사랑받게 된다.

날마다 급격하게 변화하는 세계 속에서 자기만의 독특한 스타일과 개성으로 변화를 시도하고 자신의 능력을 마음껏 발휘하여 새롭게 대처해나가야 살아남을 수 있다.

로버트 루이스 스티븐슨은 "인생의 유일한 목표는 진정한 자기 자신이 되는 것이며, 또한 우리의 타고난 능력을 실현하는 것이다"라고 말했다. 평생을 살며 꿈도 없고 도전 의식도 없이 산다면 남들보다 빨리 늙고 기력을 잃어버린다. 생기가 팍팍 돌도록 기운이 넘치게 살아야 한다. 자신이 스스로 기분 좋게 살면 세상의 모든 것이 다정하게 말을 걸며 다가온다. 멋있게 성공하는 삶을 살고 싶다면 욕망을 뛰어넘어 열정과 비전이 가득해야 한다.

시간이 곧 삶을 만든다. 가장 소중한 시간을 가장 효과적으로 사용하려면 자기의 전문성에 투자를 해야 한다. 이 세상에 어떤 것도 우연히 이루어지는 것은 없다. 자나 깨나 생각하고 노력한 끝에 이루어지는 것이다. 이제는 나이가 문제가 되는 시대는 지났다. 자신 스스로 삶을 어떻게 만드느냐에 따라 황혼의 빛깔도 그 색깔이 달라진다. 인간은 날마다 성장하지만 성장을 멈추면 곧 늙어버린다. 인생을 멋지게 살고자 한다면 훌륭한 셰프가 되어 인생을 맛있게 요리해야 한다.

너를 만나러 가는 길

나의 삶에서
너를 만남이 행복하다

내 가슴에 새겨진
너의 흔적들은
이 세상에서 내가 가질 수 있는
가장 아름다운 것이다

나의 삶의 길은

언제나

너를 만나러 가는 길이다

그리움으로 수놓은 길

이 길은 내 마지막 숨을 몰아쉴 때도

내가 사랑해야 할 길이다

이 지상에서

내가 만난 가장 행복한 길

늘 가고 싶은 길은

너를 만나러 가는 길이다

고난과 역경을 이겨내라

고난은 잠자던 용기와 지혜를 깨운다. 사실 고난은 우리에게 없던 용기와
지혜를 창조해내기도 한다. 우리는 오직 고난을 통해 정신적, 영적으로 성숙할 수 있다.

스콧 펙

고난과 역경은 누구에게나 찾아온다. 바다에 밀물이 들어오면 반드
시 썰물이 지듯이 고난과 역경이 있다면 희망과 기쁨이 찾아오게
마련이다. 삶이 뒤틀려 견디기 힘든 시간이 올 때가 있다. 이런 악
순환 속에서도 새로운 도전을 해나갈 수 있는 당당한 용기가 있어
야 한다. 어려움을 이겨낼 용기가 충만하다면 찾아올 고난과 역경
도 뒤꽁무니가 보이지 않도록 다른 길로 줄행랑을 칠 것이다.

가을 들판에 바람에 흔들리는 것은 갈대가 아니라 우리 마음인
지도 모른다. 힘들고 어려워도 절대로 기죽지 말고 당당하게 맞서

서 이겨내야 한다.

뼈저린 고통이 있기에 이겨낸 마음이 더 대견하고 때로는 자랑스러운 것이다. 고난의 흔적은 경험이 되고 삶의 흔적은 추억이 되어 남는다. 삶을 살면서 힘들고 어려운 일에 부딪혀 넘어지고 실패하는 것은 결코 부끄러운 일이 아니다. 실패 속에 내일의 성공이 숨어 있기 때문이다. 인생은 살아볼 가치가 있다. 자신의 한계를 뛰어넘어 도전하고 멋지게 비상해라. 고난과 역경이 찾아올 때 담대하게 말해라. "고난아! 역경아! 너는 강하고 힘이 세다. 그러나 나는 너를 이길 수 있는 힘이 있다."

절망보다는 희망을 가지고 고난 속에서도 도전할 수 있는 마음가짐을 지녀야 한다. 자신의 모든 힘을 고난과 역경을 극복하는 데 집중해야 한다. 목적의식이 분명한 사람은 자신의 한계를 뛰어넘는다. 희망이 있으면 결코 멈추지 않고 도전해나간다. 고난과 역경을 이겨내어 세상의 등불이 되고 횃불이 되어 타올라야 한다. 온갖 역경을 이겨내는 자가 인생의 맛을 알고 멋지게 살아간다. 고난 속에서 흘리는 피는 자신을 새롭게 각오하게 만들고 확고히 결단하게 만든다. 이 놀라운 즐거움은 자신 스스로 만들어내는 것이다. 이 세상에 나 자신으로 인해 희망을 가지고 행복해하는 사람들이 많이 늘어나야 한다.

현대사회는 전문적인 능력을 가진 사람을 원하고 있다. 누구나 처음부터 능력을 가지고 있는 사람은 없다. 자신에게 있는 모든 힘을 다해 전력투구할 때 그 사람에게 내재된 능력은 더 놀랍게 힘을 발휘하기 시작한다. 고난의 언덕길을 오르고 나면 희망이 보인다.

영국 속담에 "너의 상처를 별로 바꾸어라"라는 말이 있다. 자신의 아픔과 고통을 도리어 삶 속에서 멋지게 빛나는 별로 바꾸는 사람은 아름다운 인생을 살아가게 된다. 밑바닥 인생에서 정상에 오른 사람의 인생이 더 드라마틱하고 멋진 법이다. 에머슨은 "이 세상은 쾌활한 모습으로 원대한 목표를 향해 변화해가는 사람의 것이다"라고 말했다.

힘들고 어려울 때 신세 한탄만 하며 절망에 빠져 쓰러질 것인가, 아니면 모든 악조건을 극복하고 멋지게 살아갈 것인가, 둘 중 하나는 선택해야 한다. 모든 것은 언제나 자신의 선택에 달려 있다. 불평과 불만은 어디에나 있다. 할 일을 제대로 하지 않는 사람들이 불평과 원망이 많다. 온갖 핑계와 이유를 대며 자기변명을 일삼는다. 그동안 허송세월해왔다면 그때의 습관은 던져버리고 지금 당장 자신의 꿈을 이룰 수 있는 일을 시작해야 한다. 사는 이유가 분명한 사람은 모든 수단과 방법을 가리지 않고 어려움을 이겨낼 수 있다. 인간에게 고난을 통하여 얻는 것보다 더 좋은 교육은 없다.

고난은 인간의 진가를 증명하는 것이다. -에픽테토스
고난이야말로 최선을 다할 수 있는 기회다. -듀크 엘링턴

데이비드 브링클리는 "성공하는 사람들은 자신을 향해 던진 돌

로 든든한 기초를 쌓을 수 있다"라고 말했다. 누가 무어라 비웃고 돌을 던져도 자신이 하는 일이 정당하다면 꿋꿋하게 나가는 것이다. 고난과 역경을 이겨내어 삶에서 즐거움을 맛보고 싶다면 후회, 푸념, 방관, 비관, 비판, 불평불만에서 떠나야 한다. 이 모든 것을 안고 이것저것 조건을 따지고 형편을 살피고 처지를 따지면 아무것도 못한다. 자신을 뛰어넘어야 살아남는다.

고난苦難은 괴로움과 어려움, 고초苦楚를 말한다. 역경逆境은 일이 뜻대로 되지 않는 처지나 환경을 말한다. 성공을 꿈꾸는 사람은 어떤 분야에서든지 쉬지 않고 고난과 싸운다. 실패는 에너지를 충만하게 하고 결의를 길러주며, 고충은 꿋꿋함을 가르치고, 성공은 자신감을 불러일으킨다. 고난을 겪어보지 못한 사람은 어려움이 닥치면 쉽게 무너지고 쓰러진다. 고난이 성숙한 인간을 만든다. 성공은 실패를 먹고 자라는 것이다. 기쁨도 눈물 속에서 더 크게 꽃피는 법이다.

일을 하다 보면 넘어지고 쓰러질 때가 있다. 그때마다 오뚝이처럼 일어서야 한다. 고난은 인간의 성장에 도움을 준다. 고난은 인내심과 일에 대한 의욕을 불러일으키는가 하면 때에 따라 자신도 의식하지 못했던 새로운 힘을 샘솟게 한다.

윈스턴 처칠은 "태도는 작은 것이지만 큰 결과의 차이를 불러온다"라고 말했다. 언제나 올바르게 매사에 분명한 태도를 보이고 당당하게 나서야 한다. 절대로 뒷걸음치려 하지 말고 한눈을 팔지 말고 앞만 보고 전진하다 보면 자신도 깜짝 놀랄 정도로 엄청난 일을 하고 있다는 것을 실감하고 감탄하게 될 것이다. 삶이 순탄하기만 한 사람은 아무도 없다. 포기하고 싶을 정도로 견디기 어렵고 힘들 때도 많다. 그러나 작은 고난과 역경에도 너무 조바심을 내고 소극적으로 움츠러들면 아무것도 할 수 없다. 아무리 힘들고 어려워도 결단하고 실행해나가면 모든 얽힌 것들이 하나씩 풀려나간다.

힘들고 지쳐서 발걸음이 무거워질 때 괴롭다고 끙끙대지만 말고 즐거운 생각을 떠올리며 부드럽게 걸어라. "인생에서 한 번쯤 이럴 수도 있지" 하며 잘될 거라는 믿음을 가지고, 또 이런 일은 다시는 없을 것이라고 생각하면서 허허 웃으면 무거움도 점차 사라질 것이다. 금은 불을 통과하면서 순수한 순금이 된다. 바이런은 "역경은 진리로 통하는 으뜸가는 길이다"라고 말했다.

사람은 역경과 고난과 훈련을 통과하면서 새롭게 변화되고 더 강인해진다. 성공한 사람들은 어렵고 힘든 문제들을 긍정적인 마음으로 이겨내고 늘 감사하는 마음속에 행운이 자신 안에 있다고 생각한다.

역경은 감사하는 마음을 심어준다. -제프 켈러

마크 트웨인은 "당신이 가장 두려워하는 것을 행하라. 그리고 그것을 잊어버리라"라고 말했다. 능력 있는 사람이 되려면 전천후 인간이 되어야 한다. 어떠한 환경과 조건 속에서도 꿋꿋하게 살아남아야 한다. 자기가 원하는 분야에서 성공하고 만족감을 얻도록 노력해야 한다. 고난과 역경을 이겨내어 전문가가 되어야 한다.

존 디마티니는 "이 세상에 존재하는 모든 사람, 장소, 사물, 생각, 사건들은 당신이 꿈꾸는 완전한 삶을 이루는 데 꼭 필요한 부분들이다. 역경 속에는 반드시 숨겨진 축복이 깃들어 있고 일보 후퇴는 새로운 도약을 위한 준비다. 이것이 바로 감사다"라고 말했다. 무엇이든 감사할 수 있는 사람이 멋진 사람이다. 인간의 삶은 어떤 변화를 일으키는가에 따라 그 모습이 달라진다. 감사하며 사는 사람은 절망스런 운명도 행복한 모습으로 바꿔놓는다.

고난과 역경은 이겨낼 수 있기 때문에 찾아오는 것이다. 삶은 곧게 뻗어 있는 길을 가는 것이 아니다. 온갖 길이 다 나타난다. 시련과 고난과 역경을 거듭하며 살아야 한다. 그 어떤 것도 결코 피할 수 없다.

상처는 삶의 깊이를 더 느끼게 해준다. 숨 막히도록 절망스럽고 힘들 때도 그 순간을 이겨내면 신선하고 맑은 공기를 마음껏 마실 수 있는 시간이 찾아온다. 자기가 원하는 일이 있으면서도 부딪쳐 보지도 않고 지레 겁을 먹거나 주저앉으면 안 된다.

고도원은 "절망은 없는 것을 보는 것이요, 희망은 있는 것을 보는 것이다. 그러므로 절망하고 있는 것은 환경이 나빠졌다는 것이 아니라 스스로 눈을 감고 있는 것이다"라고 말했다. 자신을 똑바로 바라보면 부족하고 연약한 부분을 찾아낼 수 있다. 자신의 상처를 바라보고 실망할 수도 있지만 삶에 변화를 일으키려면 과감하게 돌파해나가야 한다.

이 세상에 완전하고 완벽한 사람은 없다. 모두가 완벽하다면 발전할 필요도 없고, 변화할 필요도 없고, 새로운 시도를 할 필요도 없다. 시련과 고통을 극복하고 자신의 뜨거운 열정으로 과감하게 삶을 송두리째 흔들어놓아야 한다. 윈스턴 처칠은 "우리는 고통으로부터 영감과 생존의 방법을 찾아야 한다"라고 말했다.

역경을 피하지 말고 해결책을 찾아야 한다. 장애물이 다가와도 초조해져서 목표 달성이 늦어지지 않도록 최선을 다해 해결해나가야 한다. 고난과 역경이 다가오면 기회라는 것을 명심하고 강한 마음으로 이겨내야 한다. 강하고 담대한 사람 앞에는 어떠한 장애물도 없다. 망설이는 태도가 가장 큰 장애물이다.

결단과 결심을 하면 새로운 길이 열린다. 자신에게 장애물이 다가와도 강한 마음으로 부딪치면 된다. 모든 것에는 결함이 있는 것이 세상의 이치다. 쓰러지고 넘어진다고 완전히 망가지는 것은 아니다. 벌떡 일어나서 장애물을 헤치고 나가야 한다.

위대한 사람은 시행착오를 이겨내고 실수와 실패를 이겨낸다. 고난과 역경이 두려워 시작도 못 한다면 어리석은 삶이다. 진흙탕에서도 연꽃은 피어난다. 시련이 없는 성장은 없다. 고통의 시간은 우리의 내면의 소리를 듣게 하여 자기를 다시 점검하게 하는 소중한 시간이다.

고난과 역경을 두려움 없이 부딪쳐 이겨내면 더 강하고 담대하게 살아갈 수 있는 힘이 생긴다. 우리에게는 위대한 사람들과 마찬가지로 두 팔과 두 다리, 지혜롭게 사용할 수 있는 머리가 있다. 이것들을 가지고 정상을 향해 출발해야 한다. 그리고 "나는 할 수 있다" 말하며 이루어나가면 위대해질 수 있다. 도전할 마음을 갖추고 스스로 나서야 한다. 자신이 목표로 하는 한 가지 뜻을 분명히 가지고 그 길을 걸어라. 실패도 있을 것이다. 그러나 다시 일어나 앞으로 전진해야 한다. 찰스 C. 노블은 "눈앞의 실패에 좌절하지 않을 수 있는 장기적인 목표를 반드시 가지고 있어야 한다"라고 말했다.

비판에 개의치 말라. 그것이 사실이 아니라면 무시하라. 부당하더라도 화를 내지 말라. 상대할 가치조차 없으면 웃어넘기라. 비판받을 만하다면 그것은 비판이 아니므로 이를 통해 배우라. ―마크 트웨인

날마다 행복을 만들어가면 고난도 역경도 비켜 나가고 항상 좋은 기분으로 살 수 있다. 랠프 월도 에머슨은 "삶에서 생기는 어둠 중 대부분은 우리가 우리 자신의 태양을 가리고 있기 때문이다"라고 말했다. 삶에서 생기는 잘못된 일이나 좋은 일은 대부분 자신 스스로 불러들인 것이다. 자신의 삶을 더 나은 쪽으로 나아가게 하려면 고통을 이겨내야 한다.

어떤 고난도 자신을 마비시키게 두어서는 안 된다. 고난을 통해

자신의 진가를 발견해야 한다. 자신 안에 숨어 있던 기적을 이룰 수 있는 힘을 눈앞의 현실로 만들어야 한다.

린더스트는 "고난은 뛰어넘기 위해서 존재하는 것이다. 그러므로 당장 고난에 맞붙어서 싸우라. 일단 싸우다 보면 그것을 극복할 수 있는 방법을 찾게 될 것이다"라고 말했다. 하나의 절망을 극복하면 다른 절망도 쉽게 극복할 수 있다. 절망을 딛고 일어서야 한다. 뼈아픈 절망에 통한의 눈물이 흐르고 벌겋게 부풀어 오른 상처가 쑤셔도 앞으로 나아가야 한다. 남이 만든 쉬운 길이 아닌 자신이 가야 할 길을 만들어가야 한다. 새로운 분야를 개척한 사람들이 있어서 모든 분야는 발전을 거듭해왔다. 새로운 분야의 주인공이 되어야 한다.

빈 마음을 '무심'이라고 하는데 마음을 비워야 넉넉하게 채울 수도 있다. 때로는 텅 비워야 울림이 있고 울림이 있어야 여유롭다. 빈 마음이 채워질 때 신선하고 활기차게 살아갈 수 있다. 삶에서 맞닥뜨리게 되는 갖가지 문제는 살고 있기 때문에 일어나는 것이다.

실패와 고통을 경험하면 위기에 대처할 수 있는 힘이 생긴다. 어려움을 스스로 해결한 사람들은 갖가지 위험이 닥쳐도 위기감을 느끼기보다 이겨내는 데 힘을 모은다. 시련과 고통을 이겨냈을 때 강한 마음이 된다. 이 세상에서 가장 평범하게 살고 있다는 사람도 때로는 시련과 아픔을 만나게 마련이다. 그것이 바로 살아 있다는 증거다.

고난과 역경은 성공을 만드는 디딤돌이다. 고난과 역경을 이겨내면 의욕이 더 강해지고 열정과 함께 새로운 힘이 솟아난다. 고난과 역경을 이겨내야만 자신이 원하는 일을 해낼 수 있다.

시련과 역경과 아픔이 없는 인생은 무의미하고 가치가 없는 인생이다. 아픔이 있기에 더 성숙한 삶을 살 수 있다. 때로는 사소한 계기와 동기가 삶을 통째로 바꾸어놓는다. 성공하려면 모험을 즐겨라.

마사 베크는 "모험은 세상에 대한 생생한 경험을 제공해줄 뿐만 아니라, 두려움의 경계를 무너뜨리고 삶의 길에 놓여 있는 방해물들을 제거해준다"라고 말했다. 갑작스럽게 큰일을 당하면 당혹감에 허둥대게 된다. 다리가 후들후들 떨리고 심장이 조여 들어와 감당하지 못할 때도 있다. 그 순간에도 살아 있기에 극한 상황도 돌파하고 극복할 수 있다. 실패했다고 패배자가 되는 것은 아니다. 다만 실패를 통하여 더 깊이 배우게 되는 것이다.

우리는 자신을 스스로 열등하게 만들 수도 있고 강하게 만들 수도 있다. 모두 자신의 선택이다. 긍정의 힘으로 변화하는 것이 중요하다. 자신의 잠재력을 믿고 꿈을 이루어가야 한다.

성공하는 사람은 절망 속에서 도리어 많은 것을 배워 새로운 방법으로 다시 분발해서 도전한다. 꿈을 이루어가는 과정에서 통한의 눈물을 흘려보지 않은 사람은 없다. 머릿속에서 절망을 버리고 새롭게 살아야 한다. 희망을 가지고 살아가는 가운데서도 수시로 절망하게 하는 일들이 찾아온다. 소극적인 생각과 행동을 하면 절망은 마음에 둥지를 다시 만들려고 할 것이다.

고난의 언덕길을 가더라도 그런 현실이 나에게 찾아온 행운이라고 생각을 고쳐먹으면 모든 것이 달라진다. 사람의 마음과 습관이 삶의 모습을 바꾸어놓는다.

목표란 단지 움직여나가는 대상 이상이다. 하나의 계획을 세우고 성취하기 위해 최종 시한을 설정할 때 거기에는 명확한 목표가 있다. 목표는 불타는 욕구와 강렬한 자신감을 불러일으키고 확실한 결정을 내리도록 돕는다. -존 맥스웰

목표가 있어야 행동할 수 있다. 목표가 있는 사람은 눈빛이 살아 있고 빛이 난다. 자신에게 주어진 시간을 가치 있게 여겨야 한다. 결코 한순간도 헛되게 낭비해서는 안 된다. 어떤 사람이 유명한 바이올린 제조가를 방문하여 물었다. "당신이 만든 바이올린은 다른 곳에서 만든 것보다 훨씬 더 소리가 좋은데 그 비결은 무엇입니까?" 바이올린 제조가는 대답했다. "내가 쓰는 바이올린 재료는 매우 다릅니다. 아주 험한 산꼭대기에서 자라는 나무를 씁니다. 평지나 골짜기에 있는 나무는 아무 일 없이 평화스럽게 자라기 때문에 나무의 질이 면밀하지 않습니다. 높은 산꼭대기에 있는 나무는 모진 바람에 늘 시달려 싸워왔으므로 강하고 그 질이 아주 면밀합니다. 이런 나무가 아니고는 좋은 소리를 낼 수가 없습니다."

우리는 절망을 극복해나가면서 배운다. 우리가 절망을 딛고 일

어서면 반드시 새로운 문은 열리게 되어 있다.

이 세상에 어떤 일도 한순간에 이룰 수는 없다. 시간과 경험과 노력이 필요하다. 목표를 정하고 달려들어야 한다. 열정을 가지고 뛰어들어야 한다. 시련 없이 성공한 사람은 없다. 아우구스티누스는 "당신을 괴롭히고 슬프게 하는 일들은 하나의 시련이라고 생각하라. 쇠는 달구어야 굳어진다. 당신도 지금의 시련을 통해 더욱 굳건한 정신을 얻게 될 것이다"라고 말했다. 성공한 사람들을 보라. 그들의 삶은 시련의 연속이었다. 시련이 만든 성공이 더 빛을 발한다.

우리는 날마다 우리가 경험하기를 원하는 것만 바라볼 수 있도록 우리의 생각을 훈련해야 한다. 우리는 마음속으로 품고 있는 것을 향해서 성장해가기 마련이므로, 사소하고 의미 없는 생각들을 몰아내어 더 큰 그림을 그릴 수 있어야 한다. -어니스트 홈스

고난과 역경을 이겨내려면 긍정적이고 적극적으로 활력 넘치게 살아야 한다. 늘 건강한 삶을 살아가며 넓은 마음으로 모든 것을 받아들여야 한다. 자신을 솔직하게 인정할 줄 아는 사람이 행복하다. 잘하는 것은 잘하는 대로, 못하는 것은 못하는 대로 정직하게 인정할 줄 알아야 한다.

절망의 끝에서 눈을 뜨면 희망이 보인다. 어두운 밤이 있기에 찬란한 아침에 태양이 떠오른다. 조셉 머피는 "절망을 두려워하지 말

라. 절망은 무엇인가를 완수하는 과정에서 누구나 겪을 수 있는 일로 최종 결론은 아니기 때문에 두려워해서는 안 된다"라고 말했다. 뼈를 깎는 고통이 명장을 만들고 명인을 만들고 장인을 만든다. 고통을 이겨낼 때 그 보람은 크다.

언제나 어떤 경우에도 마무리가 중요하다. 실패만 생각하면서 고난과 역경 속에 빠져 해결하려 하지 말고 갖가지 어려움에서 한 걸음 물러나 더 넓은 안목으로 해결해나가야 이겨낼 수 있는 힘과 열정이 생긴다. 어떤 어려움도 잘 이겨내면 한순간일 뿐이다. 문제 속에 해답이 있다. 자신의 문제의 답은 자신 속에 있다.

위기가 닥쳤을 때 당황하지 않도록 평상시에 잘 훈련이 돼 있어야 한다. 위기를 극복할 수 있는 힘이 있어야 한다. 자신의 능력을 발휘할 줄 알아야 한다. 조지 싱은 "위기는 일종의 기회인데 그것을 어떻게 잡느냐는 자신에게 달려 있다. 위기는 여러 가지 문제가 그렇듯 천부적 혜택이 모습을 바꾸어 나타나는 경우가 많다"라고 말했다. 굳은 의지가 있는 사람은 사사로운 일에 마음이 흔들리지 않는다. 정한 마음이 있으면 정한 길을 가는 것이 도리다. 고난과 역경을 당했을 때 흔들리지 않고 계속하여 앞으로 나가면 놀라운 성과를 발휘할 수 있다.

고난과 역경이 닥쳤을 때 어떻게 해결해나갈지 스스로 결정을 내려야 한다. 그래야 자신의 인생에서 리더가 될 수 있다. 늘 끌려다니는 사람은 프로가 될 수 없다. 자신의 인생관이 분명해야 한다. 앤드루 매슈스는 "다른 사람들이 기분이 상할 정도로 독불장군 행세를 할 필요는 없지만 무엇보다도 자신에게 진실해야 한다. 스스로에게 어떤 일을 해도 좋다고 허락하는 것으로도 충분하다"라고 말했다.

> 인생에 있어서 우리에게 의미가 있는 일은 대부분 도전적인 것임에 틀림없다. 위기를 극복하고 나면 만족감이 따르고 다음 위기에 부딪히더라도 대처할 능력이 생긴다. ㅡ데브라 벤튼

위기는 언제 닥쳐도 대처할 능력이 있어야 한다. 자연도 삶도 위기가 늘 있다. 위기에 잘 대처하는 사람이 능력 있는 사람이다. 위기를 극복하면 보람과 함께 삶에 재미와 맛을 더 깊이 느끼게 된다. 험한 산길을 올라가야 정상에 우뚝 설 수 있다. 어려운 상황에 중요한 결정을 하기란 쉽지 않을 것이다. 가장 중요한 순간에 분명한 결정을 해야 대인이 된다. 할 것인가, 말 것인가, 결단이 분명하지 않은 사람은 나약하다.

우리의 삶은 전투와 같다. 훌륭한 지휘관은 첫 전투를 가장 중요하게 여긴다. 왜냐하면 첫 번째 전투에서 패배하면 부하들은 다음 전투에서도 패하게 될까 봐 전투에 힘쓰기보다는 살아남을 궁리부터 하기 때문이다. 그렇기 때문에 첫 번째 전투에서 반드시 승리하려는 것이다. 우리는 우리의 삶의 지휘관이다.

불안은 인간을 좀먹는 녹과 같으며, 빛을 파괴하고 힘을 약화시

킨다. 고정되어 있거나 멈추어 있으면 생명력이 없다. 인간은 늘 흔들린다. 그 흔들림 속에서 확고한 자리를 잡아야 한다. 쓰러졌다 일어날 때 인간은 더 강해진다.

> 쓰러지면 일어나고, 좌절되면 더 잘 싸우고, 자고 나면 깨는 것이 우리다. ―브라우닝

힘이 들고 눈앞이 캄캄할 때 모든 것을 다 던져버리고 뛰쳐나가고 싶을 것이다. 싫고 귀찮은 것들에서 벗어나 확 떠나고 싶을 것이다. 세상만사 될 대로 돼라 하고 포기하면 정말 끝장이 나고 만다. 어떤 일이든 새롭게 바뀌는 순간이 다가온다. 해리엇 비처 스토는 "어떤 일을 하다 보면 모든 것이 나를 짓누르는 것 같아 1분도 더는 견디지 못할 것 같은 순간이 온다. 그때 포기하면 안 된다. 때가 되면 상황은 저절로 바뀔 것이기 때문이다"라고 말했다.

삶 속에서 수시로 생기는 작은 염려들을 버려라. 염려는 추락을 불러온다. 존 맥스웰은 "염려의 노예가 된 사람은 모든 삶을 통해 자신의 희망과 행복과 꿈들을 모두 산산조각 내버린다"라고 말했다. 염려는 두려움의 가느다란 물줄기로서 마음속으로 졸졸 흘러들어온다. 조금만 용기를 북돋아 주어도 염려는 생각 속에서 감쪽같이 사라져버린다. 어려운 일이 있어도 서두르거나 염려만 하지 말고 잘 대처해나가야 한다.

용기는 삶이 주는 가장 좋은 선물이다. 용기는 모든 것에 적용된다. 용기를 가진 사람은 모든 축복을 누릴 수 있다. 삶에 희망과 용기를 갖는다면 자신이 원하는 것을 무엇이든지 이루어낼 수 있다.

의지는 자신의 분명한 마음을 표시하는 것이다. 의지가 분명하지 않은 사람은 결코 프로가 될 수 없다. 기회가 찾아오면 내 것으로 만들겠다는 강한 의지를 가지고 주의 깊게 생활한다면 기회가 왔을 때 확실하게 잡을 수 있다. 어떤 분야에서든 성공하는 사람들은 목표를 설정하는 사람들이다. 그들은 자신을 단련하면서 열망을 잃지 않는다. 열망하지 않는다면 미래를 만들 수 없고 목표를 이루어낼 수 없다. 강한 열망이 목표를 분명하고 확실하게 이룬다.

인생이 무대에 올려진 연극이라면

인생이 무대에 올려진 연극이라면
맡겨진 연기에 정열을 다하여
열연하고 싶다

순간순간 관객들의
박수를 받을 수 있도록
온몸이 땀에 젖도록 연기를 한다면

연극이 절정에 달할수록
박수와 환호는 더 커져만 갈 것이다

처음 무대에 설 때는
무대에 익숙하지 않고
연기마저 서툴러 실수를 연발하고
대사마저 잊어버려 울고 싶겠지만
모두 다 처음엔 그렇게 시작할 것이다

연기가 익숙해질수록
멋과 낭만을 즐기고 싶다
모든 연기가 끝나고
무대에 늘어선 연기자들에게
막이 내리기까지 박수를 치는 관객들의
뜨거운 감정을 온몸으로 느끼고 싶다

우리들의 인생은 그런 멋이 있어야 한다
삶의 마지막까지 박수를 받을 수 있어야 한다
우리들의 인생이
단 한 번 무대에 올려진다면
오늘도 멋진 연기를 해야 하지 않을까

부족함을 채워나가라

얼마간 부족한 것이 있다는 것이 행복의 필수 조건이다.

러셀

이 세상에 티끌 하나 없이 완벽하고 빈틈없이 완전한 사람은 없다. 모두 다 부족하고 나약하게 태어난다. 부족을 탓하지 말고 긍정의 힘으로 이겨내야 한다. 어느 누구도 자신의 인생에 영향을 미칠 수 없도록 자신 스스로 만들어가야 한다. 내일의 모든 것은 자신의 생각과 태도에 달려 있는 것이다.

부족하면 자꾸만 부정적인 사고를 갖게 된다. 그러나 자신의 처지를 잘 알면 빈 곳을 채워나갈 수 있다. 때론 부족함이 있는 사람에게 인간미가 있다. 부족함을 인정하는 사람은 겸손하고 남에게 배우려는 의지가 강하다. 성공하는 사람들은 최악의 조건 속에서도 언제나 꿋꿋하게 일어난다.

사람들은 살아가면서 시간이 부족하다는 말을 자주 한다. "일할 시간이 부족하다", "사랑할 시간이 없다", "쉴 시간이 없다", "잠잘 시간이 없다". 이 모든 것이 불평이 되기 시작하면 더 꼬이고 뒤틀어진다. 자신의 삶을 잘 정리하여 잘못 쓰고 있는 시간을 버리고 꼭 해야 할 일에 시간을 늘려야 한다. 그러면 좀 더 여유가 생길 것이다. 좀 일찍 자고 일찍 일어나 한 템포 빠르게 아침을 시작하면 하루가 여유가 생긴다. 그리고 할 일은 미루지 말고 그때그때 해야 한다.

어떤 부분에서 부족함을 느낄 때 자신감을 상실하게 된다. 자신감을 잃으면 과거의 실수와 잘못에 결박당해 아무것도 할 수 없고 무능력해진다. 자신의 부족을 뛰어넘어 자신에게 찾아온 아주 좋은 기회를 확 잡아당겨야 한다. 부족을 느껴 열등감이 생기려 하면 과감하게 떨쳐내야 한다. 성공한 사람들은 모두 다 자기의 열등감에서 벗어난 사람들이다. 자신의 열등감을 이겨낼 때 자기가 보기에도 멋진 삶을 살 수 있다.

사람은 누구나 이 세상에 막 태어났을 땐 걷지도 앉지도 기지도 못했다. 생애 처음으로 일어서기까지 수없이 일어섰다 넘어지기를 반복하다가 어느 순간에는 드디어 일어서게 되었다. 그리고 또 그렇게 꾸준한 연습을 거쳐서 걷고 뛰게 되었다. 사람은 누구나 완벽하지 않다. 그것을 극복하고 뛰어넘으려는 자세가 가장 중요하다. 틀

안에서 갇혀 있지 말고 자기의 숨은 능력을 마음껏 발휘해야 한다.

이 세상을 사는 많은 사람이 자신의 삶에 부족을 느끼고 불만족을 표현한다. 불만족不滿足은 마음에 차지 않아 못마땅함을 말한다. 자기의 부족과 불만을 떨쳐버리고 비상할 수 있을 때 큰 성공을 할 수 있다.

> 당신 인생에서 가장 큰 결단은 당신의 정신 자세를 바꿈으로써 스스로 삶을 변화시키는 것이다. -알베르트 슈바이처

자신의 부족함을 느낄 때 자신과 스스로 싸워서 이겨내야 한다. 언제나 자신과 나약한 타협을 하지 말고 이겨내서 부족을 채워나갈 수 있는 확고한 정신력을 길러야 한다. 가느다란 거미줄도 모으면 크고 사나운 사자도 칭칭 감을 수 있다고 한다. 아주 작고 힘없어 보이는 것들도 뭉치면 엄청난 힘을 발휘한다.

자신의 부족한 점을 알고 채워나가는 사람이 삶을 삶답게 살아가는 사람이다. 부족하다는 것을 알면 채우면 된다. 부족함에 너무 지나치게 매달리지 않고 자신의 장점을 더 살려나가면 부족함은 어느덧 채워지게 마련이다. 자신의 약점에서 부족함을 느끼기보다 자신의 강점을 최대한 발휘해야 한다. 정말 멋진 삶이란 자신이 가지고 있는 강점과 재능을 마음껏 발휘하는 삶이다. 마하트마 간디는 "나는 평균 이하의 능력을 가지고 있는 지극히 평범한 사람일 뿐이

다. 만약 누구든지 나만큼 노력하고 기대와 믿음을 기른다면, 내가 이룬 모든 것 또한 틀림없이 이루어낼 것이다"라고 말했다.

자신의 강점은 최대한 활용하고 약점을 잘 관리해야 한다. 자기가 모든 짐을 졌다는 생각을 버려야 한다. 자신에게 주어진 일을 즐겁게 받아들이는 습관이 필요하다. 어떤 어려움도 쉽게 생각하면 쉬워지고 어렵게 생각하면 더 꼬이는 법이다.

마음속에서 패배의 기억이 아니라 성공의 기억을 꺼내라. 실패는 배움의 기회이다. 자신 있게 살아라. 자신에게 찾아온 고난은 하늘로부터 온 선물이라 생각하고 잘 이겨내어 더욱 든든한 삶을 살아야 한다.

인간이 행복하기 위한 5가지 조건

1. 먹고 입고 살기에 조금은 부족한 재산.
2. 모든 사람이 칭찬하기에는 약간 부족한 외모.
3. 자신이 생각한 것보다 절반밖에 인정받지 못하는 명예.
4. 남과 겨루었을 때 한 사람에게는 이기고 두 사람에게는 지는 정도의 체력.
5. 연설했을 때 듣는 사람의 절반 정도만 박수를 보내는 말솜씨.

마음을 비우면 더 많이 채울 수 있다. 맨 밑바닥에 있다면 올라가는 길밖에 없다. 나약하면 강해지면 된다. 사람은 누구나 수많은 결함과 결핍을 가지고 있다. 그러한 부족함 속에서도 긍정적인 삶을 만들어가는 것이 멋지고 아름다운 삶이다.

하덕규 시인은 참 감성적이고 배려가 깊고 인간적이다. 늘 친절하고 따뜻한 눈빛을 가지고 있다. 하덕규 시인이 노래한 〈가시나무〉를 보면 인간의 마음을 잘 표현해주고 있다.

내 속엔 내가 너무도 많아

당신의 쉴 곳 없네

내 속엔 헛된 바람들로

당신의 편할 곳 없네

내 속엔 내가 어쩔 수 없는 어둠

당신의 쉴 자리를 뺏고

내 속엔 내가 이길 수 없는 슬픔

무성한 가시나무 숲 같네

바람만 불면 그 메마른 가지

서로 부대끼며 울어대고

쉴 곳을 찾아 지쳐 날아온

어린 새들도 가시에 찔려 날아가고

바람만 불면 외롭고 또 괴로워

슬픈 노래를 부르던 날이 많았는데

내 속엔 내가 너무도 많아

당신이 쉴 곳 없네

　희망과 꿈을 가지고 도전한다면 부족을 채우고 완벽해질 수 있다. 마음을 단단하게 먹고 초심을 잃지 않고 나간다면 자신이 바라는 멋지고 아름다운 삶을 살 수 있다. 부족을 느낄 때 두려움이 생긴다. 그 두려움을 극복하고 용기와 자신감을 가질 때 삶의 모습은 달라진다. 초라함을 벗어나 부족과 외로움을 즐기고 곤경을 이겨내야만 더욱더 성장할 수 있다. 부족하더라도 삶을 사랑하며 자신의 난관을 돌파해 나가면 성공이라는 문은 열린다.

　바다의 시작은 저 높은 산골짜기의 작은 샘이라는 것을 알았을 때 참 신기하고 묘한 기분이 들었다. 인생도 마찬가지다. 작은 것에서 바다를 만들어야 한다. 강물은 온 힘과 열정을 쏟아서 바다로 흘러간다. 우리도 온 힘과 열정을 쏟아서 정말 멋지게 살아가자. 리트레는 "인생을 진실하게 살아가려고 원하는 자는 오래 살도록 행동할 것이며, 동시에 언제든 죽을 각오를 지니고 살아야 한다"라고 말했다.

　자신이 나약하며 약점이 많다는 생각을 버려야 한다. 어리석은 자의 특징은 타인의 결점을 드러내고 자신의 약점은 잊어버리는 것이다. 사람은 자신의 약점을 보완해나갈 때 더 강해질 수 있다. 약점弱點은 불충분하거나 모자라는 점을 말한다. 모든 사람에게는 약점이 있다. 자신의 약점 때문에 다른 사람들을 의지하기도 하고 강점을 더함으로써 보완하기도 한다. 자신에게 무언가 부족한 것이 있다는 것이 행복의 필수 조건이다. 그 부족함을 채우기 위해 더 노력할 것이기 때문이다.

자신이 부족하다는 사실을 아는 것이 중요하다. 그리고 그 부족함을 인정하는 것은 더 중요하다. 자신의 부족함을 인정하는 자세가 바로 자신을 한 단계 더 성장할 수 있게 만들어주기 때문이다. 내일을 향해 성공할 것을 믿고 나아가야 한다.

늘 부족한 것은 성실이다. ─디즈레일리

하늘에 별들이 총총 떠 있는 것이 눈에 들어온다면 그래도 살맛나게 살고 있는 것이다. 가슴이 아파도 울지만 말고 내일을 밝게 만들어가야 한다. 속앓이만 끙끙 해대며 살지 말고 뜨거운 가슴으로 살아야 한다. 흐르는 물은 웅덩이를 채우고 흘러가듯 열심을 다하면 부족이 아니라 충만하고 넘치는 삶을 살 수 있다. 어떤 고난과 역경 속에서도 정신적으로 강한 긍정의 마음이 있다면 회복의 속도가 빨라진다. 마음이 강해지면 나약과 부족을 이겨내는 힘이 강해진다.

사람이 노력의 가치를 알게 되는 것은 피나는 노력을 통해서다. 자신이 부족하다면 슬픔과 고통에 잠겨 있지 말고 이겨내야 한다. 씨앗은 그냥 두면 씨앗일 뿐이다. 싹이 나고 자라야 큰 나무가 될 수 있다.

지그 지글러는 『시도하지 않으면 아무것도 할 수 없다』라는 책에서 "가만히 앉아서 일이 잘되기만을 바라는 사람은 위대한 인물이 될 수 없다. 조물주는 우리에게 고기를 낚을 수 있는 장소를 제공해 주었지만 낚시 미끼는 자신이 알아서 준비해야 한다"라고 말했다.

나 자신도 늘 부족함을 느꼈다. 중고등학교 시절에는 공부를 참 못했다. 그런 나를 어머니는 가끔씩 안아주시면서 말씀하셨다. "너는 이다음에 크게 될 것이다." 나는 어머니의 말이 이상하게 들렸다. "엄마! 내가 공부를 잘해? 얼굴이 잘생겼어? 집안이 좋아? 뭐가 잘돼!" 어머니는 배추를 다듬다가 흙 묻은 손으로 내 엉덩이를 세 번 치며 말씀하셨다. "엄마가 된다면 되는 거야!" 지금 생각해보면 어머니가 나약하고 부족한 자식에게 자신감을 심어주신 것이다. 어머니의 말대로 나는 크게 된 것 같다. 책을 172권이나 펴내고 전국으로 1년이면 수백 번의 강의를 다니는 명강사가 되었으니 어머니의 말씀이 정답이다.

삶 속에서 일어나는 갖가지 문제를 해결해라. 시어도어 루빈은 "문제 그 자체는 문제가 아니다. 다른 것을 기대하는 심리와 문제를 가지고 있는 것이 문제라는 생각이 문제다"라고 말했다. 삶은 곧 문제이며 해답이기에 갖가지 문제로 얽혀 있다. 살아 있기에 문제가 일어나는 것이다. 문제가 생기면 껴안고 걱정만 하지 말고 해답을 찾아 해결해야 한다.

삶을 멋지게 살고 싶다면 자신의 나약함을 극복하고 전진해야 한다. 자신이 원하는 삶으로 전진할 생각이라면 나아갈 방향을 분명히 정해야 한다. 안톤 체호프는 "'전진'이라고 말했을 때는 어디로 가는지 그 방향을 정확히 밝혀야 한다. 그런 조치 없이 수사와 혁명 당원에게 호령한다면 그들은 반대 방향으로 가려고 할 것이다"라고 말했다. 전진前進은 앞으로 나가는 것을 말한다. 전진을 방해하는 것이 있다면 그것은 무엇인가? 그것을 어떻게 하면 되는가? 낡은 습관에 얽매여 있지 않았는가? 과거의 실패에 구애받고 있지는 않은가? 이런 사항들을 점검하면서 자세를 고쳐나가는 것이 중요하다.

어제는 다시 돌아오지 않는다. 중요한 것은 오늘 그리고 내일 무엇을 하느냐다. 전진은 때로는 위험한 모험이 되기도 한다. 비스마르크는 "사람 앞에 무슨 일이 생길 것인가 묻지 말라! 오로지 전진하라! 그리고 대담하게 나의 운명에 부딪치라! 이 말에 복종하는 사람은 물새 등에 물이 흘러버리듯 인생의 물결은 가볍게 뒤로 사라진다"라고 말했다. 우리는 앞으로 전진을 해야 한다.

전진하는 자에게는 행복이 따르고 머물고 있는 사람에게는 행복도 멈춘다. 니체는 "인생의 목적은 끊임없는 전진에 있다. 앞에는 언덕이 있고 시냇물이 있고 진흙도 있다. 걷기에 좋은 길만은 아니다. 먼 곳으로 항해하는 배가 한 번도 풍랑을 만나지 않고 순탄하게 갈 수만은 없다. 풍파는 언제나 전진하는 자의 벗이다. 차라리 고난 속에 인생의 충만한 기쁨이 있다. 풍파 없는 항해! 이 얼마나 건조하고 단조로운 것인가. 고난이 심할수록 내 가슴은 마구 뛴다"라고 말했다.

1876년 토머스 에디슨이 설립한 전기 회사인 제너럴 일렉트릭사는 미국 최고의 전통과 역사를 자랑하는 기업이다. 험난한 경쟁력에서 서서히 밀려나는 이 회사에 변화의 바람을 불어넣은 사람은 잭 웰치다. 그는 오로지 1등과 2등의 사업이 아니면 과감하게 청산하라는 경영상의 냉철한 결단력을 가지고 있었다. 잭 웰치의 경영전략은 제너럴 일렉트릭사가 세계적인 기업으로 다시 태어나는 데 결정적인 역할을 했다.

성공을 현실로 만드는 방법

1. 모든 일에 불가능하다는 생각을 먼저 하지 마라.

2. 고난이 찾아올 때 고난을 뛰어넘을 수 있도록 해라.

3. 언제든지 성공할 수 있다는 생각을 가져라.

4. 몇 번의 실패가 찾아와도 다시 시작해라.

5. 꿈과 비전을 버리지 마라.

6. 타인의 실패와 자기를 비교하지 마라.

7. 끝까지 최선을 다해라.

우유부단한 사람은 그 어떤 일도 결단을 내리지 못한다. 결단決斷은 딱 잘라 결정을 내리거나 단정하는 하는 것을 말한다. 강하게 살아남는 사람은 결단을 잘 내리고 곧 행동으로 옮긴다. 무엇이든지 억지로 해서는 안 된다. 강요된 것보다 불행한 것은 없다. 견디기 힘들고 죽을 것 같았던 삶이 행복하다고 말할 수 있도록 살아야 한다. 삶에 보람을 느끼고 대가를 분명하게 받아야 한다.

귀하게 여기지 않았던 아주 작은 일이 때로는 삶에 변화를 줄 수 있다. 정말 대단한 사람은 작은 일도 언제나 소홀히 여기지 않고 최선을 다하는 사람이다. 영국의 물리학자요, 천문학자인 아이작 뉴턴은 사과가 떨어지는 것을 보고 만유인력의 법칙을 발견했다. 제임스 와트는 끓는 주전자에서 내뿜어지는 증기를 보고 증기 기관차를 발명했다. 항상 원대한 목표를 가지고 한 걸음씩 앞으로 나가는 것이 중요하다. 정상에 오르려면 작은 고개들을 수없이 넘어야 한다.

행복은 스스로 찾아오지 않는다. 자기 자신이 찾아내고 만들어 내는 것이다. 즐겁게 살지 못하고 성공하지 못하는 것은 늘 자신을 얽매는 것에 묶여 있기 때문이다. 늘 노력하고 정진하지 않으면 세상은 아무것도 주지 않는다. 결심이야말로 인간의 능력을 발휘시키는 결정적인 것이다.

도널드 미첼은 "결심치고 하찮은 것이 없고 결심치고 조악한 것이 없다. 그리고 목표치고 그릇된 것이 있을 수 없다. 그리고 강인하고 지칠 줄 모르는 의지야말로 어린애가 겨울날의 서릿발을 밟듯 어려움과 위험을 무너뜨리고 오직 목표를 향한 집념으로 인간의 두뇌를 불태우는 것이다. 의지는 인간을 위대하게 만드는 것이다"라고 말했다.

삶 속에서 부족을 느끼면 채워나가야 한다. 행복하지 못하면 행복하게 만들어야 한다. 건강하지 못하면 건강하기 위해 힘써야 한다. 남을 돕고 살지 못하면 돕기 위해 나눔의 삶을 살아야 한다. 배움이 부족하면 배워야 한다. 삶이 재미없다면 재미있게 만들어야 한다. 잘나가지 못하고 있으면 잘나가게 만들어야 한다. 그 모든 것을 하기 위해 살아가는 것이다. 자기의 책임을 다하면 가슴 뿌듯하게 살아갈 수 있다. 아주 보잘것없는 방식을 그대로 고집하면 자신의 삶을 발전시켜나가지 못한다. 시대의 변화에 적응하려면 항상 새로운 시도와 방법을 실행해나가야 한다.

삶 속에서 때로는 독하고 강한 마음이 필요하다. 어금니 꽉 깨물고 강한 마음으로 살아가는 것이다. 못 할 것이 어디 있겠는가? 할수 있다고 생각하는 것은 거의 다 할 수 있다. 무언가 획득하겠다고 결심하는 것이 종종 획득 그 자체가 되고 최선의 결단은 강한 능력을 나타낸다. 가장 중요한 시기에 분명하고 확고한 마음을 가지고 나가는 것이 중요하다. 삶은 서성거리거나 두리번거릴 시간이 없다. 용기란 어떤 역경과 고통 속에서도 도전하고 어떤 시련과 아픔도 기꺼이 이겨내는 마음을 말한다. 누구나 용기를 낼 수 있다. 자신을 소극적으로 보거나 나약하게 생각하면 안 된다. 누구나 자신이 부족하고 나약하다고 느낀다. 그런 마음을 이겨낼 때 삶을 더욱 더 깊이 있게 살 수 있다.

자신이 발전하고 있다고 확신하고 행동해야 한다. 그런 분명한 마음이 없다면 아무리 애를 써도 소용이 없다. 자신의 목표에 대한 강한 확신이 있는 사람이 발걸음을 재촉하고 자신의 몸을 아낌없이 던진다. 갈망할 것이 있다는 것은 의미가 깊다. 시간의 가치를 알고 붙잡아야 한다. 삶의 매 순간을 기뻐하며 즐기되 게으르게 살지 말아야 한다. 정신이 해이해지지 않도록 확신을 가지고 행동해야 한다.

스티븐 코비는 "열정은 가치 있는 목적을 달성하기 위해 어떤 일을 할 때 혹은 자신의 욕구를 충족시키는 어떤 일을 할 때 느끼는 마음속의 불, 열의, 용기다"라고 말했다. 당신의 가슴에 손을 대어보라. 뜨거운 열정이 있는가? 그렇다면 자신이 하고자 하는 일에 쏟아부어라! 돌담을 쌓아가는 정성으로 부족함을 채워나가면 삶 속에서 풍성함을 누릴 수 있다.

새뮤얼 굿리치는 "인내는 연약함에 힘을 주고 가난함에 세상의 부를 열어준다. 인내는 황량한 땅에 풍요를 뿌리고, 가시와 찔레가 있는 사막 같은 자리에 아름다운 꽃이 피게 하고 번성하게 하고 열매 맺게 한다"라고 말했다. 기다림은 모든 것을 해결해준다. 세상에서 일어나는 일은 시간이 지나가야 이루어진다. 기다림은 곧 삶이다.

활력은 모든 활동에 힘을 주고, 모든 노력에 정신력을 부여한다. 활력이 충만한 인간은 어떤 경우에도 절망하지 않고 스스로를 비하시키는 위험을 자초하지 않는다. 늘 웃으며 활력이 있는 사람들이 일을 즐겁게 잘한다. 힘이 넘치는 사람 옆에 있으면 같이 힘이 난다. 나약함과 부족함을 단호하게 떠나서 꿈을 가지고 이루며 살아야 한다.

나에게는 꿈이 있습니다.

조지아 주의 붉은 언덕에서 노예의 후손들과 주인의 후손들이

형제처럼 손을 맞잡고 나란히 앉게 되는 꿈입니다.

나에게는 꿈이 있습니다.

이글거리는 불의와 억압이 존재하는 미시시피 주가

자유와 정의의 오아시스가 되는 꿈입니다.

나에게는 꿈이 있습니다.

내 아이들이 피부색을 기준으로 사람을 평가하지 않고

인격을 기준으로 사람을 평가하는 나라에서 살게 되는 꿈입니다.

나에게는 꿈이 있습니다.

지금은 지독한 인종차별주의자들과 주지사가

간섭이니 무효니 하는 말을 떠벌리고 있는 앨라배마 주에서,

흑인 어린이들이 백인 어린이들과 형제자매처럼

손을 마주 잡을 수 있는 날이 올 것이라는 꿈입니다.

지금 나에게는 꿈이 있습니다.

골짜기마다 돋우어지고, 작은 산마다 낮아지며

고르지 않은 곳이 평탄케 되며 험한 곳이 평지가 될 것이요,

주님의 영광이 나타나고 모든 육체가

그것을 함께 보게 될 날이 있을 것이라는 꿈입니다.

–마틴 루서 킹

　노신은 「고향」에서 "희망이란 본래 있다고도 할 수 없고 없다고도 할 수 없다. 그것은 마치 땅 위의 길과 같은 것이다. 본래 땅 위에는 길이 없다. 걸어가는 사람이 많아지면 그것이 길이 되는 것이다"라고 했다. 어려운 난관 속에 빠져 있을 때에도 헤쳐 나가면 길이 생기고 희망이 보이는 것이다.

　자신감은 우연히 얻어지는 것이 아니며, 자신감을 가지면 자신의 일에 큰 재미를 느낄 수 있다. 또 재미를 느끼면 엄청난 일을 해낼 수 있다. 리더가 되기 위해서는 사람들이 자신을 따르도록 만들어야 한다. 자신이 어디로 가는지 알지 못하는 사람을 따르는 사람은 아무도 없다. 자신의 능력을 아는 사람은 늘 활동적으로 일한다. 내일에 대한 확신을 가지고 살아간다. 일을 즐겁게 하는 사람은 행복하다. 일을 하면서 주변 사람들을 즐겁게 해주는 사람은 복이 넘치는 사람이다. 데일 카네기는 "기회가 눈앞에 나타났을 때 이것을 붙잡는 사람

은 십중팔구 성공한다. 뜻하지 않은 사고를 극복해서 자기 힘으로 자신의 기회를 만들어내는 사람은 100% 성공한다"라고 말했다.

성공을 가로막는 12가지 거짓말

1. 하고 싶지만 시간이 없어.

2. 인맥이 있어야 뭘 하지.

3. 이 나이에 뭘 할 수 있겠어.

4. 왜 나에게는 걱정거리만 생기는 거야.

5. 이런 것도 못 하니 나는 실패자야.

6. 사실 난 용기가 없어.

7. 사람들이 나를 화나게 해.

8. 오랜 습관이라 버리기 어려워.

9. 그건 내가 할 수 있는 일이 아니야.

10. 맨정신으로 살 수 없는 세상이야.

11. 나는 원래 이렇게 생겨먹었어.

12. 상황이 협조를 안 해줘.

누구에게나 기회가 온다. 준비된 사람만이 기회를 잡을 수 있다. 기회를 잡고 도전하는 사람만이 좋은 결과를 누릴 수 있다. 누구나 자신이 원하는 일에 도전하지 않는다면 삶의 가치를 제대로 나타내지 못한다. 도전하는 사람이 미래를 만든다. 내일을 화창하게 만든다. 도전하는 사람이 성공을 만든다. 도전하는 사람이 만족을 누린다. 모든 것은 밑바닥에서, 때로는 더 아래에서 시작한다. 살아 있는 것들은 모두 다 하늘을 향해 자라난다.

체스터필드는 "시간의 참된 가치를 알라. 그것을 붙잡으라. 억류하라. 그리고 순간순간을 즐기라. 게을리하지 말고, 해이해지지 말고, 우물거리지 말라. 오늘 할 수 있는 일을 내일까지 미루지 말라"라고 말했다.

시간은 멈추지 않는다. 흘러가는 시간 속에 작은 나무가 큰 나무가 되는 것처럼 성장해야 한다. 우연이라고 믿고 있는 대발견의 이면에는 치열한 집념과 인내가 숨어 있는 것이다.

기적은 매일 일어난다. 기적奇蹟은 상식으로는 생각할 수 없는 아주 기이한 일을 말한다. 기적을 바라는 사람보다 기적을 만들어내는 사람이 더 행복하다. 자신의 재능을 끌어내어 자신이 원하는 목적을 이루기 위해 열정을 쏟아야 한다.

자신 속에 깊이 감추어져 있는 능력을 찾아내겠다고 마음먹는다면 숨겨진 재능을 끌어내어 멋진 삶을 살 수 있다. 자기 안에 잠든 거인을 꺼내어 써라. 자기 안에는 자신이 알지 못하는 능력이 있다.

인디언 금언 중에 "어떤 말을 만 번 이상 되풀이하면 반드시 미래에 그 일이 이루어진다"라는 말이 있다. 강한 의지와 정신으로 자신의 나약함을 이겨낸다면 최고 최상의 멋진 삶을 살 수 있다. 자신의 미래의 성공을 이미 이루어진 것으로 받아들일 수 있어야 한다. 자신을 계발하기 위해 노력하지 않으면 만날 제자리를 맴돌 수밖에 없다.

지속적인 연습과 훈련이 만들어놓은 독보적인 존재는 언제나 살아남아 꿈을 이루어낸다. 확고한 신념은 내일을 만드는 가장 놀라운 힘이다. 가슴을 활짝 열고 이마에 땀 흘리는 삶을 살아야 한다. 삶의 길을 힘차게 걸어가면 문이 활짝 열린다. 고통을 피하려고 하면 불행의 그림자는 더 짙게 찾아온다. 고통과 맞서서 이겨내야 한다.

삶을 살아가노라면

하늘을 훨훨 날아가는 새들도
한없이 자유롭게 보이지만
다 살기 위한 몸부림이다

숲 속의 커다란 나무들도
가지들을 힘 있게 뻗치고 있지만
다 살기 위한 몸부림이다

보기 좋게 가려진 곳들도 자세히 들여다보면
속 태울 일도 많고 성한 곳 하나 없이

아플 만큼 아프게 살아간다

여유작작하게 보이는 사람들도
세상사에 가슴 졸여 지치고
서러움과 고달픔이 가득하고
오장육부가 부글부글 끓고 있다

온 세상 다 밝힐 듯이
환하게 웃고 있어도
피맺힌 아픔에 온몸이 찌들어 있다

삶을 살아가노라면
누구를 탓하고 원망해도
아무 소용이 없다

서로의 가슴을 쪼아대면 댈수록
부딪치고 아프기만 한 것을
마음의 틈새를 조금씩 열고 살아간다면
삶도 너그럽게 다가올 것이다

만남을 소중하게 여겨라

당신과의 만남은 신의 축복이다. 수십 억, 수백 년의 우주 시간 속에 바로 지금,
무한한 우주 속의 같은 은하계, 같은 태양계, 같은 행성, 같은 나라, 그리고 같은 장소에서
당신을 만난 것은 1조에 1조를 곱하고 다시 10억을 곱한 확률보다도 작은 우연이다.

칼 세이건

삶은 혼자서 살 수가 없다. 만남 속에서 모든 일이 이루어진다. 삶의 기로에 서 있을 때, 괴롭거나 슬플 때, 혹은 절망하거나 좌절할 때 만남이 중요하다. 누구를 어떻게 만나느냐에 따라 삶의 모습과 방향과 결과가 달라진다. 사람을 만나고 주고받는 마음이 있어야 풍요로운 삶을 살 수 있다. 삶을 행복하고 멋지게 살기 위해서는 좋은 만남이 절대적으로 필요하다. 위대한 사람들에겐 그들을 위대하게 만든 사람들이 있다. 혼자서는 위대한 일을 만들 수 없다. 함께 하고 싶은 사람들과 같이해야 한다.

성공한 사람들은 언제나 신기하도록 운명적인 만남이 있고 아주 좋은 기회를 잡는다. 좋은 만남을 가지고 싶다면 서로 존중respect해주고 서로 알아주고recognition 서로 보상reward해주어야 한다. 세 가지가 잘 조화되면 사람은 자존감을 느끼게 된다. 사람은 결코 홀로 위대해질 수 없다. 한 사람을 잘 만나면 인생이 달라진다는 말은 분명한 사실이다.

사람들은 겸손한 마음을 가진 사람을 좋아한다. 겸손humility이란 말은 '땅'을 뜻하는 라틴어 humus에서 나왔다고 한다. 삶을 멋지게 살고 싶다면 늘 겸손한 마음으로 인간관계를 맺어야 한다. 겸손한 사람은 사람들이 서로 좋아하고, 함께하고 싶어 하고, 마음을 열고 같이 일하고 싶어 한다.

어떤 사람을 가족으로, 친구로, 스승으로, 동료로 만나느냐에 따라 인생의 시작과 끝이 전혀 달라진다. 정말 좋은 사람을 만나기를 간절히 원한다면 내가 먼저 타인에게 행복을 주고 사랑을 주고 함께해줄 수 있는 좋은 사람이 되어야 한다. 사람은 누구나 인정받고 이해받을 때 행복해진다. 남을 배려하는 마음이 자신에게도 배려로 돌아온다. 인생은 메아리 같은 것이다. 주면 주는 대로 돌아오는 법이다. 배려는 타인을 공감하는 눈으로 바라보고 존중하는 마음에서 시작된다. 마음을 크게 가지고 살아야 사람들이 좋아한다.

사람을 잘 만나고 환영받는 인물이 되려면 자신 스스로 긍정적으로 살아야 한다. 긍정적인 마음은 좋은 인간관계를 맺게 하는 가장 큰 조건이다. 마음이 성급하지 않고 침착할수록 존중받을 수 있다. 항상 서두르지 않고 차분하게 상대방의 마음을 먼저 헤아려주면 주변에 사람들이 모여들게 된다.

늘 함께하고 싶은 사람을 만나야 한다. 친구와 직장 동료를 잘 만나야 한다. 가장 중요한 것은 자신 스스로 자신을 잘 만나야 한다. 세상에서 가장 좋은 친구는 바로 자신이다. 그러므로 자신을 신뢰하고 따라야 한다. 자기 자신을 먼저 인정하고 자신감을 가지고 열정을 쏟으며 인생을 멋지게 살아갈 수 있는 힘과 용기를 가져야 한다. 사소한 일로 자존심 상해하지 말고 늘 강한 정신력과 부드러운 마음을 가져야 한다.

만나는 사람을 이용하려 하기보다 도움이 되려는 마음이 우선되어야 한다. 자신이 원하는 꿈과 비전을 이루기 위해서는 뜻있고 좋은 만남을 이루어야 한다. 진정한 친구는 모든 사람이 떠날 때도 늘 함께한다. 서로 일으켜주고 도와주고 함께하는 삶이 멋지고 아름다운 삶이다. 마틴 루서 킹은 "우리는 형제처럼 사는 법을 배워야 한다. 그러지 않으면 바보처럼 함께 죽게 될 것이다"라고 말했다. 사람들은 말만 앞세우는 사람을 싫어한다. 진실한 마음이 담긴 행동이 사람들의 신뢰를 쌓는다.

살면서 많은 사람을 만나게 된다. 평생토록 첫인상이 좋게 남는 사람도 있지만 늘 마주쳐도 멀게만 느껴지는 사람도 있다. 언제나 보고 싶고 살면서 우연이라도 해후하고 싶은 사람도 있다.

우리가 만나는 한 사람 한 사람이 너무나 고귀하다. 어리석게 싸우고 미워하기보다 배려하고 화합하고 함께할 때 위대한 힘을 발휘할 수 있다. 사람과 사람이 만나는 인연은 너무나 소중하다. "그 사람과 만나서 참 좋았다"라는 만남이 되어야지 "차라리 그 사람을 만나지 않았으면 좋았을 걸 그랬다" 이런 만남이 되어서는 안 된다.

항상 좋은 만남으로 살아야 한다. 잊을 수 없는 사람, 마음속에 간직하고 싶은 사람, 꼭 다시 만나고 싶은 사람이 되어야 한다. 아인슈타인은 "한 번밖에 없는 인생이지만 남을 위해서 산다면 살 만한 가치가 있는 인생이다"라고 말했다. 소중한 만남 속에 서로의 마음에 그리움의 공간을 만들고 사랑해줄 공간을 만들어야 한다.

아침에 눈을 뜨면 상쾌한 마음으로 하루를 시작하는 기쁨을 갖는다. 가족들과 즐겁게 웃으며 사랑하며 살아가면 행복하다. 항상 따뜻하게 인사를 나누고, 오늘은 어떤 일이 있을까? 오늘은 어떤 사람들을 만날까? 기대감을 가지고 살아가면 삶에서 더 깊은 재미를 솔솔 느낀다. 밥 도일은 "사람들은 감정만 바꾸면 하루 전체를, 심지어 인생까지도 바꿀 수 있다는 사실을 전혀 모른다. 하루를 좋게 시작하고 그 좋은 감정을 느끼고 있으면, 어떤 일로 기분이 바뀌지 않는 한 끌어당김의 법칙에 따라 계속해서 기분이 좋아질 상황과 사람들을 끌어당기게 된다"라고 말했다.

인간관계를 잘하는 방법

1. 먼저 말을 걸어라.

   즐거운 인사말보다 멋진 것은 없다.

2. 미소를 보내라.

   찡그리는 데는 얼굴 근육이 72개가 필요하다. 그러나 웃는 데는

   단 14개가 필요하다.

3. 이름을 불러주어라.

   사람의 이름만큼 아름다운 음악은 없다.

4. 친절한 마음으로 대해라.

   친절만큼 가슴을 따뜻하게 하는 것은 없다.

5. 성심성의로 대해라.

   즐거운 마음으로 일을 하면 진심이 우러나온다.

6. 관대해라.

   비판보다는 칭찬이 사람을 크게 만든다.

7. 관심을 가져라.

   마음만 먹으면 모든 사람과 친해질 수 있다.

8. 감정을 존중해라.

   사랑과 미움은 종이 한 장 차이다.

9. 의견을 존중해라.

   의견에는 세 가지가 있다. 당신의 의견, 상대방의 의견, 가장 올

   바른 의견.

10. 봉사해라.

세상에서 가장 가치 있는 일은 남을 위해 봉사하는 것이다.

만나는 사람들끼리 다투거나 시기하지 말고 서로 의지하고 정을 나누어야 한다. 자기주장만 내세워 상대방을 괴롭히기보다 상대방의 말을 아주 편하게 들어주어야 한다. 곤경에 빠질 때 사람의 진가를 알 수 있다. 다른 사람에게 필요한 존재가 되려면 자기의 희생과 배려가 따라야 한다.

남의 약점을 찾아 비방하는 사람은 자신의 삶에 더 지독한 악취가 풍긴다는 사실을 모른다. 좋은 만남이 되려면 지나간 자리에 허물이 없고 마주하면 거부감이 없어야 한다. 늘 생각이 깊고 사리 판단과 행동이 분명하고 떠난 후에도 향기가 남는 사람이 좋다. 상대방을 편안하게 하고 기분 좋게 해주면 자신도 그런 마음을 갖게 된다.

톨스토이는 "세상에서 가장 중요한 때는 바로 지금이고, 가장 중요한 사람은 지금 당신과 함께 있는 사람이며, 가장 중요한 일은 지금 당신 곁에 있는 사람을 위해 좋은 일을 하는 것이다. 그것이 우리가 이 세상에 있는 이유다"라고 말했다. 우리에게 가장 중요한 순간은 바로 지금이다. 과거는 이미 떠나가 버렸고 미래는 아직 오지 않았다. 지금 이 순간을 가장 값어치 있게 써야 한다.

행복과 기쁨은 만남을 통해 생겨난다. 행복과 기쁨은 때때로 시들고 없어지는 감정이다. 행복이 우리를 동요시키고 들뜨게 만든다면, 기쁨은 우리를 한 자리에 뿌리내리게 하고 감동과 감격을 선물한다. "나는 행복하다"라고 말하는 사람들은 타인에게도 행복을 선물하는 것이다.

오늘을 살아가는 사람들은 어쩌면 저마다 가면을 하나씩 쓰고 있는지도 모른다. 사람들은 겉으로는 점잖은 체, 성숙한 체하지만 속은 그렇지 못할 때가 너무나 많다. 모두 다 잘못된 껍데기를 벗어 버려야 한다. 자기 시야가 좁으면 늘 비판하려는 마음이 든다. 넓은 마음으로 주변 사람들에게 편하게 대해야 한다. 충고나 비난은 좋은 결과보다는 도리어 파괴하는 경우가 많다. 친절과 배려가 필요하다.

어느 날 미국의 루스벨트 대통령이 영국 수상 처칠을 방문했다. 루스벨트 대통령이 내실 문을 노크하자 안에서 "들어오시오!" 하는 소리가 들렸다. 그래서 루스벨트 대통령이 문을 열었더니 처칠은 옷을 입고 있지 않은 채였다. 루스벨트 대통령은 깜짝 놀라 얼른 문을 닫으려고 했다. 그때 처칠은 "대영제국은 동맹국과 사귈 때는 언제나 이런 식으로 합니다" 하며 악수를 청했다. 이는 가식이 없어야 동맹국이 될 수 있다는 표현이었다고 한다.

영국을 여행할 때 아일랜드로 가기 위해 배를 탔다. 식당에 앉아 있는데 건너편에 앉아 있는 외국인이 나를 보고 손짓했다. 발밑을 보라는 것이었다. 한 번도 아니고 두 번이나 가리켰다. 발밑을 내려다보았더니 내 여권이 떨어져 있었다. 그 사람을 못 만났더라면, 그의 친절과 배려가 없었더라면 나는 여권을 잃어버리고 여행을 제대로 즐기지 못했을 것이다. 짧은 만남이지만 너무 고마워서 오랫동안 기억에 남는다. 사람은 때때로 누군가의 혜택을 받고 주며 살아간다. 사람을 행복하게 해주고 배려해주는 마음은 어두운 세상을 밝히는 가로등과 같다.

게일 세이어스는 "나는 이 생애를 단 한 번밖에 살 수 없기에 내가 베풀 수 있는 아주 자그마한 친절이 있다면 지금 즉시 베풀 것이다. 내가 지금 걷는 길은 두 번 다시 걸을 수 없는 길이다"라고 말했다. 우리는 서로서로 좋은 인연들이 되어 서로를 바라볼 때 웃을 수 있는 행복을 누리며 살아야 한다. 늘 기억해도 좋은 사람, 생각하면 왠지 기분이 좋아지고 웃음이 나오는 사람이 되어야 한다.

내가 다녔던 국악학교 친구들은 무척이나 가난했다. 그러나 그 시절 친구들은 정말 가깝고 우정 깊은 사이였다. 가난했던 서로의 집을 오가며 학창 시절을 즐겁게 보냈다.

서울에서 부산까지 고속도로를 뚫는 작업을 하던 그 시절 우리는 무전여행을 떠나 전국을 돌며 악기 연주를 했다. 그 기억은 지금도 눈앞에 그림처럼 그려진다. 기차와 배와 버스를 타고 시골과 섬을 돌며 고생이 되어도 웃고 또 웃으며 즐거워했다. 그때에는 무전여행을 하는 사람들이 참으로 많았다. 인심이 좋았던 시절이었기 때문이다. 지금 생각하면 모든 일이 추억이 되어 아름답게 남아 있다.

그 시절 친구 중에 김철호라는 친구가 있었다. 그 친구는 '인간

초침'이라고 불릴 정도로 수업 시간 직전에 나타나곤 했다. 곱슬머리에 반장과 회장을 했고 대금을 멋지게 연주하는 매력이 있는 친구였다. 대금을 불 때의 몸짓은 참으로 독특했던 것으로 기억된다.

하루는 김철호가 자기 집에 가자고 친구들을 불렀다. 아파트를 구경시켜준다는 것이었다. 집에 가보니 다락방을 아파트라고 말한 것이었다. 그때 참으로 많이 웃었다. 참 순간순간마다 재치가 있고 순발력이 좋은 친구였다. 자기 주관이 뚜렷하고 고집스런 모습도 있지만 그 모든 것이 남자다운 멋으로 다가왔다. 그의 어머니는 늘 우리 친구들을 반갑게 맞아주셨고 없는 살림에도 늘 음식을 풍성하게 해주셨다. 참 정이 많고 늘 웃음이 잔잔하게 퍼지던 고운 분이셨다.

이때 동창들 중에는 김철호 외에 김영동, 황의종, 백혜숙, 곽태헌, 이세환, 이춘목, 최성운 등 많은 친구들이 지금도 국악계에서 연주가로 교수로 자신의 삶에 최선을 다하며 멋진 삶을 살아가고 있다. 또 국악계가 아닌 사회 각 분야에서 윤민영, 윤연웅, 이용선, 임병수, 황광영, 정경교, 한상곤, 김혜선, 김현숙, 김애숙, 김영숙, 현석희, 장순자 등이 열심히 일하며 살아가고 있다. 당시에는 한 학년에 40명, 그중에 남학생이 25명, 여학생이 15명이었다. 그러니 동창이라고 해보아야 다른 학교 한 학급도 못 된다. 학교를 다니던 친구들 중에 반도 못 되는 친구들이 국악계에 있고 다른 친구들은 각자의 삶을 살아가고 있다.

나는 가야금을 전공했지만 소질이 없었다. 중학교 2학년 때 국어

선생님의 강의 때문에 시인이 되고 싶은 마음이 처음 생겼다. 지금 시를 쓰는 시인이 된 것이 더 행복하다. 중고등학교 시절 친구들의 다정했던 모습이 시를 쓰는 데 있어 나에게 많은 도움을 주었다는 것을 알고 있다.

시집 박물관을 만드는 것이 꿈인 나의 서재에는 참으로 많은 시집들이 있다. 그중 나의 마음을 늘 끌어당기는 시집은 김춘수 시인의 『남천』이다. 이 시집의 겉장을 열어보면 국립국악원장을 역임한 고교 시절 동창인 내 친구 김철호가 나의 결혼을 축하하며 써준 글이 있다. "결혼 날에 철호가 78. 11. 11." 중고교 시절부터 늘 시를 써오던 내가 시인이 될 줄 친구는 알았나 보다. 친구들 중에 일찍 결혼한 편인 나를 위해 꿈꾸던 시인이 되라고 귀한 선물을 준 모양이다. 친구의 따뜻한 마음이 36년이 지난 오늘도 내 서재에 자리 잡아 그 시집을 보고 있으면 친구를 만난 듯이 반갑다. 친구의 바람이 있었기에 나는 시인으로 살아가고 있다.

헬렌 켈러는 "당신의 성공은 당신에게 달려 있다. 외적인 조건들은 잔물결에 불과하다. 무엇보다도 중요한 것은 사랑과 봉사다. 기쁨은 우리의 목적과 지성이 불타오르도록 만드는 거룩한 불씨다. 행복한 사람이 되기를 작정하라. 그러면 어떤 어려움이 생긴다고 해도 당신은 막강한 사람이 될 것이다"라고 말했다.

삶 속에 갈등은 수시로 일어난다. 남과 비교하고 벽을 쌓고 시기하고 질투하면 그런 갈등은 더 강해진다. 모든 것을 받아들이는 마음이 필요하다. 갈등은 피할 수 없는 것이다. 하지만 주위의 모든 것을 황폐하게 만드는 갈등의 악영향은 피할 수 있다. 두 사람이 어울리면 맞지 않는 점이 반드시 생기게 마련이다. 그렇다고 해서 그것을 비정상이라고 여길 필요는 없다. 진짜 문제는 우리가 그것을 해소하느냐 마느냐이다. 대화를 나눌 때 고개를 끄덕이며 들어주고 함께한다면 싫어할 사람이 없다. 이해받고 싶다면 먼저 이해해라.

스티븐 코비는 "이해하는 것은 동의와는 다르다는 점을 잊지 말라. 그것은 상대방의 눈, 가슴, 머리, 정신으로 볼 수 있다는 것을 의미한다. 인간 정신의 가장 큰 욕구 가운데 하나는 이해시키는 것이다"라고 말했다. 나보다 남을 먼저 생각한다면 세상은 지금보다 그늘도 아픔도 많이 줄어들고 매우 밝아질 것이다. 다른 사람을 배려하지 못하는 사람은 결코 자기 자신 또한 배려하지 못한다.

윌리엄 스트링펠로는 "남의 말을 잘 듣는다는 것은 사람들 사이에 보기 드문 현상이다. 많은 사람이 자신의 외모에 신경 쓰거나, 상대에게 잘난 척하고 싶은 마음에 사로잡혀서, 상대가 말을 멈추었을 때 무슨 말을 할까 고민하면서 상대의 말이 진실인지 타당한지 동의할 만한지 따져보느라 남의 말을 듣지 못한다. 그런 행위도 나름대로 의미가 있겠지만 그것은 상대의 말을 끝까지 듣고 나서 행해야 한다. 상대의 말을 듣는 것은 상대의 말에 스스로를 던져서 그 말과 자신을 접촉시키고 노출시키는 원초적인 애정 행위다"라고 말했다.

만나는 사람들과 함께 가치 있는 삶을 살자. 날마다 만나는 사람들에게 친절, 사랑, 자비를 베풀어야 한다. 그러면 절대로 언제나 잊히지 않을 것이다. 친절은 하늘의 별처럼 온 세상을 밝게 비추어 준다. 타인의 행복을 먼저 생각하고 존중하며 행복하게 살아가야 한다. 자신의 인격을 향상시키고 무엇이 먼저인지를 생각해라. 소중한 삶을 방치하지 말고 가치 있는 삶을 만들자. 영혼이 밝게 호흡하며 살아가는 삶이란 얼마나 아름답고 소중한가. 얼마나 소중한 삶인데 삶을 무가치하게 내던지듯이 살 수 있는가? 내가 소중하게 여기지 않으면 다른 사람도 그렇게 대할 것이다.

인간관계의 의미는 나를 완전하게 해주는 다른 사람을 만나는 데에 있지 않다. 자신의 완전함을 함께 나눌 누군가를 만나는 데 있다. 그러므로 인간관계는 때로는 달콤한 기쁨이 되기도 하지만 때로는 가장 아프고 처절한 슬픔이 되기도 한다.

세 종류의 사람

1. 남을 위해 봉사하는 사람은 늘 명랑하고 행복한 삶을 산다.
2. 남을 위해 희생하지 않는 사람은 지혜가 없고 행복한 삶을 살지 못한다.
3. 자기만의 행복을 헛된 곳에서 찾으려고 애쓰는 사람은 아직도 행복 속에 살고 있지 않다.

인생은 만남으로 어우러진다. 가족, 친구, 동료, 이웃, 일생 동안 얼마나 좋은 만남이 있느냐에 따라서 인생의 판도가 달라진다. 친절과 친밀함은 서로의 상처를 어루만짐을 통하여 자라나는 열매라고 할 수 있다. 사람들과 좋은 만남을 갖기 위해서는 반감을 사지 말아야 한다.

낯선 세상에서 만나면 좋은 사이가 되어야 한다. 헤어지면 보고 싶고 만나면 헤어지기가 싫은 깊은 우정이 있어야 한다. 항상 다른 사람들에게 신뢰를 얻는 삶을 살아야 한다. 그러므로 언제 어디서나 환영을 받는 사람이 되는 것이 가장 중요하다. 벤저민 프랭클린은 "겸손하게 의견을 말하면 상대는 곧 납득을 하고 반대하는 사람도 줄어든다. 그리고 내 잘못을 정직하게 인정하면 내 옳은 생각에 대해 상대방이 박수를 보내준다. 늘 자기 의견만 정당하다고 고집하지 말라"라고 말했다.

가까이해서는 안 되는 사람

1. 주위에 사람이 없는 사람.

2. 자기 곁에 이용할 사람만 두는 사람.

3. 약속을 잘 지키지 않는 사람.

4. 이성을 지나치게 좋아하는 사람.

5. 매사에 수단 방법을 가리지 않는 사람.

6. 부모 형제와 사이가 원만하지 않는 사람.

7. 금전에 매우 인색한 사람.

8. 화려한 세계를 동경하는 사람.

9. 자기의 모든 것을 합리화하려는 사람.

10. 임기응변으로 해결하려는 사람.

　사람과 사람 사이에는 갈등이 있다. 흐트러진 것들을 잘 정리하는 지혜로움과 따뜻한 마음이 늘 필요하다. 만나는 사람들에게 호의를 베풀어라. 그리고 친절해라. 친절은 전염성이 매우 강하다. 리사 니콜스는 "우리에게는 두 가지 감정이 있다. 좋은 감정과 나쁜 감정, 그리고 우리는 이 둘이 어떻게 다른지 알고 있다. 좋은 감정이 생기면 기분이 좋아지고, 나쁜 감정이 생기면 기분이 나빠진다. 우울, 분노, 죄책감, 이런 감정이 느껴지면 힘이 빠진다. 그것은 나쁜 감정이다"라고 말했다.

　대인관계 방식에는 세 가지가 있다. 첫 번째는 자신만을 생각하면서 남은 전혀 생각지 않고 함부로 구는 것이고, 두 번째는 남을 항상 자기 앞에 세우는 것이고, 가장 이상적인 세 번째는 각자 자신이 앞에 서되 항상 남을 배려하는 것이다.

　우리는 사람들 속에서 살아간다. 사람을 만나고, 사람을 좋아하고, 사람을 감동시키는 사람이 성공한다. 셰익스피어는 "배반당한 사람은 배반으로 인하여 상처를 입게 되지만 배반하는 사람은 한층 더 비참한 상태에 놓이게 마련이다"라고 말했다. 배반하는 사람은 사람과 사람 사이를 오가는 신뢰라는 다리를 무너뜨린 늘 변할 수 있는 가장 악한 사람이다.

하이네는 "만일 그대가 배신당한다면 더욱 성실함을 보여주어라. 괴로움이 심하거든 거문고를 타라"라고 말했다. 누군가 자신을 배신하더라도 실망할 필요는 없다. 세상에는 함께해줄 사람이 기다리고 있다. 만나는 사람들과 대화를 잘 나누어야 한다. 잘 웃는 얼굴로 대하면 친근감이 생긴다. 이름을 기억해주고 친절한 마음으로 대하면 누구나 가까워질 수 있다. 항상 성심성의껏 대해주고 마음을 넓게 갖는 것이 좋다. 관심을 가져주고 감정을 존중해주면 사람들은 아주 좋아한다. 공자는 "다른 사람을 대할 때 그 사람의 몸도 내 몸같이 소중히 여겨라. 내 몸만 귀한 것이 아니다. 남의 몸도 소중하다는 것을 잊지 마라. 그리고 네가 다른 사람에게 바라는 일을 네가 먼저 그에게 베풀어라"라고 말했다.

좋은 만남에는 좋은 대화가 꼭 필요하다. 칼 로저스는 "진솔한 대화는 이해심을 가지고 귀를 기울일 때 이루어진다. 즉, 말하는 사람의 생각을 그 사람의 관점에서 보고 그가 어째서 그 문제에 대해 이야기를 하는지 깨달아야 한다"라고 말했다. 진심이 담긴 대화는 마음을 울린다. 서로의 말을 잘 들어준다면 진실은 어디서든 통하게 되어 있다. 꾸며진 말로 감동시키는 것보다 행동으로 보여주는 쪽이 더 진한 감동을 준다.

말다툼은 하지 말아야 한다. 비틀즈의 노래 가사 중에 "친구여, 인생은 아주 짧다. 싸우거나 말다툼할 시간이 없다"라는 구절이 있다. 불신 때문에 말다툼이 일어난다. 의심하고 신뢰하지 못하기 때문에 목소리가 점점 더 높아가는 것이다.

플라톤은 "사람은 다른 사람에게 어떤 행동을 했느냐에 따라 그의 행복이 결정된다. 남을 행복하게 해주려 했다면 그만큼 자신도 행복해진다. 자기 자식에게 맛있는 것을 사주고 아이가 좋아하는 것을 보는 것은 부모의 기쁨이다. 이는 형제간, 친구 간, 이웃 간, 나아가 낯선 사람 사이에도 공통되는 이치다. 남에게 관대하면 그만큼 내 마음이 넉넉해지지만 만일 인색하면 그만큼 내 마음도 좁아진다. 남을 때린 자는 밤잠을 이루지 못하는 법이다. 남에게 친절하고 관대한 것이 내 마음의 평화를 유지하는 길이다. 남을 행복하게 해줄 수 있는 사람이 또한 행복해진다"라고 말했다.

헨리 나우웬은 "침묵이 없으면 그 뜻을 잃게 되고 귀 기울여 듣지 않으면 말소리는 아무 소용이 없으며, 간격이 없으면 가까움의 의미가 없음을 알고 있다. 우리의 삶에서 이 고적한 곳이 없으면 우리의 활동은 공허한 몸짓이 되고 만다"라고 말했다.

대화하고 소통하기를 원한다면 다른 사람의 말을 먼저 잘 들어주고 마음도 살펴주어야 한다. 내 말을 안 들어준다고 대안도 없이 지적만 하고 큰 소리를 질러댄다면 소통이 아니라 소음이 되고 만다. 가장 중요하고 가장 큰 힘을 발휘하는 것이 바로 말이다. 말 한

마디가 때로는 영혼을 살리고 죽인다. 서로 나눈 대화 속에서 상처가 되는 말은 마음을 병들게 하고 뼈를 아프게 하고 절망에 빠지게 하고 죽음에 이르게까지 한다. 막심 고리키는 "비난은 한꺼번에 세 사람에게 상처를 준다. 비난을 받은 사람, 그것을 전하는 사람, 그러나 가장 심하게 상처를 입는 사람은 비난을 퍼부은 사람이다"라고 말했다.

남의 허점을 찾아 비난하는 사람은 언젠가 자신도 처참하게 비난을 받을 것이다. 남의 허물을 덮어주는 사람이 인간적이다. 데비 엘리슨은 "친구란 '자유'라는 의미를 가진 말에서 유래되었다. 친구란 우리에게 쉴 만한 공간과 자유로움을 허락하는 사람이다"라고 말했다. 친구가 없다면 참 외로울 것이다. 사람은 동행해주는 사람이 있어야 외로움에서 벗어날 수 있다.

대인 관계를 잘하는 비결

1. 혀에다 사슬을 달아두어라. 생각하는 것보다 늘 적게 말해라. 유쾌하고 설득력 있는 음성을 가꾸어나가라. 무엇을 말하느냐보다는 어떻게 말하느냐가 더 중요할 때가 있다.

2. 누구에게 친절하게 말할 기회가 있다면 놓치지 마라. 훌륭한 일이 이뤄졌을 때는 어떤 사람이 그 일을 했든 칭찬을 잊지 마라. 잘못을 바로잡아 줄 필요가 있거든 유익한 비판의 말을 해줄 것

이며 절대 파괴적인 태도로는 하지 마라.

3. 다른 사람에게 순수하게 관심을 가져라. 당신이 만나는 모든 사람으로 하여금 자신이 아주 중요한 사람으로 대해지고 있다는 생각을 하게 해라.

4. 즐거워해라. 양쪽 입 가장자리가 항상 곡선을 그리고 있도록 해라. 고통과 염려와 실망은 미소 뒤에 감춰라.

5. 논쟁할 의도로 던지는 모든 질문에 열린 마음으로 대응해라. 논쟁을 하지 말고 논의해라. 의견이 일치하지 않으면서도 얼마든지 친해질 수 있다.

6. 남을 험담하는 데 끼어들지 마라. 좋은 이야기가 아닌 한 다른 사람에 대해서는 아무 말도 하지 않는 것을 규칙으로 삼아라.

7. 다른 사람이 당신의 말을 끊는 것에 신경 쓰지 마라. 그러한 논평에 관계없이 사는 법을 터득해라.

삶이란 슬픔과 기쁨의 연속이다. 슬플 때 기댈 수 있고 기쁠 때 박수를 쳐주며 함께해줄 사람이 필요하다. 헤르만 헤세는 "명성이나 좋은 술이나 지성보다 더 귀하고 나를 행복하게 해준 것은 우정이었다. 나의 천성적인 우울한 습관을 고쳐서 나의 청춘 시절을 다치지 않고 신선하게, 새벽처럼 유지시켜준 것은 결국 우정뿐이었다. 그리고 지금도 나는 이 세상에서 남자들 사이의 성실하고 훌륭한 우정만큼 멋진 것은 없다고 생각한다"라고 말했다.

우리의 만남은

우리의 처음 만남은
오늘이 아니었을 것입니다

언젠가 어느 곳에서인가
서로를 모른 채
스쳐 지나가듯 만났을지라도
우리는 알 수 없습니다

그때는
서로가 낯모르는 사람으로
눈길이 마주쳤어도
전혀 낯선 사람으로 여겨
서로 무관심이었을 것입니다

그러나 오늘
우리들의 만남 속에
마음이 열리고
영혼 가득히 사랑을 느끼는 것은

우리의 만남이

우리의 사랑이

이 지상에서 꼭 이루어져야 했기 때문입니다

우리의 만남은

기쁨입니다 축복입니다

서로의 마음을 숨김없이

쏟아놓을 수 있는 것은

서로를 신뢰할 수 있기 때문입니다

나의 눈동자 속에

그대의 모습이 있고

그대의 눈동자 속에

나의 모습이 담겨 있습니다

단순하게 살아라

> 모든 위대한 것들은 단순하다. 그리고 많은 위대한 것들이 자유, 정의, 의무, 자비,
> 희망처럼 단순한 말로 표현될 수 있다.
>
> **윈스턴 처칠**

삶은 단순하게 살아가야 마음이 편하다. 단순한 것과 복잡한 것은 극과 극의 차이를 나타낸다. 어떤 일이든 복잡한 것은 불안하게 만들고 힘들게 한다. 세상에서 가장 단순하고 평범한 것이 가장 소중하다는 것을 알아야 인생의 깊은 맛을 느낄 수 있다.

단순單純은 복잡하지 않고 간단한 것을 말한다. 단순하게 사는 사람들은 자기가 해야 할 일에 몰입하고 열중하여 집중력을 잘 발휘한다.

단순하고 순수한 것에서 벗어나면 가식이 다가온다. 이솝은 "가식의 웃음을 보이거나 마음에 가면을 쓰지 않고 진심으로 대하는 친절에는 결코 저항할 수 없다. 만일 이쪽에서 끝까지 계속 친절을 베풀면, 양심이 털끝만큼도 없는 사람이라 하더라도 반드시 받아줄 것이다"라고 말했다. 가식은 삶에 아무런 도움이 되지 않는다. 가식적인 면모를 가지고 있으면 자꾸만 더 두꺼운 가면을 쓰게 되고 삶을 위선적으로 살게 된다.

단순한 것과 지루한 것은 다르다. 단순한 것은 편안함을 선물하지만 지루한 것은 마음을 심란하게 만들어놓는다. 삶을 단순하게 살고 싶다면 자기성찰自己省察을 할 수 있어야 한다. 자기성찰은 스스로 자기를 살피고 고쳐나가는 것이다. 잘못을 깨우치고 착각이나 오만에 빠지지 않고 올바른 선택을 해나가는 것이다. 자기성찰이 분명하지 않으면 단순하고 순수한 삶을 살 수 없다. 자만하지 말고 늘 겸손한 마음으로 살아야 한다.

이 세상에 살고 있는 수많은 사람들이 자신도 감당할 수 없는 많은 일과 역할들을 하려고 한다. 사람이 한계가 있는데 지나치게 일을 많이 만들면 감당하기가 힘들다. 일을 단순하게 해야 시간을 효율적으로 사용할 수 있다. 겉모양에 신경 쓰기보다 자신이 꼭 해야 할 일에 몸과 마음을 집중해야 한다. 삶을 단순화해야 한다.

무엇이든지 많이 갖기보다 꼭 필요한 것을 가져야 한다. 묶고 매듭짓는 것도 중요하지만 무엇보다 풀고 나눌 줄 알아야 한다.

금전 관계가 복잡하고 이성 관계가 복잡하고 인간관계가 복잡하면 삶을 망친다. 잘나가던 사람도 한순간에 무너져 내릴 수 있다. 단순함 속에 위대한 것이 숨어 있다. 단순한 마음을 가진 사람들은 다른 사람들에게 피해를 주지 않는다. 악한 쪽으로 머리를 쓰고 못된 마음을 가진 사람들이 남을 괴롭히고 못살게 구는 것이다.

자신의 일과 사랑에 온 마음과 정열을 쏟는 사람이 멋진 사람이다. 삶은 단순 명료해야 좋다. 단순 명료하게 사는 사람이 맺고 끊는 것이 분명하다. 무슨 일에든지 흐지부지한 사람은 늘 그런 식으로 살아간다. 언제나 자기 몫을 다하는 사람들이 복잡한 것을 싫어하고 단순하게 살아간다.

가장 위대한 진리는 가장 단순하다. 그리고 가장 위대한 사람들도 역시 그렇다. ─헤밍웨이

단순하게 살아가는 사람들은 거침이 없이 마음이 맑고 곱다. 마음이 맑은 물이 들여다보이듯 훤히 보인다. 감출 것도 가릴 것도 없이 있는 그대로 순수하게 살아가기 때문이다. 삶을 복잡하게 살지 말고 단순하게 살아야 한다. 삶을 삶답게 살아가는 사람들은 욕심을 버리고 마음이 이끄는 대로 즐겁고 편안하고 단순하게 산다. 돈이든 인간관계든 복잡한 사람들이 항상 문제가 있다. 할 일은 제대로 하고 쓸데없는 일에는 관심을 버려야 한다. 삶을 있는 모습 그대로 단순하고 순수하게 살아가는 것이 가장 아름답고 멋지게 인생을

살아가는 것이다.

사람들을 지나치게 의식해서 겉모양에만 신경 쓰면 위선이 나타나고 가면을 쓰게 된다. 그러나 사람들은 그것을 금방 알아본다. 그 사람이 가면을 쓰고 있는지 순수한 모습인지는 금방 나타나는 법이다. 인간관계도 이해타산 없이 순수한 사람들이 우정을 나누며 멋지게 살아간다.

사람들이 모였을 때 자리를 화기애애하게 만드는 사람이 있고 꼭 쓸데없는 행동을 해서 분위기를 망쳐놓는 사람이 있다. 술자리에서도 술만 많이 먹으면 한 이야기 또 하고 또 하면서 추태를 부리고 다른 사람들을 영 불편하게 만드는 사람이 있다. 사람 사이의 관계가 좋으려면 처음과 끝이 매끈해야 한다. 생각만 해도 기분 좋은 사람이 되어야 한다. 함께 일하고 싶은 사람이 되어야 한다.

로버트 콜리어는 "당신이 원하는 것들이 이미 당신 것이라고 여기라. 그것이 필요할 때 당신에게 찾아간다는 사실을 알라. 그런 후에 당신에게 오게 하라. 안달하거나 걱정하지 말라. 지금 그것이 없는 상황에 관해 생각하지 말라. 이미 당신 것으로 당신에게 있다고 생각하라"라고 말했다. 삶을 단순하게 살지 않고 욕심이 가득해지면 마음이 더 약해지고 위축되고 만다.

복잡하게 엉키면 꼭 탈이 나게 마련이다. 오직 가야 할 한 길을 제대로 가는 사람들이 큰일을 해내고 삶 속에서 보람을 얻는다. 한눈을 팔고 불평하고 원망하고 시기하고 질투하고 모함하며 살아가니까 다투고 싸우고 자꾸만 얽히는 것이다. 해야 할 일은 하고 하지 말아야 할 일은 하지 말아야 한다.

처음 만나 주고받는 명함에서도 단순함이 통한다. 명함이 단순하면 그 사람이 더 솔직하게 느껴지고 관심이 간다. 자기 자랑이 지나치면 신뢰가 가질 않는 것이다. 얼마나 자신감이 없으면 수많은 직함과 자기소개를 써넣는 것일까? 명함은 간단명료한 것이 좋다. 명함으로 자기를 나타내려 하지 말고 자신의 삶과 일 속에서 자신을 보여주면 사람들은 더 큰 신뢰를 갖게 된다.

삶은 때때로 미로처럼 복잡하다는 생각이 든다. 하지만 잘 정리하고 나면 아주 단순해진다. 스콧은 "인생은 마치 군대의 행진과 같아서, 선봉이 질서 정연하게 나가지 않으면 후속 부대는 혼란에 빠져들고 만다. 이와 같이 사람은 일을 처음 시작할 때 가장 엄격하고 규칙적으로 착수하지 않으면 곧 두뇌의 혼란을 일으켜 뒤에는 도저히 수습할 수 없는 지경에 이르고 만다"라고 말했다.

> 단순하게 사랑하기 위해서는 사랑을 보여줄 수 있는 방법을 아는 것이 필요하다. ─도스토옙스키

거짓 없고 꾸밈 없고 진실한 사람들이 단순하게 산다. 있는 그대로 보여주어도 아무런 부끄럼이나 거리낌 없이 당당할 수 있도록 살아야 한다.

단순하게 산다고 매일매일 시계추처럼 틀에 박힌 삶을 살아간다면 무덤 사이를 날마다 걷는 것과 다를 바가 없다. 데일 카네기는 "커다란 성공을 이루는 사람은 대다수가 기꺼이 도전하는 사람이다"라고 말했다. 단순한 삶이란 필요 없고 쓸데없는 일을 하지 않는 단순함이지, 변화 없고 무의미한 단순함을 말하는 것이 아니다. 할 일 없이 빈둥거리는 사람처럼 초라한 사람은 없다. 변화를 원한다면 끈기 있게 도전하며 활기 넘치게 살아야 한다.

톨스토이는 "한마디의 말로도 사람들을 하나로 모을 수 있다. 따라서 명확하게 말하고 진실만을 말하도록 해야 한다. 진실함과 단순함처럼 사람들을 하나로 모으는 것은 없기 때문이다"라고 말했다. 사람들의 성격이나 마음과 행동의 자세, 자기만의 스타일, 또는 모든 것에서 가장 탁월한 것은 단순함에서 시작된다. 가끔은 긴장을 풀고 자신으로부터 떨어져서 단순하게 지낼 필요가 있다. 랠프 월도 에머슨은 "위대함보다 더 단순한 것은 아무것도 없다. 진실로 단순하게 되는 것은 위대하게 되는 것이다"라고 말했다.

단순한 사람은 사랑도 순수하게 한다. 사랑은 때 묻지 않고 순수할 때 가장 아름답다. 이것저것 따지지 않고 오직 사랑 하나만으로 타오를 수 있는 사람이어야 한다. 제롬은 "사랑은 너무나도 순수한 빛이어서 나날이 오염되는 인간 세계에서는 오랜 기간 동안 타오를 수 없다. 그러나 인간은 사랑의 불씨가 꺼져버리기 전에 애정의 횃불을 밝혀 사용할 수 있을 것이다"라고 말했다.

바쁘고 분주해 마음이 복잡할 때는 시도 잘 써지지 않는다. 삶에 여유가 있을 때 마음 깊은 곳에서 시의 샘이 터지듯 시가 써진다. 어떤 때는 반년이 지나도록 한 편도 써지지 않을 때도 있고 어떤 날은 하루에도 몇 편씩 써질 때도 있다. 시인의 마음이 무엇인가를 간절히 그리워하고 감동할 때 시가 써진다.

여행을 하면서 느끼는 것이 시로 써진다. 하루 중에는 아침이나 낮보다는 밤에 잘 써지는 것을 느낀다. 그리고 계절적으로는 봄과 가을에 시를 많이 쓰게 된다. 한 가지 일에 몰두할 때 스쳐 지나가는 것들은 마음에 남지 않는다.

성공하는 사람들, 행복한 사람들은 삶을 복잡하게 만들지 않는다. 자신이 하고자 하는 일을 하며 행복한 가정생활과 친구들과 우정을 나누는 생활 속에서 즐기며 산다. 안나 메리 로버트슨은 "인생은 우리 스스로가 만드는 것이다. 이전에도 그랬고 앞으로도 그럴 것이다"라고 말했다. 우리의 행복과 불행은 어떤 모양과 형태이든지 스스로 만드는 것이다. 위대하게 성공한 사람들은 아주 단순하게 자기의 일에 열정을 쏟아 몰입한 사람들이다.

단순하게 살되 흥밋거리, 재밋거리를 만들고 살아야 살맛이 난다. 만프레드 하우스만은 "별자리가 그 고요한 화려함을 물속에 비추고 있을 때 잔디밭에선 그보다는 온화하지만 데이지 꽃이 밤새도록 빛나고 있다"라고 말했다. 마음이 답답해지면 창문을 열고 푸른 하늘을 바라보라. 그래도 답답하면 산에 올라 마음껏 소리를 질러보라.

우리를 유혹하는 것들

우리를 유혹하는 친구가 있습니까?

그 친구를 멀리하시기 바랍니다.

우리를 유혹으로 인도하는 책자가 있습니까?

그 책을 멀리하시기 바랍니다.

우리를 유혹으로 인도하는 사업이 있습니까?

그 사업을 멀리하시기 바랍니다.

우리를 유혹으로 인도하는 오락이 있습니까?

그 오락을 멀리하시기 바랍니다.

무엇이든지 언제든지 어디서든지

우리를 유혹으로 인도하는 것들을 멀리해야 합니다.

잡초도 아름다움이 살아 있다. 빌헬름 라베는 "잡초가 자라지 않는다면 많은 땅이 얼마나 삭막하고 초라해 보일 것인가?"라고 말했다. 아름다운 꽃만 사랑하지 말고 잡초를 보라. 초라하다 생각지도 말고 우습게 여기지도 마라. 이 세상에 잡초가 없다면 세상은 정말 보잘것없어질 것이다. 이 세상을 덮고 있는 것은 아름다운 꽃이 아닌 잡초이기에 세상이 아름답게 돋보인다.

단순하게 살려면 잘못된 마음을 버려라. 괴테는 "타인을 자기 자신처럼 존경할 수 있고 자기가 하고자 하는 것을 타인에게 할 수 있다면 그 사람은 참된 사랑을 아는 사람이다. 그리고 세상에 그 이상 가는 사람은 없다"라고 말했다. 남을 괴롭히는 못된 마음은 버리고 좋은 마음을 가져야 한다.

염려, 걱정, 절망하게 하는 못된 마음과 헛된 생각의 고삐를 바짝 조여야 한다. 욕망에 빠지면 실망 속에 허탈에 빠지지만 진정한 힘은 참된 마음속에서 나온다. 생활이 나태해지면 엉뚱한 생각에 마음이 자꾸만 흐트러진다. 잘못된 생각 하나, 잘못된 행동 하나가 삶 전체를 망가뜨릴 때가 있다. 순간의 선택이 평생을 좌우한다고 한다. 못된 마음은 몽땅 버리고 좋은 마음으로 살자.

칸트의 행복 원칙

1. 어떤 일을 할 것.
2. 어떤 사람을 사랑할 것.
3. 어떤 일에 희망을 가질 것.

단순하게 살면 마음이 평안해진다. 온갖 잡동사니를 끌어안고 사니까 고민과 걱정이 산더미처럼 생기는 것이다. 단순하게 살면 자제심이 생겨 웬만한 일에는 마음이 동요하지 않는다. 급한 일이 생겨도 늘 원만하게 풀어나간다. 마음이 단순하고 편안하다는 것은 삶의 경험이 많다는 것이다. 삶을 이해하면 마음이 평안해지고 단순해지는 법이다.

카네기는 "우리가 이 세상에 머무는 시간이 길어봤자 몇십 년이다. 그러나 우리는 그중 아주 많은 시간을 쓸데없는 일에 낭비하고 있다. 사람들은 채 1년도 못 가 잊어버릴 사소한 일 때문에 오랫동안 고민하고 괴로워한다. 이 얼마나 안타까운 일인가? 우리가 일상적으로 고민하는 일들은 대부분 대단한 것들이 아니다. 며칠 혹은 몇 달 후면 잊힐 사소한 것들이다"라고 말했다.

하루 일을 시작하기 전에 생각할 시간이 필요하다. 생각이 행동을 만들고 행동이 삶을 만든다. 어떤 생각을 하느냐에 따라 삶의 방향이 달라지고 삶의 결과도 달라진다. 아주 편안한 마음으로 자신을 들여다보아야 한다. 삶에는 분명한 꿈과 비전이 있어야 한다. 누구와 어떤 삶을 살아가느냐는 매우 중요하다. 많은 사람이 꿈 없이 살아간다. 꿈이 없으면 열정도 없고 자신감도 없다. 꿈이 있어야 사랑도 하고 삶 속에서 매력을 발산하며 낭만과 멋을 즐기며 살 수 있다.

현대사회는 매우 분주한 사회다. 눈코 뜰 사이도 없이 매우 바쁘게 변화하고 돌아간다. 그렇기에 더욱더 생각할 시간이 필요하다. 아무 생각 없이 살면 아무 결과도 없다. 그러나 생각을 분명히 하고 행동을 분명히 하면 자신이 원하던 삶을 살아갈 수 있다. 삶이란 나무에 열매가 주렁주렁 열리게 되는 것을 눈으로 보게 될 것이다.

하루를 시작하면서 조용한 시간을 갖는 것은 참 좋은 일이다. 삶이라는 강을 건널 디딤돌이 될 수 있고, 마음의 여백을 채울 수도 있는 시간을 갖는 것은 행복한 일이다. 생각의 씨앗을 심으면 성공이란 커다란 나무로 자랄 것이다. 삶은 만들어가는 것이다. 삶이라는 길을 만들어가는 것은 참으로 멋진 일이다. 내일의 삶은 오늘보다 좋아질 것이고 삶의 날씨는 화창해질 것이다. 삶에는 감동이 있어야 한다. "야! 나에게도 정말 이런 일이 일어나는구나!" 그런 삶을 만드는 것이 생각의 변화이며 행동이다.

대단하고 거창한 것이 다 좋은 것은 아니다. 화려하고 떠들썩한 것이 위대한 것이 아니다. 단순하고 평범한 일상 속에서 즐겁고 기쁘고 신 나게 살 수 있는 사람이 행복하다. 진실한 마음으로 하루하루 살아가는 것이 행복이다. 선입견이 없어질 때 사람들을 순수하게 대할 수 있는 단순한 마음이 생겨난다. 사람을 있는 그대로 받아들일 수 있는 단순함이 사람이 살아가는 맛과 멋을 보여준다.

직업을 수없이 복잡하게 바꾸어대는 사람들은 결코 만족하지 못하고 행복해지지 못한다. 사랑하는 사람을 수시로 바꾸는 사람도 참사랑을 만날 수 없다. 집과 사무실도 잡동사니가 산처럼 쌓여 있고 널려 있다면 정리하여 마음을 편안하고 단순하게 만들어야 할 일을 제대로 할 수 있다.

인생은 어쩌면 자신에게 주어진 한 길을 단순하게 가는 것이다. 에밀리 디킨슨은 "사는 것이 너무 놀라운 일이라 다른 일을 할 겨를이 없다"라고 말했다.

때로는 슬픔도 아픔도 삶의 체험의 하나다. 모든 것은 끝날 때가 있다. 잘 견디고 이겨내는 마음이 필요하다. 어려운 일일수록 아주 단순하게 생각을 정리하고 집중하고 지속적으로 처리해나가면 모든 일은 순차적으로 다 풀리게 되어 있다. 시간이 해결해준다는 말은 세월이 지나면 그만큼 마음에 여유가 생기고 어려웠던 일도 저절로 잊혀간다는 말이다.

일도 잘 못하고 변명이 많은 사람은 늘 먼저 이유를 대고 불평을 한다. 자기가 부족하다는 것을 알고 있기에 그것을 감추려고 열을 내고 흥분을 한다. 변명을 일삼으며 살아가면 인생을 망치고 만다. 변명으로 위기를 벗어나면 평생 버릇이 되고 습관이 된다. 변명하는 사람은 어디서나 환영받을 수 없다. 솔직하게 있는 그대로 보여주면 된다. 속이고 변명하는 것은 어리석다. 산다는 것은 앞서거니 뒤서거니 복닥거리며 사는 맛을 느끼는 것이다.

……라고 생각하세요!

힘들 때는 '이쯤이야' 라고 생각하세요!

슬플 때는 '하나도 안 슬퍼' 라고 생각하세요!

억울한 일을 당할 때는 '별것 아니네!' 라고 생각하세요!

하기 싫은 일을 할 때는 '그래! 이번 한 번만 하자!' 라고 생각하세요!

용기가 없을 때는 '눈 딱 감고 해버리자!' 라고 생각하세요!

무기력해질 때는 '지금 당장 내가 할 일이 뭐지?' 라고 생각하세요!

밥맛이 없을 때는 '굶주린 아이들의 눈동자' 를 생각하세요!

재미가 없을 때는 '하하하!' 억지웃음이라도 웃고 재미있다고 웃어주세요!

목이 마를 때 마시는 시원한 생수의 맛처럼 모든 일을 시원하고 깔끔하게 하는 것도 사는 기술이다. 맺고 끊기를 잘하고 머무르고 떠날 때를 잘 정하고 참고 견딜 수 있는 마음이라면 생수처럼 시원하게 살 수 있다.

단순하게 살아가는 것은 가족을 더 깊이 사랑하게 만든다. 단순하게 살고 싶다면 마음을 편안하게 해라. 더러운 물에 깨끗한 물을 한 방울씩 계속해서 떨어뜨리면 나중에는 깨끗한 물로 가득 찬다. 불안감이 갑자기 찾아왔을 때 긴장을 풀고 평화와 기쁨을 가져다줄 위대한 진리를 불어넣으면 불안은 사라지고 평안을 되찾는다.

빨리 가려면 혼자 가라. 멀리 가려면 함께 가라. 빨리 가려면 직선으로 가라. 깊이 가려면 굽이 돌아가라. −아프리카 속담

삶을 살다 보면 스텝이 엉킬 수도 있다. 그때 잘 풀어가며 살아야 한다. 때로는 엉클어지고 비틀어지고 뒤죽박죽이 될 수도 있다. 아무리 급해도 성급하게 행동하지 말고 차분한 마음으로 하나씩 풀어

나가면 구름 낀 하늘이 맑아지듯이 모든 것이 달라진다. 세상을 평안하게만 살아가는 사람이 어디에 있겠는가. 살아 있는 것은 움직이고 흔들리면서 살아가는 것이다.

> 단순한 것이야말로 불변하고도 위대한 수수께끼를 내포하고 있다.
> ─하이데거

단순한 것은 항상 사람을 유혹하는 능력이 있다. 단순하고 백치미 있는 사람이 때로는 가장 아름답고 순수하게 마음에 다가온다. 사람들이 어린아이들을 좋아하는 이유는 해맑게 웃는 단순함 속에 있다. 단순하게 사랑하기 위해서는 사랑을 보여줄 방법을 아는 것이 필요하다. 가장 아름답고 위대한 진리는 가장 단순하다. 가장 멋지게 아름답게 살아가는 사람들도 단순하다. 단순함, 성의, 진실이 없는 곳에 위대함은 없다.

삶을 절제하면서 보다 단순한 것을 위해 노력하기란 결코 쉬운 일이 아니다. 단순하고 겸손한 삶의 태도는 누구에게나 가장 바람직하다. 단순 명료함은 최고의 지적 세련미다.

단순하게 살아가는 사람들이 행복하다. 쓸데없고 보잘것없는 것들에 욕심 부리지 않고 탐욕에 눈이 벌게지지 않아야 한다. 자신의 행복도 타인의 행복도 소중하게 여기는 삶이 되어야 한다. 명예도 돈도 권세도 지위도 자신을 불행하게 한다면 소유하지 않는 것이 좋다. 삶에 만족할 만큼 가지고 산다면 더 이상 욕심낼 필요 없다. 주어진 세월 동안 주어진 모든 것을 잘 활용하며 살아야 한다. 인생이라는 밭을 순수하게 가꿀 수 있는 사람은 행복이란 꽃을 마음껏 피우며 살 수 있다.

내가 받고 싶은 것을 먼저 남에게 베푸는 마음이 있어야 한다. 삶의 법칙은 아주 단순하다. 내가 뿌린 대로 돌아오는 법이다. 고민거리나 걱정거리가 생길 때 마음을 가다듬고 자연을 만나는 것은 아주 좋은 일이다. 자연은 우리에게 좋은 기운과 삶의 기쁨을 선물해준다. 단순한 사람들이 행복한 삶, 멋진 삶을 산다. 지나친 욕심 없이 사심 없이 자신의 삶에 충실하기 때문에 늘 행운과 복이 찾아들어 오는 법이다.

마음의 여유

맺혔던 가슴이 탁 풀리도록
푸른 하늘을 마음껏
바라볼 수 있을 때가 행복하다

답답했던 마음을 확 열어젖히고
초록 숲 향기를 받아들일 때

미소를 지을 수 있다

힘차게 울고 있는 벌레 소리를 들으면
머리까지 시원해
마음의 여유를 가질 수 있다

복잡하고 분주한 삶에서
나날이 피멍 져오고
두렵게 여겨지는 저항의 벽을
벗어나기란 쉽지는 않지만
훌훌 벗어던지고 나면 어디든지 갈 수 있다

열심히 아주 열심히 살아가더라도
일상에서 잠시 벗어나
가끔은 빛나는 눈빛으로
하늘의 별을 바라보고
자연을 벗 삼아 보아야
그 즐거움에 살맛이 난다

온 세상을 마음껏 껴안아 줄 수 있는
넓은 마음과 여유를 가지고 살아야 한다

최선을 다해라

인생을 성공으로 이끈 사람이란 자기 목표를 꾸준하게 추구하고,
그것이 빛나가지 않게 겨누는 사람이다.

C. B. 드밀

삶을 멋있게 살고 싶다면 최선을 다해라. 최선을 다하면 기분이 좋아
지고 보람을 느낀다. 최선最先은 가장 뛰어난 것을 말한다. 자신이
가지고 있는 힘을 다하여 최선을 다하면 언제나 보답이 분명하게 온
다. 사람의 정신은 두 가지 면을 가지고 있다. 강한 추진력을 발휘할
수 있는 힘과 저지하려는 마음이다. 강한 추진력을 발휘할 때 최선
을 다할 수 있고 삶의 악순환이 멈춘다. 앤드루 카네기는 "평균적인
사람은 자신의 일에 자신이 가진 에너지와 능력을 25% 투여하지
만, 세상은 능력의 50%를 쏟아붓는 사람에게 경의를 표하고, 100%

를 투여하는 극히 드문 사람에게 머리를 조아린다"라고 말했다.

사람의 마음에는 항상 두 가지가 싸우고 대립한다. 강함과 약함, 대담함과 비겁함, 그리고 작은 것과 큰 것이 항상 다투고 갈등을 불러일으킨다. 이 다툼에서 이겨내야 강하고 담대함으로 최선을 다할 수 있다.

실패하는 사람은 쉽게 절망하고 쉽게 포기한다. 그러나 성공하는 사람은 끝까지 인내하며 승부를 걸고 멋있게 해낸다. 강한 자신감과 꾸준한 인내는 감탄하고 감동할 기적을 만들어놓는다. 언제나 최선을 다하는 마음으로 가슴속에 든든한 기반을 잡아두어야 한다. 괴롭고 힘든 일이 생겨나도 즐거운 마음으로 이겨내야 성공할 수 있다. 매사를 항상 좋은 쪽으로 생각하고 행동해야 한다.

자기의 역량을 다 쏟아내면 안 될 일이 없다. 열심히 땀 흘려 일하는 모습은 자기 자신도 대견해 격려해주고 싶어진다. 힘들고 어려울 때마다 웃으며 열심을 다할 때 인생의 문이 더 활짝 열릴 것이다. 힘들 때마다 용기를 내어 앞으로 전진해라. 누군가 내가 한 일을 알아주고 박수를 쳐준다는 것은 정말 보람되고 기쁜 일이다.

블레인 리는 "성실은 말과 느낌과 사고와 행동을 맞추고자 노력함으로써 그것들을 하나로 일치시킨 삶을 사는 것을 의미한다. 성실한 사람은 믿을 만하다"라고 말했다. 자신이 하고 있는 일에 최선을 다해야 삶이 올바른 궤도로 진입할 수 있다.

인생의 진정한 비극은 우리가 충분한 강점을 가지고 있지 않은 데 있지 않고, 오히려 가지고 있는 강점을 충분히 활용하지 못하는 데 있다.

－벤저민 프랭클린

땀 흘리며 일하는 사람들을 보면 한없이 아름답고 멋져 보인다. 끈기와 인내심이 있는 사람은 중도에 포기하지 않는다. 자기 일에 열심을 다하는 사람처럼 매력 있는 사람은 없다. 인생이란 운동경기에서 우승하는 사람은 언제나 최선을 다하는 사람이다. 중간에 포기하거나 요령을 피워서는 삶을 제대로 살 수 없다.

링컨은 "최선을 다하려고 생각한다면 도저히 자기만족에 빠져 있을 틈이 없다. 더구나 화를 내거나 자기를 억제할 수 없었던 결과로 해서 일어난 것에 책임을 지고 있을 틈도 없다. 상대와 동등한 권리가 있다면 큰 것은 상대에게 양보하라. 설혹 자기의 것이라 하더라도 조그만 것이라면 상대에게 양보하라. 개와 도로의 권리를 다투다 물리면 어떻게 될 것인가. 개를 죽여도 상처는 낫지 않는다"라고 말했다. 산을 등반할 때도 처음에는 힘들고 어렵지만 정상에 오르면 그 기쁨과 감동은 소리를 지르고 싶도록 대단하다. 삶도 최선을 다할 때 몸과 마음이 탁 터지도록 느끼는 쾌감이 대단하다.

삶에 시련이 찾아와 가망이 없다고 생각하면 공포가 밀려오고 좌절할 때가 있다. 삶이 무기력해지고 혼돈스러울 때도 당당하게 일어나 맞서야 한다. 노력도 하기 전에 포기하기엔 삶이 너무나 소중하다. 소심한 생각을 버리고 적극적으로 뛰어들어 도전해야 한다. 아픔과 시련을 과장해서 말하면 더 큰 불행이 찾아온다. 기회를 잡고 돌파구를 찾아내면 이겨낼 수 있다.

> 원하는 것을 최대한 명확하게 하고 그것을 성취하는 최선의 방법을 찾는 데 많은 시간을 보낼수록 당신의 목적을 보다 빠르고 쉽게 완수할 수 있을 것이다. -브라이언 트레이시

게으른 사람이 성공할 수는 없다. 게으름에서 벗어나라. 개미처럼 꾸준히 부지런한 사람이 목적지에 제일 먼저 도착한다. 게으름은 성공을 막는 무서운 적이다. 아무것도 이룰 수 없게 하고 도전과 변화를 일으키지 못한다.

괴테는 "지금 이 순간을 잡으라. 그대가 할 수 있는 일, 꿀 수 있는 꿈을 마음을 넓고 크게 먹고 시작하라. 담대함에는 재능과 힘과 마법이 있다"라고 말했다. 최선을 다해 살아가면 삶에 보람을 느낀다. 자신을 사랑하게 되고 더 큰 꿈을 가지도록 동기부여를 해준다. 최선을 다해 꾸준히 있는 힘을 다할 때 원하는 것을 얻는다.

착하고 선한 마음으로 열심을 다해 살아야 하늘이 도와준다. 자신을 둘러싸고 있는 어떤 상황에도 최선을 다해야 한다. 자신이 하고자 하는 일에 최선을 다하는 성실한 생활 태도는 스스로 마땅히 갖춰야 할 자질이다. 최선을 다해 산다면 기적이 일어나는 것은 지

극히 당연한 결과다. 최선을 다하면 최대의 결과가 나온다. 어떤 일에서나 최선을 다하는 사람이 최고의 자리에 서게 된다.

자기의 시간에 최선을 다해온 사람은 자기의 몫을 제대로 한 사람이다. 실패는 고통스럽다. 최선을 다하지 못했음을 알게 되면 몇 배 더 고통스럽다. 내가 있는 곳에서 내가 할 수 있는 모든 일에 최선을 다해야 한다.

새뮤얼 스마일스는 "백 리 길을 가는 사람은 구십 리를 반으로 친다. 무슨 일이든지 마지막까지 최선을 다해야 좋다. 발 빠른 토끼도 마지막 십 리를 남겨놓고 게으름을 피웠기 때문에 거북이에게 뒤지는 수모를 겪어야 했던 것이다"라고 말했다. 무엇을 하든지 최선을 다해라. 밤이나 낮이나 계절에 상관없이 끝까지 열심히 해라. 지금 할 수 있는 일은 한 시간도 미루지 마라. 성공한 사람들은 모두 최선을 다한 사람들이다. 팔짱을 낀 채 방관하지 않고 주어진 일에 최선을 다한 사람들이다. 현 위치에서도 최선을 다해라. 최선을 다한 만큼 더 깊이 더 많이 배우게 된다.

장사익은 대단한 소리꾼이다. 66세 나이에 전국 투어 콘서트를 한다. 그는 보험 회사와 가구점에서 일을 하다가 45세에 소리꾼이 되었다. 국악과 재즈를 접목시켜 자기만의 독특한 음악 세계를 만들었다. 장사익은 언제나 최선을 다해 관객들에게 멋진 노래를 선사한다. 나는 강의를 하면서 정말 힘들고 어려울 때면 장사익 콘서트에 가보라고 권한다. 언제나 최선을 다하며 사는 사람은 멋있고 아름답다. 나도 장사익 콘서트를 몇 번 가보았다. 열정과 자신감을 마음껏 쏟아내고 함께하는 사람들과의 어울림이 정말 멋지다.

어떤 일을 하든지 조금만 더 부지런하면 실수도 줄어들고 마음에 여유가 생겨 더 잘된다. 매사에 성실한 사람은 보증수표와 같다. 목표가 분명하고 지혜롭고 근면한 사람은 언제 어디서나 환영을 받는다.

어떤 난관에 부딪히더라도 반드시 자신의 힘으로 해결할 수 있도록 항상 편안한 마음을 가져라. 초조해하거나 긴장하면 판단하기 어렵고, 안정된 기분으로 차근히 해결해나가면 모든 일이 올바르게 정돈된다. 어려운 일일수록 시간을 가지고 차분히 임하면 모든 것을 제대로 판단할 수 있게 된다.

피와 눈물과 땀은 인간의 3대 요체다. 피는 용기와 결단을 말한다. 눈물은 정성과 사랑의 심벌이다. 땀은 근면과 열심을 말해준다. 이 3대 정신을 뼈저리게 느끼지 않고 위대한 업적을 이룬 사람은 없다. 그냥 미치면 바보가 되지만 꿈에 미치면 신화가 된다고 했다. 무엇을 하든지 치열하게 해라. 대충 해서는 살아남을 수 없는 세상이다.

보도 새퍼는 "꿈, 목표, 가치, 전력 이 네 가지 기둥 위에 기본 행동 양식이 다져지고 그 바탕 위에 당신은 자신의 부를 차곡차곡 쌓아갈 수 있다. 인생을 성공으로 이끄는 행동은 기본적으로 엄격한 규율에서 만들어져 나오는 것이 아니라 바로 꿈, 목표, 가치, 전력 이 네 가지에서 자연스럽게 흘러나오는 것이다"라고 말했다.

인생은 자신이 노력하고 열정을 쏟은 만큼의 결과를 안겨준다.

자신의 모든 열정을 불사른다면 멋진 결과를 만들어낼 수 있다. 많은 사람이 자신의 시간과 정열을 아무런 가치가 없는 일에 빼앗기고 있기 때문에 불행해진다.

> 백전백승은 최선이 아니다. 싸우지 않고 이기는 것이 최선이다. 당신이 가지고 있는 최선의 것을 세상에 주라. 그러면 최선의 것이 돌아오리라. -M. 베레

최선을 다하는 사람은 얼굴이 밝고 아름답다. 꿈을 이루어가는 행복에 날마다 기쁨 속에서 살아갈 수 있다. 최선을 다하는 사람은 실수를 반복하지 않는다.

늘 부지런하게 살자. 갈 곳이 아무리 높다 하더라도 인간이 도달할 수 없는 곳은 없다. 성실하고 근면하게 한 걸음씩 차근차근 올라가면 된다. 자신 있게 조금씩 성취해나가면 된다. 서성거리거나 망설이지 말고 매사에 부지런하게 일하며 살자. 늘어지고 나태해지면 일을 자꾸만 뒤로 미루게 되고 일도 손에 잡히지 않는다. 일을 자꾸 뒤로 미루는 것은 악마가 주는 악한 마음이다.

결단해야 할 일이 있으면 분명하게 결단해야 한다. 일단 결단한 것은 틀림없이 실행해야 한다. 사람을 불행하게 하는 것은 먹을 것이 부족할 때, 입을 것이 없을 때가 아니다. 삶의 목적을 잃어버리면 불행하게 되는 것이다. 참된 목적이 있으면 참된 결단이 생겨난다.

우리가 가질 수 있는 가장 큰 힘은 자신감이다. 우리는 우리 속에 있는 자신감을 찾아내어 마음껏 사용해야 한다. 아직도 수많은 사람이 자신이 가지고 있는 능력을 잘 알지 못해서 사용하지 못하고 있다. 자신감이 없으면 초라하고 빛바랜 삶을 살아가게 된다. 무슨 일이든지 잘하려면 자신이 가지고 있는 지식과 지혜와 능력을 잘 발휘해야 한다.

생각이 삶을 만든다. 삶을 변화시키려면 자신이 가지고 있는 사고방식부터 바꾸어야 한다. 변화는 언제나 새로운 생각에서 시작되기 때문이다.

삶의 최고점은 단 한 번 닿고 마는 것이 아니라 수없이 다시 경신될 수 있다. 전력 질주를 할수록 최고점은 다시 만들어진다. 알랭은 "희망은 산과 같은 것이다. 저쪽에서는 기다리고, 이쪽에서는 틀림없이 찾아갈 수 있다. 그러나 길을 찾아 올라가야 한다. 마음을 단단히 먹고 떠난 사람들은 모두 산꼭대기에 도착할 수 있다. 산은 올라가는 사람에게만 정복된다"라고 말했다. 최선을 다할 수 있다는 것은 얼마나 좋은 것인가! 어둠이 가득한 삶에서 빛을 찾은 것과 같다. 내일을 화창하게 만들어가는 것이다. 세상에 얼마나 많은 사람이 삶의 의미도 모른 채 죽어가고 있는가? 우리는 삶의 의미를 분명하게 알고 멋지게 살아가야 한다. 이 지상에 살아 있는 모든 것이 활발하게 움직이고 있다. 자신을 잘 나타내어 무한한 능력을 발휘해야 한다. 스스로 잘 알고 있지 못했던 힘, 자신이 한 번도 사용하지 않앗던 힘이 있다. 이것을 알고 바로 사용할 수 있는 힘이 능력이다.

자기의 시간에 최선을 다한 사람은 시대의 산 증인이 될 수 있다. 실패는 고통스러운 것이다. 자신이 최선을 다하지 못해 실패하면 더 고통스럽다. 자신이 해야 할 일이라면 언제나 최선을 다해야 한다. 멋지게 성공하는 방법은 생동감 넘치게 사는 것이다. 성공하기를 간절히 원한다면 분명히 눈앞에서 이루어진다. 목적을 분명하게 가지고 성공을 향해 계속 전진해야 한다. 어떤 상황에서도 자신감을 잃지 말아야 한다. 자신의 마음과 행동을 어떻게 드러내느냐에 따라 자신감을 마음껏 발휘할 수 있다. 버섯은 여섯 시간이면 자란다. 호박은 한두 달이면 큰 호박이 된다. 인생은 평생 익어가는 열매다.

월포트 피터슨이 이렇게 말했다. "성공의 99%는 마음가짐에 달렸다. 사랑, 기쁨, 낙천주의, 신념, 용기, 관용, 인내, 정직, 겸손, 정열, 침착, 명랑, 상상력, 그리고 지도력은 성공하는 데 없어서는 안 될 요소다." 삶을 살면서 살아온 시간들을 점검할 필요가 있을 때가 있다. 내가 정말 잘 살아왔는가? 부족한 것은 없는가? 혹시 곁길로 가지는 않았는가?

걱정을 하는 것보다 즐겁게 살아가는 것이 행복한 삶이다. 힘들고 어려울 때 삶의 새로운 출구를 찾는 것도 중요하다. 꿈도 목적도 없이 살다가 세월이 다 지나가면 얼마나 허무한가? 지나가 버린 시간을 후회하는 사람들이 많다. 후회하는 것보다 다시 시작하는 것이 중요하다. 늦었다고 생각될 때 도리어 가장 빠르게 움직이면 달라지는 것이 삶이다. 문제를 해답으로 바꾸고 고통을 행복으로 바꾸는 지혜가 필요하다. 성공은 항상 자신 가까이에 있는 법이다.

우리의 미래는 장밋빛으로 물들도록 정해져 있는 것이 아니다. 노력의 결과에 따라 분명하게 달라진다. 세상은 땀 흘린 자에게 땀의 대가를 돌려준다. 자기 일에 몰입하여 최선을 다하는 사람이 참 멋있고 사랑스럽다. 몰입하여 최선을 다하면 기쁨이 몰려온다. 최선을 다할 때의 진지한 표정도 아름답다. 성공하는 사람들을 보라. 자신의 일에 집중하고 열중하고 언제나 최선을 다한다. 제임스 페니는 "보통 사람들의 능력을 뛰어넘어 자신의 일에 몰입하지 않는 한 당신은 최고의 자리를 차지할 수 없다"라고 말했다. 사람은 누구나 한 가지라도 똑소리 나도록 잘할 수 있어야 한다. 자신의 일에 미친 듯이 몰입해야 한다.

영국 속담에 이런 말이 있다. "젊었을 때의 게으름뱅이는 늙어서의 거지다." 우리의 삶이 결코 부끄러운 삶이 되지 않도록 최선을 다해 살아가야 할 것이다. 삶에는 언제 어느 때나 오르막과 내리막이 있다. 삶의 굴곡에 잘 대처해나가기 위해서는 흐름을 잘 타고 잘 흘러내려야 한다. 하루가 끝나면 끝난 것으로 감사해야 한다. 오늘의 짐을 내일로 가져가지 말아야 한다. 최선을 다해도 실수나 잘못이 있을 수 있다. 잊어버려야 한다. 해가 지면 모든 것이 끝난 것으로 생각하고, 오늘 최선을 다해라. 잠들기 위해 베개 위에 머리를 뉘었다면, 하루 동안 최선을 다한 줄 알고 편히 쉬어야 한다.

세계적인 강연가 피터 드러커는 90세가 넘어서도 저술과 강연을 했다. 프랭클린은 2초점 망원경을 80세에 발명했고 베르디는 오페라 〈폴스타프〉를 81세에 작곡했다. 인상주의 화가 클로드 모네는 80세에도 매일 그림을 그렸다. 파블로 피카소도 90세가 지나 눈을 감을 때까지 그림을 그렸다. 모두 다 자신의 인생에 최선을 다한 사람들이다. 초라한 환경과 하찮은 자리에서도 최선을 다해야 한다. 밑바닥에서 최정상에 오른 사람만큼 깊이 배우는 사람은 없다. 그러므로 언제나 자신이 할 수 있는 최선을 다해야 한다.

최선으로 출발한 것은 최악으로 끝날 수 없다. -브라우닝

모스크바 예술 극단을 창설한 연출가 스타니슬랍스키는 '스타니슬랍스키 시스템'이라는 독자적인 방법론을 만들어 연극계에 커다란 영향을 주었다. 그 시스템은 빛의 테두리라는 집중력 단련법이다. 빛의 테두리란 스포트라이트를 말한다. 무대 전체의 조명을 끄고 배우에게만 스포트라이트를 비추어 배우가 움직이면 그 뒤를 쫓아가서 배우가 항상 빛의 테두리 안에 있도록 하는 것이다. 강한 빛을 받는 배우는 빛의 테두리 밖은 볼 수가 없다. 그래서 연출가나 다른 배우, 스태프의 시선에 신경을 쓰지 않게 된다. 이렇게 그 배우는 자신의 연기에만 의식을 집중할 수 있다. 집중력이 높아지면 빛의 테두리를 차츰 키워간다. 마지막에는 무대를 밝게 하는 것이

다. 이와 같은 집중력으로 우리는 자신의 일에 최선을 다해야 한다.

어떤 일을 하든지 성실히 해야 한다. 데일 카네기는 "책임을 지고 일하는 사람은 회사, 공장, 기타 어느 사회에 있어도 꼭 두각을 나타낸다. 책임 있는 일을 하도록 하자. 일의 대소를 불문하고 책임을 다하면 꼭 성공한다"라고 말했다.

성공한 사람들은 꿈과 목표가 분명하다. 꾸준히 노력하고 열정을 쏟아서 자신이 원하는 길을 멈추지 않고 간다. 삶에서 중요한 것은 목표를 가짐과 동시에 그것을 달성할 수 있는 능력과 체력을 가지는 일이다.

일을 시작했으면 제대로 끝내라. 시작도 중요하지만 끝을 제대로 마무리할 줄 아는 사람이 진정한 성공을 만들어낸다. 유능한 운동선수들도 날마다 열심히 훈련을 반복하며 마지막 순간까지 포기하지 않는다. 오랜 세월을 후회하며 보내기 싫다면 절대로 중간에 포기하지 마라.

실패한 원인 4가지

1. 부지런하지 않았기 때문에 37%가 실패했다.

2. 실망 때문에 37%가 실패했다.

3. 지시를 제대로 따르지 않았기 때문에 12%가 실패했다.

4. 자신의 분야에 대한 지식이 부족했기 때문에 8%가 실패했다.

실패에 이르게 하는 가장 큰 잘못 중의 하나는 완전무결하려고 하는 데 있다. 이 세상에 완전한 사람이 어디에 있는가? 누구나 실수를 할 수 있다. 누구나 넘어질 수 있다. 실패에 대한 공포 때문에 제대로 일을 하지 못하는 것은 참으로 어리석은 일이다. 실수나 실패 없이 성과를 내는 사람은 없다. 스스로 자신의 능력을 하찮게 여기는 잘못된 고정관념에서 벗어나야 한다. 자신의 생각을 훌쩍 뛰어넘어야 한다.

사람은 누구나 실수를 계속해서 지적당하면 그 생각에 지나치게 몰두하여 더 큰 실수를 저지르게 된다. 남의 잘못도 사랑으로 감싸줄 수 있는 넓은 아량과 큰마음을 가져야 한다.

나에게 주어진 길, 내가 가야 할 길을 확신하고 도전한다면 분명히 성공할 것이다. 자신의 일에 내적인 확신이 있는 사람이 일이 잘되고 잘 풀린다. 열린 마음으로 임해야 한다. 이 세상에서 가장 먼저 변해야 할 것은 자기 자신이다.

자신이 변화되기를 원한다면 외쳐보라! "바꿔! 바꿔! 모두 다 바꿔라! 나부터 바꿔라!" 오래되고 낡은 건물도 새롭게 리모델링하면 새로운 건물이 된다. 낡아빠진 습관과 고정관념을 다 뜯어고치고 새로운 삶, 새로운 인생을 살아가는 기쁨을 누려야 한다.

실패를 이겨내는 사람이 실패의 공포에서 벗어날 수 있다. 성공만 생각해라. 성공을 그려라. 온몸으로 성공을 느껴라. 성공의 비결은 있다.

성공의 조건 4가지

1. 항상 약속을 잘 지켜라.
2. 항상 준비를 철저하게 해라.
3. 항상 신뢰를 저버리지 마라.
4. 항상 정직하게 대해라.

링컨이 말했다. "성공을 위해 가장 중요한 것은 꼭 성공하고 말 겠다는 확고한 결심이다." 삶이란 초반에 잘못되어서 멀리 뒤처질 수 있지만 인생에는 역전과 반전이 있다.

이 세상에 연출되는 인생의 모든 드라마는 반전과 역전의 드라마다. 인생은 초반도 중요하지만 일생을 두고 펼치는 장기전이기에 초반이 좋지 않았다 해도 열심을 다한다면 반전이 가능하다. 인생도 한 편의 연극과 같다. 어떤 사람은 주인공으로 살아가고 어떤 사람은 엑스트라로 살아간다. 늘 울타리 안에서 머뭇거리거나 맴돌지 말고 뛰어넘어라. 인생에서 엑스트라가 아닌 주연이 되어보는 것이다. 자신이 생각했던 것보다 더 높이 비상해야 한다.

오늘 최선을 다하면 내일은 분명히 좋은 결과가 나타난다. 자신이 해야 할 일에 집중하여 모든 열정을 쏟아내야 한다. 성공은 노력과 인내 끝에 이루어지는 결실이다. 성공의 기쁨을 맛본 사람만이 그 맛을 안다. 성공의 감격은 놀랍다. 이 기쁨을, 계절이 변해도 한

결같이 흘러가는 강물처럼 오래도록 느껴야 한다.

> 우리 중 약 95%의 사람은 자신의 인생 목표를 글로 기록한 적이 없다. 그러나 글로 기록한 적이 있는 5%의 사람들 중에 95%가 자기의 목표를 성취했다. −존 C. 맥스웰

살면서 아무리 힘들어도 자기 스스로 목숨을 끊는 일은 절대로 하지 말아야 한다. 주어진 삶 동안 최선을 다해서 목숨이 다하도록 행복하게 살아야 한다. 목숨이 다하는 순간까지 전력 질주하여 소멸의 아름다움까지 느끼며 진하게 살아야 한다. 명품 인생을 살자. 떠나고 난 여운까지 아름다운 삶을 살아야 한다.

잭 캔필드는 "두려움은 당신의 자신감을 좀먹고 자부심을 부패시키며 오랜 시간에 걸쳐 당신이 인생의 낙오자라고 설득한다. 두려움이 당신을 지배하도록 내버려 두는 한 당신은 결코 용감하게 승리하지 못한다"라고 말했다. 자신은 세상에서 하나밖에 없는 명품 중의 명품이다. 자신감을 갖고 "나는 최고의 명품이다"라고 외쳐보라.

삶이 너무나 힘들 때

홀로는 너무 공허하고 쓸쓸하고

기진맥진해 피로가 쌓일 때

심장 속 깊숙이 따뜻한 숨결 흐르게 해주고

내 마음에 날개를 달아줄 사람이 필요하다

발걸음이 빨라지게 하고

애만 태우는 삶 속에서

퍼렇게 멍든 상처를

따뜻한 손길로 어루만져 줄 사람이 필요하다

힘이 들어 쓰러지고 덕지덕지 고통만 달라붙고

차이고 짓밟히고 짓눌리고 조이고

숨조차 쉴 수 없이 거칠어지는 삶 속에서

따뜻한 가슴으로 보살펴 줄 사람이 필요하다

서글픈 마음에 신세타령만 나오고

모든 것을 훌훌 던져버리고 싶을 때

내 마음을 보살펴 주고 다독거려주고

따뜻한 마음으로 위로해줄 사람이 필요하다

약속을 잘 지켜라

약속은 쉽게 할 수 있다. 약속은 상대방을 금세 만족시킨다.
특히 당신으로 인해 스트레스를 받고 있거나 걱정스러운 일이 있을 때 더욱 그러하다.
당신이 약속에 만족할 때 상대방은 당신을 좋아하게 된다.

스티븐 코비

우리의 삶은 약속으로 이루어진다. 사람은 누구나 지켜야 할 약속
이 있다. 약속은 자신과의 약속도 있고 다른 사람과의 약속도 있다.
약속約束은 어떤 대상과 앞으로 일을 어떻게 할 것인가 미리 정해
두는 것을 말한다. 약속은 지킬 수 있을 때 해야 한다. 지킬 수 없는
약속은 해선 안 된다. 자신이 꼭 지킬 수 있는 약속을 하고 한번 약
속을 했으면 꼭 지켜주어야 한다. 약속을 지키지 않는 것은 신의를
저버리는 배신이다.

성공하고 삶을 멋있게 살아가는 사람들은 모두가 하나같이 약속

을 철저하게 지키는 사람들이다. 삶을 멋지게 살기 위해서는 자신이 손해를 보더라도 반드시 약속을 지켜야 한다. 약속을 지킨다는 것은 삶을 성실하고 진실하게 살고 있다는 증거다. 다른 사람을 존중하기에 약속을 지키는 것이다.

약속을 잘 지키지 않는 사람은 믿을 수 없는 사람이다. 그의 말은 진실하지 않고 모두 다 거짓말이 되고 만다. 약속을 지키지 않으면 신뢰를 잃을 뿐만 아니라 사람들도 잃게 된다. 약속을 하찮게 여기면 결국에는 모든 것을 잃어버리는 것이다. 세상은 신용을 철저하게 지키는 사람에게 기회를 주고 성공하는 삶을 만들어준다. 어떤 경우에도 자신이 한 약속은 분명하게 지키는 사람이 되어야 한다. 사람들과 약속을 지키고 그들에게 기쁨을 주고 행복을 나누어주어야 그들이 감동하여 부와 명예를 선물로 주는 것이다. 타인에게 기쁨과 즐거움이 주는 삶을 살면 자신에게도 복이 찾아온다.

삶도 하나의 약속이다. 아무리 좋은 생각과 목표가 있다고 해도 실천에 옮기지 않으면 무용지물이다. 실천하는 사람이 좋은 결과를 만들어낸다. 약속은 누구나 할 수 있지만 누구나 지키지는 못한다. 약속은 지켜질 때 그 진가를 발휘한다. 자기만 만족하는 타협으로 삶을 방관하지 말고 약속을 지킴으로써 자신을 성숙하게 만들어나가야 한다. 시간 약속, 돈 약속, 일 약속, 꿈을 이루어 가는 약속 등은 모든 소중한 약속이므로 하나하나씩 다 지켜나가야 한다. 약속을 지키는 않는 사람은 아무 일도 할 수 없다.

삶은 연속적인 약속으로 이루어진다. 약속은 지키면 신뢰감이 강해지며 서로 존중하게 된다. 무슨 일이든지 뛰어난 사람이 되려면 약속을 잘 지키려고 노력해야 한다.

약속을 해놓고서 늘 어기는 사람은 신용이 없고 신뢰를 받을 수 없다. 만나기로 약속한 시간에 항상 늦고 맡아서 하기로 한 일을 제대로 해내지 못하는 사람은 결국에는 실패하고 만다. 타인과의 약속을 잘 지키지 못하는 사람은 자신과의 약속도 지키지 못한다. 데일 카네기는 "만날 약속이 성립됐다는 것은 상대방의 신뢰를 얻었다는 증거다. 만약에 약속을 파기하면 상대방으로부터 도둑질을 한 셈이다. 그렇다고 돈을 훔친 것은 아니다. 상대방으로서는 평생 돌이킬 수 없는 시간을 훔친 것이다"라고 말했다. 그러므로 약속을 안 지키는 것은 가장 나쁜 행동이다.

용기 있는 사람은 모두 약속을 지키는 사람이다. –코르네유

약속은 아무리 가벼운 것이라 하더라도 일단 했으면 정확하게 지켜야 한다. 약속을 지키지 않으면 신용과 체면도 잃고 그만큼 서로의 믿음과 신뢰가 약해진다. 약속은 갚지 않은 부채와 같다.

중중국 속담에 "기쁠 때는 아무하고도 약속하지 말라"라고 했다. 약속은 꼭 지켜야 하는 만큼 할 때는 쉽게 하지 말고 신중하게 하는 것이 중요하다. 약속을 지키지 않는 것은 상대를 속이는 것이다. 특

히 사랑하는 사람과의 약속은 어떤 일이 있어도 지켜야 한다. 그래야 사랑은 순수해지고 아름다워진다.

항상 시간을 중요하게 여겨야 한다. 약속은 시간 속에 이루어진다. 시간 엄수는 성공하는 사람의 필수조건이다. 거짓말을 잘 하고 핑계를 잘 대는 사람은 약속을 잘 지키지 않는다. 약속을 지키지 않는 사람은 결단코 자신의 목표에 도달할 수 없다. 약속을 지키고 못 지키는 것도 습관이다. 약속을 잘 지키는 습관이 몸에 배게 해야 한다. 출근하는 시간도 약속이다. 출근 시간을 제대로 지키지 않는 사람은 일에 있어서도 두각을 나타내지 못한다.

살아 있는 동안 최고의 순간은 언제든지 만들어낼 수 있다. 자신이 지나온 모든 시간은 최고의 순간을 위해 존재하는 것이다. 삶 속에서 늘 자기 자신과의 약속도 잘 지킬 수 있어야 한다. 자신의 삶에서 꿈을 성취하고 원하는 것을 얻고 찬란하게 빛을 발하는 순간은 자신과의 약속을 충실히 이행했을 때 찾아온다.

자신의 삶을 위해 스스로 채찍질할 수 있는 마음의 강한 다짐이 약속처럼 꼭 필요하다. 삶의 목표를 분명하게 하고 이루어낼 수 있도록 약속을 지켜야 한다. 항상 게으름 피우지 않고 부지런하게 일하기로 약속하고 그 약속을 지켜야 한다. 번 돈을 함부로 쓰지 않는 마음의 약속을 지켜야 한다. 가족을 사랑하고 이웃과 나눔의 삶을 살아가는 약속을 지켜야 한다. 삶이 끝나는 날까지 부끄럽지 않는 삶을 살아가겠다는 약속을 꼭 지켜야 한다.

성공하기 위한 자신과의 약속

1. 정확한 목표와 분명한 그림을 그려라.

2. 목표에 대한 확고부동한 결단을 내려라.

3. 강한 신념과 자신감을 가져라.

4. 자신 있게 행동하고 실천해라.

5. 결정은 언제나 신중하게 해라.

6. 대인 관계를 철저하게 해라.

7. 망설이지 말고 끈기 있게 밀어붙여라.

8. 강한 용기와 인내력을 발휘해라.

9. 어떤 일도 두려워하지 말고 추진해라.

10. 항상 진행 과정을 평가해 잘못된 것을 고쳐나가라.

세상살이는 우리의 마음을 괴롭히는 갖가지 일로 가득 차 있어 결코 쉽지 않다. 어떤 사람은 원통함, 패배감, 실망 속에 자신도 구할 길 없는 절망감을 안고서 살아간다. 어떠한 상황에서도 주어진 일을 흔들림 없이 이루어가야 한다. 어려운 일들을 골칫거리라 생각하며 고민하기보다는 행동으로 옮겨야 한다. 걱정을 줄이고 생활이 바빠도 여유를 가져야 한다. 아무리 좋은 목표가 있어도 마음의 여유가 없으면 조급해지고, 조급하게 서두르다 보면 일을 망칠 수가 있다. 여유 있는 마음으로 계획을 순탄하게 진행해나가다 보면 어느 순간 정상이 바라다보일 것이다.

우리는 강에서 어떤 진실을 배우는가? 강은 바다를 향한 자신의 목표를 잊지 않고 절대로 포기하지도 않는다. 자신을 기다리고 있는 바다를 찾아 오늘로 흐르는 강물의 막강한 힘을 아무도 막을 수 없다. 버릴 건 버리고 취할 건 취할 줄 아는 지혜가 필요하다.

인내란 모든 경쟁에서 이길 수 있게 한다. 시간과 감정을 적으로 만들지 말고 기다려주고 활동하면 바라던 순간이 찾아오게 마련이다. 기다림이 지루하다고 내일을 당장 오늘로 만들 수는 없다. 시간과의 싸움에서 이겨내는 사람이 최후의 승자가 되어 웃는다.

약속으로 친구를 얻을 수도 있다. 그러나 실천으로 친구를 보호하고 지켜야 한다. —펠담

우리는 누구나 사랑받기를 원한다. 신뢰란 서로 관계를 쌓아가는 데 있어 주춧돌이며, 약속을 지키는 것은 그 접착제이고, 신뢰의 기초에 금이 가지 않도록 막아주는 것은 우리 인격의 실체다.

자신의 삶을 제대로 사는 것이 자신과의 약속이 되어야 한다. 변화를 싫어하며 움직이지 않거나 한숨과 불만 속에 삶을 망치지 말고 원하는 바를 위해 자신과의 약속을 정하고 지키자.

강의를 잘하는 것은 나 자신과의 약속이다. 강의할 땐 언제나 열정적으로 최선을 다하려고 노력한다. 그러다 보니 저절로 강의의

질도 좋아지고 찾는 사람도 많아지게 되었다.

캘빈 쿨리지는 "어떤 것도 끈기를 대신할 수 없다. 재능도 끈기를 대신할 수는 없다. 재능을 가지고 실패한 사람은 부지기수다. 교육도 끈기를 대신할 수 없다"라고 말했다. 끈기는 자신과의 약속이다. 끈기를 가지고 능력을 발전시켜나가야 자신의 목적을 확실하게 이룰 수 있다. 강한 열망으로 온전히 믿고 내일의 계획을 분명하게 세워야 한다.

우리의 삶은 하나의 약속이다

우리의 삶은 하나의 약속이다
장난기 어린 꼬마 아이들의
새끼손가락 거는 놀음이 아니라
진실이라는 다리를 만들고 싶은 것이다

설혹 아픔일지라도
멀리 바라보고만 있어야 할지라도
작은 풀에도 꽃은 피고 강물이 흘러야만 하듯이
지켜야 하는 것이다

잊힌 약속들을 떠올리면서

이름 없는 들꽃으로 남아도

나무들이 제자리를 스스로 떠나지 못함이

하나의 약속이듯이

만남 속에 이루어지는 마음의 고리들을

우리는 사랑이란 이름으로 지켜야 한다

서로를 배신해야 할 절망이 올지라도

지켜주는 여유를 가질 수 있다면

하늘 아래 행복한 사람은 바로 당신이어야 한다

삶은 수많은 고리로 이어지고

때론 슬픔이 전율로 다가올지라도

몹쓸 자식도 안아야 하는 어미의 운명처럼

지켜줄 줄 아는 마음을 가져야 한다

봄이면 푸른 하늘 아래

음악처럼 피어나는 꽃과 같이

우리의 진실한 삶은 하나의 약속이 아닌가

열정을 쏟아라

어떤 일에 열정을 갖기 위해서는 그 일의 가치를 굳게 믿고 자신에게
그것을 성취할 힘이 있다고 믿으며 적극적으로 그것을 이루어보겠다는 마음을 가져야 한다.
그러면 밤이 오듯이 저절로 그 일에 열정을 쏟게 된다.

데일 카네기

열정熱情은 어떤 일에 열중하며 애정을 쏟는 것이다. 열정은 자신의
꿈을 힘차게 밀고 나가는 추진력이다. 열정이 있어야 인생을 재미있
고 흥미가 넘치도록 아주 드라마틱하게 만들 수 있다. 열정은 지칠
줄 모르는 긍정의 에너지다. 자신이 원하는 일에 열정의 불을 지피
면 꺼지지 않고 활활 타오른다. 열정은 기적을 만들어낸다. 삶에 열
정을 불어넣을 때 풍요로워지기 시작한다. 자신의 목적과 장점에 열
정을 더한다면 큰 힘을 발휘할 수 있다. 마이너스 인생이 아닌 플러
스 인생을 살 수 있는 것이다. 열과 성의를 다하지 않으면 아무것도

이룰 수 없다. 가슴이 열정으로 뜨겁게 불타는 사람이 멋있게 산다.

열정은 자신에게 잠재되어 있던 모든 힘과 능력을 다 동원하여 쏟아내는 것이다. 열정이 있으면 새로운 변화 속에 풍성함을 맛볼 수 있다. 열정으로 사는 사람들은 자신의 일을 노동으로 여기지 않고 즐거운 일이라고 생각한다. 열정이 넘치는 사람은 일을 지겨워하지 않고 즐기면서 일한다. 삶을 사는 재미를 충분하게 느끼며 산다.

최악의 조건에서도 열정을 쏟아내어 일어서는 사람이 최고의 승리자다. 플루타크는 "불행을 견디는 방식을 보면 그 사람의 됨됨이를 알 수 있다. 나에게 상처를 입힐 순 있지만 나를 죽일 수는 없다. 나는 잠시 쓰러져 피를 흘리겠지만 다시 일어나 싸울 것이다"라고 말했다. 쓰러지는 것은 한순간이지만 일어서면 지난날의 실패는 모두 다 과거가 된다. 뜨거운 열정으로 과거의 모든 실패를 성공으로 덮어야 한다.

에드워드 버틀러는 "누구든 열정에 불타는 때가 있다. 어떤 사람은 30분 동안, 또 어떤 사람은 30일 동안, 그러나 인생에 성공하는 사람은 30년 동안 열정을 가진다"라고 말했다. 열정은 우리가 가지고 있는 가장 소중한 재산 중의 하나다. 열정은 자신과 다른 사람들을 감동시키고 함께하는 사람들을 모두 다 행복하게 만든다.

사람의 체온은 36.5도다. 물이 끓는 온도가 100도다. 튀김을 만들 때 온도가 160~180도라고 한다. 도자기를 굽는 가마의 온도는 1300도로 올려야 한다. 1300도가 되면 흙과 물과 불이 조화를 이루어 변화가 일어난다. 이것을 '변요'라고 한다. 열정의 온도는 잴 수 없을 만큼 강력하게 뜨거운 것이다. 자기의 열정을 다 쏟는 사람이 성공한다.

열정을 뜨겁게 가지려면 먼저 사랑하는 대상이 있어야 한다. 위험을 무릅쓰고 장애물을 뛰어넘고 앞길을 가로막는 장벽을 뚫고 나아갈 정도로 사랑하는 대상을 찾아야 한다. 뜨거운 열정이 없다면 시작하지 않는 것이 좋다. 열정이 없다면 첫 번째 부딪히는 장애물 앞에서 멈추고 말 것이다. 열정은 어떤 장애물도 뛰어넘는다.

열정은 목적이 분명해야 더 뜨겁게 타오른다. 열정을 가지고 살아간다면 성공은 이미 시작된 것이다. 자신이 원하는 일에 몸과 마음을 바치는 사람은 삶을 멋지게 살아갈 수 있는 능력이 있고 그 능력을 바탕으로 실천하는 사람이다. 자신 안의 무한한 능력을 깨닫고 실행에 옮기는 삶이 뜨거운 열정을 가진 삶이다. 자신이 하고 싶고 좋아하는 일에 집중하고 더 많은 시간을 쏟으면 점점 더 큰 열정을 가질 수 있다. 열중한다는 것은 일에 몰입하는 것으로 어떤 것도 막을 수 없도록 열정을 쏟아내는 것을 말한다. 자기 분야에서 성공한 사람들은 열정이 강하다는 공통점을 가지고 있다.

자신의 삶과 일에 뜨거운 열정을 최대한 쏟아부을 때 삶은 놀랍도록 풍요로워진다. 목적이 분명하고 행동을 분명하게 정하여 재능을 충분히 발휘한다면 날마다 기대와 감동의 삶을 살 수 있다. 자신 스스로 경이로운 일들을 수없이 해내는 것을 체험하게 될 것이다.

뜨거운 열정이 있는 사람은 자신의 한계를 수없이 극복해나간다.

> 열정은 삶에 에너지와 추진력을 불어넣는다. 그것은 비전과 규율의
> 중심에 있는 연료다. ―스티븐 코비

열정이 있는 사람은 자신의 일에 몰입한다. 몰입沒入은 깊이 파고들거나 빠지는 것을 말한다. 열심히 일하고 있는 사람의 이마에 흐르는 땀과 어깨와 팔뚝의 근육을 보면 열정이 느껴진다. 열정을 쏟으려면 자신이 하고자 하는 일에 대해서 분명하고 확실한 지식이 있어야 한다. 목표를 분명하게 정하고 일에 집중해야 한다.

열정은 자신이 하고자 하는 일에 불타오르는 열의와 관심을 갖는 것이다. 성공을 하려면 자신이 하는 일에 미쳐야 한다. 날마다 자신을 격려하고 독려하면서 남을 도와줄 수 있는 마음도 있어야 한다. 열정을 가지고 열심히 노력하면 삶이 달라진다. 노력하는 한 열정은 사라지지 않고 계속해서 불타오른다.

열정은 전염성이 강하다. 열정을 가지고 일하면 주변 사람들도 모두 다 열정을 쏟아낸다. 다른 사람보다 뛰어나기 위해서는 일에 흥미를 갖는 것만으로는 부족하다. 가장 중요한 것은 열정을 가지고 일하는 것이다. 자신감 있는 사람은 열정을 펼쳐나갈 시간을 많이 만들어낸다. 자신이 하고자 하는 일에 집중하고 더 많은 시간을 쏟아내어 일을 점점 더 잘하게 된다.

삶을 멋지게 살고 싶다면 도전하여 실패를 이겨내는 열정을 가져야 한다. 웨인 알리는 "실패하고 거절당하는 것은 나쁜 일이 아니다. 오히려 그것은 힘을 준다. 우리는 살아가면서 그것을 피할 수 없다. 가치 있는 일을 성취하려면 당신은 그 과정에서 고통을 경험해야만 하는 것이다. 꿈을 실현하려면 실패와 거절을 감수하고 계속 전진하라. 계속 투쟁하라. 많은 사람이 성공의 달콤한 향내를 경험하지 못하는 이유가 바로 여기에 있다. 실패의 기쁨을 경험하라. 고통 없이는 아무것도 얻지 못한다. 모험이 없으면 보상도 없다"라고 말했다.

자신이 하는 일에 시간 가는 줄 모르고 빠져드는 사람은 분명히 열정이 있는 사람이다. 모든 분야에서 두각을 나타내는 사람들은 모두가 다 열정이 가득한 사람이다. 자신이 가지고 있는 열정을 소낙비처럼 다 쏟아내야 한다. 자크 내서는 "가장 성공한 사람들은 정말 자신이 좋아하는 일을 하는 사람들이라고 생각한다. 그 무엇도 에너지와 열정을 따라갈 수 없다"라고 말했다.

사회의 다양한 분야에서 열정을 쏟는 사람들을 보면 모두가 다 의욕적으로 일하는 사람들이다. 자신의 심장을 뛰게 하는 도전 의식이 강하고 목표를 성취하려는 욕망이 매우 강한 사람들이다. 새로운 것을 반갑게 맞이하고 적응하려는 열정이 대단하면 금방 숙련된 사람처럼 일하게 된다. 성공하는 사람들은 자신이 할 일을 스스로 발견해내고 노력하여 최고도로 발전시킨다. 늘 앞서서 행동하고 불평하지 않고 능력을 끊임없는 발휘하고 어떠한 경우에도 열정을 잃지 않는다. 직관과 인내심으로 불타는 열정은 성공의 핵심적 자질이다. 열정을 잃지 않는다면 어떤 실패와 고난도 극복할 수 있고 자기가 원하는 성공을 할 수 있다. 열정은 모든 성공의 토대다.

열정이 없어도 일을 할 수 있지만 위대한 성공을 만들어낼 수는 없다. 사람들의 열정을 불러일으킬 수 있는 능력이 내가 가진 최고의 자산이라고 생각한다. 한 사람이 가진 최고의 자질을 계발시키려면 인정과 격려만큼 좋은 방법이 없다. 자신이 스스로 뜨거운 열정을 가지고 자신의 분야에 그 열정을 쏟아낸다면 성공할 수 있다. 이 세상을 멋지게 활기차게 살아가는 사람들은 뜨거운 열정을 가진 사람들이다. 이 세상의 주인공은 바로 열정을 가진 사람이다.

열정을 더욱 불타오르게 하는 환경

1. 가장 좋아하는 일을 직업으로 가지게 될 때.

2. 열정적으로 낙관적인 사람과 접촉할 수 있는 환경에 있을 때.

3. 날마다 성공 법칙을 적용해나갈 때.

4. 경제적으로 성공을 거둘 때.

5. 건강이 좋을 때.

6. 타인에게 도움이 될 수 있는 지식을 갖추고 있을 때.

열정을 들끓게 하는 것은 사랑과 자신감이다. 열정을 가진 사람들은 거대한 힘을 창출해낸다. 크라이슬러는 "나는 열정적인 사람을 좋아한다. 그가 열정적으로 일을 하면 손님들도 그의 열정에 감동해서 어려운 상담도 잘 이루어진다"라고 말했다. 열정을 가진 사람들은 목표가 분명하고 유머가 있고 자신감이 넘치며 자신의 일에 집중력이 대단하다. 그는 자신은 물론 가족과 주변 사람들까지 행복하게 만드는 사람이다. 열정을 가진 사람의 가슴에는 내일을 향한 꿈과 비전이 가득하다. 태양이 빛을 발하고 나무가 꽃을 피우고 열매를 맺듯이 열정을 불태우며 자신의 능력을 마음껏 쏟아낸다. 그런 사람과 함께 있으면 신바람이 절로 난다.

이 시대를 이끌어가는 열정이 있는 사람들은 환경이나 조건을 따지기보다 자신의 가능성을 찾아내 현실로 바꾸는 사람들이다. 한 가지 일에 성공하면 새로운 목표를 정하고 또다시 도전한다. 그리고 그 도전 속에서 열정은 큰 힘을 발휘한다. 자신의 가슴에 뜨거운 열정만 있다면 크나큰 변화를 가져올 수 있다. 무엇을 가지고 있느냐가 아니라 가지고 있는 것으로 어떻게 열정을 쏟아서 무엇을 해나가느냐가 우리에게 닥친 진정한 문제다. 우리는 우리에게 있는 모든 열정을 강물이 흐르듯이 흘러 내려가게 해야 한다.

인생을 통해 당신은 단순히 인간관계에 관심을 가질 수도 있고 인간관계에 헌신할 수도 있다.

당신은 단순히 학업을 끝마치는 것에 관심을 가질 수도 있고 학업을 끝내는 데 헌신할 수도 있다.

당신은 단순히 당신의 사업을 시작하는 데 관심을 가질 수도 있고 당신의 사업에 헌신할 수도 있다.

당신은 단순히 당신의 수입과 건강 그리고 생활 습관을 개선하는 데 관심을 가질 수도 있고 당신의 수입과 건강 그리고 생활 습관을 개선하는 데 헌신할 수도 있다.

당신은 단순히 인생의 스트레스를 줄이는 데 관심을 가질 수도 있고 스트레스를 줄이는 데 헌신할 수도 있다.

당신의 마음을 결정하고 난 후에 가장 중요한 것은 가장 중요한 것을 지키는 일이다.

정신을 집중하고 헌신하면 후회 없는 결과를 보게 된다.

ㅡ주얼 다이아몬드 테일러

자신의 꿈과 비전이 확실하다면 주변에서 어떤 말을 하든지 관심을 두지 말고, 열정을 쏟아 전진하면 된다. 열정이 있고 의지가 강한 사람은 자신이 어떻게 해야 할지를 잘 알고 있다. 자신의 지력과 판단력과 결단이 분명하다면 자신이 원하는 길을 분명하게 가야 한다. 큰 인물이 되려면 자신을 아낌없이 투자해야 한다. 그래서 인생을 아무 쓸모도 없는 졸작 덩어리로 만들지 말고 아름답고 멋있는 걸작으로 만들어야 한다. 열정을 가지고 일하고 싶다면 자신이 지금 있는 곳에서, 지금 가지고 있는 것으로, 자신이 할 수 있는 일을 시작하면 된다. 열정을 쏟으면 삶이 변화한다. 열정이 있으면 삶이 열매를 맺기 시작한다.

레이더를 발명한 애플턴은 "과학적인 연구에 성공하기 위해서는 전문적인 기술보다 열중하는 자세가 더 중요하다"라고 말했다. 누구나 자신이 하고자 하는 일에 무한한 열정을 가진다면 어떤 일이든 성공할 수 있다. 최고의 자리에 오른 사람들은 모두 다 자신이 가지고 있는 모든 열정과 에너지를 쏟아내어 자신이 원하는 일을 해낸 사람들이다. 열정은 목표를 향한 움직임에 윤활유가 된다. 열정을 잃지 않는다면 실패를 극복하고 누구나 성공할 수 있다.

열정을 쏟으면 삶이 행복해진다. 성공하는 사람과 성공하지 못하는 사람의 차이는 열정이 있느냐 없느냐. 모든 삶에 열심을 다하며 열정을 쏟으며 살아야 한다. 열정을 쏟으면 고통과 시련의 세월도 훗날 돌이켜봤을 때 아름답게 그려진다.

레너드 H. 로버츠는 "열정적인 사람들은 어떻게든 일을 해낸다. 훌륭한 리더에게서는 주어진 일을 해내고자 하는 열정을 느낄 수 있다. 열정적인 사람들은 다른 사람들에게 사기와 의욕을 불러일으킨다. 우리가 잘 아는 것처럼 열정은 전염성이 있다"라고 말했다. 일에 열정을 다하는 사람들을 보면 삶이 멋지게 보인다. 삶에는 힘들고 어려운 일들이 도처에 도사리고 있다. 열정을 가지고 파도타기와 같은 삶을 이겨내야 한다. 넘어졌다가도 벌떡 일어나 절대로 포기하지 말고 나아가야 한다. 일할 때는 열정을 아낌없이 쏟고 자신의 생각과 말을 일치시킬 수 있도록 움직여야 한다. 열정이 가득해 늘 가슴이 뜨거운 사람은 매사에 적극적이다. 바로 그런 모습으로 사는 것이다. 일할 때 땀 흘리는 모습이 얼마나 멋진 줄 알아야 한다. 반드시 해내겠다는 신념과 확신을 가지고 집중해서 해내야 한다.

> 지금 이 순간이 중대하고 결정적인 순간이 아니라는 착각 속에서 우리는 살고 있다. 하루하루가 최고의 날이라는 사실을 마음속에 새겨두어야 한다. -랠프 월도 에머슨

열정이 필요하다. 성공의 열쇠는 열정이다. 열정이 있는 사람과 열정이 없는 사람의 차이는 엄청나다. 성공은 바로 열정이 있는 사람들이 그려놓는 가장 멋진 그림 중의 하나다. 열정이 있는 사람은 세상을 바라보는 눈과 행동하는 모습이 다르다. 언제나 최선을 다하고 모든 일에 열심이다. 삶은 단 한 번이다. 서성거리거나 망설일 시간이 없다. 분명한 목적을 가지고 도전하여 성공을 만들어야 한다. 살아 있는 것은 움직인다. 누구나 성공 에너지를 움직일 때 열정이 된다. 자신에게 있는 열정을 흔들어 깨워 행동하게 만들어야 한다. "나는 할 수 있다!"라고 외치며 열정을 쏟아야 한다.

열정을 쏟아 힘들고 어려웠던 일들을 해내면 자신감이 상승한다. 자신이 원하던 새로운 결과를 만들어내고 성공을 만들어낸다. 성공을 하기 시작하면 진정도 초조함도 사라지고 더욱더 열정이 불

붙어 정상의 자리에 오를 수 있다.

"나는 할 수 있다!"라는 마음으로 행동해야 한다. 자신에게 있는 열정을 다 쏟아낸다면 아무런 두려움 없이 성공을 만들어낼 수 있다. 세상의 성공 역사는 도전과 열정이 있는 사람이 만드는 것이다. 누구나 뜨거운 열정을 쏟아내어 열심히 살 수 있다.

나를 들뜨게 하고 열정이 샘솟는 일을 하는 것, 나는 거의 대부분 하루 종일 이런 일에 몰두한다. -조 바이델리

왜 똑같은 사람인데 누구는 성공하고 누구는 한 번 시도도 해보지 못하고 좌절하고 마는가? 자신이 나약하고 부족하다는 어리석은 생각과 과거에서 떠나야 한다. 노력하고 배우고 고쳐나가면 못할 일이 없다. 삶에서 가장 멋진 승리의 순간은 열정이 만든다. 능력이 없다 생각하지 마라. 우리 안에는 무한한 잠재력이 있다. 능력을 만들어 열정을 쏟아내라.

열정이 가득한 사람은 살아갈 이유가 분명하다. 살아갈 이유가 분명한 사람은 눈빛이 항상 맑고 생기가 넘친다. 가야 할 길이 정해져 있으며 조금도 흔들리거나 흐트러짐이 없이 간다. 비바람은 불어야 하고 꽃은 피어야 하는 것처럼 생명은 너무나 소중하기에 살아갈 이유가 분명하다.

절대로 매사에 쉽게 절망해서는 안 된다. 아주 절망스런 사태가

일어나더라도 한순간일 뿐이다. 삶에서 해결하지 못할 문제는 없다. 현재 일어나는 모든 문제, 장애, 고통은 모두 해결될 수가 있다. 왜냐하면 사람은 해결할 수 없는 문제는 가지고 있지 않기 때문이다. 피나는 노력으로 성공이라는 멋진 결과를 만들어가야 한다.

열정을 쏟아내어 최대한으로 노력하고 있는 것은 결코 수포로 돌아갈 수는 없는 것이다. 우리가 보고 듣고 알고 체험하는 모든 것은 성공으로 가는 길을 만들어준다. 수많은 성공한 사람들의 특징은 바로 노력했다는 것이다. 열화와 같은 투지는 불확실성의 불안을 없애준다. 열정은 자신이 하고자 하는 일을 끝까지 추진하게 한다.

환경이나 여건을 탓하지 말고 자신의 삶은 자신의 열정으로 새롭게 만들어야 한다. 과거를 던져버리고 지금 이 순간부터 열정적인 사람이 되어야 한다. 우리의 삶은 우리의 꿈과 비전을 펼쳐나가는 무대다. 무대 위에서 춤을 추는 사람들을 보라. 무대 위에서 연주하는 사람들을 보라. 얼마나 열정적인가? 우리도 삶이란 무대에서 열정을 쏟아가며 성공을 만들어야 한다. 단 한 번뿐인 삶을 멋지게 신나게 열정적으로 살아야 한다.

불가능을 가능으로 만들어내는 사람이 열정을 가진 사람이다. 현실 속에서 이유와 조건을 따지기보다 최선을 다하여 변화를 시도하는 사람이 성공한다. 열정은 우리 앞에 다가오는 역경을 두려워하지 않고 도전하게 만든다. 우리의 삶에는 험준한 산맥과 폭풍우가 몰아치는 거센 바다와 같은 많은 어려움이 도사리고 있다. 고난은 성공을 만드는 도구다. 성공을 원한다면 세상이란 바다에 열정이라는 그물을 마음껏 던져라.

처음부터 성공할 사람이 정해진 것이 아니다. 자신에게 주어진 삶 속에서 자신의 성공을 만들어가야 한다. 시시때때로 몰아쳐 오는 실패와 고난과 역경의 수렁에서 자신을 건져내어 성공을 만드는 힘이 바로 열정이다. 가슴이 뜨겁도록 열심을 다해 살아가라. 아낌없이 자신의 열정을 쏟아부어라.

성공하기를 원한다면 자신을 능력을 최대한 발휘하여 쏟아부어야 한다. 자신의 능력을 믿고 절대로 꿈과 비전을 포기하지 말아야 한다. 우리는 누구나 성공할 수 있는 무한한 잠재력을 가지고 있다. 자신의 재능과 결단력 속에 열정을 쏟아부을 때 성공이란 사다리를 끝까지 올라갈 수 있다. 열정이 있는 사람은 어떤 역경과 어려움도 잘 대처해나갈 수 있는 영향력과 힘을 소유하고 있다.

성공을 확신한다면 확고한 믿음을 가지고 도전해야 한다. 지금 당신의 모습을 살펴보라. 무엇이 부족한가? 성공할 수 있는 조건들을 다 가지고 있다는 사실을 분명하게 알아야 한다. 열정이 있는 사람은 삶을 승리로 이끈다.

승리하는 사람과 패하는 사람

승리하는 사람들은 "예"와 "아니오"의 선택이 분명하지만 실패하는 사람들은 "예"와 "아니오"의 선택이 분명하지 않다.

승리하는 사람들은 쓰러지면 일어나 앞을 보지만

실패하는 사람들은 쓰러지면 뒤를 돌아본다.

승리하는 사람들은 눈을 밟아 길을 만들지만

실패하는 사람들은 눈이 녹기만을 기다린다.

승리하는 사람들의 호주머니 속에는 꿈이 들어 있고

실패하는 사람들의 호주머니 속에는 욕심만 가득 들어 있다.

열정적인 삶을 살려면 목표가 분명해야 한다. "나는 이런 일을 하고 싶다", "나는 이런 인물이 되고 싶다"라는 확실한 목표가 있을 때 힘이 나고 열정을 쏟을 수 있다. 목표가 꼭 처음부터 거대할 필요는 없다. 하나하나씩 이루어가며 성취해나가는 기쁨을 누릴 때 더 큰 목표를 이루어낼 수가 있다.

삶이란 텃밭에 자신이 어떤 씨를 뿌렸느냐에 따라 결과가 달라진다. 자신의 성공 목표가 있다면 분명한 계획을 세워야 한다. 자신의 목표를 분명하게 받아들여야 한다. 충분한 시간을 투자하여 자신의 에너지와 열정을 쏟아야 한다. 우리에게는 무한한 가능성이 있다는 사실을 알아야 한다. 사람들은 누구나 보람된 삶을 살기를 원한다. 모든 것은 마음을 어떻게 먹느냐에 따라 달라진다. 성공하지 못하는 것은 열정이 부족하고 믿음이 부족해서다. 결단코 무엇을 하겠다는 믿음이 있으면 반드시 길은 열린다. 의지는 고난보다 강하다. 세상에는 갖가지 불운과 역경을 딛고 일어나 성공한 사람들이 참으로 많다. 그들은 불행을 도리어 교훈으로 삼고 시련을 자신의 재산으로 만든 사람들이다. 쓰러져도 오뚝 일어서는 열정을 가진 사람들이다. "할 수 있다"는 믿음을 가진 사람들은 하지 못할 일이 없다.

성공하겠다는 마음을 가지고 열정을 마음껏 쏟아낸다면 성공할 수 있다. 강하고 담대하게 외쳐보라. "나는 할 수 있다!" 구름도 모여야 비를 뿌린다. 바람이 몰아쳐야 파도가 일어난다. 마음도 하나가 되어 열정을 쏟아내야 큰일을 해낼 수 있다.

열정은 무한한 능력을 만들어낸다. 무에서 유를 만들어내는 힘이다. 이런 걸 기적이라 한다. 자신의 삶에서 멋진 기적을 맛보며 살아야 한다. 그 기쁨과 감동은 말로 다 할 수 없을 것이다. 성공하기를 원한다면 성공을 향해 도전하려는 의욕이 분수처럼 솟구쳐야 한다. 열정이 부족한 것은 남과 비교하는 열등감 때문이다. 열등감을 과감하게 버려라. 사람은 누구나 새롭게 변할 수 있다.

윌리엄 L. 쉬러는 "간디는 인간이었기에 결코 완벽하지 않았다. 그는 누구보다 먼저 공개적으로 그것을 인정했다. 모든 위대한 업적을 역사에 남긴 사람들처럼 그는 많은 역설적이고 모순된 점을 지닌 사람이었다"라고 말했다. 이 세상에 완벽한 사람은 하나도 없다. 자신의 부족을 알고 채워가는 사람이 진정 능력이 있는 사람이다.

미쉐린의 최고경영자였던 프랑수아 미슐랭은 "나는 경험으로 알고 있다. 인간은 극한 상황에 처했을 때 그것을 극복하는 놀라운 저력을 발휘한다는 것을. 나는 인간의 능력을 신뢰한다. 인간은 자기의 가능성을 인정받고 그 가능성을 펼칠 기회를 얻으면 무한한 능력을 발휘한다. 유일하고 자유롭고 책임감 있는 모든 인간은 태양처럼 빛이 난다. 자신의 에너지를 자유롭게, 최대한도로 발휘하는 것이 가장 중요하다"라고 말했다.

성공하는 사람은 삶의 그릇이 크다. 그릇이 큰 사람이 큰일을 넉넉하게 할 수 있는 마음가짐을 가지고 있다. 사고방식과 표현이 밝아야 일을 잘할 수 있다. 열정이 넘치고 일 잘하는 사람은 매사에 적극적인 행동을 나타낸다. 열정이 있는 사람은 끊임없이 "이렇게 하는 것이 좋지 않을까?" 생각하며 실천에 옮긴다. 열정이 있는 사람들의 특징은 강한 확신을 가지고 있다는 것이다. "틀림없이 잘될 거야!", "나는 할 수 있다!"라는 생각을 가지고 행동으로 옮긴다. 열정을 가진 사람들은 인내심과 끈기를 가지고 있다. 그들은 스스로 "손에서 일을 놓지 말자. 계속해서 앞으로 전진하자. 날마다 해야 할 일을 계속해나가자"라고 외치면서 살아간다.

성공한 사람들이 가지고 있는 특성이 바로 열정이다. 데일 카네기는 "무엇인가 흥미를 가지자. 스스로를 흔들어 늘 깨어 있도록 하자. 취미를 키우자. 열정이라는 폭풍이 몸속을 꿰뚫고 지나가게 하자"라고 말했다.

열정은 자기가 가고자 하는 길로 나아갈 수 있게 하는 뜨거운 바람이다. 소수의 사려 깊고 열정적인 사람들이 이 세상을 바꿀 수 있다는 점에 대해 의구심을 갖지 마라. 사실 세상은 오직 이런 사람들에 의해서만 바뀌어왔다. 자신이 원하는 것이 무엇인지 완전하게 알고 있다면 열정적으로 갈구해야 한다. 우리는 모든 상황에서 최선을 다해야 한다. 우리 속에서 용솟음치는 열정의 크기에 따라 일의 결과도 달라진다. 열정적으로 일하며 불같이 타오르지 않는다면 결국에는 실패하고 말 것이다.

성공한 이들이 모두 처음부터 대단한 존재였던 것은 아니다. 자신의 부족과 나약함을 뛰어넘어 삶을 새롭게 시작하여 성공을 만들어낸 것이다. 그러므로 성공하려면 끊임없이 변화를 시도하고 노력해야 한다. 우리는 변화할 수 있는 힘과 능력을 가지고 있다. 자신이 원하는 목표를 향하여 전진할 수 있는 용기 있는 행동이 필요하다. 이 행동이 바로 열정이다.

가슴을 활짝 열고 세상을 다 받아들여야 한다. 열린 마음으로 행동할 때 자신을 마음껏 표현할 수 있다. 자신이 가진 능력을 극대화할 수 있는 사람이 열정을 쏟을 수 있다. 말로 표현하는 것이 아니라 행동으로 표현하는 것이 열정이다.

이 세상을 살아가는 사람들 중에 많은 사람이 자신의 능력 중에서 10%밖에 사용하지 못하고 있다. 열정을 가지고 자신의 능력을 100% 쏟아내야 한다. 흐트러진 마음을 하나로 모아 열정을 만들어야 한다. 열정은 우리의 삶의 에너지를 강력하게 만들어준다. 자신의 주변에서 성공적인 삶을 살아가는 사람들을 보라. 그들의 눈빛, 그들의 얼굴, 그들의 모습에서 불타오르는 열정을 발견할 수 있을 것이다.

열정은 자신을 확신하며 뛰어드는 것이다. 열정은 돈으로 살 수 없다. 자기 스스로 만들어야 한다. 열정이 있어야 삶이 변화된다. 열정을 가지고 삶을 공격적으로 살아가라. 변화된 자신의 모습을 발견할 수 있을 것이다.

현재를 살고 있는 사람 중에 단 5%만이 열정적으로 살아가고 있다. 나머지 95%의 사람들은 신세한탄을 하며 무력감 속에 살아가고 있다. 삶이란 얼마나 소중한가? 이 소중한 삶을 심장이 뜨겁도록 열정적으로 살아야 한다. 자신이 하고자 하는 일에 미친 듯이 열중한다면 안 될 것이 무엇이 있겠는가?

세상을 살아가고 있는 모든 사람은 열정을 가지고 있다. 그 열정을 어떻게 사용하느냐가 중요하다. 자신이 가지고 있는 열정을 움직여야 한다. 자신이 움직여야 열정적으로 살 수 있다. 자신이 움직이지 않으면 아무것도 이룰 수가 없다. 열정은 성공이란 역에 도착하게 만들어주는 힘이다. 그러므로 가슴에 불타는 소원이 있어야 한다. 불타는 소원 없이는 열정을 가져도 자신의 능력을 나타낼 수 없다. 열정을 충만하게 가지면 걱정, 근심, 고민, 절망에서 떠날 수 있다. 열정이 넘치는 사람들은 언제나 젊게 살아간다. 열정이 없으면 결코 성공할 수 없다.

부끄럽지 않게 살아가리라

나의 삶이 흐르는 강물처럼

흘러내리다

죽음이라는 계곡에 허무하게

다다르기 전에

슬픔과 탄식과 절망을 벗어버리고 싶다

소리 높이 자유를 외치고

가슴 터지게 사랑을 찾으며

꿈과 소망을 마음껏

펼치며 살아가고 싶다

젊음의 열정이 녹슬기 전에

가슴으로부터 용솟음치는

비전이 사라지기 전에

심장이 뜨겁도록 사랑하고 싶다

정직하게

진실하게

솔직하게

숨이 멎는 날에도

부끄럽지 않게 살고 싶다

내 슬픔 때문에 울지만은 않겠다

펼쳐진 꿈을 바라보며 기대하며

생명의 맥박이 끝날 때까지

모든 사람이 알도록, 보도록, 느끼도록

멋지게 살고 싶다

나누는 삶을 살아라

나눔이란 신성한 행위를 실천하지 않은 사람은 영원한 행복으로 이어지는 진정한 길을
발견하지 못할 것이다. 행복은 자신에게 주어진 축복을 다른 사람과 나눌 때 찾아오는 것이다.

나폴레온 힐

나눔은 삶에 행복과 기쁨을 선물한다. 삶은 내가 소유할 수 있는 모든 것을 쥐었다가도 결국에는 다 놓아야 하는 것이다. 세상에 내 것은 하나도 없다. 잠시 빌려서 쓸 뿐이다. 욕심쟁이보다 나누는 사람이 더 행복하다. 이 세상을 떠나갈 때 가지고 갈 수 있는 것은 아무것도 없다. 결국 빈손으로 왔다가 빈손으로 가는 것이다. 나누는 삶을 살아가면 사랑이 순환된다. 나눔을 받은 사람은 자신도 나누고 싶어 하고 기회가 오면 나누는 삶을 산다.

바바라 버거는 "필요 없는 물건을 쌓아놓고 쟁이는 사람들, 인색한 사람들, 돈 쓰기를 두려워하거나 금고나 은행 계좌에 다른 사람 모르게 돈을 감추어둔 사람들, 그리고 자녀나 친구, 사랑하는 이들을 소유하려는 사람들은 모두 우주의 자연스러운 질서를 거부하고 있는 것이다. 우주의 자연스런 질서란 다름 아닌 끊임없는 흐름과 변화를 말한다"라고 말했다. 나누는 삶은 세상을 따뜻하고 살기 좋은 세상으로 만든다. 나눔은 정체가 풀리고 에너지를 순환하게 만들어 사회가 잘 돌아가게 만들어준다.

수의에는 주머니가 없으니 내 옷에 주머니가 있을 때 나누는 삶을 살아야 한다. 나 때문에 이 세상에 행복한 사람이 있다는 것은 삶을 살아갈 최고의 의미가 부여되는 것이다. 나에게 나눌 수 있는 것이 없다는 것은 핑계일 뿐이다. 언제나 최선을 다하는 사람은 나눌 것이 점점 더 많아진다. 많이 베풀수록 많이 얻는다. 이것이 바로 삶의 공식이다. 나눔이 없는 사람은 돈이 아무리 많아도 스스로 옹색하고 초라하게 산다.

나눔은 절대로 동정이 아니다. 진실한 마음의 표현이다. 가치 없는 동정은 도리어 사람을 모욕하는 것이고, 하잘것없는 동정만큼 죄악을 장려하는 것은 없다. 나눔은 언제나 순수한 배려와 친절한 마음에서 이루어져야 한다. 동정은 자신과 다른 사람의 생각과 행동이 일치할 때 부드럽고 이해심 있게 받아들여진다. 동정은 상호 의존적이다. 내가 선한 마음으로 이웃을 보살피고 나누면 자신의 삶에도 행복의 꽃이 더 활짝 피어난다.

삶을 멋지게 살고 싶다면 먼저 나누고 베풀어야 한다. 남에게 받고 싶다면 먼저 주어야 한다. 사랑받기를 원한다면 먼저 사랑해주어야 한다. 주고 베풀고 나누면 꼭 돌아온다. 더 많이 더 풍성하게 돌아오는 법이다.

나눔의 삶을 살아가는 사람들은 대부분 마음이 선하다. 눈빛이 맑고 마음이 곱다. 자신의 행위를 잘 드러내지 않으려 하고 늘 겸손하다. 얼굴에는 항상 웃음이 가득하고 삶 속에서 행복을 누리며 살고 있다. 매사에 적극적이고 자신이 하는 일에 언제나 최선을 다한다. 나눔의 삶을 살아가는 사람들은 인생의 멋을 알고 삶을 기분 좋게 살아가는 아주 멋진 사람들이다. 삶 속에서 욕심과 욕망이 가득한 사람은 불행하지만 나누고 봉사하는 사람은 늘 행복하다. 중국 격언에 "장미를 건네는 손에는 언제나 한 떨기 향기로움이 머문다"라고 했다.

한마디 말로 불을 밝히고, 장미꽃을 피우는 이가 있다. 눈가의 미소로 다른 세계로 여행에 초대하며 기적을 불러온다. 내민 손으로 고독을 깨뜨리고, 꽃으로 장식된 식탁에 음식을 차리며, 기타 한 번의 퉁김으로 실내악이 된다. 말 한마디로 영혼의 끝까지 다다르며, 꽃을 키우고, 멋진 꿈을 꾸게 하며, 포도주를 익게 한다. —햄릿 킨타나

봉사奉仕는 국가나 사회 또는 남을 위해 헌신적으로 일하는 것을

말한다. 봉사를 해본 사람은 봉사의 맛과 기쁨과 감동을 안다. 자신이 남을 위해 헌신한다는 것이 얼마나 소중한 일이고 삶을 가치 있게 만드는 것인가를 안다. 진정한 나눔을 갖는 사람은 자기가 비용을 들여서 드러나지 않게 도움의 손길이 필요한 곳에서 사랑을 주는 일에 동참하는 사람이다.

나눌 때는 어떤 대가를 바라지 말고 나누어야 진정한 나눔이다. 아무런 이유 없이 그냥 주는 것이다. 그리고 나눌 때는 꼭 필요한 사람에게 나누어야 한다. 잘못 나누면 도리어 낭비가 될 수 있다. 잘나가고 잘사는 사람들이 나누지 않는다고 비판하기 전에 자신부터 나누는 삶을 살아야 한다. 그래야 자신이 부유해져도 나눌 수 있는 마음의 밑바탕이 생긴다.

남에게 베풀면 더 큰 축복으로 돌아오는 것이 삶의 법칙이다. 이 세상은 항상 이익만 얻는 사람도 없고 손해만 보는 사람도 없다. 꾸준히 인내하고 열심히 살아가는 사람에게 좋은 조건과 기회가 오기 마련이다. 선을 베풀면 그만큼 복된 삶을 살 수 있다.

아낌없이 나누면 더 풍성하게 돌아오는 것이 삶의 이치다. 욕심껏 움켜쥐면 불행하고 외롭지만 나누면 마음이 풍요로워지고 삶 속에서 행복이란 길이 열린다. 열심히 나누는 사람은 누가 뭐래도 행복한 사람, 마음이 든든한 사람, 만족하며 사는 사람, 그리고 잘 사는 사람이다. 당신이 세상을 향해 밝고 해맑은 웃음을 보여주는 것도 참 아름다운 나눔이다.

삶 속에서 나눌 수 있는 것

1. 시간.
2. 재능.
3. 재산.
4. 사랑.
5. 칭찬.
6. 행복.
7. 봉사.
8. 마음.

따뜻한 말 한마디, 발걸음 하나에 때로는 사람의 운명이 달라진다. 양심에 꺼려지는 일, 부끄러운 일을 해서는 안 된다. 친절한 마음이 없으면 절대로 나눔이 이루어지지 않는다. 멋있고 행복하게 사는 사람들은 폼 잡고 으스대고 거들먹거리며 사는 사람들이 아니다. 가슴이 따뜻하고 겸손한 사람들이다. 살면서 "당신과 함께한 시간들을 영원히 잊을 수 없다"라는 말을 들을 수 있다면 얼마나 행복한 일인가?

워터맨은 "내일 외로운 이웃의 삶에 동참할 수 있을지라도 오늘 그대는 무엇을 주었는가? 우리는 진리를 더욱 빛나게 하고, 굳건한 믿음을 자랑할 수 있으며, 굶주린 영혼들을 생명의 양식으로 먹일 수 있는데, 오늘 그대는 무엇을 했는가"라고 말했다. 외톨이로 남아 있는 사람은 더 외로울 뿐이다. 삭막한 세상일수록 이웃이 필요하다. 어려운 이웃을 도우면 삶은 더 따뜻해진다. 남에게 베풀고 나누는 것을 처음에는 손해라고 생각할 수 있다. 그러나 살다 보면 큰 이익으로 돌아오는 것을 알 수 있다.

헨리 포드는 자기 회사 직원들에게 늘 베푸는 삶을 살았다. 다른 회사보다 두 배에 가까운 월급을 주었으며, 장애인들을 고용했고, 장애인들이 편하고 자유롭게 일할 수 있도록 새로운 조립 라인을 만들었다. 특히 장애인들에 대한 배려심이 깊었다. 헨리 포드는 이런 마음으로 살았기에 미국의 대부호가 되었다.

번영의 비결은 아낌없이 베푸는 데 있다. 삶이 우리에게 주는 좋은 것을 다른 사람과 공유함으로써 풍요의 샘물이 터져 나오기 때문이다.
-J. 도널드 월터스

사람들은 그를 미친 사람이라고 불렀다. 그는 많은 것을 대가 없이 나누어 주었지만, 그럴수록 더 많은 것을 갖게 되었다. -존 번연

나눔은 삶에서 가장 값진 모습 중 하나다. "남에게 대접을 받고 싶으면 남을 먼저 대접하라." 이 말은 참으로 의미가 있는 말이다. 삶을 살다 보면 생각하지도 못한 어려움에 처하기도 한다. 그러나 불행한 요소보다 수많은 축복을 생각하면 삶을 빠르게 회복할 수

있다. 그러므로 사랑하는 사람들에게 행복과 사랑을 나누며 살아야 한다. 자신의 이웃들에게 좋은 이웃이 되는 삶을 살아야 한다. 남에게 베푸는 자선은 유일하게 안전한 기본 투자다. 언젠가 그들에게서 도움을 받을 때가 생기는 법이다.

나눔이 있는 삶은 행복을 선물한다. 사랑을 나누면 배가 되고 슬픔을 나누면 반으로 줄어든다. 나눔은 서로 공존하게 만들고 모든 마음을 품어주며 진실한 것을 체험하게 하고 삶을 근본적으로 바꿔 놓는다.

철강왕 카네기는 자기 나름대로의 사업 경영 철학이 있었다. 그는 돈을 벌려고만 하지 않았다. 그가 데리고 있는 모든 직원에게 저금통장을 만들어주어 소망을 갖게 하고 모든 직원이 자기 집을 가지고 행복하게 살 수 있도록 하는 데 힘을 썼다. 자신만을 위한 삶이나 사업은 끝이 좋지 않다. 더불어 행복한 삶을 살아가는 것이 바른 철학이다.

받은 것을 나누어라. 그 나눔에는 당신 자신도 포함된다. -마더 테레사

성공은 드문 일이 아니다. 그것은 흔한 일이다. 그것은 주어진 장애에 맞춰서 노력을 조정하고 다른 사람들이 필요로 하는 것을 베풀어주는 능력에 달린 문제다. 그것 외에는 성공할 길이 없다. 대부분의 사람들은 성공을 받는 관점에서 생각한다. 하지만 성공은

나누어 주는 일에서부터 시작한다. 우리가 이웃에게 얼마나 많은 것을 나누어 주어야 하는지를 정확히 말할 수가 없다. 그러나 적어도 우리의 생활에서 여유로 남게 되는 것 이상을 나누어 주어야 하지 않을까? 맛있는 과일에는 그만큼 벌레도 많고 재산이 많으면 근심도 많다. 그러나 늘 나눔을 갖는 사람은 늘 마음이 행복해지고 풍요로워지는 것을 스스로 느낄 수 있다.

매일매일 겸손한 마음으로 살아야 한다. 동료들의 허물과 약점을 보면서 자신에 대한 우월감을 갖지 말아야 한다. 그들의 과실을 덮어주고, 그들의 부족을 채워주고, 그들의 어려움을 불쌍히 여기고, 그들의 우정을 받아들이고, 그들의 불친절함을 너그럽게 이해하며, 자신을 낮춰야 한다.

살면서 누구나 나눌 수 있는 것은 서로 행복을 공유할 수 있는 시간이다. 포장하거나 위장하거나 과장한 봉사보다 차라리 드러나지 않더라도 진심으로 나눈 작은 봉사가 더 소중하다.

꽃에 향기가 있듯이 사람에게도 품격이 있다. 진정한 봉사를 할 수 있는 사람이 품격이 있다. —셰익스피어

큰 나눔도 중요하지만 작은 나눔도 소중하다. 큰 나무에서 피어나는 꽃도 아름답지만 이름 모를 작은 들꽃도 아름답고 향기가 좋다. 나눔은 한 사람에게 감동을 줄 뿐 아니라 자신의 삶을 평생토록

풍요하게 만드는 주춧돌이 된다. 나누면 나눌수록 행복의 크기는 더 커진다. 나눔과 베풂 속에 살아가는 사람들은 늘 따뜻한 마음을 지니고 있다. 항상 얼굴에 웃음과 행복이 떠나지 않는다. 바라만 보아도 좋다. 나눌 줄 모르고 욕심만 아는 사람들이 늘 불평하고 짜증 내고 화를 내고 비난하기를 좋아한다. 일도 제대로 하지 못한다. 결국에는 몸과 마음이 상하게 된다. 삶을 무작정 살기보다는 이야기가 있는 삶을 살아야 한다. 너와 나, 우리가 모두 행복한 삶을 살아야 한다.

> 내가 만일 마술을 부릴 수 있다면
> 지금 막 자살하려는 사람의 마음에
> 사랑을 부어주어 살게 만들고 싶다
> 파산을 한 사람에게
> 희망을 쏟아부어 주어서
> 다시 시작하게 하고 싶다
> 이혼을 하려고 하는 사람과
> 도적질하려는 사람의 마음을 돌려놓고 싶다

나눔은 삶에 진정한 기쁨을 준다. 누군가 "다른 사람을 위해 자신의 삶을 손해 보면 결국 손해 본 삶은 그 과정 속에 저축한 것이다"라고 말했다.

나누고 봉사하면 힘이 생긴다. 삶에 의욕이 넘친다. 내가 누군가를 도울 수 있다는 것에 삶의 의미가 깊어진다. 이 세상에 나로 인해 행복해하는 사람들이 많아질수록 세상은 더욱더 밝아진다. 그러므로 남에게 상처를 주지 말고 기쁨과 감동을 선물해야 한다. 세상을 살면서 나의 이야기를 잘 들어주고 함께해줄 수 있는 사람이 있다는 것은 참으로 행복한 일이다. 살아가면서 다정한 미소를 주고받는 삶을 살 수 있는 것도 참 기쁜 일이다.

한 시간 동안 행복하고 싶다면 낮잠을 자고

하루 동안 행복하고 싶다면 낚시를 하고

한 달 동안 행복하고 싶다면 결혼을 하고

한 해 동안 행복하고 싶다면 유산을 물려받고

평생을 행복하고 싶다면 남에게 베풀어라.

다른 사람을 늘 축복해주는 마음을 가져야 한다. 자신이 만나는 사람들이 모두 다 잘되기를 바라는 마음은 얼마나 아름다운가. 선물하는 습관도 아주 좋다. 선물은 주는 사람도 행복하고 받는 사람은 더 행복하다. 선물을 잘 주는 사람에게는 자신에게도 더 많은 선물이 돌아오는 법이다.

남을 돕는 태도 4가지

첫째는 스스로 나아가 사람들에게 돈이나 물건을 주지만 다른 사람이 똑같이 나눔을 베푸는 것을 즐거워하지 않는다.

둘째는 다른 사람이 나눔을 갖기를 바라면서도 자신은 전혀 베풀지 않는다.

셋째는 자기도 기쁘게 나누고 남도 나누는 것을 좋아하는 것이다.

넷째는 자기가 나눔을 베푸는 것을 싫어하고 남도 나누는 것을 싫어하는 것이다.

첫 번째는 질투심이 많은 사람이고,

두 번째는 자신을 비하시키는 사람이고,

세 번째는 선한 사람이며,

네 번째는 아주 악한 사람이다.

행복은 자기가 가지고 있는 모든 것을 감사하는 기분이 아주 좋은 마음이다. 자신에게 없는 것, 가지고 싶은 것만 생각하고 이미 가지고 있는 것을 잊어버리면 안 된다. 자신은 다른 사람에게 없는 것을 많이 가지고 있다. 우리가 걸을 수 있고 일할 수 있는 것만으로도 장애인과 일이 없는 사람에게는 부러워할 만한 일인 것이다. 이 세상에서 성공한 사람은 누구나 혼자 힘으로 성공한 것은 아니다. 다른 수많은 사람의 도움을 받았기에 지금의 자리에 설 수 있었던 것이다. 한 번이라도 친절을 베풀었거나 격려의 말을 해준 사람들에게 우리는 우리의 성공뿐만 아니라 성격, 생각을 빚지고 있는 것이다. 자선은 남이 아니라 자기 자신부터 시작해야 한다. 자선은 마음에서 우러나와 손과 발로 실행해야 한다. 자선은 소중하고 가치 있는 일이다.

> 자선을 베풀지 않는 사람은 아무리 큰 부자라 할지라도 맛있는 요리가 차려진 식탁에 소금이 없는 것과 같다. -『탈무드』
> 믿음과 희망에 대해서는 세상 사람들의 의견이 각각이겠지만 자선에 대해서는 인류 전체의 관심이 일치할 것이다. -괴테

다른 사람에게 부담을 주는 삶을 살지 말아야 한다. 남에게 해를 끼치고 피해를 주는 삶을 사는 것은 참으로 어리석은 일이다. "콩 한 조각도 나누라"라는 속담의 의미는 참으로 깊다. 삶 속에서 나누면 나눌수록 더욱 행복해진다. 고인 물보다 흐르는 물이 생명력이 더 강하다. 늘 흐르지 않고 고여 있는 물은 썩는다. 나에게 찾아온 축복을 나누면 나눌수록 세상은 더 아름다워진다. 나누는 삶은 더 풍성하고 부유하게 만들어준다.

얼마나 많은 나눔을 가졌는가가 삶을 얼마나 잘 살았는지를 말해준다. 혼자만의 욕망과 욕심으로 살았다면 불행한 삶이다. 이 세상에서 나눔을 통해 행복해지고 희망을 가지는 사람들이 많아지는 것만큼 삶을 멋지게 만드는 일도 없을 것이다. 마틴 루서 킹은 "궁극적

으로 남을 구하지 않고서는 자신을 구할 수 없다. 남을 지켜주는 것
이 삶의 첫 번째 법칙이다"라고 말했다. 누구나 용기만 있으면 친절
과 나눔의 삶을 살 수 있다. 어떤 일이 일어나도 남을 돕고 일할 수
있는 힘과 용기가 있어야 한다. 나눔은 힘과 열정을 북돋아 준다. 삶
의 의미와 행복감을 충만하게 해준다. 나누며 살아가면 마음이 따뜻
해지고 삶에 활기가 넘친다. 남을 위해 사는 사람들은 대부분 마음이
풍요하다. 넓은 마음으로 마음이 부자다. 자신만을 위하여 살면 늘
허전하지만 남을 위해 살면 늘 행복으로 충만해진다.

당신은 아름답습니다

모든 일에 최선을 다하는
당신은 아름답습니다

언제나 웃으며 친절하게 대하는
당신은 아름답습니다

베풀 줄 아는 마음을 가진
당신은 아름답습니다

아픔을 감싸주는 사랑이 있는

당신은 아름답습니다

약한 자를 위해 봉사할 줄 아는

당신은 아름답습니다

병든 자를 위해 보살피는

당신은 아름답습니다

늘 겸손하게 섬길 줄 아는

당신은 아름답습니다

작은 약속도 지키는

당신은 아름답습니다

분주한 삶 속에서도 여유가 있는

당신은 참 아름답습니다

인내해라

사람은 누구나 성공하고 싶어 한다. 어떤 사람에게는
그것이 하나의 병같이 작용해 자나 깨나 염두에서 떠나지 않는다.

카네기

인내忍耐는 괴로움이나 어려움을 참고 견디는 것을 말한다. "인내
는 쓰나 그 열매는 달다"라는 말은 참 의미가 강하고 희망을 주는
말이다. 아름답고 보람된 삶은 꺾여도 되살아나는 철저한 준비 속
에 이루어진다. 기다리다가 기회가 오면 자신의 모든 것을 던져 새
로운 힘으로 뛰어드는 것이다. 뛰는 가슴으로 열광하며 이루어낸다
면 못 할 일이 없다. 인내심은 마음이 움직이는 것이다. 좋은 결과
를 얻으려면 오랜 시간이 걸린다. "참을 인忍 세 번이면 죽음도 면
한다"라는 말이 있다. 그만큼 삶에서 인내하는 마음이 중요하다.

누구에게나 행운은 찾아온다. 열심히 일하면 일할수록 더 많은 행운이 찾아오는 법이다. 성공은 하루아침에 이루어지는 것이 아니기에 우리에게 맡겨진 일에 최선을 다하며 기다려야 한다. 씨앗이 나무가 되어 열매를 맺을 때까지 기다림이 있는 것처럼 성공도 마찬가지다. 인내하고 기다릴 줄 아는 사람이 성공을 한다. 가슴이 옥죄이는 일이 닥쳐도 시간이 흐르면 언제 그랬냐는 듯이 사라지고 마는 법이다. 모든 성공은 인내 속에서 이루어진다.

삶 속에는 슬럼프가 찾아올 때가 있다. 위기 없이는 아무런 발전도 없다. 위기 앞에 포기하면 최악이지만 내게 주어진 환경을 잘 파악하고 위기를 자신의 변화의 기회로 삼는다면 위기는 나 자신을 알아보는 시간이다.

자신의 능력을 발전시켜나가는 것은 큰 행복이다. 늘 인내하는 마음으로 자신을 발전시켜나간다면 삶의 보람과 기쁨을 한꺼번에 느낄 수 있다. 두려움을 이겨내고 스스로 자신의 길을 열어야 한다. 자신의 모든 가능한 기회를 마음껏 누릴 능력을 가져야 한다. 꿈에서나 생각했던 인생을 현실로 살아볼 수 있어야 한다.

땅속에 뿌려진 모든 씨앗들은 모진 비바람과 눈보라를 견디어 마침내 싹이 트고 큰 나무가 된다. 자신이 원하는 것을 이룰 때까지 잘 견디고 참을 수 있는 힘을 가져야 한다. 명랑하고 즐겁게 일하는 사람이 인내심이 더 많다. 삶을 멋지게 사는 사람들은 역경을 잘 받아들이고 잘 이겨낸다. 성공의 열쇠는 지속적으로 쏟아내는 열정과 인내심에 있는 것이다. 인내란 마음에 희망을 가지고 견디는 것이다. 인내는 모든 일의 열쇠다. 달걀을 깨뜨린다고 병아리가 나오는 것이 아니다. 따뜻하게 가슴에 품고 안아야 한다. 인내는 어떠한 고통과 아픔도 치유하는 아주 효과 좋은 약이다. 인내하고 잘 견디어내면, 놀라운 일을 해낼 수 있다. 인내가 무력보다 더 많은 것을 이루어낸다.

> 인내하는 데서만 성공을 거둘 수 있다. 오랫동안 큰 소리로 문을 계속 두드리면 꼭 누군가가 문을 열어줄 것이다. -롱펠로

미국의 템플 대학교를 창설한 러셀 콘웰 박사는 제1차 세계대전이 끝날 무렵 미국의 백만장자들, 적어도 갑부라고 할 만큼 돈을 많이 모은 사람들 4,043명의 삶을 조사해보았다. 그런데 조사한 결과 놀라운 것은 백만장자들 가운데 고졸 이상의 학력을 지닌 사람은 불과 69명밖에 없다는 사실이었다. 콘웰 박사는 그들이 백만장자가 되기까지 체계적인 시스템, 정규 교육 등에 있어서는 일반적으로 부족한 생활을 했지만, 그들의 생애는 평범한 다른 사람들과는 같지 않았다는 점을 찾아냈다. 그들은 삶을 출발할 때 분명한 목표를 가지고 살아갔다는 것이다. 그러므로 한 번에 두 가지 이상의 목표를 가지지 말고 한 가지 목표에 중점을 두어서 실행해나가면 두 번째, 세 번째 목표도 실행해나갈 수 있다.

성공적인 삶을 위해서는 마음속에 뚜렷한 목표를 가지고 그것을

위해 전력투구해야 한다. 성공하는 사람들은 마음속에 열화와 같은 소원과 인내를 가지고 있다. 성공의 문에 들어서기까지는 길고 어두운 밤을 지내야만 한다. 그 어두운 밤을 무사히 견디어낼 수 있는 사람만이 곧 성공의 아침에 도달할 수 있는 것이다. 성공하는 사람들은 인내하며 꿈을 이루어간다. 고통 속에는 열매가 있는 것이다.

괴테는 "훌륭한 목표와 위대한 일을 해내는 길은 두 가지밖에 없다. 체력과 인내력이다. 체력은 혜택을 받은 사람의 것이다. 그러나 엄하게 몸을 지키고 항상 인내해서 버티어내는 것은 극히 약소한 자라도 할 수 있으며, 대개의 경우 목표를 달성한다. 그것은 그의 무언의 힘이 때가 지나감에 따라 지치지 않고 강해지기 때문이다"라고 말했다.

어떤 일이든지 우연히 던져진 상황은 없다. 남이 하고 있는 것을 구경만 하면서 부러워하지만 말고 해야 할 일 속으로 뛰어들어야 한다. 생각을 "할 수 없다"가 아니라 "할 수 있다"로 바꿔야 한다. 그러면 할 수 있는 사람이 된다. 어떤 일이든지 참고 인내할 수 있는 사람은 어떤 일이든지 해낼 수 있는 강하고 담대한 사람이다.

바람직한 삶을 살려면 꼭 있어야 하는 것이 그토록 진저리 나게 혐오스러운 것이라면 산다는 것이 무슨 의미가 있겠는가? 인생의 이치란 그저 매일매일 내가 땀 흘려 하는 일 그 자체가 기쁨이 되게 하는 것뿐이다. -에드워드 카펜터 인내심을 기르려면 목표가 명확해야 한다. 무엇을 바라고 있는가를 확실히 해야 한다. 이것은 인내심을 기르는 데 가장 중요한 것이다. 강렬한 동기부여야말로 우리에게 온갖 고난을 극복해나갈 힘을 준다. 자신감과 용기와 인내력은 우리의 삶을 지탱해준다.

사람들과 더불어 인정과 이해와 조화가 갖추어진 협력을 이루는 것은 인내력을 강화하는 것이다. 의지의 힘을 가져야 한다. 명확한 목표를 향해 마음을 집중시키려고 하는 노력이야말로 인내력의 양분이 된다. 가장 중요한 것은 인내하는 습관이 몸에 배도록 노력해야 한다. 마음은 나날의 경험이 쌓여서 원숙해지는 법이다.

오늘을 성실하게 살아간다면 내일은 더 좋은 기회가 분명히 찾아온다. 자신에게 다가온 기회를 꼭 붙잡고 한 단계 더 높여나가며 다가오는 것들을 반갑게 맞이해야 한다.

절망의 늪까지 꺼져 내릴 때 앞뒤가 깜깜하고 온몸이 떨리고 의욕이 사라지고 겁이 난다. 오래도록 가꾸고 지켜온 삶이 갑자기 어두워질 때 강한 억눌림 속에 걱정과 근심만 끈적끈적 달라붙는다. 이럴 때 자신이 하고 있는 일에 대해 떳떳하게 생각하고 행동하는 자부심을 갖는 것이 중요하다. 강하고 담대한 자부심을 가지고 도전하는 사람은 용기가 있다. 자신이 하고 있는 일에 확신이 있고 자신의 직업에 자부심을 느낄 때 힘과 능력을 발휘할 수 있다.

삶이란 계속적으로 선택하며 결단하는 것이다. 선택과 결단의 긴장 관계 속에서 살아가는 것이다. 우리는 선택해야 한다. 하나를 선택하기 위해 다른 것을 포기할 줄도 알아야 한다. 선택을 제대로 하지 못하면 문제가 생긴다. 우리는 우리의 삶을 책임지며 살아가야 한다.

하이램이라는 천덕꾸러기 소년이 있었다. 그의 부모는 그를 양육하는 것이 어려워서 아이를 어린 나이에 강제로 사관학교에 보냈다. 신장이 153센티미터밖에 되지 않았던 그는 그곳에서 키가 작다고 놀림을 받았다. 그러나 그는 누구를 원망하거나 자신의 육체적 결함을 비관하지 않았다. 사관학교를 졸업하고 작은 키 때문에 장교로 임명받지 못했던 그는 조용히 고향에 내려가 농사를 지었다. 그러던 중 남북전쟁이 터져서 장교가 더 필요하게 되자 그는 북군 장교로 싸우게 되었다. 장교이면서도 부하들로부터 대우를 받지 못했지만 불평하지 않고 묵묵히 최선을 다했다. 마침내 그의 성실한 모습은 많은 사람으로부터 존경과 신뢰를 이끌어내 그는 미국 최초의 육군 대장이 되었다. 그리고 미국의 18대 대통령에도 당선되었다. 그가 바로 율리시스 그랜트 대통령이다.

인내하는 지혜

1. 한 알의 씨앗은 모진 비바람과 눈보라를 겪은 후에야 싹이 튼다.

2. 삶은 긍정적인 생각과 근면이 90%여야 한다.

3. 역경 속에서 새싹은 더욱 힘차게 자란다.

4. 승부의 열쇠는 그 사람의 지속력과 끈기에 있다.

프프랑스에는 알베르트라는 이름을 가진 두 사람이 있다. 알베르트 카뮈는 문학가로 1958년 「전락」이란 작품으로 노벨 문학상을 수상했다. 그리고 다른 한 사람, 알베르트 슈바이처는 의사였다. 그는 프랑스 식민지인 가봉에 건너가 원시림 속에 병원을 세우고 흑인들의 벗이 되어 1952년 노벨 평화상을 받았다. 이 둘은 같은 이름을 가졌다는 공통점 외에 재능으로 자신의 가치를 유감없이 발휘했다는 공통점이 있지만, 두 사람이 세상에 남긴 것은 매우 다르다. 카뮈는 노벨 문학상의 상금으로 파리 근교에 좋은 별장을 마련하고 그곳에서 여생을 즐기며 편안히 살다가 교통사고로 생을 마감했다. 슈바이처는 노벨 평화상의 상금으로 아프리카 밀림 지대에 나병 환자를 위한 병원과 수용소를 세우고 그곳에서 일생을 봉사하며 지냈다. 두 사람은 지금 모두 다 세상을 떠나고 없지만 그들이 남겨놓은 별장과 병원은 남아 있다. 별장은 쓸쓸한 채로 남아 있고, 병원은 슈바이처의 행적과 함께 감동을 주고 있다.

진정한 성공은 무엇인가, 그건 사람들이 평가해줄 것이다. 고뇌하며 부족함을 느끼면 나약한 모습만 보인다. 패배하고 싶으면 과거에 매달려 지나간 세월만 보라. 혼란해지고 싶으면 늘 방해하고 괴롭히는 주변만 살펴보라. 겁을 먹고 싶으면 알 수 없는 곳을 보고 성공하고 싶으면 희망의 내일을 보라.

인내는 연약함에 힘을 주고 가난함에 세상의 부를 열어준다. 인내는 황량한 땅에 풍요를 뿌리고, 가시와 찔레가 있는 사막 같은 자리에 아름다운 꽃이 피고 열매 맺게 한다. 인내는 정신을 강화하고, 기질을 미화하며, 자고하는 마음을 가라앉히고, 손을 금하게 하고, 유혹을 발로 밟는다. 진정한 인내란 매일매일 성장하고 변화해가는 인간에 대한 인내다. 인간은 늘 다른 단계의 성장 과정을 거친다.

인내할 줄 아는 사람은 성격도 매우 겸손하다. 겸손은 능력 있는 사람이 갖출 수 있는 인품이다. 겸손은 자신을 비굴하고 초라하게 만든 것이 아니다. 자신을 지나치게 과대평가하거나 과대 포장 하지 않고 마음을 낮추는 것이다. 언제나 겸손한 마음으로 배우고 고치는 사람이 날마다 성장하는 삶을 살아간다.

위대한 정신은 조용히 인내한다. 간단한 것을 완벽하게 해내는 인내력의 소유자만이 곤란한 것을 거뜬히 해낼 수 있는 능력을 배운다. 모든 성공에는 반드시 고통이 따르게 마련이다. 그 고통을 이겨낼 수 있는 힘이 바로 인내다. 끈질긴 인내보다 훌륭한 것은 없다. 재능만으로는 안 된다. 재능이 있으면서도 성공하지 못하는 사람은 얼마든지 있다.

인내는 모든 덕 중에 가장 아름답고 가장 귀하고 가장 훌륭한 것이다. 모든 일은 끈기 있게 기다리는 자에게 찾아온다. 끈질긴 인내보다 훌륭한 것은 없다. 시간과 인내 속에 열심을 다하면 우리는 원하는 결과를 얻을 수 있다.

인내와 결의를 가진 사람만이 위대하다. 성공하려면 목표를 분명하게 정하고 그것이 이루어지기를 기다려야 한다. 너무 성급하게 굴어서도 안 되고 너무 초조해서도 안 된다. 그러나 아무런 대책 없이 막연하게 기다리고만 있으면 성공할 수 없다. 분명하고 확실한 소망을 가지고 도전하면서 성공이 이루어질 날을 기다리며 설레는 마음을 가져야 한다. 막연하게 찾아올 행운을 기다리지 말고 목표를 향해 돌진해야 한다. 무엇이 중요하며 어떤 것을 먼저 시도해야 하는지 분명하게 알아야 한다. 목표를 달성할 수 있는 시기를 정하고 현재의 위치와 상황을 파악해서 가능한 방향을 찾아나가야 한다. 인내는 마음의 작용이다. 그러므로 인내는 얼마든지 잘 활용할 수 있고 단련시킬 수 있다.

샤론 레벨은 『지혜로운 삶의 원칙』에서 "간혹 때와 장소에 따라 이런저런 볼일도 있고 유혹도 있겠지만 그것들이 결코 자신의 진정한 목적을 앞지르도록 허용해서는 안 된다. 만약 그대가 항해 중이고 타고 가던 배가 어떤 항구에 정박했다고 하자. 그대는 물을 얻으러 해안에 나갔다가 우연히 어떤 조개나 풀꽃을 주울 수도 있을 것이다. 그러나 조심하라. 선장이 부르는 소리에 귀를 기울여야 한다. 눈과 귀가 항상 배 쪽으로 향해 있도록 하라. 사소한 일에 현혹되기는 너무도 쉽다. 선장이 부르기라도 하면 그대는 당장 현혹의 대상을 팽개치고 뒤를 돌아보지 말고 뛰어올 준비가 되어 있어야 한다. 그대가 나이가 많다면 더욱더 배에서 멀리 떨어지지 말라. 혹시 부름을 받았을 때 제때에 도착하지 못할지도 모른다"라고 말하고 있다.

대단한 권력을 가진 여성인 미크는 "나의 목표라고 하는 것은 끝이 없다. 나만의 독특한 것이다. 흔히 자서전에 기록되어 있듯이 5년 후에 쉘 석유 부사장이 될 것이라는 막연한 소망이 아니다. 내 목표는 가장 우수한 직업인이 되는 것이다. 내가 거주하고 있는 도시의 1위나 주의 1위가 되고 싶다. 곧 그 분야에서 일류가 되는 것이 목표다. 이런 목표는 막연하므로 노력을 계속해야 한다"라고 말했다.

현대는 전문가를 요구하고 있다. 그러므로 자신의 분야에서 최고가 되는 날을 기대하면서 오늘을 살아간다는 것은 참으로 감동적이다. 성공을 위해 목표를 정하고 세우는 것은 자기가 갈 방향을 알고 나아가는 것이다. 그래야만 기다리는 것이 의미가 있다. 성공을 위해, 확고한 목표를 향해 끊임없이 노력하는 것이 막연하게 기다리는 것보다 목표에 도달하는 데 훨씬 더 빠르고 그 과정도 기쁠 것이다. 성공을 달성할 때까지 목표를 잃지 말고 살아야 한다.

희망이 보입니다

희망은 우리의 삶에서 피어나는 꽃입니다
희망을 보여주는 얼굴은
지금 사랑하는 사람의 얼굴입니다
그의 얼굴은 빛이 나고 웃음이 있습니다

희망을 보여주는 얼굴은

기도드리고 일어서는 자의 얼굴입니다

기도는 미래를 기대하는 마음에서

드리는 것이기 때문입니다

희망은 예술가가 작품을 만드는

모습에서도 보입니다

예술가는 완성된 작품을 미리 보고 만들어갑니다

희망은 꿈과 비전이 있는

젊은이의 얼굴에서도 보입니다

젊은이의 가슴에는 꿈을 현실로

바꿀 수 있는 열정이 가득합니다

젊은이에게는 미래가 열려 있습니다

희망은 자기의 일을 마치고 일어서는

사람의 얼굴에서도 보입니다

희망이 없는 사람은 없습니다

희망은 가슴에서 피어나는 꽃입니다

항상 좋은 느낌을 가져라

나이가 든 다음 예전의 삶을 돌이켜볼 때 즐겁지 않았던 부분은 모두 제외한 다음
만족과 기쁨으로 보낸 가장 좋았던 생활을 바라보는 사람은 설사 갓난아이까지는 아니더라도
자기 자신이 매우 젊어졌다는 느낌을 받게 될 것이다.

리처드 스틸

느낌은 매우 중요하다. 느낌이 좋아야 기분 좋게 살 수 있다. 느낌
은 순간 속에서도 느끼지만 오랫동안 여운을 남기기도 한다. 느낌
은 감성과 감각을 통해서 느끼는 것이다. 느낌에는 기분 좋은 느낌
도 있지만 몹시 불쾌하고 싫은 느낌도 있다. 좋은 느낌은 행복한 마
음을 만들어준다. 느낌이 아주 좋은 날은 하루 종일 웃음을 짓고 노
래를 흥얼거리게 되고 일이 잘 풀린다.

　기분은 무엇을 말할까? 기분氣分은 마음에 느껴지는 불쾌감이나
즐거움을 말한다. 기분이 우울할 때 쾌활함을 회복하는 최선의 방

법은 일부러라도 쾌활한 척 행동하며 명랑하게 웃고 떠드는 것이다. 느낌이 좋으면 기분이 좋다. 몸도 상쾌하다. 날아갈 것 같다. 우리는 큰일은 물론 사소한 일들에도 기분이 들쑥날쑥해진다. 유쾌한 기분을 항상 유지할 수 있는 비결이 있다. 쓸데없는 일에 신경 쓰지 말고, 작은 일에도 큰 만족을 느끼는 것이다. 우리 주변에는 늘 얼굴이 밝고 웃음이 있으며 상냥하고 유쾌한 사람이 있다. 그들과 같이하면 금방 기분이 좋아진다. 그들과 함께 있으면 세상도 밝아지는 느낌이다. 마음이 참 행복해진다.

> 우리 세대의 가장 위대한 혁명은 사람이 자신의 마음을 바꿔 먹으면 자신의 인생도 바꿀 수 있다는 것을 발견하는 것이다. –윌리엄 제임스

초등학교 2학년이 되어 처음으로 등교한 날이었다. 복도에서 1학년 때의 담임선생님을 만났다. 선생님이 내 이름을 부르면서 "너 또 우리 반 됐다. 같이 가자!" 하며 손을 내미셨다.

선생님의 따뜻하고 편안한 음성은 50여 년이 지난 지금도 다정하고 아주 좋은 느낌으로 추억 속에 남아 있다.

그리워지는 시간들을 만들자. 웃음과 반갑게 나누는 악수는 시간과 돈이 들지 않는다. 그러나 인간관계를 좋게 만들고 사업을 번창시킨다. 살아가면 살아갈수록 삶이 너무나 소중하고 짧기만 한데

사랑의 기억들을 남기며 살자. 우리 곁에 살고 있는 사람들이 곁에 있을 때나 없을 때나 그리워지도록 서로 사랑하며 살자.

요즈음 나는 강의하는 재미에 푹 빠져 있다. 오랜 세월 이곳저곳을 다니면서 강의하고 있다. 전국을 다니며 여행하는 즐거움, 날마다 새로운 사람을 만나는 즐거움이 있다. 처음 만나는 사람들에게 웃음을 주고 동기를 부여하고 감동을 주는 것이 그리 쉬운 일은 아니다. 사람들은 누구나 감성이 있고 행복하게 살기를 원한다. 사람들의 감정을 따뜻하게 만져주면 누구나 마음이 부드러워지고 행복해진다. 그래서 강의할 수 있다는 것이 행복하다. 영화 〈바닐라 스카이〉에서처럼 우리의 삶을 바꿀 기회는 순간순간마다 찾아온다. 그 기회를 절대로 놓치지 말아야 한다. 항상 좋은 느낌으로 멋진 인생을 만들어가야 한다.

살면서 잠깐 만나도 오래도록 좋은 느낌으로 남아 있는 사람이 있다. 자신 스스로 그런 사람이 되어야 한다. 어디를 가나 환영받고 좋아할 수 있는 사람이 되어야 한다. 물건을 살 때도 느낌이 좋으면 역시 좋다. 사람도 만나면 느낌이 좋고 헤어진 후에는 향기가 남아야 한다. 바닷가를 찾는 이유도 파도를 보고 있으면 느낌이 좋기 때문이다.

첫인상, 첫말이 중요하다! 그렇게 중요한 첫인상, 첫말은 어떻게 만들어야 하는가? 첫 모습을 빈틈없이, 정확하게, 확실하게 만들어야 한다. 음식도 모양이 좋은 음식이 맛있다. 첫인상이 좋으려면 인사를 잘해야 한다. 그리고 늘 겸손하게 행동하면 싫어할 사람이 없다. 한세상 살면서 사람들과 잘 지내는 것이 최고의 삶이다.

느낌이 좋으려면 행복한 얼굴을 만들어라. 삶에 찾아오는 여러 가지 일들로 괴로워하거나 불평하지 말아야 한다. 작고 사소한 불평은 없었던 것으로 생각하는 것이 좋다. 삶의 큰 불행까지도 감당하고 자신의 목적 달성을 향해 똑바로 전진해야 한다.

방송인 강석과 탤런트 김나윤과 방송을 6개월 정도 같이한 적이 있다. 두 분 다 느낌이 참 좋은 분들이었다. 방송에 최선을 다하고 언제나 적극적이고 밝은 표정으로 일하는 모습이 보기에 좋았다. 역시 프로들이구나 하는 생각이 들었다. 두 분은 지금도 방송에서 활약하고 있다. 열심을 다하는 사람들은 그들을 사랑하는 사람들이 곁에 두고 싶어 하는 법이다.

어떤 사람인지 알려면 얼굴에 나타나는 빛깔과 느낌을 보면 된다. 얼굴 표정이 밝고 빛이 나고 웃음이 가득한 사람은 희망이 있다. 어둡고 늘 찡그리는 사람은 쉽게 좌절하고 실망한다. 마음이 어두우면 표정도 어둡고 마음이 밝으면 표정도 밝아 행복하다. 아침에 일어나면 거울을 보며 싱긋 웃어보라. 기분이 좋아진다. 거울을 보면서 한번 외쳐보라. "오늘도 좋은 하루!" 이렇게 기분 좋게 시작하는 것이다.

문제는 어떻게 새롭고 혁신적인 생각을 떠올리느냐가 아니라 어떻게 낡은 생각을 떨쳐내느냐다. 모든 마음은 낡은 가구들로 가득 찬 방과 같다. 새로운 것이 들어오려면 먼저 당신이 알고 생각하고 믿는 것의 낡은 가구를 치워버려야 한다. -디 호크

세상에는 나를 일깨워 주는 것들이 많다. 뉴스, 책, 가족들, 친구들, 동료들 사이에서 일어나는 일들이 나를 일깨워 주고 변화시켜 준다. 때로는 실수한 것들, 실패한 것들이 나를 일깨워 주고 새롭게 한다. 살아 있는 모든 것들은 마음껏 자란다. 성장을 멈추지 않는 것은 살아 있기 때문이다. 자신의 꿈이 있어야 할 자리에 후회가 있으면 사람은 늙기 시작한다. 시간에 끌려가듯 살아가면 모든 것이 재미가 없다. 어려울수록 사색하면서 좋은 느낌으로 행복하고 따뜻한 삶을 만들어가야 한다.

영화 〈가을의 전설〉에서 이런 대사가 나온다. "나는 젊어지는 데는 오랜 시간이 걸렸지만 나이가 드는 데는 한순간이었다." 나이가 들어가면서 이 한순간을 애정을 가지고 살아가야 삶이 아름다워진다. 정동진에서 태양이 뜨는 것도 아름답지만 꽂지 해변에서 황혼이 물들어 가는 장면도 가슴이 벅차도록 황홀하다. 태양이 진 후에도 붉은 노을빛은 가슴에 담고 싶을 정도로 아름답다. 삶도 그렇게 뜨겁게 사랑하며 살아가야 한다.

삶은 느낌의 연속이다. 사랑도 느낌이 아주 좋아야 한다. 음식도

여행도 느낌이 좋아야 한다. 일을 한 후에도 느낌이 좋아야 한다. 대인 관계도 느낌이 좋아야 한다. 무엇을 하든지 느낌이 좋아야 결과도 좋아진다. 행복은 전염된다. 좋은 느낌은 자꾸만 주변 사람들에게 퍼져 나간다.

항상 좋은 느낌 가지기

1. 적극적인 마음으로 살아야 한다.
2. 어떤 고난과 아픔과 역경도 긍정적으로 헤쳐 나갈 수 있는 넉넉하고 평안한 마음을 가져야 한다.
3. 대인 관계에서도 다른 사람을 이해하고 배려하고 사랑하는 마음을 가져야 한다.

한번은 자동차 회사에 강의를 갔을 때 일이다. 오전 8시 첫 강의였다. 강의를 들어야 할 70명이 전날 술을 210병을 마셨다는 것이었다. 참으로 큰일이 아닐 수 없었다. 술에 녹초가 된 사람들이 어떻게 강의를 제대로 들을 수 있을까. 걱정이 태산 같았다. 접견실에서 부사장을 만나 담소를 나누는데 나와 나이가 같아 공감하는 부분이 많았다. 강의장에 들어가서 보니, 부사장이 제일 앞자리에 앉아 있었다. 그리고 강의 시간 내내 직원들을 리드해주었다. 부사장이 솔선수범해서 강의 처음부터 끝까지 적극적으로 참여해주니 그

날 어려울 것만 같았던 강의 분위기가 도리어 참으로 좋았다. 모두 다 같이 웃고, 같이 소리치며 마음을 함께했다. 우려했던 강의가 오히려 최고의 강의가 되었다. 한 사람의 리더가 얼마나 중요한지 알게 된 날이었다.

강의를 시작할 때 보면 표정이 살아 있는 사람이 있고, 전혀 표정이 없는 사람이 있다. 공감하는 강의를 하면 모두가 표정이 살아난다. 사람의 얼굴에는 인생이 있고 삶의 모습이 있다. 표정이 살아나야 삶의 맛도 살아난다. 감성이 따뜻한 사람이 자신과 주변 사람을 행복하게 만든다.

몇 해 전에 강화도에서 강의를 하고 나오는데 한 사람이 책 한 권을 손에 들고 마구 뛰어나오며 나를 부르고 있었다. 무슨 일인가 했더니, 그 사람은 16년 전에 내 강의를 들은 적이 있는 사람으로, 당시 강의 중에 내가 책을 주면서 꿈을 물었는데 그때 말한 꿈대로 지금 살고 있다는 것이었다. 참으로 고마운 일이다. 강의를 하는 보람이 바로 이런 것이 아닐까. 영국 속담에 "희망에 사는 사람은 음악이 없어도 춤을 춘다"라고 하는데 바로 이럴 때는 음악이 없어도 춤이 저절로 나올 것 같다. 요즘은 가끔씩 예전에 강의를 들었던 사람들이 지도자가 되어 다시 나를 초청해준다. 이런 것을 보면 세월이 많이 흘렀구나 하는 생각도 들고 나를 기억해주어서 감사하다는 생각을 하게 된다.

염려를 이기고 평안해지고 싶다면 너그러운 마음을 가지고 의자

깊숙이 몸을 묻고 생각해라. 잠시 동안 지금까지 본 가장 아름답고 황홀한 것을 상상해보라. 자신이 살면서 어려울 때마다 좋았던 일들을 생각하며 감사해라. 내 마음은 잔잔하다고 외치며 살아라. 증오의 독을 버려라. 발자크는 "증오는 좁은 마음에서 생성되는 악이다. 그 증오의 주식은 온갖 편협과 인색과 옹졸함이며 천한 횡포를 구실로 삼는다"라고 말했다. 증오는 독한 독이지만 용서와 사랑으로 해독시킬 수 있고 이 해독제를 사용하면 모든 미움은 한순간에 사라진다. 사랑을 베풀고 나누면 마음의 평화를 얻을 수 있다. 미움이나 원망, 질투하는 감정은 마음에 아픔의 멍을 쉽게 남긴다.

간혹 주변에서 보면 화장실에 혼자 들어가서 온갖 욕을 해대며 불평과 욕설을 퍼붓는 사람이 있다. 자신이 그런 사람이라면 생각해보라! 지금 화장실에 누가 들어와 있는가? 바로 자기 자신이다. 자신이 욕하는 것을 자기 혼자 실컷 듣고 나오면 기분이 어떤가? 찝찝할 것이다. 더러운 것을 배출하는 시간에 더러운 욕설과 짜증을 더 뒤집어쓰고 나오니 불평과 짜증이 더 날 수밖에 없는 것이다. 사람은 행한 대로 받게 된다고 한다. 불평하면 불평이 오고 행복을 주면 행복이 오는 것이다. 화를 내면 화로 답이 오고 웃으면 웃음으로 그 답이 온다. 하고자 하는 일을 기분 좋고 산뜻하게 하는 습관을 길러야 한다.

늘 인상을 쓰고 비판과 불평만 일삼는 사람은 불행에 익숙한 사람이 된다. 불행만 생각하는 사람보다 행복을 생각하는 사람이 얼굴이 밝고 항상 웃음이 있다. 이런 사람은 따스한 마음으로 다른 사람들의 마음을 사로잡는다.

　유난히 강의가 참으로 잘되는 날이 있다. 어느 날엔가도 그랬다. 그날따라 유머 보따리를 계속해 풀어내면 청중이 배꼽을 잡고 웃어주었다. 단 한 사람도 웃지 않는 사람이 없었다. 강의가 끝나자 사회자가 이런 말을 덧붙였다. "여러분, 지금 강연장 바닥에 여러분들의 배꼽이 수두룩하게 빠져 있습니다. 찾아가실 분은 옷핀이나 바늘을 꺼내어 떨어져 있는 배꼽을 콕콕 찔러보십시오. 여러분의 입에서 아야! 하는 소리가 나면 얼른 찾아서 제자리에 넣고 돌아가시기 바랍니다." 그 소리를 듣고 나도 웃었다. 바로 이런 맛에 강의를 하는 것이다.

　몇 해 전 여름이었다. 강의를 마치고 내려오는데 한 사람이 나에게 다가와 내 이마를 보며 말했다. "이 세상에서 가장 어려운 일 중 하나가 무언지 아세요?" 갑자기 받은 질문이라 잘 모르겠다고 답했다. 그러자 그 사람이 웃으며 말했다. "그건 대머리에 머리핀을 꽂는 거예요." 내가 머리를 만지며 웃었더니 다시 이렇게 말했다. "물론 대머리에는 접착제로 머리핀을 붙일 수 있지요. 그보다 어려운 건 인간관계예요." 그가 전해준 이 이야기 속에는 참으로 중요한 뜻이 담겨 있다. 왜 많은 사람들이 괴로워하며 살아가고 있는가. 바로 인간관계가 잘못되어서다. 친절과 겸손 그리고 웃음으로 주변 사람들을 사랑하면 자신도 기쁨 속에 행복을 느끼며 살아갈 수 있다. 사람이 서로 만나고 대화를 나누며 맞장구를 칠 수 있다면 서로 좋은 느낌을 줄 수 있다.

아침에 일어나 향긋한 커피 한잔을 마시면 삶에 활력이 생긴다. 살면서 커피 한잔의 여유와 행복을 누리는 것도 참 행복한 일이다. 한 잔의 커피로 인생의 맛을 진하게 느끼며 살 수 있다. 원두커피의 진한 향기는 항상 느낌이 좋다. 한 잔의 커피 같은 삶을 살고 싶다. 외로울 때 함께 커피를 마실 사람이 있다는 것은 참 좋고 행복한 일이다. 커피 잔의 따뜻함이 손바닥을 통해 느껴질 때 외롭고 쓸쓸하지만은 않다. 앙상한 가지 끝에 매달린 듯 늘 눈코 뜰 새 없이 바빠도 잠시라도 커피 한잔할 시간을 가져야 한다. 세파에 시달려 닫힌 마음, 부서지고 깨어진 아픔, 엉킨 마음을 풀 수 있는 시간이 있어야 한다. 뜨거운 커피를 마시며 낭만을 즐기는 것도 인생을 사는 매력 중의 하나다. 쉼의 여유가 없다면 피곤하고 지쳐 힘든 나날을 보낼 수밖에 없다. 삶의 여유가 그리워지면 사랑하는 사람과 함께 한 잔의 커피를 마시자.

한 잔의 커피

사랑이 녹고
슬픔이 녹고
마음이 녹고

온 세상이

녹아내리면

한 잔의 커피가 된다

모든 삶의 이야기들을

마시고 나면

언제나

빈 잔이 된다

나의 삶처럼

너의 삶처럼

　이른 아침에 일어나 시간적인 여유가 있는 날에는 산책을 한다. 산책을 하다가 모닝커피로 아이스 카페 라테를 즐겨 마신다. 커피 한 잔의 좋은 느낌이 하루를 기분 좋게 만든다. 세상을 살면서 다른 사람들에게 행복을 줄 수 있도록 노력하는 것도 매우 중요한 일이라고 생각한다.

　강의를 하면서 중간중간 책을 나누어주는데 사인을 더 해달라고 하면 "그대를 만나는 사람들이 모두 다 행복했으면 좋겠습니다"라는 말을 써준다. 우리 한 사람 한 사람이 느낌이 좋고 행복을 주는 사람들이 된다면 이 세상에 어두운 그림자는 점차 사라지고 행복이 우리 곁으로 빨리 다가올 것 같다.

삶 속에서 항상 좋은 느낌을 주고받으며 살아야 한다. 주변 사람들에게 해를 끼쳐서는 안 된다. 향수를 뿌려도 느낌이 좋은 것이 좋고 도리어 악취같이 느껴지는 경우도 있다. 사람과 사람에는 늘 좋은 느낌으로 함께할 수 있는 넉넉한 마음을 가지고 살아야 한다.

흘러가는 세월은 막을 수 없다. 그러나 흘러가는 강물과 파도치는 바다에는 배를 띄워야 자신이 원하는 곳으로 갈 수 있다. 가는 세월을 한탄하지만 말고 자신이 원하는 멋진 삶을 꾸려가야 한다. 바닷가를 걸을 때 구름만 떠도 아름답다. 삶도 마찬가지다. 어떤 그림을 그리느냐, 어떤 색깔로 물드느냐에 따라 다른 것이다. 자신의 학벌이나 재력, 지위를 떠벌리며 자랑만 늘어놓는 사람처럼 느낌이 안 좋은 사람은 없다. 남들이 알아주지 않는 자랑을 수없이 하면 도리어 자기에게 손해가 된다. 남을 배려해주는 사람이 느낌이 좋다.

성공한 사람들, 사랑에 빠진 사람들의 표정을 보라. 얼마나 기뻐하고 얼마나 감동하는가. 삶의 주인공이 되어야 한다. 항상 앞장서서 실천하고 행동하며 스스로 나서서 일해라. 흐르는 시간만 계산하지 말고 항상 기대 이상의 일을 하며 모든 일을 신중하게 처리해라. 남에게 베풀고 배려하는 것은 따뜻한 마음을 연마하는 것이다.

설계자가 멋진 건물을 설계하고 하나씩 건축해나가듯이 삶도 나이만큼씩 완성되도록 진가를 높여나가야 한다. 인생이란 작품을 원하던 대로 잘 만들어간다면 어느 날 갑자기 황혼이 찾아와도 후회는 없다.

평범하게 사는 것도 좋지만 가슴 뭉클해지도록 살자. 정말 이런 일도 있구나, 하면서 눈앞에 자신이 하고 싶은 일들이 현실이 되어 걸어오는 것을 보자. 나에게 왜 신 나는 일이 일어나지 않을까, 신세타령만 하지 말고 신 나는 일을 스스로 만들자. 우리에겐 인생을 멋지고 신 나게 살아야 할 책임이 있다.

세상이 나를 알아주지 않는다고 포기해선 안 된다. 항상 좋은 느낌을 가지고 살면 기회가 찾아오고 행복의 꽃도 피어나기 마련이다. 자신이 세상을 잘못 살고 있지 않다면 사람들은 늘 좋은 느낌으로 바라보아 줄 것이다. 늘 최선을 다해 열정을 쏟아내고 살면 주변에 좋아하는 사람들이 늘어만 간다. 무엇이든지 잘 관리를 하면 독특한 매력과 느낌을 가질 수 있다.

소낙비 쏟아지듯 살고 싶다

여름날 소낙비가 시원스레 쏟아질 때면
온 세상이 새롭게 씻기고
내 마음까지 깨끗이 씻기는 것만 같아
기분이 상쾌해져 행복합니다

어린 시절 소낙비가 쏟아져 내리는 날이면

그 비를 맞는 재미가 있어

속옷이 다 젖도록 그 비를 온몸으로 다 맞으며

집으로 돌아왔습니다

흠뻑 젖어드는 기쁨이 있었기에

온몸으로 온몸으로

다 받아들이고 싶었습니다

나이가 들며 소낙비를 어린 날처럼

온몸으로 다 맞을 수는 없지만

나의 삶을 소낙비 쏟아지듯 살고 싶습니다

신이 나도록

멋있게

열정적으로

후회 없이 소낙비 시원스레 쏟아지듯 살면

황혼까지도 붉게 붉게 아름답게 물들 것입니다

사랑도 그렇게 하고 싶습니다

돈의 노예가 되어선 안 된다

*부자가 되고자 하는 마음은 잘못된 것이 아니다. 부자가 되고자 하는 욕망은
실제로 풍요롭고 알찬 삶을 살고자 하는 욕망이다. 그러한 욕망은 칭찬받아야 마땅하다.*

월레스 와틀스

사람들은 누구나 돈을 많이 벌고 싶어 한다. 부자가 되고 싶은 욕망
은 누구에게나 있다. 그러나 돈독만 잔뜩 올라서 살지 말고 돈복을
받아야 한다. 돈벼락이라도 맞아 부자가 되고 싶다는 사람이 많다.
하지만 세상에 돈벼락은 없다. 설혹 돈벼락 같은 복권을 맞았다고
해도 부자는커녕 대부분의 사람들이 돈을 잃고 사람도 잃고 불행의
나락에 빠진다. 돈이 잘못되면 일만 악의 뿌리가 되는 것이다.

바빌로니아 속담에 "행운의 여신이 함께하는 사람이 평생 동안
모을 수 있는 재산을 예측하기란 불가능하다. 그를 유프라테스 강에

던져보라. 진주라도 손에 쥐고서 나올 것이다"라는 말이 있다. 일을 하면 잘되는 사람이 있고 안되는 사람이 있다. 두 사람 중 잘되는 사람은 분명히 긍정적이고 웃음이 많고 명랑하다. 부정적인 사람은 얼굴에 인상을 쓰고 화를 잘 내고 신경질적이니 늘 일이 꼬인다.

주변을 살펴보라. 잘되는 사람은 정말 잘된다. 안되는 사람은 뒤로 넘어져도 코가 깨진다고 한다. 공짜로 이루어지는 것은 아무것도 없다. 부자들은 돈에 대한 애착이 강하다. 이 세상의 모든 것은 강한 열망이 있는 사람에게 찾아간다. 행운을 찾고 복을 구하는 사람에게 돈과 재물은 찾아온다.

돈이 있어도 쓸 줄 모르고 행복하지 못한 사람은 참으로 어리석은 사람이다. 평생 모으기만 할 것이 아니라 잘 쓰고 잘 누리고 잘 베풀고 살아야 복되고 멋진 인생이다.

지갑에 돈이 있고 물질에 대한 여유가 있으면 자신감이 생긴다. 돈 한 푼이 없으면 살면서 눈치를 보게 된다. 사람이 돈을 만들었지만 때로는 돈이 사람을 만들 때도 있다. 인격이 아무리 훌륭해도 돈을 꼭 써야 할 데 쓰지 못하는 사람은 크게 존경을 받을 수가 없다.

도널드 트럼프는 "억만장자들은 자신의 일을 사랑한다. 일이 돈을 벌어다 주기 때문이 아니다. 자신이 싫어하는 일을 하면서는 그처럼 부자가 될 수 없다. 부자가 되려면 가장 먼저, 당신이 하는 일을 사랑해야 한다. 사랑이 이윤을 얻기 위해 필요한 에너지를 가져오기 때문이다"라고 말했다.

> 돈은 진정 중요한 것이다. 따라서 모든 건전하고 성공적인 개인과 국가의 도덕은 이 사실에 기초를 두어야 한다. ―조지 버나드 쇼

돈이 넉넉하지 못하면 불행한 일을 저지르는 경우가 생긴다. 돈은 모든 악의 근원이 될 수도 있다. 돈은 행복하게 보이는 모든 것을 주고 때로는 아무 보잘것없는 사람도 높은 자리에 앉힐 수 있다. 그러므로 돈에 대한 바른 인식을 가지고 처신도 똑바로 해야 한다. 돈의 의미를 지나치게 강조할 생각은 추호도 없다. 하지만 살다 보면 돈이 정말로 중요한 순간도 있다는 것을 부인할 수 없다.

쇼펜하우어의 말처럼 돈이란 바닷물과도 같다. 그것은 마시면 마실수록 목이 마른다. 돈이란 힘이고 자유이며 모든 악의 근원이기도 한 동시에 행복이 되기도 한다. 사람들은 돈은 벌기는 어려워도 쓰기는 쉽다고 말한다. 그러나 돈을 잘 쓰는 것이 훨씬 더 어렵다. 돈을 잘 쓰는 사람은 인생의 승리자가 되고 잘못 쓰면 패배자가 된다.

행운은 늘 바라고 기다리는 사람에게 찾아온다. 돈을 얼마만큼 벌겠다는 목표가 없으면 큰돈은 절대로 찾아오지 않는다. 돈은 자기를 사랑하는 사람을 알고 있다. "나는 왜 못살고 있을까?" 말하지 말고 항상 "나는 잘살고 있고 앞으로도 잘살 것이다"라고 말하며 살아야 한다. 말이 씨가 되고 현실이 된다.

삶 속에서 여유롭게 살아가는 것은 좋은 일이다. 땀 흘려 일한 부유함을 자랑해도 좋다. 노력한 만큼 잘 먹고 잘 사는 것은 축복이다. 일한 만큼 수입은 늘어난다. 그러나 제대로 일을 해야 한다. 위르겐 휠러는 "돈은 에너지의 또 다른 형태일 뿐이다. 돈이라는 에너지는 멈추지 않고 흐른다"라고 말했다.

인도의 대스승 간디가 기차를 타다가 신발 한 짝이 벗어졌다. 간디는 무슨 생각을 했는지 남은 신발을 벗어 신발이 떨어진 곳으로 힘차게 던졌다.

옆에 있던 사람이 물었다.

"아니, 선생님! 왜 신발을 마저 던지십니까?"

"어떤 가난한 사람이 우연히 신발을 줍게 되었는데 한 짝만 있을 것이 아닌가? 나는 이미 잃어버린 것이니 주울 사람을 위해서 나머지 한 짝을 던져주는 것이다."

역시 지도자와 보통 사람은 다르다. 대부분의 사람들은 신발 한 짝이라도 집으로 가지고 돌아올 것이다. 마이클 버나드 백위스는 "당신은 무일푼에서 시작할 수 있다. 그리고 길 없는 황무지에서 시작하여 길을 발견할 것이다"라고 말했다. 돈은 무한한 열정으로 돈을 원하는 사람에게 간다. 돈을 원하는 만큼 열심히 일하는 사람에게 돈이 찾아오는 것이다.

부자가 되는 방법

1. 돈을 사랑해라. 돈도 자기를 사랑하는 사람을 잘 안다.

2. 적은 돈을 무시하지 마라. 푼돈이 목돈이 된다.

3. 복권과 투기와 도박으로 돈을 벌 생각을 완전하게 지워버려라.

4. 돈을 버는 일에 시간과 열정을 투자해라.

5. 수입과 지출을 분명하고 정확하게 해라.

6. 무조건 아끼지 말고 써야 할 때는 분명하게 써라.

7. 자신의 능력과 힘을 키워나가라.

8. 수익을 남에게도 분배해라. 남이 행복하면 자신이 더 행복해진다.

9. 돈이 들어오면 즉시 저축해라.

10. 졸부가 되지 말고 거부가 돼라.

돈이 처음에 많이 들어올 때 관리를 잘해야 한다. 첫 번째 노력의 결과가 찾아왔을 때 관리를 잘못하면 평생 잘못된 삶을 살 수 있다. 주변에 보면 그렇게 돈을 많이 벌었는데도 관리를 잘하지 못해 평생 못나게 사는 사람도 있다. 돈을 어떻게 관리하고 쓰는가를 보면 그 사람의 인품을 알 수 있다. 돈의 가치를 모르고 사치하고 낭비하고 허영을 부리면 실패할 수밖에 없다.

자신이 버는 것보다 덜 써야 부자가 될 수 있다는 것은 당연한 이치다. 수입의 일부는 반드시 저축하고 굴려야 돈이 모아지고 부자가 될 수 있는 기초가 생긴다. 자신의 수입이 두 배가 되었으면 좋겠다 말하는 사람들은 많다. 하지만 수입이 두 배가 되도록 노력하지는 않는다. 사람들은 그렇게 말하고 뒤돌아서서 나는 그럴 능력이 안 된다며 실망을 한다. 돈을 벌고 싶다면 움직이고 행동해야 한다.

토머스 에디슨은 "가난에서 벗어나는 길은 두 가지다. 자기 재산을 늘리는 것과 자신의 욕망을 줄이는 것이다. 재산을 늘리는 것은 노력만으로 해결되지 않지만 욕망을 줄이는 것은 마음만 먹으면 언제나 가능한 것이다"라고 말했다. 가난은 이겨낼 수 있다. 마음을 다져먹고 최선을 다하면 가난의 밧줄이 서서히 풀려나간다. 부자는 마음속에 그림을 그려놓아야 한다. 사람들이 감동할 일을 하면 큰 돈이 들어온다. 제품도 예술도 그 어떤 것도 사람들이 좋아하고 사랑하고 감동하면 돈이 된다.

욕심을 낸다고 돈이 벌리는 것은 결코 아니다. 욕심은 사람을 불행하게 만든다. 돈의 가치를 잘 알아야 한다. 피와 땀과 노력이 돈을 만든다.

밀턴 프리드먼의 돈 쓰는 방법 4가지

1. 자신의 돈을 자신을 위해 쓰는 것.

2. 자신의 돈을 남을 위해 쓰는 것.

3. 남의 돈을 자신을 위해 쓰는 것.

갑자기 돈을 많이 벌면 과시하고 싶어 호화스러운 모습을 보여주며 허세를 부리려고 한다. 돈을 지나치게 낭비하면 내면적인 성공을 얻기가 어렵다. 외면적인 성공만이 아니라 내면적인 성공을 이루어야 다른 사람도 행복하게 만들 수 있다. 삶의 질은 겉보기에 달려 있지 않다.

한 청년이 들길을 걷고 있었다. 한참 걷다가 길에서 요술 램프를 발견했다. 청년은 신기해서 요술 램프를 문질러보았다. 그랬더니 요정이 나타나 말했다. "소원이 있으면 딱 하나만 말하세요. 그러면 들어드리겠습니다." 그때 청년에게는 세 가지 소원이 있었다. 그것은 돈과 여자와 결혼이었다. 이 세 가지를 다 가지고 싶어서 욕심이 난 청년은 "돈 여자 결혼!"이라고 소원을 말했다. 이 청년은 그 후에 정말 '머리가 돈 여자와 결혼'을 했다는 우화가 있다.

세상은 욕심대로 살아가는 것이 아니라 소망을 이루어가며 서로 나누며 살아가는 것이다. 혼자 살아가는 것이 아니라 더불어 살아가야 하기 때문이다.

나의 욕심을 채우며 즐기는 삶보다 나 때문에 행복한 사람들이 있는 삶이 더 행복하다. 돈이나 직위만을 얻기 위해 일해서는 안 된다. 언제나 분명하고 확실한 명분을 위해 일해야 한다. 맹목적으로 돈만을 위해 일한다면 그 돈으로 무엇을 얻는다 해도 진정한 행복을 얻을 수 없다. 돈은 벌어서 쓰고 나눌 때 행복하고 멋지다.

레슬리 B. 플린은 "돈은 우리의 관심이 어디에 있는지 알려준다. 그것은 우리의 태도를 결정할 수도 있다. 또 돈은 우리로 하여금 언제나 그것을 숭배할 위험에 노출시킨다. 돈은 가치를 말해준다. 돈은 말을 할 뿐 아니라 비명을 지른다"라고 말했다. 돈과 친해져라. 돈이 친구인 줄 알고 찾아올 수 있도록 만드는 것이다. 가난한 사람이 가난해진 건 다 이유가 있다. 무능력하거나, 열정이 없거나, 돈 관리를 잘못했거나 하는 등의 문제가 분명히 있다. 일을 할 때도 이렇게 저렇게 요령 부리지 말고 주저 없이 있는 힘을 다해서 해라. 일 잘하는 사람에게 돈이 붙는다. 자신이 몸담고 있는 분야에서 재능을 발휘하여 최고로 일하는 사람이 되어야 한다. 열심히 해서 누가 보아도 인정할 수 있도록 두각을 나타내야 한다.

돈벌이를 잘하는 사람은 무일푼이 되어도 자기 자신이라는 재산을 가지고 있다. -알랭

뛰어나게 일을 하지 않을 거라면 처음부터 하지 마라. 뛰어난 일이 아니라면 돈벌이도 안 되고 재미도 없다. 재미도 없고 돈벌이도 안 되는 일을 한다면 도대체 무슨 소용이 있는가. -로버트 다운젠트

돈을 잘 지배해야 부자로 살 수 있다. 수입과 지출을 잘 관리해야

한다. 자기에게 꼭 알맞은 지출을 생활화해서 절약 정신을 길러야한다. 필요 없는 것은 절대로 사지 말아야 한다. 평생을 두고 쓰지 않을 물건을 사는 것은 크나큰 낭비일 뿐이다.

바빌론 부자들의 돈 버는 지혜 6가지

1. 일단 일을 시작해라. 그래야 수입이 생긴다.
2. 돈의 흐름을 잘 관리해라.
3. 돈을 굴려야 눈덩이처럼 커진다.
4. 자신의 돈은 분명하게 지킬 수 있어야 한다. 돈이 있을 때 다가오는 유혹을 물리쳐라.
5. 나이가 들어가도 돈을 벌 수 있는 일을 해라.
6. 돈을 벌 수 있는 지혜와 힘을 더 강하게 가져라.

생명은 고귀하다. 삶을 어떤 보석보다 가치 있게 살아야 할 책임은 바로 자신에게 있다. 사람마다 색깔과 모양이 전혀 다르다. 각자 자신의 삶을 잘 선택하고 만들어가야 한다. 부자도 가난한 사람도 스스로 만든다. 삶을 멋지게 살려고 한다면 경제적인 면이 충족됨과 동시에 건강의 기초가 튼튼해야 나이가 들어갈수록 견고하고 부족함 없이 살아갈 수 있다. 허술하고 나약하면 한순간에 무너져 비참한 삶을 살게 된다. 젊었을 때부터 경제관, 인생관을 견고하게 만들어야 한다.

존 레이는 "신은 인간을 만들고, 옷은 인간의 외양을 꾸민다. 그러나 인간을 마지막으로 완성하는 것은 부다"라고 말했다. 물질적으로 여유가 생기면 가난할 때보다 사람들과의 관계에 더 많은 관심을 갖게 된다. 그리고 그들과 함께하는 시간을 많이 만들고 싶어 한다. 삶의 태도가 변하고 숫자 개념이 변한다.

평범해서는 돈을 벌 수가 없다. 전문가가 되어야 하고 능력을 가진 사람이 되어야 한다. 돈도 벌겠다는 생각과 상상력을 가져야 한다. 자신의 삶 속에서 돈의 흐름을 잘 파악해야 한다. 현재 돈이 어떻게 흘러가는지 잘 파악하고 돈에 관한 법과 세무의 지식을 갖춰야 한다.

무조건 수입의 일정한 금액을 저축해야 한다. 돈은 일종의 보험처럼 자신에게 자신감을 가져다주고 일에 열정을 쏟게 하고 삶을 기대하며 살아가게 만들어준다. 우리가 만들고 찾는 기회도 생각 속에 있다. 생각을 행동으로 바꾸는 것이 자신을 부자로 만들어준다.

돈을 잘 벌려면 먼저 돈을 잘 받아들일 준비가 되어야 한다. 잘 준비되지 않으면 왔던 돈도 나가버린다. 돈을 많이 벌면 제대로 쓰고 삶을 즐겨야 한다. 부자가 돈을 쓰지 않으면 돈이 제대로 흘러가지 않는다. 자기에게 찾아온 행운과 축복에 감사하는 마음을 늘 가져야 한다.

어떤 남자가 사업을 해서 돈을 많이 벌었다. 그러나 돈을 벌고 모으기 위해 정신없이 뛰어다니느라 가정과 아내에게는 늘 불성실했다. 그런데 아내가 말기 암에 걸렸다. 수술실에 들어가는데 '아차!' 하는 생각에 아내를 붙들고 통곡하며 살아달라고 부탁했다.

아내는 남편의 손을 잡고 말했다.

"당신은 돈은 많이 벌었을지 몰라도 나를 너무 외롭게 했어요!"

돈은 좋은 사람에게는 좋은 것을 가져오게 하고 나쁜 사람에게는 나쁜 것을 가져오게 한다.

라로슈푸코는 "재물로 이루어진 부는, 끓는 물이 달걀을 굳게 하는 것보다 더 빠르게 사람의 마음을 굳게 해버린다"라고 말했다. 세상에서 가장 행복한 사람이란 작은 재물 속에서도 만족하는 사람이다. 욕심이 많은 사람이 가장 불행한 사람이다. 사람들은 행복을 위해 재물을 한량없이 모으려고만 한다. 재물은 생활을 위한 방편이지 목적이 될 수는 없는 것이다. 괴테는 "재물을 잃는다는 것은 어느 정도 잃는 것이다. 명예를 잃는다는 것은 많은 것을 잃는다는 것이다. 용기를 잃는다는 것은 모든 것을 잃는 것이다"라고 말했다.

돈은 순환된다. 따라서 부를 얻는 방법을 한마디로 표현하면 돈이라는 에너지의 흐름에 뛰어들어 '제대로' 고리를 거는 데 있다고 할 수 있다. –위르겐 힐러

돈과 기회는 필요에 답하지 않고 능력에 답한다. 돈이란 쓸모없는 인간도 제일의 자리에 앉힐 수 있는 유일한 힘이다. 돈을 지나치게 많이 가지고 있는 건 돈을 지나치게 못 가진 것보다 훨씬 더 괴로운 것이다. 과욕을 다스리고 언제나 즐거움 마음으로 살아야 한다.

가난

가난은 싫었다
늘 제풀에 기가 죽어
숨어 사는 것만 같았다
애달픈 입술만 깨물었다

기댈 곳도 없는데
올라가야 하는 언덕만 기다리고
숨차 오르면
비탈길만 가다리고 있었다

쫓기듯 쫓기듯이
힘겹게 살아도
바라보며 혀 차는 소리가 싫었다

살내음마저 가난이었다

사계절의 온도보다

늘 더 추었다

늘 배고프고

외로움이 가져다주는

서러움에 등골까지 시렸다

온 세상이

다 구멍이라도 뚫렸는지

뼛속까지 바람이 불어왔다

얼굴빛에서 가난이 감돌고

손등에서 가난이 터져 나왔다

가난은 나에게

눈물의 맛을 알게 해주었다

화를 내면 되돌아온다

예의 바르고 절대로 화를 내지 않는 사람은 정말로 큰 인물이라고 부르기에 합당하다.

키케로

사람들은 보통 자신이 잘못했거나 부족하고 실수한 것을 가리고 싶을 때 화를 낸다. 화는 모든 불행을 만드는 가장 좋은 재료다. 우선 화를 내면 얼굴이 험악하게 달라지고, 얼굴이 험악해지면 사람들이 멀리하고, 사람들이 멀리하면 복이 찾아오지 않는다. 얼굴은 그 사람이 살아온 삶을 표현한다. 자신의 얼굴이 일그러지지 않도록 삶을 즐겁고 기쁘게 살아야 한다.

화를 한 번 낼 때마다 몸의 8만 4천 개의 세포가 죽는다고 한다. 화를 잘 내면 병이 찾아오고 수명은 그만큼 단축된다. 화를 내다가

갑자기 쓰러지는 사람도 있다. 화가 날 때는 그 감정을 그대로 드러내는 것보다 절제가 필요하다.

화는 만병의 원인이 된다. 화를 내면 오장육부에 악한 영향을 끼쳐 화를 잘 내는 사람은 분명히 소화불량에 잘 걸린다. 추진하던 일이 실패하고 사람들로부터 외면당할 때 술을 마시고 화를 내고 성질부터 부리지 마라. 마음을 차분하게 먹고 조용히 산책을 하거나 차를 한잔 마시며 마음을 가라앉히고, 어떻게 수습할지 생각할 시간을 가져야 한다. 힘들고 지쳐서 몸이 늘어지고 마음이 복잡할 때는 한숨 푹 자고 나서 하나씩 해결해나가는 것이 좋다. 화를 내지 않아야 일이 잘 해결된다.

화를 잘 내면 타인의 마음을 열 수 없다. 화를 내는 것은 바로 인간관계에서 신뢰를 잃는 가장 빠른 행동이다. 화를 내면 당하는 사람의 마음에 화가 그대로 쌓이게 된다. 누구나 화를 잘 내는 사람은 싫어하고 멀리하고 싶어 한다.

벤저민 프랭클린은 "겸손하게 의견을 말하면 상대는 곧 납득을 하고 반대하는 사람도 줄어든다. 그리고 내 잘못을 정직하게 인정하면 내 옳은 생각에 대해 상대방이 박수를 보내준다. 늘 자기 의견만 정당하다고 고집하지 말라"라고 말했다. 위기의 순간에도 화부터 내지 말고 차분하게 행동하고 말해야 한다.

잘못이 있으면 화를 내기보다 잘못을 인정하고 스스로 고쳐나가는 습관을 길러야 삶의 모습이 바뀐다. 자신의 잘못을 남에게 뒤집

어씌우는 어리석은 행동은 그리 오래가지 못한다. 거짓은 곧 들통이 나고 진실은 오래가기 때문이다. 잘못을 했다면 핑계를 대기보다 수긍하는 편이 더 옳다.

화를 내면 마음속이 답답해지고 온몸의 근육이 떨린다. 화병은 우리나라 사람에게만 있다고 한다. 그만큼 성격이 급하고 화를 잘 낸다는 것이다. 자동차 접촉 사고가 많은 이유도 성격이 급하고 화를 잘 내기 때문이다. 마음을 차분하고 따뜻하게 가져야 자신도 주변 사람도 마음이 편안해진다. 화를 내고 성질을 내면 만사가 어그러진다.

화가 머리끝까지 치솟을 때는 마음을 가라앉히며 숫자를 열까지 세어보는 것도 좋은 방법이다. 그래도 가라앉지 않으면 더 차분하게 백까지 세어보면 마음이 조금은 달라지기 시작할 것이다.

매사에 부정적인 사람이 화를 잘 낸다. 부정적으로 생각하고 행동하는 것은 영혼을 좀먹는 짓이다. 부정적인 태도는 화를 잘 내게 하고 정신과 육체를 망가뜨리고 만다. 자신에게 닥친 화를 복으로 만들 수 있는 힘과 용기를 가져야 한다. 화가 날 때 도리어 웃고 넘길 수 있는 마음의 여유를 가져야 한다. 화가 났을 때 마음을 제어하지 못해 성질을 내면 후회하는 일이 온다.

자신의 마음을 수양해 넓은 마음을 갖기 위해서는 꼭 자기성찰이 필요하다. 이 세상을 살아가는 많은 사람이 성공을 꿈꾸고 희망한다. 성공이란 끊임없는 실패와 자기성찰을 통해서 이루어진다. 실제로 성공은 당신의 일에 있어서 99%의 실패에서 비롯된 1%를 말한다. 고독은 자기성찰을 하게 한다. 어린아이가 한순간에 놓쳐 버린 풍선이 하늘로 날아가는 것처럼 모든 화와 짐을 하늘로 날려 보내야 한다. 그래야 속이 시원하고 마음이 편해진다.

니체는 "화를 잘 내는 사람처럼 거짓말을 잘하는 사람은 없다" 라고 말했다. 화를 잘 낸다는 것은 마음속에 도사리고 있는 만성적 인 질병이 간헐적으로 폭로되는 것과 같다. 그것은 쓴 뿌리를 드러 내는 핑계를 대고 일상으로 도피하고 싶어 하는 마음이다. 화는 방 심하는 사이에 자기도 모르게 삶을 나락으로 떨어뜨린다. 화는 인 간의 영혼 가장 깊숙이 숨겨진 잘못된 부산물들의 표현이다.

지독히 화가 날 때 시간이 얼마나 아깝게 흘러가는가 생각해보 아야 한다. 화는 너그러운 마음이 없고, 인내하는 마음의 부족에서 나타나는 것이다. 화를 잘 내는 사람은 어떤 일도 잘해내지 못한다. 하는 일에 실수가 많아지고 효율성이 떨어진다. 화를 내는 것은 자 신 스스로에게 벌을 주는 가장 못된 습관이다. 화를 낸다고 마음에 들지 않는 상황이 바뀌지 않는다. 그러므로 화내는 것은 아무 소용 없는 행동이다.

세상에서 가장 비참한 것은 화를 내며 갈등하고 반목하는 것이 다. 화는 자신의 생각과 전혀 다른 일이 일어났을 때 생기는 감정이 다. 화를 잘 다스리지 못하면 병이 생기고 일상의 모든 것이 흔들리 게 된다. 화가 나면 미움이 생기기 마련이다. 화를 다스리지 못하는 사람은 심지어 가족에게 그 분풀이를 하기도 한다. 언제 어느 상황에서든지 내 편이 되어줄 가족을 미워한다는 것은 참으로 안타까운 일이다. 가족들이 서로를 미워하고 싸우는 것을 보면 마음이 아프다. "왜 저럴까?" 가만히 생각해보면 특별한 이유가 없을 때도 많다. 가족을 이해하고 사랑하고 살면 더없이 행복할 텐데 그걸 알면서도 미워하는 걸 보면 참으로 안타깝다.

가족을 늘 미워하는 사람들을 보면서 「미움」이라는 시를 써보았다. 일방적으로 자신의 마음을 표현하기보다 상대방의 입장에서 다시 한 번 생각해보면 좋을 일도 많은데 왜 잘못된 것만을 바라보는 것일까? 늘 아쉬움이 남는다. 우리가 먼저 다른 사람의 마음과 행동을 이해하며 내 마음에 담아보면 어떨까. 그러면 상대방의 마음을 이해하게 되고 알게 될 것만 같다. 그 사람 마음이 나와 같다면 미움이나 질투나 시기심이 사라질 것만 같다. 「미움」이란 시는 미워하는 마음을 있는 그대로 표현한 것이다.

미움

미움의 끝은 어디일까

서로 좋아하며 살아도 짧은 삶인데

왜 그토록 바라보는 사람도 지겹도록

미워하며 사는 걸까

하나부터 열까지 하나도 좋은 것은 없고

눈에 보이고 귀에 들리고

마음으로 느끼는 것까지

다 미워하는 이유는 무엇일까

마음에 안 들고 싫어서일까

왜 그렇게 미운털이 꽉 박혔을까

사사건건 이유를 달고

모든 것에 토를 달아

철천지원수처럼

남의 마음을 갈기갈기 찢어놓으면

제 속은 편할까

미워하며 살면

자신의 얼굴 표정도 찌그러지고

자기 가슴이 아플 텐데

그토록 모질게 살아서

남는 것은 무엇일까

얻을 것은 무엇일까

사람을 미워하면 그 사람의 진심을 알 수 없고 이해할 수 없다.

사랑은 허물을 보이지 않게 할 뿐이지만 미움은 모든 것을 가려놓는다. 헤르만 헤세는 "우리가 사람을 미워할 경우 그것은 그의 모습을 통해 자신 속에 있는 무언가를 미워하는 것이다. 자신 속에 없는 것은 절대로 자신을 흥분시키지 않는다"라고 말했다. 누군가가 미워지기 시작했다면 자신부터 되돌아보는 습관을 가져보자. 내 감정은 언제나 나로부터 비롯된다.

진정 누군가를 사랑하는 마음이 있다면 이 세상의 어떤 사람도 미워할 수 없을 것이다. 사랑이 햇빛이면 미움은 그늘이다. 인간을 미워하는 것은 생쥐 한 마리를 쫓아내기 위해서 집 전체를 불태워 버리는 것과 같다. 사랑하는 마음만 있다면 수백만의 사람들의 미움을 해소시키는 데 충분하다. 사랑이 언제나 미움보다 강한 힘을 발휘한다.

당신의 생각이 옳을 때에는 그 생각을 부드럽고 재치 있는 방법으로 상대에게 전하라. 당신의 생각이 잘못되었을 때에는 그 잘못을 가능한 한 빨리, 그리고 기꺼이 겸허하게 인정하라. 자신에게 솔직할 수 있다면 이런 일이 얼마나 자주 당신에게 일어나는지도 경험하라. ―데일 카네기

영국에서 말하는 멋진 신사는 "감사합니다", "죄송합니다", "실례합니다" 이 말을 자주 사용하는 사람이라고 한다. 영국 신사는 보통 하루에 이 말을 일흔다섯 번에서 여든다섯 번 정도 사용한다고 한다. 상대방의 마음을 편안하게 해주는 사람이 삶을 아름답고 멋

지게 살아가는 사람이다.

　　인간관계에서 말로 상처를 주고받는 일은 없어야 한다. 그러기 위해 나는 늘 나와 대화하는 상대의 입장이 되어보곤 한다. 누구나 마찬가지다. 다른 사람들과 정답게 살고자 한다면 마음의 문을 서로 활짝 열어야 한다. 마음의 문이 열리면 여유가 생겨 다른 사람을 이해할 수 있고 관심을 가지고 편하게 대할 수 있다. 늘 다정하게 관심을 가져주면 인간관계 속에 행복이 찾아들고 매사를 긍정적인 마음으로 대할 수 있다.

　　특히 가족은 사랑의 끈으로 이어져야 한다. 가족은 서로에게 믿음을 주고 사랑을 주고 힘이 되어주어야 화목해진다. 언제나 나보다 상대방을 먼저 배려하는 따뜻한 마음이 필요하다. 화를 화로, 미움을 미움으로 해결하려고 하면 늘 극한 상황에 대치하게 되고 남는 것은 상처뿐이다. 소중한 삶을 살아가는데 서로 이해하고 용서하고 감싸줄 수 있는 여유로운 마음이 필요하다. 어렵고 힘들 때 서로 위로하고 함께할 수 있는 마음과 힘이 필요하다.

　　갈등을 처리하는 방법

　　1. 공통점을 찾아라.

　　2. 의견보다 사람을 신뢰해라.

3. 사람들에게 관용을 베풀어라.

4. 융통성을 배워라.

5. 갈등 관계가 있는 사람에게 빠져나갈 출구를 마련해주어라.

6. 자기 자신의 태도를 점검해라.

7. 갈등에 과민 반응을 보이지 마라.

8. 방어적인 자세를 취하지 마라.

9. 갈등을 환영해라.

10. 모험해라.

어느 부부가 산에 올랐다. 한참을 가다가 힘이 들어 아내가 말했다.

"여보! 나 좀 업어줘요!"

남편이 업어주자 아내가 말했다.

"나 무겁지요!"

남편이 화를 벌컥 내며 말했다.

"무겁지! 머리는 돌이지! 간댕이는 부었지! 엉덩이는 뚱뚱하지!"

아내가 화를 내며 내려달라고 했다.

한참을 가다가 이번에는 아내가 남편을 업어주었다.

남편이 씩 웃으며 "나는 가볍지!"라고 말했다.

그러자 아내도 화를 내며 대답했다.

"가볍지! 머리는 비었지! 허파에는 바람 들었지! 싸가지도 없지!"

화를 내면 화가 돌아온다. 인생은 메아리 법칙이다.

불만을 함부로 쏟아놓지 마라. 오웬 펠담은 "불만은 물속에 쏟아진 잉크와 같아서 온 샘을 검은빛으로 채운다. 악에 더욱 집념하게 한다"라고 말했다. 불만을 해결하려면 불평이나 문젯거리를 만들지 말아야 한다. 과거의 것은 다 던져버리고 복잡하게 만들지 말고 하나씩 해결해라. 성질을 내고 불평해보아야 쓸데없다. 불평은 불평을 불러온다. 오래된 일까지 들먹이며 화를 낸다는 것은 정말 어리석은 일이다. 화를 내면 실제로 무엇인가를 잃는 것이다.

그러나 오해나 문제가 자꾸만 쌓여간다면 마음에 품지 말고 즉시 말하는 것이 좋다. 불만을 토로할 때는 상대방 혼자 있을 때 말하는 것이 좋다. 공개적으로 하면 상대의 체면을 상하게 할 수 있고 그렇게 되면 상대의 기분이 나빠져서 해결이 잘 되지 않는다. 당사자만 있을 때 두루뭉술하게 말하지 말고 하고자 하는 말을 바르게 지적해서 말해라. 그리고 그런 말을 할 때는 상대방의 마음을 헤아리는 것을 잃지 말자. 삶에는 불만만 있는 것이 아니다. 만족도 있다. 불만을 토로하기 전에 좋았던 일, 감사한 일을 먼저 생각해보는 것도 좋다.

나에게 세 가지 귀중한 것이 있다.
첫째는 온순함이요,

둘째는 근면함이요,

셋째는 겸손함이다.

이 세 가지는 나로 하여금 남들 앞에서 잘 처신하게 만드는 것이다.

온순한 사람이 되라. 그러면 당신은 대담해질 것이다.

근면한 사람이 되라. 그러면 당신은 자유로워질 것이다.

겸손한 사람이 되라. 그러면 사람들은 당신을 따를 것이다.

　－노자

　매사에 화를 내기보다 신중해야 한다. 글렌 반 에케렌은 "신중을 기하되 자신의 상처, 두려움, 실패까지도 함께 나누도록 하자. 물론 좋은 것들도 보여주어야 한다. 쓸데없는 비난이나 상처를 주는 말은 삼가야 한다"라고 말했다. 신중하되 천천히 해야 한다. 급하게 달리면 넘어진다. 신중한 사람은 어려운 일이 닥쳐도 절대로 당황하지 않는다. 그라시안은 "신중하게 행동하면 대가를 별로 치르지 않아도 성공한다. 신중함은 모든 재능 가운데 가장 뛰어나고 가장 좋은 것이며, 하늘이 내려주는 선물이다"라고 말했다. 다른 사람의 말을 신중하게 듣는 습관을 길러야 한다. 그리고 될 수 있는 한 말하는 사람의 마음속으로 빠져들 수 있어야 한다.

　사람들은 자기를 미워하는 사람을 미워한다. 이것은 인지상정이다. 사람을 미워하는 마음을 없애고 포기할 것은 포기하면 갈등의 해결은 더 쉬워진다.

말다툼이 일어날 때 주의해야 할 것

1. 비난하기보다 자신의 진실한 마음을 표현해라.

2. 지나간 과거를 들추기보다는 현재만을 말해라.

3. 상대의 마음을 아주 잘 알고 있는 것처럼 지레짐작하여 말하지
   마라.

4. 상대도 충분히 말하도록 여유를 주어라.

5. 필요한 것이 있다면 구체적으로 말해라.

6. 상대의 장점을 먼저 말하고 본론을 말해라.

7. 자신의 실수에 책임을 져라.

8. 다른 사람을 끌어들이지 마라.

9. 다른 사람과 비교해서 요구하지 마라.

10. 대책 없이 단점이나 약점을 비난하지 마라.

화를 내면 낼수록 자기에게 있던 모든 것이 하나씩 사라져서 결국에는 빈털터리 인생이 된다. 삶은 리듬을 타며 즐겁게 살아야 한다. 모든 물을 가슴에 품는 바다의 마음이 얼마나 넉넉한가를 알아야 한다. 절대로 푸념이나 한탄을 하면서 살지 말아야 한다. 화의 원인은 불평에서 시작한다. 부정적인 말보다 긍정적인 말을 해야 한다. 약점을 들추고, 비수를 꽂는 말만 하지 말고 기분 좋고 행복하게 만드는 말을 해야 한다.

아리스토텔레스는 "화는 누구나 낼 수 있다. 그것은 어려운 일은 아니다. 그러나 화를 내야 할 사람에게 화를 내며, 적절한 강도로 적절한 시기에 올바른 목적으로 적절한 방법으로 분노를 표시한다는 것, 그것은 누구나가 할 수 있는 일이 아니며, 따라서 결코 쉬운 일이 아니다"라고 말했다. 화를 내는 이유는 상황이 아니라 상황을 바라보는 관점 때문이다. 화가 난 사람은 장님이자 바보가 된다. 이성은 사라져버리고 노여움은 지성의 힘을 완전히 억누르며 판단력도 그것의 포로가 되어 모든 기능이 완전히 멎기 때문이다.

화나는 일이 있을 때 그것을 다른 장소로 옮기지 마라. 잘못을 두 번 저지르지 말아야 한다. 영국 속담에 "화를 낼 줄 모르는 것은 어리석다. 그렇지만 화를 참는 사람은 현명하다"라는 말이 있다. 화는 모든 불행의 근원이다. 화를 안고 사는 것은 독을 품고 사는 것과 다르지 않다.

화는 나와 타인과의 관계를 고통스럽게 하며, 인생의 많은 문을 닫게 한다. 따라서 화를 다스릴 때 우리는 미움, 시기, 절망과 같은 감정에서 자유로워지며, 타인과의 사이에 얽혀 있는 모든 매듭을 풀고 진정한 행복을 얻을 수 있다.

다른 사람의 실수를 무조건 반박하거나 함부로 비웃어 자존심을 상하게 해서는 안 된다. 상처를 입으면 오랫동안 가슴에 남기 때문이다. 내가 준 상처가 상대의 마음에서 지워지지 않으면 나중에는 비수가 되어서 내 가슴에 꽂히게 될지도 모른다. 함부로 화를 내지

251

말고 남의 마음을 함부로 상하게 하지 마라. 그 어떤 경우도 자신도 타인도 아프게 할 것이다.

가슴에 깊이 맺힌 원한을 품고 산다면 행복해질 수가 없다. 자신을 해친 사람이 있다면 용기를 내어 손을 내밀어야 한다. 서로 터놓고 대화를 나누어야 한다. 화를 풀면 자신의 삶은 한결 가벼워지면서 새로운 변화가 찾아온다. 살면서 작은 일들을 이해하지 못하고 참지 못하면 큰일을 망치게 되는 수가 있다. 화가 날 때 감정을 잘 조절할 수 있는 사람이 성숙한 인격을 가진 멋진 사람이다.

힘이 되어주는 사랑

사랑은
모든 병을 치료해주는
놀라운 힘을
가지고 있습니다

절망에 빠져 있을 때에도
그대의 말 한마디에
그대의 손길에 따라

나는 다시 힘을 얻고

열정을 다해

살기로 다짐합니다

사랑은 모든 것을 이길 수 있는

힘을 줍니다

그 사랑으로 인하여

그대를 만나게 된 것은

행복 중의 행복입니다

홀로 이루려는 사랑보다

둘이 이루는 사랑에

참다운 진실이 있습니다

그대가 주는 사랑은

삶에 힘이 되어주는

사랑입니다

함께하고 싶은 사람이 되어라

행복은 인간의 마음과 신체에 내재된 천성이다.
우리는 행복하다고 느낄 때 보다 잘 생각하고 행동하며 느끼고 건강해진다.
심지어 우리의 감각기관도 행복하다고 느낄 때 보다 활발하게 움직인다.

맥스웰 몰츠

"함께 있으면 좋은 사람"이라는 말은 마음을 따뜻하게 울려주는 말이다. 삶은 어울림 속에 이루어지고 서로가 함께할 때 힘이 더 나고 아름답게 조화를 이루며 살 수 있다. 함께하고 싶다는 것은 서로 사랑을 느낀다는 것이다. 어려울 때 보살펴 주면 사람들은 관심을 갖는다. 이 세상에서 가장 행복하고 아름답게 살아가야 할 사람은 바로 "그대 그리고 나"다.

행복은 찾아오는 것이 아니라 찾아내고 누리는 것이다. 서로 함께하고 싶은 사람이 되고 싶다면 부담과 짐이 되지 말고 행복이 되어야 한다. 함께하고 싶은 사람이 되려면 먼저 사랑하고 배려해주어서 존경받아야 한다. 사람들은 자신이 기대했던 것보다 더 많은 일을 해주면 호감을 표현하고 곁에 있기를 원한다.

함께 있으면 부담되는 사람이 아니라 편안한 사람이 좋다. 함께 무엇을 해도 시간 가는 줄 모르게 기쁘고 즐거운 사람이 되어야 한다. 사람들은 누구나 인정받기를 원한다. 잘했을 때 인정해주고 못했을 때 격려해주면 함께 있기를 좋아한다. 잘하는 일에 분명한 보상이 있으면 사람들은 더 좋아한다.

삶은 모두 다 한 번뿐이고 너무나 짧다. 함께 있으면 좋은 사람들과 가슴에 와 닿는, 감동이 넘치는 일을 하며 살아야 한다. 태양이 빛나고 초원이 초록으로 물들듯이 희망과 행복감으로 가득 찬 삶을 살아야 한다. 삶은 언제나 멈추지 않고 흘러가는 강물과 같다. 우리에게 주어진 시간도 기다려주지 않고 떠난다. 너무나 소중한 삶이기에 진정 아름다워야 한다.

남을 비난하는 나쁜 습관을 계속 가지고 있으면 쓸데없이 스스로 자학하게 된다. 부정적인 생각과 말은 아무것도 할 수 없게 한다. "나는 결코 해내지 못할 거야! 내일은 잘못될지도 몰라. 다른 사람이 날 좋아하고 따를 리가 없어. 나는 실패자야. 나는 항상 불운했다"라는 생각을 버려라. 성공한 사람이란 다른 사람이 자기에게 던진 벽돌로 기초를 쌓은 사람이다. 자신이 원하는 일을 위해 참고 견디면서 이룬 사람들이 좋은 것을 나눌 줄 아는 마음을 가지고

산다. 함께 있으면 좋은 사람은 내 마음에도 들고 상대방 마음에도
드는 사람이다.

함께 있으면 느낌이 좋은 사람

1. 왠지 모르게 기분이 좋아지게 하는 사람.
2. 유쾌하게 만드는 사람.
3. 의욕이 샘솟게 만들어주는 사람.
4. 모든 것이 멋지게 보이게 해주는 사람.
5. 만나면 즐거워지는 사람.
6. 마음이 안정되게 해주는 사람.
7. 무슨 이야기든지 하고 싶어지는 사람.

바닷물은 짜야 고기들이 살고 소금이 생산될 수 있다. 나무들의
색깔은 초록이어야 푸르고 생기가 돌아 자란다. 나뭇잎이 검은색이
었다면 모두 다 절망하고 말았을 것이다. 삶도 자기의 색깔이 분명
해야 자신을 올바르게 표현할 수 있다.

눈동자가 힘을 잃고 방향을 잃은 나침판이 되어 온갖 생각으로
헝클어지더라도 홀로 앉지는 말아야 한다. 삶은 절대로 단독 비행
이 아니다. 사람과 사람이 어우러져서 만들어가는 하나의 작품이
다. 사람을 잘 만나야 한다. 자신도 다른 사람들에게 좋은 만남이

되어야 한다. 사람들 속에서 도전하고 어울리고 기뻐하고 슬퍼하고 용기를 얻고 사랑을 주고받는다. 삶은 사람들 사이에서 따뜻하게 감동이 이루어질 때 진정 멋있고 아름다운 것이 된다.

> 위대한 사람은 단번에 그와 같이 높은 곳에 뛰어오른 것이 아니다. 동반자들이 잘 적에 그는 일어나서 괴로움을 이기고 일에 몰두했던 것이다. 꽃이 화려하게 핀 정원은 아무리 파도 황금의 광맥이 나오지 않는다. 거친 광야에서는 가끔 노다지가 발견되기도 한다. 마찬가지로 인생도 외형만으로는 판단하기 어렵다. -존슨

위대한 사람은 마음이 넓고 포부가 크다. 사사로운 일에 흔들리지 않고 줏대가 있다. 오늘에 연연하지 않고 내일을 향하여 나아간다. 늘 함께하고 싶은 사람이 되려면 항상 자신부터 마음을 열어야 한다. 자신의 마음을 열지 않고는 다른 사람들이 좋아할 수가 없다. 함께할 수 있는 마음의 여백이 있어야 사람들이 가까이 다가온다. 상대방에게 언제나 바르게 예의를 갖추어야 한다. 경솔하게 대하거나 내려 본다면 사람들은 떠난다. 존중해주면 사람들은 호감을 가지고 다가온다. 칭찬해주는 습관을 길러야 한다.

사람들은 자신을 칭찬해주고 잘 알아주는 사람을 선호하고 그런 사람에게 호감을 갖는다. 대화를 나눌 때 상대방의 말을 많이 들어주는 것이 좋다. 누구나 자기의 말을 들어주고 알아주는 사람을 좋

아한다. 베풀 수 있는 기회가 있으면 베풀어야 한다. 서로 통할 수 있는 이야기를 하는 것도 좋다. 약속을 잘 지키고 시간관념이 언제나 정확한 것이 좋다. 남에게 고통을 주면 양심의 가책을 받아서 자신도 고통을 받는다.

함께 있으면 좋은 사람이 되는 방법

1. 먼저 자신의 마음을 활짝 열어라.

2. 상대방이 호감을 가질 수 있도록 예의를 갖춰라.

3. 상대방을 먼저 칭찬해주고 배려해주어라.

4. 대화를 나눌 때 상대방의 이야기를 먼저 들어주어라.

5. 먼저 나누고 베풀어라.

6. 서로 좋아할 수 있는 대화를 나누어라.

7. 시간관념을 정확하게 해라.

8. 약속을 잘 지켜라.

9. 불편함을 주지 말고 편안하게 만들어라.

10. 금전 관계를 철저하게 해라.

아침에 이슬방울이 풀잎을 촉촉이 적셔주듯이 메마른 삶 속에 사랑의 마음으로 가족과 이웃에게 나누는 삶을 살아야 한다. 어려울 때 힘이 되어주고 즐거울 때 함께 즐거워해주며 늘 넉넉한 마음으로 살아야 한다. 목마를 때 마시는 냉수 한 컵 같은 사람이 되어야 한다.

오늘도 자신과 다른 사람에게 시원함을 줄 수 있도록 다정다감하게 살아가야 한다. 함께하면 좋은 사람이 되자. 마티아스 크라우디우스는 "사랑을 방해하는 것은 아무것도 없다. 사랑은 제아무리 이를 막아도 모든 것 속으로 뚫고 들어간다. 사랑은 영원히 그 날개를 퍼덕이는 것이다"라고 말했다. 왠지 모르게 기분이 좋아지고 의욕이 샘솟아 오르게 하는 사람이 되어야 한다. 말과 행동 하나하나가 진실하면 만남이 즐거워지고 힘이 생겨난다. 마음을 편안하게 해주고 무슨 이야기든지 하고 싶어지는, 늘 함께하면 좋은 사람이 되자. 삶의 동반자가 있어야 한다.

사람의 마음은 편하고 쉬운 관계를 원한다. 그러나 생각과 정신은 언제나 영적인 동반자를 원하고 있다. 우리의 삶은 여행과 같아 똑같은 시간 속에 매년 365개의 삶이란 주머니 속을 채워나간다. 여행은 동반자가 있어야 하고 누구와 어떻게 동반하느냐가 중요하다. 동반자에 따라 삶의 방향이 달라지기에 지치고 힘이 들 때 동행해줄 수 있는 동반자가 꼭 필요하다.

동행

인생길에 동행하는

사람이 있다는 것은
참으로 행복한 일입니다

힘들 때 서로 기댈 수 있고
아플 때 곁에 있어줄 수 있고
어려울 때 힘이 되어줄 수 있으니
서로 위로가 될 것입니다

여행을 떠나도
홀로면 고독할 터인데
서로의 눈 맞추어 웃으며
동행하는 이 있으니
참으로 기쁜 일입니다

사랑은 홀로는 할 수가 없고
맛있는 음식도 홀로는 맛없고
멋진 영화도 홀로는 재미없고
아름다운 옷도 보아줄 사람이 없다면
무슨 소용이 있겠습니까

아무리 재미있는 이야기도

들어줄 사람이 없다면

독백이 되고 맙니다

인생길에 동행하는 사람이 있다면

더 깊이 사랑해야 합니다

그 사랑으로 인하여

오늘도 내일도 행복할 수 있습니다

사람을 행복하게 해주는 향기와 사람을 괴롭히는 고약한 악취가
있다. 나무와 숲과 풀과 과일에서는 모두를 기분 좋게 하는 아주 좋
은 향기가 난다. 사람도 됨됨이에 따라서 내뿜고 스며드는 향기가 전
혀 다르다. 삶에는 어떤 향기가 날까. 선한 마음으로 살아가면 다른
사람들이 좋아하는 향기가 난다.

누군가 내 마음을 알아주고 읽어준다면 우리는 참 행복한 삶을
살아가는 것이다. 우리도 다른 사람의 마음을 따뜻하게 읽어줄 수
있다면 행복할 것이다. 아우렐리우스가 이런 말을 했다. "다른 사
람의 속마음으로 들어가라. 그리고 다른 사람으로 하여금 당신의
속마음으로 들어오도록 하라." 우리가 먼저 관심을 가질 때 다른 사
람에게 관심을 받을 수가 있다. 그러한 마음은 긍정적인 마음에서
시작된다.

어느 순간 의기소침해지고 세상살이에 자신이 없어질 때가 있

다. 그럴 때는 마음속 깊은 곳에서부터 긍정의 힘을 끄집어내야 한다. 긍정적인 마음은 따뜻한 온기를 만들어낸다. 그래서 따뜻한 마음을 가진 사람들 중에 긍정적인 사람이 많다. 욕심은 늘 불행을 일으킨다. 조금만 양보하면 삶이 달라진다는 진실을 깨닫고 살아야 한다.

수많은 다양한 사람들과 만나고 헤어지며 기쁨과 슬픔과 분노와 즐거움이 뒤섞여 나타난다. 누구나 삶을 진실하고 정직한 마음으로 당당하게 살아가며 아름답게 꾸며줄 좋은 인연을 맺고 싶어 한다. 자신의 마음을 열지 않고는 다른 사람의 마음을 열 수 없다. 타인의 경계심을 풀게 하려면 먼저 자신의 문을 활짝 열어야 한다.

막심 고리키가 이렇게 말했다. "일이 즐거워지면 낙원이지만 일이 의무에 불과하면 인생은 지옥이다." 우리가 일을 할 때 복잡한 생각이 정신을 지배하는 이유는 마음이 불안하기 때문이다. 성취감을 보지 못한 사람들이 늘 조급하고 초조하다. 중요하지 않은 일에 분노하거나 서둘러서 자신의 능력을 낭비하는 일이 많다. 분노하거나 서두르지 않고 마음에 여유를 가지고 차분히 한다면 더 많은 일을 해낼 수 있다. 마음을 차분하게 하고 편안해질 때 삶에는 활력이 넘치게 된다. 기쁨을 만드는 사람이 되어야 한다.

네덜란드에 "행복한 사람치고 심술궂은 사람은 없다"라는 속담이 있다. 삶 속에 기쁨을 만드는 사람이 있고 불행을 만드는 사람이 있다. 무관심이 팽배한 세태 속에서도 오히려 따뜻한 세상을 만들기 위해 모든 것을 아낌없이 주는 마음이 넉넉한 사람들이 있다. 기쁨을 만드는 사람들이 있어야 세상은 더 밝아지고 살맛이 난다. 삶을 기쁨을 만드는 제조기처럼 살 수 있다면 얼마나 좋을까. 이 세상 모든 사람에게 기쁨을 나누어 줄 수 있다면 좋을 것이다.

양산에 있는 부산대학교병원에 특강을 갔을 때 최창화 병원장과 만났다. 강의 전에 접견실에서 본 여유 있고 소탈한 모습에 편안함을 느낄 수 있었다. 시에 대해 관심도 많고 감성이 살아 있는 멋진 사나이였다. 강의 중에도 앞에서 열심히 들으며 메모를 했다. 저녁 식사까지 대접해주었다. 함께 기념사진을 찍었는데 두 사람 다 밝은 모습으로 나왔다. 최창화 병원장은 서로 밝게 웃고 대화를 하니 근래에 찍은 사진 중에 제일 잘 나왔다고 말했다. 마음이 통하는 사람과 함께 있으면 대화가 통하고 마음도 편해지고 얼굴도 밝아진다는 것을 새삼 느끼게 되었다. 최창화 병원장은 함께 있으면 좋은 사람이다.

우리의 삶에는 귀한 것이 세 가지가 있다. 하나는 우리의 삶 그 자체다. 둘째, 우리의 꿈이다. 셋째, 결국에는 찾아오는 죽음이다. 죽음은 우리에게 사는 동안 소중한 삶을 낭비 없이 살라고 늘 경고하면서 다가오는 것이다. 함께 살아가는 사람을 보며 "나는 저 사람만 없으면 좋겠다"라고 생각하고 살면 그 사람도 자신도 불행하다. 서로가 서로에게 행복을 주는 사람이 되어야 한다.

함께 있으면 좋은 사람은 매력이 있다. 사람들에게는 누구나 독특한 매력이 있다. 사랑은 독특한 매력을 만들어준다. 매력 있는 사람들은 가까이 다가가고 싶게 만든다. 매력이 있는 사람은 사람들을 당기는 힘을 가지고 있고 사람들을 리드하는 힘을 가지고 있다. 매력은 참 멋진 개성이다. 매력 있는 사람은 사랑할 줄 아는 사람이다. 자신의 능력에 대한 자신감이 있는 사람이다. 매력 있는 사람은 자신의 일에 책임을 질 줄 아는 사람이다.

매력이 없는 사람은 대부분 희망도 없고 열정도 없이 삶을 미지근하게 살아간다. 매력은 삶에 활기를 불어넣고 우리의 삶을 부드럽게 인도해준다. 거짓으로 꾸미고 가장하는 것은 매력을 만들지 못한다. 남을 배려해주는 사람은 매력이 있는 사람이다. 욕심 속에 살지 않고 나눔 속에 살아가는 사람은 매력이 넘치는 사람이다.

매력 있는 사람은 남을 진심으로 칭찬하고 아낌없는 찬사를 보내는 사람이다. 남의 실수를 너그럽게 용서하고 잊어버릴 줄 아는 사람은 매력이 있는 사람이다. 사랑을 하면 강한 의욕이 만들어진다. 우리의 삶에 강한 의욕을 갖는 것은 매력 중의 매력이다. 사랑은 사람을 사로잡는 리더십과 강한 매력을 발산하게 해준다.

엘머 데이비스는 "가장 중요한 것은 다른 사람 때문에 겁먹지 않는 것이다"라고 말했다. 만나고 헤어지는 삶 속에 누군가를 만나는 일은 기쁜 일이다. 사람들을 좋아하고, 기다리고, 만나야 한다. 언제나 같이 일하고 싶고, 함께 대화하고 싶고, 같이 식사를 하고 싶고, 같이 걷고 싶은 사람이 되도록 성품을 다듬어라.

토머스 브라운은 "가면을 벗자. 우리가 찾던 모든 의문의 해답은 우리 안에 있다"라고 말했다. 성품이 좋은 사람과 함께하면 기분이 좋아지기에 오래도록 같이 있고 싶다. 그런 사람은 마음을 편하고 따뜻하게 해주고 때때로 기쁨과 감동을 주며 비전을 분명하게 이루어갈 수 있도록 도움을 준다.

우리는 삶을 살아가는 동안 다양한 사람들과 만나서 관계를 유지한다. 그런 관계 속에서 평생 친구를 만나기도 하고 서로 상처를 주고받는 일이 있을 때도 있다. 서로의 마음을 읽어주고 친밀하고 다정한 관계를 유지하기 위해서는 시간을 들여야 한다. 사랑하고 이해하는 마음이 없으면 상대방의 마음을 읽어주거나 사로잡을 수 없다. 삶 속에서 인연이란 것은 너무나 소중하다. 그러나 인연은 억지로 만들어지는 것은 아니다. 자연스럽게 만들어져야 정말 좋은 인연이다.

인연을 맺고 싶어 노력하는데 자꾸 어긋나면 인연이 아닌 경우가 많다. 억지로 인연을 만들고 함께하려 하면 도리어 부담스럽다. 놓아줄 것은 놓아주고 붙잡을 수 있는 것은 놓치지 않게 꼭 붙잡아야 한다. 정말 인연이 있다면 이 지상에서 언제고 만나게 될 것이다. 자신에게 찾아온 사람을 절대로 놓치지 말아야 한다.

함께하고 싶다면 마음의 문을 열어라. 브라이언 로빈슨은 "마음을 열어두면 인생을 투명하게 바라볼 수 있다. 또 마음을 열어두면 병든 마음은 치유되고 아름다운 풍경을 볼 수 있으며 드넓은 우주를 자유로이 넘나들 수 있다"라고 말했다. 많은 사람이 마음의 문을 자물쇠로 견고하게 닫고 감옥을 만들어 갇혀 있다. 모두가 의심과 불안과 초조 속에서 나오는 잘못되고 그릇된 현상이기에 마음의 벽을 허물어야 한다. 가정도 마을도 국가도 마음의 벽을 허물고 열두 대문 활짝 열듯이 마음의 문을 활짝 열어야 한다.

우리가 인생이 정말로 힘든 것이라는 사실을 알게 되었을 때, 정말로 그 어려움을 이해하고 그러한 사실을 수용하게 되었을 때 인생은 더 이상 어려운 것이 아니다. -스콧 펙

미국의 시인 롱펠로는 하버드 대학에서 근대어를 가르치며 낭만적인 사랑의 시를 써서 대중적인 사랑을 받았다. 세월이 흘러 롱펠로의 머리카락도 하얗게 세었지만 안색이나 피부는 청년처럼 싱그러웠다. 하루는 친구가 나이보다 젊어 보이는 롱펠로에게 물었다.

"여보게, 친구! 오랜만이군. 그런데 자네는 여전히 젊군그래. 자네가 이렇게 젊어 보이는 비결은 무엇인가?"

이 말을 들은 롱펠로는 정원에 있는 커다란 나무 쪽으로 시선을 옮기며 말했다.

"저 나무를 보게나. 이제는 늙은 나무지. 그러나 저렇게 꽃도 피우고 열매도 맺는다네. 그것이 가능한 것은 저 나무가 매일 조금이라도 성장하고 있기 때문이야. 나도 그렇다네. 나이가 들었어도 매

일매일 성장한다는 마음가짐으로 살아가고 있다네."

우리도 날마다 성장한다면 마음이 넓어져서 주변 사람들의 마음을 편하게 해줄 수 있다.

스탕달은 "마음을 정결하게 하여 모든 증오의 감정을 멀리하면 젊음을 오래 보존할 수 있다"라고 말했다.

현실을 읽는 눈을 가지려면 수련의 과정을 거쳐야 한다. 마음의 샘에서 진실을 퍼낼 수 있는 시간을 가져야 한다. 수련을 통해 몸과 마음을 단련하고 인성을 연마해서 냉정하게 판단할 수 있는 힘을 만들어야 한다. 사랑하는 이들의 따뜻한 포옹은 상처받은 마음을 치유해준다. 사랑스런 포옹은 편안함을 느끼게 하고 마음을 든든하게 해준다.

행운과 불운은 늘 함께 있어 아침에 "오늘은 좋은 날!"이라고 외치면 좋은 아침이 좋은 하루를 만들어준다. 가슴을 펴고 당당하게 걸어라. 세상을 향해 축복해라. 세상도 나를 향해 축복해준다. 대화하고 소통하기를 원한다면 다른 사람의 말도 먼저 잘 들어주고 마음도 살펴주어야 한다. 가장 중요하고 가장 큰 힘을 발휘하는 것이 바로 언어다. 전쟁 중의 총알은 사람을 죽이지만 평상시에 사용하는 말 한마디가 때로는 영혼을 살리고 죽인다. 서로 나누는 대화 속에서 상처가 되는 말은 마음을 병들게 하고 절망에 빠지게 하고 죽음에까지 이르게 한다.

언어는 사상을 만들고 역사를 만들고 문화를 만들고 감정을 자유롭게 표현할 수 있도록 하는 도구다. 언어로 자기 의사를 자유롭게 표현하기도 하고 상대방의 마음과 생각을 움직이기도 한다. 서로 마음이 통해 함께 뜻을 맞추어 꿈과 비전을 함께 이루어가게 하기도 한다. 언어 표현이란 우리의 삶의 시작이자 행동의 시작이다. 언어 표현은 참으로 귀한 가치를 지닌다.

말이 없는 세상을 상상해보면 참 무섭다. 언어 표현의 시작이 잘못되면 마치 수렁의 길을 찾아 들어간 것처럼 죽음과 멸망의 길이 되고 만다. 인간의 모든 행복과 불행이 입에서 시작된다.

현대인들의 특징이 무관심, 무목적, 무의식이라고들 하지만 세상은 언제나 서로의 마음을 읽어주는 사람들이 있어 평화가 존재하고 사랑하며 살아갈 수 있는 힘이 일어난다. 우리의 마음을 잘 읽어내려면 다른 사람의 마음도 읽어주어야 한다. 윌킨슨은 "당신의 마음속으로 들어가서 당신이 무엇인지 그리고 무엇이 될 것인지 읽어보라"라고 말했다.

헤르만 헤세는 "마음속에는 언제라도 숨을 수 있고 본래의 자기의 모습을 되찾을 수 있는 안식처와 평화가 있다"라고 말했다. 우리는 날마다 자신과 가족과 주변 사람의 마음을 잘 읽어주며 행복하게 살아야 한다. 마음속에는 온갖 보물이 가득해 마음을 요리하는 방법에 따라 기쁨과 감동과 환희가 쏟아져 나오게 할 수 있다. 마음을 불 꺼진 창고처럼 방치하면 절망과 고통 속에 탄식하게 된다. 마음속의 보물을 캐내어 힘 있고 능력이 넘치게 살아야 한다.

관심

늘 지켜보며
무언가를 해주고 싶었다

네가 울면 같이 울고
네가 웃으면 같이 웃고 싶었다

깊게 보는 눈으로
넓게 보는 눈으로
널 바라보고 있다

바라보고만 있어도 행복하기에
모든 것을 포기하더라도
모든 것을 잃더라도
다 해주고 싶었다

　사랑한다면, 서로 함께하고 싶다면 깊은 관심 속에 배려하고 감사하는 마음으로 살아야 한다. 무관심은 비극을 만들고 관심은 행복과 사랑을 만든다. 폴 틸리히는 "사람은 사랑 없이는 강해질 수 없다. 사랑은 부적절한 감정이 아니기 때문이다. 그것은 인생의 피요, 분리된 것을 재결합시키는 힘이다"라고 말했다. 이 땅에 존재하는 모든 것을 다 사랑하고 그것들로부터 사랑을 받아야 마땅하다. 풀 한 포기, 나무 한 그루, 돌멩이 하나, 모래알 하나, 소중하지 않은 것이 하나도 없다. 사랑하는 가족, 집, 일터, 동료들, 친구들, 이웃들, 내 나라, 모두 다 내가 사랑하는 것들이다.

> 해변가에 우두커니 서서 물거품이 이는 파도를 바라만 보아서는 지식을 얻지 못한다. 비록 의식을 잃을지 몰라도 당신 자신이 바닷속으로 뛰어들어 혼신의 힘으로 헤엄쳐야 한다. 이렇게 해야 당신은 인생에 대한 통찰에 이를 수 있다. –마르틴 부버

삶을 통찰하지 않는 사람은 실수를 연발하고 실패를 반복한다. 자신을 잘 알고 남을 잘 아는 사람이 성공한다. 언제나 마음속에 간직하고 있어도 좋을 사람이 되어야 한다. 삶은 혼자 살아가는 것이 아니라 더불어 살아가는 것이다. 한 그루의 큰 나무는 보기 좋지만 진정 아름다운 것은 나무들과 풀들과 온갖 동물이 어우러져 만들어 놓은 숲이다. 사람과 사람 사이에는 정이라는 것이 있다. 따뜻한 정과 겸손함으로 물들면 언제나 함께해도 좋을 사람이 된다.

영화 〈모정〉에 "다정한 사람보다 더 강한 사람은 없다"라는 대사가 있다. 사람들은 누구나 다정한 사람을 좋아한다. 진실을 마음에 담으

면 온 세상이 평온해지고 사람과 사람 사이가 좋아진다. 사람의 마음이 개방되어 있으면 사람들은 함께하기를 좋아한다. 늘 편안한 마음으로 사람을 대해야 한다. 그래야 정말 어려울 때 함께해줄 사람이 있다.

어려움은 혼자 극복하는 것보다 사랑하는 사람과 함께 극복해나가면 훨씬 더 쉽다. 인생은 홀로 사는 것이 아니라 너와 나, 우리가 함께 살아가는 것이다. 이 세상에서 누군가를 위하여 살 수 있다면 행복한 삶이다. 팍팍한 삶 속에서도 마주치는 눈빛이 서로 행복할 수 있다면 얼마나 축복받은 삶인가. 누군가의 아픈 가슴에 사랑을 꽃피울 수 있다면 보람 있는 일이다. 데이비드 팩커드는 "좋은 사람을 만나는 것은 신이 주는 축복이다. 그 사람과의 관계를 지속시키지 않으면 축복을 저버리는 것과 똑같다"라고 말했다.

삶이란 고행이다. 하지만 순간순간 찾아오는 기쁨과 감동이 삶을 살 만하게 만든다. 인생에 어려움이 없다면 극복하는 기쁨도 없다. 비 오는 날 두 사람이 하나의 우산을 들고 걸어도 좋을 관계를 만들어라. 쏟아지는 빗물에 한쪽 어깨가 젖는 줄도 모르고 사랑을 속삭일 사람이 있다면 얼마나 좋은가.

함께 있으면 좋은 사람

그대를 만나던 날

느낌이 참 좋았습니다

착한 눈빛, 해맑은 웃음

한마디 한마디 말에도

따뜻한 배려가 담겨 있어

잠시 동안 함께 있었는데

오래 사귄 친구처럼

마음이 편안했습니다

내가 하는 말들을

웃는 얼굴로 잘 들어주고

어떤 격식이나 체면 차림 없이

있는 그대로 보여주는

솔직하고 담백함이

참으로 좋았습니다

그대가 내 마음을 읽어주는 것 같아

둥지를 잃은 새가

새 보금자리를 찾은 것만 같았습니다

짧은 만남이지만

기쁘고 즐거웠습니다

오랜만에 마음을 함께

나누고 싶은 사람을 만났습니다

사랑하는 사람에게

장미꽃 한 다발을 받은 것보다

더 행복했습니다

그대는 함께 있으면 있을수록

더 좋은 사람입니다

유머 감각을 가져라

유머는 사람들을 모으고 그들의 주의를 끈다. 사람들을 계속해서 집중시켜야 하는
대중 연설에서 유머가 필수적임은 말할 것도 없다. 웃음은 청중들에게 재미를 준다.
유머는 비관적이고 비판적이 아니라 낙관적이고 긍정적이다.

존 맥스웰

유머는 자신은 물론 함께하는 사람들에게 웃음과 행복을 주는 선물
이다. 유머를 잘 사용하고 잘 웃는 사람은 긍정적이고 매사에 적극
적이라 일도 잘한다. 유머는 사람들이 좋아하게 하고 같이 일하고
싶게 만든다.

　즐겁게 살고 싶다면 매일 아침 세수를 하고 거울을 보면서 웃음
으로 하루를 시작해라. 행복과 행운이 찾아들 것이다. 유머는 삶 전
체를 즐겁게 만든다. 유머를 사용하면 한결 마음이 부드러워지고
여유가 생긴다.

이 땅에 존재하는 모든 만물 중에 사람들만 웃고 살아간다. 웃음은 곧 행복을 표현하는 방식이다. 요즘 사람들은 웃음이 부족하다고 한다. 좀 더 넉넉한 마음을 가지고 힘차게 웃을 수 있다면 모든 일에서 능률이 오를 것이다. 유쾌한 웃음은 어느 나라를 막론하고 건강과 행복의 상징이다.

여섯 살 난 아이는 하루에 삼백 번 웃고 성인은 하루에 열일곱 번 웃는다고 한다. 성인이 되어 웃음이 이토록 줄어드는 것은 안타까운 일이다. 웃음은 좋은 화장이다. 웃음보다 우리의 얼굴을 밝게 해주는 화장품은 없다. 그리고 웃음은 생리적으로 피를 잘 순환시켜 주니 소화도 잘되고 혈액순환도 물론 잘된다.

우리의 삶은 길지 않다. 웃을 수 있는 여유가 있는 사람이 행복한 사람이다. 남에게 웃음을 주는 사람은 자신은 물론 남도 행복하게 해주는 사람이다. 신 나게 웃을 수 있는 일들이 많다면 좋을 것이다. 하지만 스스로 웃음을 만들어가는 것이 더욱 중요하다.

우리는 누구나 행복한 삶을 원한다. 행복한 사람은 얼굴에 그 감정이 그대로 나타난다. 행복한 사람은 웃음이 있는 삶을 살아가기 때문에 행복하다. 윌리엄 제임스는 "기쁘니까 웃는 것이 아니라 웃으니까 기뻐진다"라고 했다. 우리의 삶에는 시시때때로 어려움이 다가오지만 미소를 지을 수 있는 여유가 필요하다. 행복은 행복을 원하는 사람들에게 찾아온다. 유머 감각이 있는 사람은 사람을 소중하게 생각한다. 웃음과 유머란 사람만이 즐길 수 있는 특권이다.

유머가 있는 사람은 항상 밝고 명랑하다.

> 질병과 슬픔이 있는 이 세상에서 우리를 강하게 살도록 만드는 것은 유머밖에 없다. -찰스 디킨스

웃음에는 몇 가지 종류가 있다. 빙그레 웃는 미소가 있고, 입을 크게 벌리고 웃는 홍소가 있다. 그리고 얼굴 전체가 웃음꽃으로 변하는 파안대소가 있고, 큰 소리를 내며 통쾌하게 웃는 폭소가 있다. 이것은 모두가 행복한 웃음이요, 축복의 웃음이다. 사람들은 기뻐할 때, 사랑할 때, 행복할 때 웃는다. 웃을 일이 없더라도 한번 멋지게 웃어보라. 마음이 행복해질 것이다.

우리는 때때로 별스럽지 않은 일들 때문에 슬퍼하고 고뇌하고 실망하고 짜증을 낸다. 나중에 생각하면 별것 아닌데도 말이다. 웃으며 살아가자. 우리는 흐린 날보다 환하고 맑은 날을 좋아한다. 사람의 표정도 마찬가지다. 찡그린 얼굴보다 밝게 웃는 얼굴을 대할 때 기분이 좋아진다. 사람들의 얼굴에는 그 사람의 삶의 모습이 나타난다. "얼굴이 삶의 외교관 노릇을 한다"라는 말도 있다. 우리의 얼굴을 밝은 표정으로 바꾼다면 자신도 다른 사람들도 행복할 수 있다. 금방이라도 소나기가 쏟아질 것같이 잔뜩 찌푸린 모습을 좋아할 사람은 없다.

성난 사자 같은 얼굴이라든가 무언가에 쫓기는 듯 자신감이 없고 위축한 모습은 아무에게도 호감을 주지 못한다. 우리의 얼굴이

오늘의 우리의 삶의 모습을 보여주고 있다. 얼굴은 곧 우리의 삶의 화면이다. 화면 조정을 잘하자.

우리의 얼굴은 우리의 모든 감정을 잘 드러낸다. 감정을 있는 대로 다 발산하고 산다면 인간이 아니라 동물과 다름이 없다. 동물들은 자기가 하고 싶은 대로 하며 살아간다. 우리는 인간이다. 그러므로 우리는 감정을 다스릴 줄 알고 자신의 얼굴 표정을 잘 통제할 줄 알아야 한다.

거울을 보고 웃는 표정과 성난 표정과 짜증 내는 표정, 그리고 우울한 표정을 차례대로 지어보라. 어떤 표정이 가장 아름다운가? 우리의 표정을 밝게 하기 위해서는 삶을 자신감 있게 살아야 한다. 우리의 모습으로 인해 행복할 사람이 있어야 한다. 욕심과 허영에 사로잡힌 삶을 살아간다면 얼굴 표정이 밝을 수가 없다. 거짓과 욕망이 가득해 있다면 그것도 마찬가지다. 우리의 삶이 순수할 때 그 모습은 더욱 아름다워질 것이다.

웃으며 산다는 것은

웃음은 기쁨이 마음을 통과해
얼굴에 나타나는 것이다

웃음은 우리의 마음의 가장자리에서부터
한가운데까지
행복의 꽃을 피우는 것이다

나무와 이름 없는 풀들도 꽃을 피우는데
우리도 웃고 살아야 한다
웃음은 사람들만이 피울 수 있는
생명의 꽃이다

눈물을 매달아 놓고 고달프게 살기보다는
함박 웃음꽃을 피우며 살아간다면
자신도, 가족도, 친구도
주변 사람들도 모두가 행복해진다

힘이 들고 괴로운 일이 있더라도
삶의 슬픈 물기를 닦아줄 수 있는
웃음을 웃고 살아가면
고통은 멀리 사라져간다

웃고 살면 사람과 사람 사이가 가까워지고
굳게 닫혔던 마음의 문도 활짝 열린다

걱정과 근심과 고민이 사라지고

삶을 기쁘고 명랑하게 만들어준다

우리는 삶의 밭을 가꾸는 정원사와 같다. 우리의 삶을 잘 가꾸자. 사람들의 얼굴은 직업에 따라 환경에 따라 성격에 따라 바뀐다고 한다. 얼굴은 바른 삶을 살아감으로써 더욱 밝고 아름다운 모습으로 변해가야 한다. 힘 있고 바르게 밝은 표정으로 살아가자. 자신의 밝은 모습은 스스로 바라보아도 좋다. 행복한 모습으로 살아가는 것도 축복이다.

배꼽과 웃음은 많은 관계를 가지고 있다. 배꼽 하면 사람들은 웃음을 떠올린다. 그래서 재미있는 일이 있으면 배꼽과 연관 지어서 말한다. "배꼽 잡다", "배꼽 떨어지다", "배꼽 빠지다" 등 갖가지 표현으로 웃음이 있는 삶을 표현하고 있다. 배꼽은 사람의 몸 중앙에 위치하고 있다. 그러므로 중심이 행복해하면 삶이 더 행복해지기 마련이다. 날마다 배꼽이 변화될 정도로 웃음이 터지는 일이 있으면 삶에는 더 따뜻함이 흘러내릴 것이다.

어느 책에서 보니 배꼽은 누워서 감자를 먹을 때 소금을 넣어두고 찍어 먹기 위해서 만들어진 것이라고 하고, 또 어디서는 창조주가 창조할 때 익었나 안 익었나(감자나 고구마가 익었나 안 익었나 찔러보는 것처럼) 찔러본 흔적이라는 우스개가 있었다. 날로 개인화되고 삭막해져만 가는 세상에 나도 웃을 수 있고 남에게 웃음을 줄 수도 있는 유머 하나둘쯤 준비해서 잘 쓸 수 있다면 우리의 삶은 곳곳에서 배꼽 잡는 일이 일어나 모두 다 행복해질 것이다. 요즘 유머 감각이 뛰어난 남성이 결혼 1순위라는 것을 보아도 웃음이 절실하게 요구되고 있는 것을 잘 알 수 있다. 웃음은 사람들의 행복을 표현하고 있기 때문이다.

유머는 어려운 것이 아니다. 산과 들에 초목이 자연스럽게 자라나듯이 사람들의 마음에서 우러나오는 마음을 표현하는 것이다. 유머 감각을 키우려면 유머 있는 눈과 마음으로 세상을 바라보고 표현해 나가면 된다. 유머 감각은 서로가 완전하지 못하다는 것을 인식시켜 주므로 편안하게 대할 수 있는 마음의 여유를 갖게 해주는 것이다.

미소의 결과

미소는 밑천은 하나도 들지 않지만 이익은 막대하다.
주어도 줄지 않고 받는 사람이 풍성해진다.
한순간의 이익에 불과하더라도
그 이익은 영원히 남을 수 있다.
아무리 부자라도 웃음이 없이는 행복하게 살지 못하고
아무리 가난한 사람도 웃음이 있으면 풍성해진다.
미소는 가정에는 행복, 사업에는 성공을 가져다준다.
피로한 사람에게는 휴양,

실의에 빠진 사람에게는 광명,

슬퍼하는 자에게는 태양,

고민이 있는 자에게는 자연이 주는 해독제가 된다.

미소는 돈을 주고 사는 것도, 강요당하는 것도,

빌리는 것도, 훔치는 것도 아니다.

거저 줌으로 비로소 값이 나가는 것이다.

냉정하고 차갑고 쌀쌀맞은 사람보다 다정한 웃음이 있는 사람이 더 인간적이고 더 가깝게 느껴진다. 마음을 즐겁게 해주는 가벼운 유머와 조크가 굳게 닫혔던 사람의 마음을 연다. 아무리 복잡다단한 문제도 유머 감각과 재치가 있는 사람이 함께하면 쉽게 해결된다. 유머는 힘과 능력을 만든다. 유머는 인간관계를 부드럽게 만들고 기다리고 싶게 만든다. 유머는 생활에 활력을 불어넣어 주고 사람들과의 관계를 잘 풀어가게 만들어준다. 사람들은 유머 감각이 있는 사람과 같이 있기를 좋아한다.

유머를 잘 구사하려면 메모하는 습관을 갖는 것도 중요하다. 각종 강연회, 연수회, 책, 혹은 대화 중에 재미난 이야기가 있으면 적어놓는 것이다. 신문이나 잡지에 나온 유머를 모아두면 유머 소재로 활용할 수 있다. 이런 습관을 반복하면 유머를 만들 줄 알고 유머를 들을 줄 알고 어떤 유머가 좋은 것인지 분간하는 능력이 생긴다. 유머는 억지로 하는 것보다 자연스러운 것이 좋다. 재미있고 의미가 있는 유머를 자기의 이야기 속에 넣으면 더 자연스럽게 유머를 사용할 수 있다. 이 세상에 안 되는 일은 없다. 사람들이 포기하거나 시도를 하지 않는 것이다.

가족이나 가까운 친구들에게 먼저 유머를 풀어놓자. 반응이 좋으면 다른 자리에서도 사용한다. 처음에는 어색하지만 자꾸 하다 보면 입담도 생기고 자연스러워져서 듣는 사람의 반응도 좋아지고, 유머에 재치와 감각이 생겨난다.

유머를 잘 활용하려면 상대방의 말을 잘 들어주어야 한다. 좋은 웃음을 만드는 조건은 인간적이어야 하고 사람의 감정에 깊은 호소력이 있어야 한다는 것이다. 지적인 표현도 함께 있다면 좋은 웃음을 웃을 수 있다. 포근한 마음에서 우러나오는 웃음이 이 세상을 밝게 만들고 사람의 마음을 움직인다.

칼라일은 "웃음에는 얼마나 많은 것이 포함되어 있는가? 그것은 인간을 해독할 수 있는 암호해독의 열쇠다. 어떤 사람들은 항상 무의미한 쓴웃음만 짓는다. 또 어떤 사람들은 얼음처럼 차가운 웃음을 짓는다. 웃음이라 부를 수 있을 만큼 웃는 사람들은 적다. 아니면 콧방귀를 뀌거나 낄낄거리거나 숨죽여 웃을 뿐이다. 아니면 한 번 웃고 말거나 거친 너털웃음을 터뜨린다. 그런 웃음은 도움이 되지 않는다"라고 말했다.

유머를 잘 사용하기 위한 대화의 원칙

1. 말을 귀담아들어라.

2. 쉽게 대답할 수 있는 것을 질문해라.

3. 자신을 자랑할 수 있도록 해라.

4. 자신에게 관심이 집중되어 있다는 것을 알아라.

5. 항상 자신이 이야기할 차례는 다음이라는 것을 알아라.

맑은 웃음은 마음의 활력제 역할을 한다. 유머는 마음의 여유를 만들어내고 넉넉한 마음으로 올바른 판단을 하게 한다. 웃음 속에 마음의 여유가 생긴다. 웃음을 나누는 것만으로도 삶을 즐겁고 신나게 살 수 있다. 웃음은 삶 속에 놀라운 변화를 일으킨다. 내가 웃으면 주변 사람들도 웃고 기분이 아주 좋아진다. 웃고 살며 행복을 마음껏 느껴야 한다. 지금 이 순간 행복해야 즐겁게 일할 수 있다.

우리 집 아이들이 고등학교 때의 일이다. 비디오를 빌려 오면 아무리 좋은 영화라도 남녀가 포옹하는 장면이 나오는 경우가 있는데 그럴 때마다 나는 소리를 쳤다.

"엎드려!"

그러면 아들은 고개를 얼른 숙이고 엎드렸다.

그러던 어느 날 아들이 이렇게 말했다.

"아버지! 같이 봅시다. 저도 이제는 주민등록증이 나왔습니다."

우리 가족은 아들의 말에 배꼽을 쥐고 웃었다.

우리 집 가훈은 "웃음 먹고 살자!"다. 거의 30년 전쯤에 아버지가 가족들이 모이던 날 말씀하셨다. "내가 지금까지 살아보니 웃음이 최고다. 오늘 가훈을 주겠다. 웃음 먹고 살자!" 이 당시까지 나는 강의할 때 유머가 많지 않았다. 세월이 흘러 돌이켜보니 아버지의 가훈이 삶에 큰 영향을 주었음을 알겠다. 지금 나는 웃음을 떠나서는 살 수 없다. 글을 쓸 때도, 집에서도, 강의를 할 때도 "웃음 먹고 살자!"가 되었다.

웃음은 자연이 인간에게 선물한 최고의 마음 영양제다. 웃음은 삶에 균형을 잘 잡아주고 온몸의 기능이 제대로 활동할 수 있도록 도와준다. 마음을 편안하게 만들고 걱정과 고통에서 벗어나게 해준다. 단조로움과 싫증에서 벗어나게 해주고 다툼과 마찰을 막아준다. 웃음은 기쁨과 성공을 만들어주는 가장 좋은 선물이다. 토머스 칼라일은 "진심으로 그리고 온몸으로 웃는 사람은 절대로 구제불능의 악한이 되지 않는다"라고 말했다.

웃음

인간의 얼굴에
표현되는
가장 아름다운 모습

행복을 느낄 때
마음에서 피어오른다

웃음이 터져 나오면
누구나
아이들의 모습이 된다

웃음은
인간의 가장 진실한 표정
인간만이 누릴 수 있는
자유함이다

웅크리고 앉아 한없이 한탄만 한다면 해결되는 일은 하나도 없다. 오직 사람만이 웃는다! 웃음은 인간에게 내려진 축복이다. 즐거워서 행복해서 기뻐서 통쾌해서 마음껏 웃어야 한다. 웃음만이 활기차고 즐거운 삶을 만들어준다. 기쁘고 즐겁게 웃는 사람은 육체와 정신이 늘 건강하다. 웃음이 몸과 마음을 부드럽게 해주고 편안하게 만들어준다. 잘 웃는 사람은 세상을 아름답게 바라볼 수 있다. 모든 기쁨과 행복을 사람들과 나눌 수 있는 여유가 있다. 웃음은 삶을 긍정적으로 바라보게 만들어준다.

노부부가 드라이브를 즐기던 중이었다. 갑자기 아내가 놀라며 말했다.

"여보! 큰일 났어요! 가스레인지 위에 냄비를 올려놓고 그냥 나왔어요!"

이 말을 들은 남편이 껄껄 웃으며 말했다.

"여보, 괜찮아! 나는 수돗물을 틀어놓고 그냥 나왔어!"

만약에 자신이 원하지 않는 삶을 살아간다면 매일 똑같은 일을 반복할 것이다. 즐거운 대화도 나누지 못하고 똑같은 근무복을 입고 즐거움도 없이 기계처럼 살다가 죽을 것이다. 그러나 인생을 알고 삶을 멋지게 살고 싶다면 웃고 즐겁게 일하며 살아야 한다. 자신의 성격이나 환경에 너무 얽매이지 말고 편견을 던져버리고 즐거운 마음으로 웃고 열정을 다하여 일한다면 자기가 원하는 삶을 멋지고 즐겁게 살 수 있다.

황혼에 접어든 사람들이 동창회에서 만났다.

오랜만의 만남에 반가워서 악수를 하며 서로 인사를 했다.

"자네, 요즘 어떻게 지내나?"

"전에 하던 일을 쭉 하고 있네."

"대단하군. 다들 은퇴해서 놀고 있는데. 그래, 무슨 일을 하고 있나?"

"그냥 집에서 놀고 있네!"

유머는 좋은 인상을 만들어주고 주변에 사람들이 모이게 하고 일을 잘하게 만든다. 사람들은 누구나 아픔 속에서도 미소 지을 수 있는 삶을 살아가기를 원한다. 그렇기 때문에 삶에 웃음을 일으키는 유머가 필요하다. 슬프거나 가슴이 아픈 일이 있을 때나 웃음을 웃으며 그 통증이 줄어드는 것을 느낄 수 있다. 사람들은 행복하고 즐겁게 사는 기술이 자신에게 있다면 기뻐한다.

사람들을 만날 때 미소로 시작해서 미소로 끝낼 수 있다면 참으로 매력적인 사람이다. 그런 사람은 대인 관계를 아주 잘하는 사람이다. 블루스 버튼은 이렇게 말했다. "인간이란 무언가 재미있는 이야기에 일단 따라 웃으며 그 사이가 돈독해진다." 유머가 풍부한 사람은 대인 관계도 잘하고 매사에 적극적이다. 유머가 있는 사람은 포용력이 있어서 강한 정신력으로 살아가기에 어떤 고난과 역경도 잘 이겨낸다.

긍정적인 사람은 생각이 자유롭기 때문에 자유로운 발상을 한다. 유머가 있는 사람은 마음에 여유가 있다. 사람들이 유머를 구사하기 어렵다고 말하지만 유머에 관심이 없기 때문에 더욱더 유머를 잘 사용하지 못하는 것이다. 유머는 호기심에서 비롯된다. 유머는 삶에 활력을 주고 유쾌하게 살아가게 만든다. 무슨 일이든지 흥미를 가지고 재미있게 일하도록 만들어준다. 새로운 발상을 할 때 멋진 유머가 탄생한다. 유머는 사람들의 마음을 따뜻하게 만들어주고 여유를 느끼게 하며 마음을 편안하게 해준다.

웃음은 슬픔을 없애주고 누구에게나 기쁨을 준다. 그리고 고민하는 사람들에게 위안이 되어준다. 웃음은 우리의 마음에서 우러나오는 가장 자연스러운 몸짓이다. 웃음은 약한 마음에 희망을 준다. 웃음이 우리와 함께할 때 잘 간직해야 할 것이다. 웃음을 가지고 있는 자는 군중을 이끌 수 있는 힘이 있는 사람이다. 그는 인상을 쓰는 사람보다 더 많은 일들을 해낼 것이다.

한 젊은이가 사업에 실패하자 자살을 하려고 차를 몰고 가기 시작했다. 그런데 가다가 그만 접촉 사고가 일어났다. 이제는 끝났다는 생각에 차에서 내리지도 않고 있는데 앞차에서 한 여성이 나오더니 차에 이상이 없는지를 살펴보았다. 차에 별 이상이 없는 것을 확인한 이 여성은 가까이 오더니 미소를 지으며 손을 흔들고는 차를 다시 몰고 떠났다. 젊은이는 그 여성의 미소를 보자 삶에 생기를 얻었다. 그리고 차를 다시 삶의 터전으로 몰고 가 새롭게 도전하기 시작했다. 모든 것이 미소 때문이었다.

사랑하고 있는 사람, 사랑받고 있는 사람은 웃음이 있지만 사랑을 하지도 받지도 못하고 있는 사람은 웃음이 없다. 삶의 모습은 얼굴 표정에 나타난다. 사랑함으로써 웃음을 만들어가야 한다. 열렬히 사랑하는 사람은 감정이 풍부하기에 웃기를 잘한다. 삶에는 웃음이 필요하다. 만나는 사람들에게 미소로 대하면 그들도 미소를 보낼 것이다. 미소는 삶에서 잔잔한 평안을 맛보게 한다. 행복은 마음에서 피어나는 웃음꽃 속에 있다.

밝은 표정으로 웃으면 얼굴도 밝아지고 주변 사람들도 따르게 된다. 얼굴이 밝으면 긍정적인 모습을 다른 사람들에게 보여주게 되지만 얼굴이 어두우면 부정적인 모습을 보여주게 된다. 알프레드 E. 스미스는 "상대방에게 정성을 다하라. 말투나 몸가짐은 솔직한 것이 좋다. 남을 가르칠 뿐만 아니라 즐겁게 해주는 일도 필요하다. 만일 당신이 남을 웃길 수 있다면 남을 생각하게도 할 수 있을 것이다. 그리고 당신을 좋아하게 만들어 당신의 말을 믿게 할 수 있을 것이다"라고 말했다.

삶을 즐겁게 살기를 원한다면 마음을 활짝 열고 웃어야 한다. 유머는 삶에 즐거움과 조화를 이루어준다. 유머는 의사소통을 잘하게 만들어주고 상대방의 관심을 만들어주고 부드러운 마음을 만들어준다. 삶에 즐거움이 없어 웃을 수 없다고 변명하는 것은 핑계다. 즐거움이 없다면 즐거움을 찾아야 한다. 삶을 즐길 수 있는 사람이 웃는다. 성공을 불러들이는 사람이 웃는다. 우리 주변에는 슬픈 일만 있는 것이 아니라 즐거움을 만들어낼 수 있는 것들이 많이 있다. 즐거움은 즐거움을 불러들인다.

웃음은 삶을 아름답고 여유 있게 보내도록 만들어준다. 우리가 인상을 쓰고 있는 것은 마음이 괴롭고 산란하다는 것을 보여준다. 눈빛에 행복한 웃음이 가득한 사람은 마음에도 행복이 가득하다. 웃음은 자신의 삶에 스스로 만족할 줄 아는 사람들에게 찾아온다.

웃음은 성공을 만들고 사람들과 만나는 것을 즐겁게 만든다. 사람과의 관계는 따뜻하고 친밀한 관계가 되어 서로 믿을 수 있어야 한다. 사람들은 자기가 좋아하는 사람과 같이하기를 원한다. 따스한 웃음이 있고 사려 깊고 남을 배려할 줄 아는 성격을 가진 사람은 어느 분야에서든 성공한다.

마음을 돌과 같이 딱딱하게 만들지 말아야 한다. 좋은 인간관계를 맺으려면 따뜻한 마음이 가득해야 한다. 힘이 들고 어려울 때 마음이 딱딱해지고 굳어질 수 있다. 욕심과 분노, 거만 등은 병을 만드는 요인이 된다. 잘못된 감정은 대인 관계에 악영향을 끼친다. 힘이 들고 어려울 때일수록 유머로 웃으며 마음을 변화시켜라. 마음이 어두우면 불행이 찾아온다. 불행은 밝은 곳보다 어두운 곳을 찾아다닌다. 마음이 돌같이 무겁고 딱딱하면 다른 사람의 마음을 사로잡지 못한다. 유머로 마음을 부드럽게 바꾸는 훈련을 해야 한다. 사람들이 쓸데없는 고민을 많이 하기 때문에 웃음이 사라진다. 할아버지와 수염 이야기를 보면 잘 알 수 있다.

할아버지와 수염

수염을 길게 기른 노인에게 한 젊은이가 물었다.

"할아버지, 밤에 주무실 때 수염을 이불 속에 넣고 주무십니까, 아니면 밖에 꺼내놓고 주무십니까?"

이 말을 들은 노인은 아무리 생각해도 대답을 할 수가 없었다. 자신이 평소 어떻게 자는지 도무지 생각이 나지 않기 때문이다.

그날 밤 노인은 잠자리에 누워서 수염을 이불 밖으로 꺼냈다 다시 넣었다 하느라고 결국 잠을 이루지 못했다.

이 세상에 많은 사람이 날마다 똑같은 고민을 자신의 마음에서 넣었다 뺐다 하면서 걱정과 근심이 가득한 채 살아가고 있다. 쓸데없는 걱정과 근심을 멋진 웃음 한 방에 날려 보내라.

웃음은 적극적인 관심을 이끌어내고 자신도 편안하게 만들어준다. 사람을 만날 때 웃음이 있으면 당황하지 않고 여유를 가지고 대할 수 있다. 웃음은 상대방의 뜻과 마음을 받아들인다는 마음의 표시다. 그리고 상대방에게 자신감을 준다. 웃음은 같이 있는 모든 사람의 마음을 편하게 만들어준다. 웃음은 역경을 물리쳐 주고 좋지 않은 일을 전할 때도 충격을 줄일 수 있게 해준다. 어려운 문제로 대화를 나눌 때도 가장 유익한 결과를 만들어낼 수 있게 한다.

웃을 수 있다는 것은 삶에 활력을 불어넣는 것이다. 처음 만나는 사람에게도 스스럼없고 다정다감하게 만날 수 있게 만든다. 느낌이 좋은 사람과의 만남은 좋은 시작을 만드는 것이다. 성공에는 분명히 원인과 요소가 있다.

성공한 사람들에게서 발견되는 3가지 공통점

1. 자기가 하는 일에 열심을 지닌 사람이다.

2. 강하고 뚜렷한 목표가 있는 사람이다.

3. 밝고 따스한 웃음이 있는 사람이다.

웃음은 행동과 마음에 자신감을 준다. 웃음은 순수한 마음을 만들어준다. 웃음은 사람들과의 사이에 친근감을 만들어준다. 웃음은 사랑과 행복을 만들어준다. 웃음은 몸과 마음을 건강하게 만들어준다. 웃음은 급격한 호흡운동으로 그 특성이 강하여 짧은 경련적인 운동이 반복될 때 흉부가 공기로 팽창되어 혈액 순환이 빨라진다. 이 때문에 폐장이 강해지고 몸 전체 기능이 활발하게 된다. 웃음은 사람들과 친하게 만들어주고 일에 집중할 수 있는 즐거움을 준다. 항상 하루를 웃음으로 시작해서 웃음으로 끝내야 한다. 타인의 행복을 훔치려 하지 말고 자신의 행복을 타인과 나누는 삶을 살아야 행복한 웃음을 웃을 수 있다. 삶 전체가 웃음으로 꽃을 피우고 행복으로 열매를 맺어야 한다. 자신에게 찾아온 축복을 다른 사람에게 웃음으로 베풀며 살아야 멋진 삶을 살아갈 수 있다.

나의 삶은 모두 다 아름다운 시간이다

세월의 내리막에서

못다 한 사랑 채워가며 살아갈 수 있다면

후회는 없다

떠나가는 시간 속에 아무런 미련도 남기지 않고
그리운 정 하나로 살아갈 수 있다면
외로움에 온몸을 떨던 시간도
생각 속에서 즐거울 수 있다

기쁨에 즐겁던 시간도
슬픔에 괴롭던 시간도
지나고 나면 가슴이 뜨겁도록
모두 다 정겨운 시간이다

잊혔던 사람을 그리워하며 눈물짓던 시간도
이루지 못한 꿈 안타까워하던 시간도
내가 만났던 사람 모두가 그리워지던 시간도
모두 다 행복한 시간이다

균형을 잃고 다시는 되돌아갈 수 없는
안타까움만 남는 시간일지라도
황혼에 붉게 물들어 가는
나의 삶은 모두 다 아름다운 시간이다

가족을 소중히 여겨라

가정의 출발인 결혼 생활은 우발 사건이 아니다. 그것은 일생을 통하여 날마다 노력하지 않으면 안 되는 사업이다. 결혼 생활에 기적이란 있을 수 없다. 다만 행복을 위해 노력할 따름이다.

굴드

가정은 행복의 울타리다. 가족家族은 부부를 중심으로 이룬 한 가족을 말한다. 가정마다 행복해지면 한 도시가 행복해지고 도시가 행복해지면 온 나라가 행복해진다. 행복하고 사랑이 넘치는 가정이 되려면 가족 간에 대화의 문이 활짝 열려 있어야 한다. 가족 사랑이 튼튼하면 행복하지만 무너지면 무너진 만큼 불행이 가속화되고 고독해지고 외롭게 된다. 행복한 가족은 서로에게 협조와 배려를 아주 잘한다. 항상 웃음과 열린 대화가 있다.

가족은 하나가 된 사랑이어야 한다. 가족마저 분할이 되면 모든 것이 무너지게 된다.

나이 든 부부가 지나온 세월을 말해주는 백발을 바람에 날리며 손을 꼭 잡고 걸어가는 모습을 보면 참 아름답고 정겹다. 세파에 시달리고 아등바등 밀치고 밀리는 팍팍하고 메마른 삶 속에서도 가슴 저미도록 사랑할 사람이 있다면 얼마나 좋은가. 세찬 바람이 불고 험난하게 파도치는 삶 속에서도 어디까지나 동행할 사람이 있다면 얼마나 좋은가. 사랑에 깊이 빠져보지 못한 사람은 인생을 잘 알지 못한다. 이 지상에 내가 사랑하는 사람이 살고 있다는 것은 참으로 행복한 일이다. 사랑을 하면 그리움이 생기는데 그리움 속에 사랑을 아름답게 꽃피우고 싶은 계절이 찾아온다.

토니 험프리스는 "가족의 정서적 분위기가 어떠한지 살펴보면 그 가족이 얼마나 건강한지 짐작할 수 있다. 가족이 존재하는 목적은 개개인이 성숙한 인간으로 자라도록 비옥한 토양이 되어주는 것이다. 가족이라는 관계의 토양 위에서 자아, 독립성, 생산성을 분명히 자각할 수 있도록 일깨워 주는 것이다"라고 말했다. 가족 사랑은 삶에 안정감과 평안함과 행복을 선물해준다.

부부 사이, 그리고 부모와 자녀 사이에 대화의 문이 열려 있지 않으면 불행하다. 행복한 대화를 많이 할수록 행복의 수치가 올라간다. 가족이 행복하려면 상대의 말을 들어줄 귀가 열려야 한다. 상대방의 말을 아주 진지하게 경청해주면 서로를 신뢰하게 된다. 서로 추구하는 목적이 같으면 좋다. 작은 일이라도 서로 돕고 함께해야 한다. 행복은 아주 작고 평범한 것에서부터 시작한다. 헤르만 헤세는 "우리 시대를 못 믿게 될수록, 인간이 일그러지고 메말라간다는 생각이 들수록 나는 그러한 비극을 극복하는 데 그만큼 더 사랑의 마력이 필요하다는 사실을 믿는다"라고 말했다.

> 가족이 맺어져 하나가 되어 있다는 것이야말로 이 세상에서의 유일한 행복이다. -퀴리 부인

행복이란 무엇인가? 행복幸福은 복된 운수를 말한다. 톨스토이는 "행복이란 후회가 없는 만족함이다"라고 말했다. 부부의 삶은 행복해야 한다. 행복한 가정의 특징은 가족들이 화목하고 매사에 부지런하고 웃음이 넘친다는 것이다. 부부 사랑도 마찬가지다. 행복하게 살다 보면 얼굴도 닮아가고 생각도 닮아가고 서로의 사랑에 물들어 가게 된다. 이 지상에서 내가 사랑할 사람이 있다는 것은 얼마나 멋진 일인가? 가족 사랑이 선물해주는 평안함과 안정감은 삶의 힘이 되는 최고의 원동력이다. 온 가족이 행복한 마음으로 서로 웃을 수 있다면 참 기분 좋은 일이다. 가족이 서로 신뢰한다면 서로 연대감을 더 강하게 가질 수 있다.

로렌스는 "남편이 아내를 사랑하고 아내가 남편을 사랑하지 않고서는 행복한 가정을 이룰 수 없다. 가정에서 느끼는 행복은 두 사람의 정신과 인격이 성숙해감에 따라서 점점 견고한 것이 된다. 서

로가 그 정신을 높이고 인격을 원숙하게 해나가다 보면 가정의 행복이 증진된다는 것이지 처음부터 완전히 행복한 자리에서 시작되는 부부는 없다"라고 말했다. 부부의 사랑과 존중은 가족에게 가장 중요한 중심축이다. 가족을 대할 때는 늘 따뜻한 마음이 필요하다.

자식은 사랑의 열매이며 하늘의 축복이다. 자식이 있다는 것은 살아갈 의미가 되며 사랑의 둥지를 만들어가는 기쁨이 된다. 키블은 "어떤 거리도 혈연을 끊지 못한다. 형제는 영구히 형제다"라고 말했다. 이 세상에서 "형", "아우"라고 부를 수 있는 사람이 있다는 것은 정감이 넘치는 일이다. 서로 사랑과 신뢰를 함께할 수 있어야 한다. 서로 작은 결점을 용서할 마음이 없고서는 온전한 우애를 이룰 수 없다. 가정이 불화가 있고 가족 간에 서로 미워하고 싸운다면 가장 불행한 일이다. 언제나 용서와 관심이 필요하다.

사랑이란 외로운 두 영혼이 서로 지켜주고 보듬어주고 따뜻하게 맞아주는 것이다. −라이너 마리아 릴케

사랑은 솔직하고 진실하다. 단조롭던 일상을 파도치게 만들어놓는다. 우리는 미완의 존재이기에 삶의 순간순간마다 풀어가야 할 문제들이 있다. 사랑은 굳게 닫혀 있던 마음도 활짝 열어놓는다. 우리는 사랑을 익힌 만큼 사랑을 해야 살아갈 수 있다. 우리는 사랑의 광맥을 찾아내는 광부여야 한다. 사랑밭을 가꾸는 농부여야 한다.

사랑의 바다에 그물을 던지는 어부여야 한다.

사랑은 새로운 세계로 인도하는 열린 문이다. 마이클 린버그는 "우리 자신과 가족을 돌보고 우리가 베푼 서비스에 대한 보상을 받으면서도 자신감과 성취감을 동시에 느낄 수 있다면 이보다 좋은 일은 없을 것이다"라고 말했다. 가족을 사랑하는 마음은 누군가가 선물로 주는 것이 아니라 열심히 노력해서 얻는 것이다.

사랑했던 날들이 모여 행복을 만들고 늘 그리움에 젖게 하는 풍경을 만든다. 사랑하는 사람과 함께하는 시간들은 모두 다 아름다운 순간이다. 삶은 가장 아름다운 물감으로 그려놓은 멋진 그림으로 남는다. 사랑의 표현법은 꽃들의 종류만큼이나 많다. 사랑은 어떻게 표현하느냐에 따라서 그 아름다움이 더 빛난다. 오늘도 사랑을 표현해보자.

나뭇잎이 흔들리는 것은 바람이 불고 있다는 것이다. 우리의 마음에 움직임이 있다는 것은 사랑이 시작되고 있다는 것이다. 우리는 사랑으로 날마다 온갖 시련과 역경이 다가오는 고달픈 삶의 격전에서 싸워 이겨야 한다. 우리의 삶이 지루하고 고독하고 험난한 전투가 되지 않도록 기쁨과 감동을 만들어가야 한다. 크리스티나 오나시스는 "행복은 돈에 근거를 두지 않는다. 행복의 최고의 증거는 우리 가족이다"라고 말했다.

가족은 사랑의 끈으로 이어져야 한다. 가족은 서로에게 믿음을 주고 사랑을 주고 힘이 되어주어야 화목해진다. 언제나 나보다 상대방을 먼저 배려하는 따뜻한 마음이 필요하다. 항상 믿을 수 있고 기댈 수 있고 사랑할 수 있어야 한다. 화를 화로 미움을 미움으로 해결하려고 하면 남는 것은 상처뿐이다. 소중한 삶을 살아가는데 서로 이해하고 용서하고 감싸줄 수 있는 여유로운 마음이 필요하다. 어렵고 힘들 때 서로 위로하고 함께할 수 있는 마음과 힘이 필요하다.

마음에 담을 쌓아놓은 사람이 있다면 하나씩 하나씩 무너뜨려나가야 한다. 사랑해주고 이해해주고 좋은 글도 보내주고 때로는 선물을 해주어도 좋다. 모든 것을 긍정적으로 생각하면 아름답게 보인다. 모든 것을 부정적으로 생각하면 미워하게 될 수밖에 없다. 세상은 홀로 살 수 없다. 더불어 살고 싶다면 이해하고 용서하고 서로 감싸주며 힘이 되어주는 사랑을 나누어야 한다. 때로는 다정한 말 한마디가 그 사람의 마음을 돌릴 수 있다. 우리 모두가 누구에게나 힘이 되어주는 사랑을 나누어주기를 바란다.

어느 날 집에서 딸과 아들이 아내에게 물었다.
"엄마! 아버지에게 점수를 준다면 몇 점이에요?"
이 말은 들은 아내가 말했다.
"너희 아버지는 200점이지! 너희 아버지 같은 사람 없다!"
아내의 대답은 나를 더욱 힘이 나고 신이 나게 했다.

사랑이 우리의 삶에서 가장 소중한 귀중품이 되어야 한다. 우리는 사랑을 온몸으로 받아들일 수 있는 넓은 마음을 가져야 한다. 사랑은 우리의 마음을 풍요롭게 하고 삶에 대한 책임감마저 뿌듯하게 여기도록 만든다. 세상의 모든 것을 가졌다 해도 사랑이 없다면 아무런 소용이 없는 것이다.

가족 간에 화가 나고 미움이 생기는 것은 상대에게 관심을 제대로 갖지 않았기 때문이다. 부부간에, 부모와 자녀들 간에 대화가 통하지 않는다는 것은 슬픈 일이다. 사람을 부정적으로 보면 모든 것이 마음에 안 들고 나쁘게 보이지만, 긍정적인 마음으로 보면 모든 것이 좋고 아름답게 보이는 법이다. 그러므로 우리는 관심을 제대로 가지고 살아야 한다. 관심이란 그 사람의 마음으로 그 사람을 생각해주는 것이다. 간섭은 내 마음으로 그 사람을 생각해주는 것이다. 간섭이란 일종의 감금이다. 상대방을 자신의 마음에 가두는 것이다. 내 마음을 감옥으로 만들면 서로 갇혀 살게 된다.

아주 추운 겨울날 젊은 여성이 어린 아기를 안고 험난한 산을 넘다 길을 잃었다. 산중이라 밤이 더 빨리 찾아왔다. 젊은 여성은 추위를 견디지 못하고 동사하고 말았다. 구조대가 도착했을 때 눈 속에서 아기의 울음소리가 들렸다. 눈을 파보니 옷을 다 벗은 여인이 자기 옷을 모두 아기에게 덮어놓은 채 자신은 얼어 죽어 있었다. 아기는 극적으로 구조되고 성장하여 변호사가 되었다. 이 아기가 제1차 세계대전 때 영국의 군수 장관으로 활약한 데이비드 로이드 조지다.

데이비드 로이드 조지는 변호사가 되었을 때 어머니의 이야기를 들었다. 그는 혹한의 겨울에 어머니 무덤에 찾아가 자신의 옷을 다 벗어서 어머니의 무덤을 덮어주며 울었다.

"어머니, 그때 얼마나 추우셨어요! 어린 핏덩이를 살리기 위해 생명을 던지신 어머니의 은혜를 어떻게 갚아야 하나요?"

사랑은 참으로 위대한 것이다. 데이비드 로이드 조지는 영국의 사회보장제도의 기초를 확립하는 데 기여했다.

우리는 늘 그리움 속에서 살아간다. 지나간 것들에 대한 그리움과 다가올 것에 대한 그리움이다. 지나간 것들은 추억할 수 있어서 좋고 다가올 것들은 기대감이 넘쳐서 참 좋다. 우리의 삶은 그리움이다. 우리는 언제나 기억해도 좋을 그리움을 만들며 살아가야 한다.

나는 서울에서 50년을 넘게 살았다. 어린 시절을 노량진에서 보냈다. 당시에는 서울이라 해도 우마차가 다니고 이곳저곳에서 시골과 같은 풍경을 만날 수 있었다. 노량진은 한강이 가까워서 좋았다. 여름이면 목욕을 하고 강변에서 조개를 잡고 겨울이면 스케이트 시합이 열리는 것을 보았다.

지금은 서울이 그리 춥지 않지만 예전에는 너무나 추웠다. 아침에 일어나 문고리를 잡으면 얼어 있었다. 어린 시절 눈이 펑펑 내리고 찬 바람이 세차게 불어오는 겨울이면 어머니가 털실로 짜주신 벙어리장갑에 손을 넣고 다녔다. 춥고 떨리고 배고프던 그 시절에는 학교에 갔다 오면 어머니가 웃는 얼굴로 "아이고! 예쁜 내 새끼 꽁꽁 얼었구나. 얼른 방 안으로 들어오너라!" 하며 반갑게 맞아주셨다. 차가워진 얼굴을 따뜻한 어머니의 손으로 만져주시고 아랫목 이불 속으로 폭 들어가게 해주셨다. 장작을 때서 구들장이 만들어 놓은 겨울날의 따뜻한 아랫목은 어머니의 사랑처럼 포근해 잠이 솔 솔 왔다. 아랫목에서 한잠 자고 나면 땀이 흐를 정도로 온몸이 나긋 나긋해졌다.

어린 시절에는 무엇이 그리도 궁금했는지 창호지 문은 언제나 구멍이 숭숭 뚫렸다. 문밖에서 인기척만 나도, 바람만 불어도 곧잘 구멍을 뚫고 내다보았다. 어머니는 "아니, 또 뚫어놨구나? 뭐가 그렇게도 궁금한 것이 많으냐?" 하시면서 화도 잘 안 내시고 웃기만 하셨다. 찬 바람이 불어오는 겨울이 오면 어머니는 책갈피에 넣어 두었던 단풍 든 나뭇잎들과 꽃으로, 뚫어진 창호지의 구멍을 다시 잘 막아놓으셨다. 창호지 문은 예술 작품이 되었다. 어머니의 영향을 받아 내가 시인이 되었나 보다.

겨울에는 밤이 길어서인지 늘 먹고 싶은 것이 많았다. 어머니가 가마솥에 쪄주시는 고구마는 별미 중의 별미였다. 얼음이 동동 뜬 동치미 국물을 후루룩 마시며 퍽퍽한 밤고구마를 한입 크게 먹으면 그 맛이 최고였다. 고구마를 먹으면 방귀는 왜 그렇게 잘 나오는지 식구들은 코를 잡고 도망치며 웃던 시절이었다. 밤이 귀했던 그 시절 어쩌다 밤이 생겨나면 화롯불에 구워 먹었는데, 몇 개 되지 않는 밤이라 그런지 그 밤 한두 알이 그렇게 맛있을 수가 없었다. 지금도 생각하면 입안에 침이 가득해진다. 저녁상을 물리고 밤이 깊어 출출할 무렵 어머니가 부쳐주시는 김치전은 정말 꿀맛이었다.

어린 시절에는 옷이 별로 없어서 내복을 입으면 한겨울 동안 입고 봄이 되어서야 벗었다. 교복도 물론이었다. 그래도 그 시절에는 그다지 불평을 하지 않았던 것 같다. 어머니가 해주시면 무엇이든지 고맙게 받아들이고 어머니가 하라고 하시는 대로 하며 살았다. 나는 삼 형제 중 셋째라 늘 형들이 입었던 옷을 입어야 했지만 성격 탓인지 별로 투정을 부리지 않았다.

겨울밤에는 형제들이 심부름 가기를 싫어했다. 그러면 어머니는 나를 부르셨다. "너 심부름 좀 다녀와라! 양조장에 가서 아버지 드실 막걸리 사가지고 오너라!" 양조장은 멀었다. 큰 주전자에 막걸리를 담아 오면서 심심하니까 한 모금 한 모금씩 마셨다. 그러다 보면 집에 도착할 즈음에는 취기가 올라 얼굴이 붉어졌다. 이미 어머니는 아시고 "아니, 오늘은 막걸리가 왜 그렇게 적으냐?" 하시면서 내 얼굴을 보시곤 "아이고, 내 새끼! 수고했다! 날씨가 추워서 얼굴이 벌게졌구나? 어서 가서 자라!" 하시면서 엉덩이를 몇 번 두들겨 주셨다. 지금 생각하면 어린 시절 어머니의 마음은 이 세상에서 가장 넓은 마음이다.

물이 귀하던 그 시절 어머니는 한겨울에도 빨래를 가지고 한강 가에 가셔서 얼음을 깨고 동네 아주머니들과 이불 빨래며 여러 옷

가지를 빨아 오셨고 빨래를 널어놓으면 꽁꽁 얼어 동태가 되고 말았다. 그래도 아무런 불평도 하지 않으셨던 그분들은 참 강하신 분들이다. 그 당시에는 서울이라 해도 인심이 좋았다. 한동네가 한식구처럼 인심 좋게 살았던 그 시절이 참 그립다. 오늘의 시대는 높아지는 빌딩만큼이나 빈부 차이가 나고 수없이 생겨나는 골목만큼이나 숨어서 살아가는 사람들이 많아지고 있다. 우리의 마음이 따뜻해야 세상도 따뜻해진다.

사랑은 속이 다 비쳐도 부끄럼이 없도록 투명해야 한다. 사랑은 욕심을 내며 사는 것이 아니라 나누는 것이다. 나눔을 통해 마르지 않는 샘과 같이 신선한 느낌을 갖는 것이다. 사랑이 없는 삶은 메마른 삶이다. 우리의 삶은 때로는 헝클어진 실타래와 같다. 사랑은 모든 것을 제자리로 돌리고 엉킨 것들을 잘 풀어놓는다.

진실한 사랑은 마음의 문을 활짝 열어주고 바른 생각과 바른 행동을 하게 만든다. 진실한 사랑은 우리의 마음에 깊이 새겨진다. 리처드 버크는 "우리에게 가장 중요한 것은 단 두 가지, 가족의 사랑과 이해다. 가족의 사랑과 이해가 없다면 모든 성공은 무의미하다. 그런 성공은 바람에 따라, 편견의 조류에 따라 흔들리는 조각배와 같다. 그러나 가족은 인간이라는 배를 자부심과 충실함이라는 지주에 단단히 매어주는 영원한 정박지이자 고요한 항구인 것이다"라고 말했다.

사랑은 외로움에서 벗어나게 한다. 사랑은 우리를 고독에서 벗어나게 한다. 고독에서 벗어나는 길은 사랑하고 결혼하는 것이다. 일생 동안 사랑하는 이와 동행하는 기쁨을 누리는 것이다. 우리는 사랑하는 이가 곁에 있다는 것이 얼마나 행복한가를 사랑하면 알게 된다. 이 세상 수많은 사람들 가운데 사랑하는 사람을 만나는 일은 참으로 신비로운 일이다. 사랑을 알고 배우고 나누면 결코 고독하지 않다. 사랑은 고통의 원인을 제공하지 않는다. 사랑이 아닌 다른 것을 원했기 때문에 고통이 찾아오는 것이다.

> 가정불화의 원인은 대부분 극히 사소한 일에 있다. 출근하는 남편에게 아내가 손을 흔들어 배웅만 해도, 이혼을 피할 수 있는 경우는 얼마든지 있다. −조지프 서버스

사랑은 위대한 힘을 발휘한다. 부부가 서로 사랑하고 있을 때는 좁은 침대에서도 잘 수 있지만 서로 미워하고 있을 때는 아무리 큰 침대도 좁게 느껴지는 것이다. 세상에서 제일 행복한 일이 무엇인가? 좋은 아내와 좋은 남편이 함께 사는 것이다.

세 종류의 남편이 있다. 첫째는 범 같은 남편으로 권위를 앞세우고 의논보다 명령을 하는 남편이다. 둘째는 일꾼 같은 남편이다. 자기의 일을 묵묵히 할 뿐 가정 전체에 대한 의무감이 약하다. 셋째는 스승 같은 남편이다. 제자를 가르치는 스승, 제자가 잘되기를 염려하는 스승 같은 남편이다. 자녀에게 존경을 받고 가정의 가장으로

서의 역할을 잘하는 남편은 스승 같은 남편이다. 세 종류의 아내가 있다. 첫째는 맡겨진 일을 할 뿐 가족을 위한 계획이 없는 아내다. 둘째는 사납고 까다로워 남편에게 상전 같은 아내다. 셋째는 서로 알고 이해하고 돕는 친구 같은 아내다. 친구 같은 아내, 연인 같은 아내를 누구나 원한다.

브라이언 트레이시는 "가족에 대한 가치관은 무엇인가? 무조건적인 사랑, 지속적인 격려와 응원, 인내, 용서, 관용, 온정, 관심의 중요성을 믿는가? 삶에서 중요한 사람들에게 일관되게 이런 가치를 실천하면 그렇지 못한 사람보다 훨씬 더 행복하다"라고 말한다.

이 세상에 가족이 있다는 것은 행복한 일이다. 나를 반겨주고 함께할 사람이 있다는 것은 이 땅을 살아갈 충분한 이유가 된다. 언제나 용서와 관심이 필요하다. 잘해주려고 하지 말고 서로 싫어하는 것을 하지 말아야 한다. 등 뒤에서 험담하지 말고 서로 칭찬해주는 삶을 살아야 행복하다. "당신만 바뀌면 돼"가 아니라 내가 먼저 바뀌어야 한다.

우리 집 아이들이 둘 다 아내 편이 되고 말았다.

서운해서 아내에게 말했다.

"여보! 아이들이 둘 다 당신 편이면 나는 너무 외롭잖아!"

이 말을 들은 아내가 말했다.

"아이들이 내 편이면 어때요! 내가 당신 편이면 되지!"

명답 중의 명답이다.

가족 사랑은 받아들임과 이해와 용서에서 이루어진다. 서로 자기 것만 욕심내고 주장하면 모든 것이 와르르 무너지기 시작하는 것이다.

한번은 휴대전화를 잃어버린 적이 있다. 아내가 화를 낼까 봐 걱정했다. 그러나 아내는 도리어 편하게 말해주었다.

"우리는 가족인데 걱정하지 말고 서로 의논하고 해결하면 더 좋지요!"

휴대전화는 다시 찾았다. 아내의 말 한마디가 행복한 마음을 만들어주었다.

서로 사랑하는 부부만큼 위대한 사랑도 없다. 『매디슨 카운티의 다리』 같은 사랑은 소설 속의 사랑이다. 환상 같은 사랑을 꿈꾸다 절망하고 쓰러지는 사람들이 얼마나 많은가. 순수하고 정겨운 사랑이 가장 오래가고 감동을 주는 멋진 사랑이다. 이 세상에는 완전한 사랑은 없다. 사랑은 살아가는 날 동안 부족함을 채워가는 것이다. 아내와의 사랑도 황혼이 짙어갈 때가 채워가는 기쁨에 더 행복할 것이다.

어느 날 아내의 손을 꼭 잡고 이렇게 말했다. "여보! 당신 덕분에 행복해요!" 아내가 내 손을 다시 잡아주며 말했다. "나도 당신 때문에 행복해요!" 사랑은 용기와 힘을 준다. 사랑은 혼자가 아닌 둘이 만들어가는 이 세상에서 가장 멋진 작품이다.

　사람이 행복을 추구하는 것은 당연한 일이다. 헤르만 헤세는 "사랑을 받는 것이 행복이 아니다. 사랑을 주는 것이야말로 진정한 행복이다"라고 말했다. 행복에 대한 기대는 삶을 살아가는 힘이 되고 이유가 된다. 행복은 매일 아침 집 앞에 배달되는 것이 아니고 창문을 통해 들어오는 것도 아니다. 행복은 가족이 함께 만들어가는 것이다. 오늘만은 행복해지기 위해 마음을 열고 기쁜 마음으로 건강을 생각하고 마음을 굳게 먹고 영혼을 단련하며 즐겁고 유익하게 지내라.

　칸델라리아는 그의 책 『세상 밖으로 배낭을 꾸려라』에서 "우리 가정에서 나는 무기를 원치 않는다. 그것은 죽이려고 만들어졌기 때문이다. 우리 가정에서 나는 고함을 원치 않는다. 고함치는 사람은 듣지 않기 때문이다. 우리 가정에서는 모두가 소리를 낸다. 모두들 그럴 권리가 있기 때문이다. 우리 가정에서 나는 굶주린 사람이 없기를 바란다. 여기서는 모든 사람들이 먹을 음식이 있기 때문이다. 나는 우리 가정이 평화와 조화 속에 있기를 바란다. 우리 가정과 같은 곳은 없다"라고 말했다.

　우리는 대화 속에서 사랑의 언어를 표현하며 살아가야 한다. 사랑의 언어는 삶에 용기를 주고 희망을 주고 행복을 가져다준다. 말에는 생명력이 있다. 그렇기에 우리는 말에 우리의 감정을 바르게 담아야 한다. 말에 의미가 부여되면 우리의 꿈도 현실적으로 이루어가게 되는 것이다.

사랑보다 위대한 것은 없다. 사랑보다 강한 힘은 없다. 사랑이야 말로 가장 아름다운 삶을 만든다. 사랑의 주인공이 바로 자신이 되어야 한다. 행복한 집을 만들자. 잉거솔은 "행복의 추구가 나의 유일한 목표다. 행복해질 수 있는 장소는 바로 여기다. 행복해질 수 있는 시간은 바로 지금이다. 행복해지는 방법은 남을 행복하게 하는 것이다"라고 말했다. 행복한 가정은 늘 돌아가고 싶고 가족들이 화목하고 사랑이 넘치고 행복이 충만하고 대화가 살아 있는 집이다. 먹을 것이 준비되어 있고 늘 칭찬과 배려가 가득한 집이다. 서로 도와주고 서로 기대고 사는 행복한 집은 누구나 바라는 집이다. 그런 사랑은 가족들이 만든다.

로렌스는 "남의 행복을 몹시 싫어하고 남의 행복 위에 자기의 행복을 세우려는 사람은 결국 자신도 행복해지지 못한다"라고 말했다. 어느 때가 가장 행복할까? 사랑한다는 것은 나를 생각하지 않고 남에게 몰두한다는 것이다. 자기를 포기하는 것이 아니라 잊어버리는 것이다. 그것은 남의 눈을 의식하기보다 나의 것으로 보는 것을 의미한다. 사랑할 때가 가장 순수하다.

하면 할수록 좋은 말

1. 마음을 넓고 깊게 해주는 말 "미안해".

2. 겸손한 인격의 탑을 쌓는 말 "고마워".

3. 날마다 새롭고 감미로운 말 "사랑해".

4. 사람을 사람답게 해주는 말 "잘했어".

5. 모든 것을 덮어 하나 되게 해주는 말 "우리는".

상대방을 사랑할 때, 상대방에게 관심이 있을 때 대화에 의미가 있다. 대화는 우리의 삶을 성공하게도 만들어주고 실패하게도 만들어준다. 그러므로 우리는 만나는 사람들에게 칭찬과 격려를 아끼지 말고 사랑하는 마음으로 함께해주어야 한다.

대화는 자신도 남도 행복하게 만드는 것이 되어야 한다. 언제나 우리 자신부터 대화를 시작해야 한다. 내가 먼저 대화의 문을 열기 시작하면 주변 사람들도 다가오기 마련이다. 대화가 살아나면 삶이 풍성해진다. 사랑의 대화가 풍성한 가족, 직장, 사회는 꿈이 넘치고 행복이 가득하다. 우리가 바로 이런 세상을 만들어가야 한다.

가족

하늘 아래

행복한 곳은

나의 사랑 나의 아이들이 있는 곳입니다

한가슴에 안고

온 천지를 돌며 춤추어도 좋을

나의 아이들

이토록 살아보아도

살기 어려운 세상

평생 이루어야 할 꿈이라도 깨어

사랑을 주겠습니다

어설픈 아비의 모습이 싫어

커다란 목소리로 말하지만

애정의 목소리를 더 잘 듣는 것을

가족을 위하여

목숨을 뿌리더라도

고통을 웃음으로 답하며

꿋꿋이 서 있는 아버지의

건강한 모습을 보이겠습니다

여행을 즐겨라

여행에는 많은 이로움이 있다. 신선한 마음, 멋진 일에 관한 견문, 새로운 도시를 보는 기쁨,
낯선 친구와의 만남, 고상한 몸가짐의 습득이다.

사디

여행旅行은 가는 것, 걷는 것, 나아가는 것, 돌아다니는 것, 겪는 것,
흐르는 것이다. 여행을 준비하고 기다리는 순간도 참 좋다. 여행을
떠나 가벼운 마음으로 새로운 풍경에 몸과 마음을 담는 것도 좋은
일이다. 누구나 새로운 것을 동경하며 여행을 떠나고 싶어 한다. 여
행을 떠나보면 생각한 것과 본 것은 역시 다르다. 읽는 것과 보는
것도 다르다. 체험보다 소중한 것은 없다. 보고 알고 느껴야 삶의
맛이 더욱 좋아진다.

살아가는 것은 그냥 숨을 쉬고 밥을 먹고 자는 것만이 아니라 행

동하며 느끼며 사는 것이다. 여행은 삶을 더욱더 성취감 있게 만들고 흥미를 갖게 하고 인생의 깊은 의미를 느끼게 해준다.

누군가는 "죽을 각오를 하고 시간을 내어 여행을 떠나라"라고까지 말했다. 그만큼 여행이 소중하고 삶에 휴식이 중요하다는 것이다.

우르술라는 "여행에서 목적지를 갖는 것도 좋은 일이지만, 결국 중요한 것은 여행 그 자체다"라고 말했다. 삶에 쉼표를 찍을 줄 알아야 더 큰 일을 해낼 수 있다. 삶에 쉼이 없다면 일하는 것이 아니라 노동을 하는 것이다. 여행하고 싶다면 생각에 그치지 말고 행동으로 옮겨라. 고대 중국 속담에 "아무리 긴 여행이라도 첫발을 내디뎌야만 시작한다"라고 했다. 여행을 떠나라. 삶이 달라진다. 갇혀 살면 자신의 한계를 더 많이 느끼게 된다. 소극적인 삶을 살 수밖에 없다.

나는 차가 없어도 아내와 함께 전국 방방곡곡을 여행했다. 여행사에서 준비한 프로그램으로 당일치기 여행을 떠나면 적은 돈으로 가보고 싶은 곳에 가서 아름다운 풍경을 보고 식사를 할 수 있으니 좋았다. 지금은 전국으로 강의를 다니고 있으니 오며 가며 아름다운 풍경을 보고 시간적 여유가 있으면 그 고장 명소를 찾아본다. 요즘은 각종 동호회도 많으니 자신만 부지런하면 삶을 행복하고 멋지게 살 수 있다. 삶을 즐기고 멋지게 살아야 더 건강하게 살 수 있다.

일에만 파묻혀 있으면 능률도 오르지 않고 짜증만 난다. 삶은 언제나 한 번씩 긴장을 풀어주어야 한다. 몸에 긴장감만 가득하면 쉽게 피로가 몰려오고 결국에 병이 찾아온다. 그러므로 때때로 휴식이 필요하다. 모든 것을 훌훌 털어버리고 아무런 미련 없이 여행을 떠나자. 여행을 떠날 때는 짐이 너무 많으면 힘들다. 최대한 짐을 줄이고 홀가분한 마음으로 떠나버리자. 단 하루의 여행도 좋다. 반나절 여행도 좋다. 잠시 잠깐 산책을 하며 휴식 시간을 갖는 것도 몸과 마음을 맑게 하는 데 아주 큰 도움을 준다.

인생 자체가 여행이라 하지만 실제로 여행을 떠나야 삶이 더 풍요롭고 감성이 잘 살아난다. 여행을 하면 할수록 생기가 돌고 감동이 넘친다. 여행은 좋은 점이 많다. 생각이 넓어지고, 새로운 나라의 새로운 도시를 보는 기쁨을 가질 수 있다. 낯선 나라, 낯선 친구와의 새로운 만남 속에 새로운 변화를 얻을 수 있다. 여행과 변화를 사랑하는 사람은 생명력이 강한 사람이다. 여행은 정신을 새롭게 해주고 젊음의 활력을 되찾아준다.

윌리엄 그리슬리는 "여행의 목적은 호기심이나 만족시켜주고 지나가는 오락거리나 찾는 것이 아니라 배우고 존경하며 우리들의 마음의 이해를 발전시키는 데 있다"라고 말했다. 여행을 떠나기 전에 여행할 나라나 지역에 대해서 알고 떠나면 더 풍성하게 여행을 즐길 수 있다. 산은 산대로 강은 강대로 도시는 도시대로 시골은 시골대로 그들만의 풍경을 보여주는 아름다움이 있다.

여행에서 돌아오면 집 안의 공기도 달콤하고 기분 좋게 느껴진다. 여행은 삶에 새로운 변화를 준다. 잠자던 열정을 깨우고 자신감이 충만하게 만들어준다. 여행은 더 온전한 삶을 살고자 스스로 떠나는 것이다. 삶의 진정한 의미를 깨닫고 싶다면 여행을 떠나야 한다. 여행은 삶의 벗과 같은 것이다.

사람들이 떠나는 모든 여행에는 좋은 점이 많다. 좀 더 아름답고 멋진 나라를 여행한다면 그 나라의 좋은 것을 보고 배워서 자기 나라에 필요한 것을 발전시킬 것이다. 좀 못한 나라를 방문한다면 돌아와서 본국의 것들을 더 잘 즐길 것이다. 여행은 삶에 날개를 달아준다. 더 넓게 보고 더 넓게 깨닫게 해주는 것이다.

전국 곳곳에 강의를 다니며 사람들에게 "지금 하고 싶은 일이 무엇이냐?" 물으면 거의 다 "여행"이라고 대답한다. 왜 떠나지 못하는가 물으면 갖가지 이유를 댄다. 돈이 있으면 있는 대로, 없으면 없는 대로 여행을 준비하면 된다. 배낭에 도시락 하나 싸고 버스 타고 근교의 산에 오르는 것도 여행이다. 여행의 시작은 그렇게 이루어지는 것이다. 할 수 있는 일들을 하나씩 해나가다 보면, 삶이란 참으로 매력 있게 다가와 마음에 여유를 주고 좀 더 나은 여행을 떠날 수 있는 마음과 시간을 허락해준다.

정겨운 이와 함께 떠나는 여행

정겨운 이와 함께

315

여행을 떠나면
어디를 가도 좋다

아무리 먼 곳이라도
지루하지 않다
어떤 이야기를 나누어도
서로의 마음을 잘 알기에
부담이 없어서 좋다

한 잔의 커피를 나눌 수 있는
분위기 좋은 레스토랑을 발견하면
한층 더 기분이 좋아진다

여행은 때로는 갈 길이 막막할 때 떠나면 새로운 길이 보이기 시작한다. 자신이 아주 잘나갈 때 떠나면 더욱더 새로운 삶을 살 수 있다. 여행을 통하여 자신을 버리고 또 다른 자신과 만나는 것이다. 자신이 하던 일을 정지시키고 쉼을 얻는 것이다. 어리석은 바보들은 쓸데없이 방황하지만 현명한 사람은 여행을 하며 삶을 새롭게 느낀다.

여행을 떠나 새로운 풍경을 만나는 것이다. 지난 역사의 유적을 만나고, 낯선 거리에서 낯선 사람들을 만나는 색다른 경험을 하는 것이다. 해변에서 수평선 너머 붉게 노을 지는 해를 바라보며 삶을 노래하는 시인이 되어보는 것이다. 이러한 행복을 한번 맛보면 더 열심히 살고 싶어진다. 열정을 다하여 살고 싶을 것이다.

삶이란 무대는 연습이 없다. 단 한 번 주어진 시간이다. 그러므로 언제나 자신에게 투자하고 열정을 쏟고 모든 일에 있는 힘을 다해야 한다. 일할 때는 일하고 쉴 때는 분명하게 쉬어야 능률이 오르고 사는 맛을 느낄 수 있다. 여행은 도전하게 만들고 내일을 더 기대하며 살아가게 한다.

여행을 통해 충분한 휴식을 즐겨야 한다. 삶의 휴식은 바쁜 일을 잠시 멈추는 것이 아니라 그 일을 더 잘할 수 있도록 자신을 맞추는 것이다. 머리가 터질 듯 괴로우면 짜증 내지 말고 휴식 시간을 가져라. 책을 읽고 영화를 보라! 산책하고 사색하고 여행을 떠나라.

『당신의 꿈은 무엇입니까』의 저자 김수영은 중학교를 중퇴한 문제아였으나 검정고시로 고등학교에 진학한 데 이어 연세대에 입학했다. 그리고 골드만삭스에 입사했지만 골수암에 걸리고 말았다. 그러나 그녀는 단념하지 않고 죽기 전에 해보고 싶은 73가지를 적어 내려갔다. 그중 한 항목이 여행이었고, 그래서 세계 곳곳을 여행하며 다녔다. 그녀는 여행을 통해 건강해졌다. 지금은 이루고 싶은 꿈이 더 늘어나 83가지가 되었다고 한다. 그녀는 수많은 사람들에게 꿈을 묻고 이야기했다.

김수영은 "누구에게나 꿈이 있고 그래서 사람들은 꽃보다 아름답다. 반짝반짝 빛나는 꿈들을 모아 고민만 하는 이들에게 빛을 비추고 싶다"라고 말하고 있다. 여행은 자신감을 만들어주고 열정을 쏟게 하고 삶을 아름답게 바라보고 멋지게 살아갈 수 있는 힘과 용기를 선물한다. 여행은 마음의 크기를 더해주는 것이다.

많은 사람이 지금 하고 있는 일을 잠시 쉬고 떠나고 싶어 한다. 그만큼 요즘 사람들은 새로운 변화를 원하고 있다. 휴식의 시간을 가지고 싶어 하고 새로운 변화에 목말라 있으며 사랑하는 사람과 함께하는 사랑의 시간을 만들고 싶어 한다. 여행은 다녀온 후에도 한동안 삶의 질을 향상시키며 삶에 자신감을 부여한다.

우리는 여행은 통해 새로운 풍경만을 보는 것이 아니라, 더 넓고 새로운 시야를 갖게 된다. 헤르만 헤세는 "진정한 여행자의 마음이란 저 위험한 욕망, 두려움 없이 사물을 생각하고, 세계를 자기의 머리맡에 놓고, 모든 사물, 인간, 사상에 대하여 해답을 얻으려고 하는 저 욕망과 같은 것이며 결코 그보다 용이한 것은 아니다"라고 말했다. 니체는 "세계 여러 지방을 여행한 여행자라도 세계 어디서나 인간의 얼굴보다 더 추악한 고장은 발견하지 못했을 것이다"라고 말했다.

누구나 여행을 떠나기를 원한다. 여행을 가려면 용기가 필요하다. 잠시 하던 일을 멈추고 떠날 용기가 있어야 한다. 세상의 단어 가운데 두 가지 단어만 남긴다면 사랑과 여행이라는 말이 있다. 여행에는 우수가 있고 고독이 있으며 환희와 감탄이 있다. 그 모든 과정이 사람을 성숙하게 만든다.

여행하기 위해 우선 있는 그대로 수용할 수 있는 마음을 가져야 한다. 그것은 폭넓은 인간미를 갖게 한다. 여행은 만남이다. 새로운 자연과 새로운 풍물과 역사와 미래와 현재를 만난다. 여행에는 반드시 주제와 목적이 있어야 한다. 주제가 없는 여행은 방황에 불과하다.

자신이 추구하는 것을 목표로 삼고 기쁨 속에서 이루어가야 한다. 열정을 가지고 정상에 오르고 싶다면 탐욕을 버려야 한다. 확신하는 것을 이룰 때까지 최선을 다해 노력해야 한다. 그리고 시간이 허락될 때마다 쉼을 얻기 위해 여행을 떠나야 한다. 인간의 몸과 마음은 안식을 원한다.

희망을 이루려면 편안하게 안식할 수 있는 습관을 가져야 한다. 조지 버나드 쇼는 "참된 한가함이란 우리가 좋아하는 것을 하는 자유이지 아무것도 안 하는 것이 아니다"라고 말했다. 한가로운 시간에 아주 좋은 아이디어가 떠오른다. 너무 바쁘면 생각도 나지 않고 자유로움도 사라진다. 때론 한 박자 늦춰 살아야 한다. 조지 알렌은 "어느 누구도 항상 일만 할 수는 없다. 어느 정도는 여가를 즐겨야 한다"라고 말했다.

삶도 여행처럼 일생 동안 멋지게 살자. 마음이 복잡할 때는 여행을 떠나자.

행복하게 여행하는 방법

1. 자신이 원하는 곳으로 떠나라.

2. 짐은 될 수 있는 대로 가볍게 싸라.

3. 사랑하는 사람과 동행해라.

4. 준비된 시간만큼 여행을 즐겨라.

5. 일 생각을 버려라.

6. 큰 것을 얻을 것을 생각하지 마라.

7. 여행 속에서 보고 느끼고 즐겨라.

8. 동행하는 사람들에게 부담을 주지 말고 편안하게 대해라.

9. 낯선 환경에 잘 적응해라.

세상을 싸늘한 시선으로 바라보면 세상의 모든 것이 싸늘해 보인다. 미움의 시선으로 바라보면 세상의 모든 것이 미워 보인다. 따뜻한 시선으로 바라보면 모든 것이 따뜻해 보인다. 가끔씩 엉킨 것들을 풀어내고 싶으면 여행을 떠나라. 거북스럽고 짜증스러워도 엉키고 섞인 것들은 풀어야 생기가 돌고 살아갈 맛이 난다.

일을 땀이 나도록 열심을 다하여 해야 한다. 여가는 입가에 웃음이 넘치도록 즐겨야 한다. 매사에 적극적인 사람이 성공하고 행복을 누린다. 여행은 떠날 때 설렘과 기대감을 주고 여행지에 가면 새로운 것을 만나는 기쁨을 선물한다.

새로운 것들과 만나는 크고 작은 기쁨들은 마음속의 추억의 사진관에 남아 오래도록 아름다운 그림들이 떠오르게 만들어준다. 여행은 책에서만 보고 상상했던 곳을 실제로 볼 수 있다는 쾌감을 안겨주어 더욱 좋다. 삶은 백지로 만든 책인데 여행을 통하여 아름다운 그림을 그려가는 것이다.

> 그대들의 자리에 얼마쯤의 공간을 남겨두라.
> 그대들의 공간 사이에 천상의 바람이 불어와 춤을 추게 하라.
> 서로 사랑하라.
> 그러나 사랑이란 이름으로 구속하지는 말라.
> 그대들의 영혼의 해변에 철썩이는
> 바다의 물결이 와 닿도록 하라.
> -칼릴 지브란

삶 속에 마음속 공간이 있어야 한다. 그래야 찾아오고 싶은 사람들이 오고 꼭 와야 할 것들이 찾아오게 된다. 허만 크래너트는 "누군가 지난 5년간 휴가 한 번 가지 않았을 정도로 열심히 일하고 있고 가족과 함께 시간을 보낸 적이 없다고 말하는 것을 들으면 나는 창조적인 비즈니스에서는 절대 성공할 수 없을 것이라 확신한다. 무엇보다도 비즈니스에서 중요한 것은 창조적 행동의 결과물이다"라고 말했다. 여행은 생각을 전환시켜주고 삶을 새롭게 변화시켜준다. 삶에 생기를 불어넣어 주고 열정과 자신감도 선물한다. 새로운 것을 만나는 기쁨이 있기 때문이다.

사랑하는 사람들은 함께 여행을 떠나고 싶어 한다. 일상에서 벗어나 둘만의 시간을 갖기를 원한다. 바닷가를 거닐며 갯내음에 취하고 숲 속 길을 산책하며 숲 향기에 빠져들고 싶어 한다. 혹은 낭만적인 카페에 앉아서 커피를 마시며 사랑을 속삭이고 싶어 한다. 사랑하는 사람들은 누구나 둘이 같이 있고 싶어 한다. 여행지에서의 낭만적인 추억과 함께 삶에 여운을 남기고 싶어 한다.

여행을 싫어하는 사람은 없을 것이다. 모두 다 떠나고 싶어 하는 여행을 사랑하는 사람과 떠나는 것은 마음이 설레고 가슴 벅찬 일이다. 사랑하는 이와 여행을 떠나면 결코 지루하지 않을 것이다. 달콤한 꿈을 꾸는 듯이 여행의 즐거움 속으로 빠져들 것이다. 사랑하는 이와 나란히 앉아 파도치는 해변을 바라보아도 좋고 마주 앉아 사랑하는 이의 눈빛 속에 빠져들어도 좋을 것이다. 여행은 넓은 세상 속에 둘만의 공간을 만들어준다. 여행은 흐르는 시간 속에 둘만의 시간을 만들어준다.

여행은 한층 더 삶에 보람을 느끼게 한다. 살고픈 욕망을 강하게 한다. 삶을 살아가는 재미를 느끼게 한다. 시드니 스미스는 "인간이 추구하는 즐거움은 결코 현재 순간에만 국한되어서는 안 된다. 오락도 계획적으로 관리를 함으로써 한 때는 여행을 다녀오고 한 때는 즐거운 사람들과 만나 즐기기도 하며 또한 적절한 식단도 짜서 온 가족이 즐길 수 있게 한다면 참으로 즐겁고 보람 있는 인생을 살아갈 것이다"라고 말했다. 사람들은 삶이란 여행 속에서 수없이 서로 도움을 주고받는다. 삶이란 여행길에는 수많은 장애물과 험난한 언덕길이 많다. 우리는 삶이란 여행을 가장 멋지게 만들 수 있다. 서로 함께하고 서로 도와준다면 무엇이든지 할 수 있는 힘이 생긴다.

우리의 삶은 여행과 같아서 앞으로 나아감에 따라 처음 나타났던 풍경과 다르게 전개되고, 가까이 다가감에 따라 다르게 바뀐다. –쇼펜하우어

여행은 조국을 더 사랑하게 만들고 민족의 자부심을 느끼게 한다. 삶의 깊이를 깨닫게 해주며 내 나라가 얼마나 고귀하고 좋은지를 알게 한다. 내 나라에 대한 자부심을 느끼게 하고 내 조국을 사랑하게 만든다. 집을 떠나면 집이 더 그리워지고 가족을 사랑하게 되듯이 내 나라를 더 깊이 사랑하게 된다.

2012년에 쿠바에서 10일, 중국 황산에서 5일, 영국에서 10일간 여행을 했다. 영국 여행 중에 시인 윌리엄 워즈워스의 고향을 가게 된 것은 행운과 축복이었다. 이렇게 아름다운 초원에서 살았으니 초원과 자연을 마음껏 노래했구나, 하는 마음이 들었다. 역시 작가는 자신의 체험을 노래한다. 윌리엄 워즈워스는 "희망이란 무엇인가? 가냘픈 풀잎에 맺힌 아침 이슬이거나, 위태로운 길목에서 빛나

는 거미줄이다"라고 노래했다.

　여행 속에서 크나큰 것을 얻으려 하기보다 여행을 자연스럽게 즐길 줄 아는 사람이 멋진 사람이다. 여행을 떠날 수 있는 것만 해도 얼마나 기쁘고 좋은 일인가? 여행은 새로운 것을 알고 깨닫게 한다. 얼마나 많은 사람이 부족한 경험과 무지 때문에 고생하는가? 여행은 너무나 많은 것을 준다.

　여행은 자기의 삶을 되돌아볼 수 있는 거울이 되기도 한다. 자신이 하고 있는 일의 소중함을 알게 되고 함께하는 사람들의 고마움을 깨닫게 된다. "떠나보면 알 거야"라는 노래 가사처럼 정말 오랫동안 떠나보면 그리운 것들이 참 많아진다.

　삶은 끝이 있는 여행이다. 이 세상에 영원히 존재할 사람은 아무도 없다. 왔으니 또 가야 한다. 그러므로 삶을 아쉽지 않게 후회가 없도록 살아야 한다. 아무런 미련 없이 안타까움도 없이 살아야 한다. 사랑을 하며 일에 최선을 다하고 살면 언제나 멋지게 행복한 웃음을 띄우며 살 수 있다.

삶이란 여행

삶이라는 여행을
멀고 먼 길이라 생각했더니

살면 살수록

짧고 짧은 길이다

홀로 헤매며 길을 찾았더니

벌써 끝이 보인다

삶이란

우리가 가야 할

마음의 여행길이다

누군가 나를

늘 따라오고 있다고 생각했더니

내 발자국 소리였다

삶이라는 여행에서

떠나간 사람들은 아무도

다시 돌아오지 않는다

후회하지 마라

과거를 후회하지 말라. 후회한다고 무슨 소용이 있는가? 거짓은 후회하라고 말하는 반면
진실은 사랑으로 가득 찬 생활을 하라고 말한다. 슬프고 좋지 않은 기억은 모두 잊어버려라.
과거를 더 이상 담지 말라. 사랑의 빛과 우리에게 주어진 모든 것들의 빛 안에서 살아가라.

페르시아 격언

후회는 지난 것들에 대한 미련이다. 후회後悔는 이전의 잘못을 뉘우치고 깨닫는 것을 말한다. 실수한 것, 잘못한 것, 제대로 하지 못한 것을 다시 되돌리고 싶은 마음이다. 회복回復은 원상태로 돌아가게 만드는 것이다. 후회만 하고 있으면 상한 마음을 회복하는 데 많은 시간이 걸리고 고통을 느낀다. 지난 것들을 후회하고 있기보다 현실에 최선을 다하는 마음이 중요하다.

파스칼은 "우리는 자신의 허물을 지적해주는 사람에게 감사할 줄 알아야 한다. 우리의 허물을 지적해주었다 해서 허물이 없어지는 것은 아니지만 지적해줌으로써 자신의 허물을 볼 수 있게 된다. 그런 허물은 우리의 마음을 불안하게 하고 양심의 가책을 느끼게 해 그 허물을 고쳐 불안한 마음에서 해방되려고 노력할 것이기 때문이다"라고 말했다.

인생은 가야 할 길이다. 멈출 수도 없고 제자리에서 서성거릴 수도 없다. 꼭 가야 할 길, 제대로 가야만 하는 길이다. 우리는 자신의 삶을 후회하지 않고 살기 위하여 매일 마음을 결단하고 다듬지 않으면 안 된다. 한번 청소를 했다고 해서 방 안이 언제까지나 깨끗한 것은 아니다. 우리의 마음도 날마다 성숙하고 굳건해져야 흔들리지 않게 된다. 마음을 새롭게 하지 않으면 곧 모든 것이 떠나버리고 만다. 삶이 얼마나 아름답고 멋있는가는 얼마나 오래 살았느냐가 아니라 삶을 어떻게 살았느냐에 따라 달라지는 것이다.

긍정적이고 적극적인 생각은 삶에 에너지를 쏟아부어 준다. 긍정적인 생각을 하면 삶의 모습이 달라진다. 삶에서 가장 위험한 것은 좌절하고 후회하는 것이다. 일하고 살다 보면 좌절하거나 후회하지 않을 수 없다. 삶의 문제에서 포로가 되지 말고 과감하게 떨쳐버리고 이겨내야 한다. 삶은 아름답고 멋지고 살아볼 가치가 있다고 생각하며 살아야 한다. 굳건한 의지만 있다면 모든 것은 가능하다.

자신에게 찾아온 역경을 잘 이용하면 이는 곧 재산이 된다. 깊은 통찰력과 삶의 성취를 불러온다. 봄꽃이 환장하게 피어나듯이 삶을 꽃피워 가며 모든 능력을 집중하여 시련을 극복해나가야 한다. 바다도 태풍이 불어와야 다시 살아난다. 살면서 눈물도 나고 가슴이 저리도록 아픈 순간도 있다. 아픈 만큼 더 성숙해지는 것이다.

　삶 속에서 기회가 찾아오면 분명하고 확실하게 잡아야 한다. 삶 속에 기회는 자주 찾아오지 않기 때문이다. 기회가 오면 자신의 특별한 재능과 능력을 총동원하여 발전시켜나가야 한다. 자신의 현재의 위치에서 최선을 다하면 결코 후회하지 않는 삶을 살 것이다. 후회할 것이 있다면 아예 시작하지 말아야 한다. 자기가 하는 일에 실패했다면 다시는 더 이상 후회하지 말아야 한다.

　절망의 벼랑 끝에 서 있을 때라도 아직도 가야 할 길이 있다는 것을 기억하기 바란다. -스콧 펙

　콜리지는 "후회는 그것이 자라나는 마음 밭과 같다. 훌륭하게 자라면 그것은 참된 가책의 눈물을 고요히 떨군다. 그러나 오만과 위선으로 자라면 그것은 마음 깊은 곳에 독을 뿜는 나무가 되어 맹독의 눈물을 뿌릴 뿐이다"라고 말했다. 자신의 입에서 말하는 것이 삶이 된다. 결코 후회스러운 일은 만들지 말아야 한다.

　강한 배짱을 가지고 싶다면 손대기가 두려운 일을 시작해보는 것도 좋은 방법이다. 작고 쉬운 일도 생길 때마다 빠뜨리지 말고 실적을 쌓아가다 보면 큰일을 하는 데 도움이 된다. 이것이 공포심을 극복하기 위한 가장 신속하고도 확실한 방법이다. 두려워서 벌벌

떨기보다 도전해서 이겨내면 그다음부터 결코 후회할 일을 만들어내지 않는다.

일어나지도 않을 일을 스스로 만들어놓고 공포심을 유발할 필요는 없다. 그러나 실수한 것이나 잘못한 것을 감추어놓으면 후회할 일이 생긴다.

마르쿠스 아우렐리우스는 "후회는 유익한 어떤 것을 소홀히 한 데 대한 일종의 자책이다. 그러나 좋은 것은 곧 유익한 어떤 것이므로 정직한 사람은 그것을 소홀히 해서는 안 된다. 그런데 참으로 정직한 사람은 아무도 쾌락을 소홀히 한 것에 대해 결코 후회하지 않을 것이다. 따라서 쾌락은 좋은 것도 유익한 것도 아니다"라고 말했다.

죽음을 앞둔 사람들이 가장 가슴 아프게 후회하는 것은 삶을 그렇게 심각하게 살지 말았어야 했다는 것이다. 젊은 시절에 꿈과 비전도 갖지 못하고 재산도 쌓지 못한 사람이 늙고 병들어 후회한들 아무 소용이 없다. 후회는 언제 해도 늦지 않지만 후회할 일은 어느 것이든 시작하지 않도록 주의해야 한다.

브라우닝은 "과거의 행위에 대해 후회하는 사람은 많으나 그보다도 오히려 해야 할 일을 하지 않는 오늘 행위에 대해 후회함이 옳다. 인생의 마지막에 가서 해야 할 일을 하지 않은 후회야말로 우리를 비탄과 절망의 심연에 빠지게 한다. '하였더라면'보다 '하였다'가 더 많아지도록 하자. 어떠한 경우라도 비탄과 절망에 빠지지 말자. 끝까지 최선을 다하고 겸허하게 평가를 받자"라고 말했다. 후회는 마음을 가장 아프게 하고 허망하게 만든다. 후회는 자신의 잘못을 서툴게 다룬 것이다. 후회하는 것은 가장 비겁하고 악한 짓을 하는 것이다. 후회할 일은 미연에 막아야 한다.

잘못을 저지르고도 후회할 줄 모르는 사람은 바보 같은 사람이다. 후회하면서도 고칠 줄 모르는 사람도 바보다. 그러나 무엇보다도 해보지 못하고 후회하는 것이 훨씬 더 바보스러운 일이다. 마크 트웨인은 "앞으로 20년이 지나면 당신은 당신이 한 일보다는 하지 않은 일들 때문에 더 후회할 것이다. 그러니 닻을 올려 안전한 포구를 떠나라. 당신의 돛에 무역풍을 안고 출발하여 탐험하라. 꿈꾸라. 그리고 발견하라"라고 말했다.

뒤돌아보지 마라

뒤돌아보지 마라

그리움뿐이다
슬픔뿐이다
아픔뿐이다
절망뿐이다
고독뿐이다

돌아갈 수 없는

그 길을 바라보지 마라

해서는 안 될 일은 행하지 마라. 해서는 안 될 일을 행하면 반드시 번민이 따른다. 해야 할 일을 반드시 행해라. 그러면 가는 곳마다 후회는 없을 것이다. 마음에서 일어나는 욕구만을 좇는 사람은 시간이 지나면서 태도를 바꾼다. 결국 자신의 행동을 후회하기 때문이다.

95세 어느 할아버지의 고백

나는 젊었을 때 정말 열심히 일했습니다.

그 결과 나는 실력을 인정받았고 존경을 받았습니다.

그 덕에 65세 때 당당히 은퇴를 할 수 있었습니다.

그런 내가 60년 후인 95살 생일 때

얼마나 후회의 눈물을 흘렸는지 모릅니다.

내 65년 생애는 자랑스럽고 떳떳했지만

이후 30년의 삶은 부끄럽고 후회되고 비통한 삶이었습니다.

나는 퇴직 후 '이제 다 살았다. 남은 인생은 그냥 덤이다'라는 생각으로

그저 고통 없이 죽기만 기다렸습니다.

덧없고 희망이 없는 삶,

그런 삶을 무려 30년이나 살았습니다.

30년의 시간은 지금 내 나이 95세로 보면

3분의 1에 해당하는 기나긴 시간입니다.

만일 내가 퇴직할 때 앞으로 30년을 더 살 수 있다고 생각했다면

나는 정말 그렇게 살지는 않았을 것입니다.

그때 나 스스로가 늙었다고

뭔가를 시작하기엔 늦었다고 생각했던 것이 큰 잘못이었습니다.

나는 지금 95살이지만 정신이 또렷합니다.

앞으로 10년 20년 더 살지도 모릅니다.

나는 이제 하고 싶었던 어학 공부를 시작하려 합니다.

그 이유는 단 한 가지

10년 후 맞이하게 될 105번째 생일날!

95살 때 아무것도 시작하지 않은 걸 후회하지 않기 위해서입니다.

삶 속에서 일어나는 갖가지 후회 때문에 상처로 마음이 조각날 때, 방치하면 더 큰 상처가 나고 고통당할 수 있다. 상처 난 마음의 조각조각들을 사랑이란 접착제로 붙이면 흐트러진 마음도 하나가 되고 큰 힘을 만들어낼 수 있다.

위대한 성공은 실패하지 않는 것이 아니라 실패하더라도 다시 일어나는 것이다. 배를 운항하는 선장에게 배워야 한다. 인생은 고

요한 바다를 순항하는 배를 타고 가는 것이 아니다. 비바람도 만나고 폭풍우도 만난다. 시시각각으로 다가오는 절박한 상황을 이겨내기 위해 피나는 노력을 해야 한다. 선장은 어떤 순간에도 포기하지 않고 비바람과 폭풍우와 성난 파도를 이겨낸다.

나폴레옹 1세는 "승리는 노력과 사랑에 의해서만 얻어진다. 승리는 가장 끈기 있게 노력하는 사람에게 간다"라고 말했다. 실패해서 가슴 아팠던 일들은 결코 잊지 말아야 하고 서로 약속했던 것들은 꼭 지키기 위해 머릿속에 기억해두어야 한다. 도움 받고 사랑받았던 일들도 마음에 꼭꼭 새겨놓고 오랫동안 잊지 말고 사랑을 베풀어야 한다. 사랑하고 사랑받으려면 늘 관심 속에 따뜻한 배려가 필요하다. 사랑을 많이 받은 사람은 겸손하고 베푸는 따뜻한 마음을 가지고 있다. 칭찬을 해주는 말 한마디, 따뜻한 눈동자, 힘 있는 악수로 희망과 사랑을 나누어 주면 삶이 더 새롭게 푸른 희망으로 가득해진다.

후회하지 말고 기다려라. 내일은 꼭 온다. 죽을 것같이 힘이 들고 눈앞이 캄캄해 어찌할 줄 몰라도 힘을 내고 견디면 내일은 분명히 찾아온다. 어려움도 구름처럼 사라지고 까마득한 옛일이 되어 웃을 수 있는 이야기로 남을 것이다. 매사에 준비를 철저히 하면 그만큼 손해를 보는 일이 줄어들고 마음에 여유가 생긴다.

황혼까지 아름다운 사랑

젊은 날의 사랑도 아름답지만

황혼까지 아름다운 사랑이라면

얼마나 멋이 있습니까

아침에 동녘 하늘을 붉게 불들이며

떠오르는 태양의 빛깔도

소리치고 싶도록 멋이 있지만

저녁에 서녘 하늘을 붉게 물들이는

노을 지는 태양의 빛깔도

가슴에 품고만 싶습니다

인생의 황혼도 더 붉게

마지막 숨을 몰아쉬기까지

붉게 타올라야 합니다

오랜 세월 하나가 되어

황혼까지 동행하는 사랑이

얼마나 아름다운 사랑입니까

군중의 시대에 자꾸만 혼자만의 울타리를 쳐서 넘어가지도 못하고 넘어오지도 못하도록 경계선을 만들어놓고 있으면 그 사람은 마치 들판의 허수아비처럼 살아가는 것이다. 우리는 살아 있는 기쁨, 살아가는 기쁨을 느낄 수 있는 인간이다. 소망이 있는 사람, 꿈이 있는 사람, 곧 비전이 있는 사람은 모든 면에서 변화를 원하며 모든 면에 공감을 가지려고 노력할 것이다.

웃고 우는 감정의 모든 표현은 인간만이 할 수 있다. 이 좋은 감정을 사용할 수 없다면 이것은 좀 억울한 일이다. 감정을 마음껏 표현하고 살아간다면 불감증은 그림자도 남기지 않고 사라져버릴 것이다. 우리는 생활에 리듬감을 가져야 한다. 우리의 감정을 어떻게 사용하느냐에 따라 우리의 삶과 인격과 주변을 변화시킬 수 있다. 우리는 우리의 순수한 삶을 좀 더 아름답게, 좀 더 평화롭게, 좀 더 행복하게 살아갈 수 있다. 행복은 저절로 오는 것이 아니라 만들어가고 가꾸어가는 것이다.

이런 이야기가 있다. 강철 막대기 하나는 5달러에 불과하지만 그것으로 자를 만들면 10달러가 되고 바늘을 만들면 350달러가 되고 칼날을 만들면 32,000달러가 되고 시계 스프링을 만들면 250,000달러가 된다는 것이다. 우리가 과연 어떻게 10달러와 250,000달러의 차이를 설명할 수가 있겠는가? 똑같은 재료지만 두드려 단련이 될수록 탄성과 강도가 좋아지고 가치도 커지는 것이다.

우리의 삶도 마찬가지다. 우리가 기뻐할 것을 기뻐하고 슬퍼할 것을 슬퍼하며 자신의 감정을 마음껏 표현할 줄 알 때 우리의 삶은 더욱더 값진 삶이 될 것이다. 오랫동안 열어보지 않았던 창고를 열 때 열쇠 꾸러미에 있는 열쇠 중 맞는 열쇠가 어느 것인지 모른다면 하나하나 꽂아봐야 한다. 그렇게 여러 번 시도해보다가 마지막 열쇠에서 열릴 때가 있다. 이것이 바로 삶 속에서 후회하지 말고 쉽게 지치지 말고 포기하지 말고 꾸준히 도전해야 할 이유다.

우리의 삶이 마치 물에 물 탄 듯이 맹맹하다면 무슨 재미가 있고 무슨 가치가 있겠는가? 우리는 스스로도 감동할 수 있는 멋진 삶을 만들어가야 한다. 과연 누가 우리를 대신하여 우리의 삶을 살아주겠는가. 우리는 우리의 삶에서 엑스트라가 아니라 주인공으로 살아가야 한다.

단 한 번 지상에 초대된 삶인데, 얼마나 소중한 시간인데 아무런 감동 없이 살아갈 수가 있겠는가. 우리의 삶의 시간들 속에 우리의 삶의 모습을 나이에 맞게 수놓아 가야 할 것이다. 이 오염의 시대에 우리가 오염되지 않고 순수하고 맑게 살아간다면 우리의 삶은 날마다 새롭게 변화를 이루게 될 것이다.

좋은 이미지를 갖는 10가지 법칙

1. 자신감을 가져라. 자신의 약점보다 강점을 바라보고 자기비판보다는 자신의 성공과 행복을 스스로에게 확신시켜야 한다.

2. 남과 비교하지 마라. 세상엔 나보다 잘난 사람도 있고 못난 사

람도 있다는 것을 알아야 한다.

3. 행복해지겠다고 결심해라. 사람은 자신이 작정한 만큼 행복해질 수 있다. 자신의 태도가 주위의 여건보다도 훨씬 더 중요하다.

4. 불행하다는 생각이나 삶에 대한 허무감을 버려야 한다. 그런 느낌은 지나치게 자기중심적인 데서 나오는 것이다. 정말로 불행한 처지에 있는 사람들을 생각하고 도울 방법을 찾아야 한다.

5. 긍정적이고 낙관적인 사람과 교제해라. 가까이 지내는 사람의 기분과 행동은 나의 기분과 행동에 전염된다.

6. 지나친 죄의식을 갖지 마라. 다른 사람의 기분과 감정이 모두 자신의 책임이라 여기는 것은 오만한 생각이다.

7. 모든 일에 머리를 써라. 성공한 사람들은 작은 일에도 머리를 써서 발전시킬 방법을 찾는다.

8. 완벽주의자가 되려고 하지 마라. 최선을 다하되 결과는 맡겨라.

9. 어린아이처럼 하루를 시작해라. 어린아이들은 매일매일 자기에게 좋은 날이 될 것이라는 새로운 기대 속에서 새날을 시작한다.

10. 자신의 삶에 자신감을 가져야 한다.

어떤 흑인이 거울 앞에서 화장을 하는데 아무리 화장을 해도 새까만 얼굴을 하얗게 할 수가 없었다. 그 흑인은 "내 얼굴은 비록 검으나 내 마음은 희게 하겠다"라고 말했다. 삶을 바로 깨달아야 후회가 없는 삶을 살 수 있다. 할 수 없는 일을 하고 후회를 하기보다 할 수 있는 일을 하고 보람을 느끼는 것이 더 행복한 일이다.

오늘날을 불감증 시대라고 하지만 우리의 감정과 느낌은 생생하게 살아 있어야 한다. 우리의 삶에 느낌이 있고 감동이 있다는 것은 얼마나 행복한 일인가. 작은 풀잎도 꽃을 피우고 작은 벌레도 울음을 우는데 우리도 삶에 희로애락을 느끼며 행복하게 살아야 한다.

세상이 아무리 변화한다고 해도 진리, 진실은 살아 있는 것이다. 우리가 바른 믿음, 바른 마음을 가지고 살아간다면 어떤 시대라도 우리는 적응하고 놀라운 변화를 일으키며 살아갈 것이다. 우리에게는 우리의 멋진 인생을 창출해낼 수 있는 사랑이라는 힘이 생명력 있게 살아 움직이고 있다.

짧은 삶에 여운이 남도록 살자

한 줌의 재와 같은 삶

너무나 빠르게 지나가 소진되는 삶

가벼운 안개와 같은 삶

무미건조하고 따분하게 살아가지 말고

세월을 아끼며 사랑하며 살아가자

온갖 잡념과 걱정에 시달리고

불타는 욕망에 빠져들거나

눈이 먼 목표를 향하여 돌진한다면

흘러가는 세월 속에 남는 것은 허탈뿐이다

때로는 흔들리는 마음을 잘 훈련하여

세상을 넓게 바라보며 마음껏 펼쳐 나가며

불쾌하고 짜증 나게 하고

평화를 깨뜨리는 마음에서 떠나자

세월이 흘러

다 잊히기 전에 비참함을 극복하고

용기와 희망을 다 찾아내어

절망을 극복하고 힘을 돋우자

불굴의 의지와 활기찬 마음으로

부정적인 사고를 던져버리고

언제나 긍정적인 마음으로

짧은 삶에 긴 여운이 남도록 살자

용서해라

용서는 과거와 관련되어 있다. 어떤 잘못된 행동을 한 다른 사람을 용서하는 당신의 능력은
당신의 미래에도 영향을 준다. 과거에 당신에게 아픔을 준 사람을 용서하지 않는다면
당신의 미래까지 부정적인 영향을 받게 된다. 용서야말로 가장 현명한 선택이다.

지그 지글러

용서란 무엇을 의미하는가? 용서恕恕는 지은 죄나 잘못을 꾸짖지 않고 덮어주는 것을 말한다. 그러므로 용서받은 사람은 스스로 잘못을 해결하지 않으면 더 괴로워질 수밖에 없다. 용서받은 자보다 용서한 자가 더 행복하다. 용서는 죄의 책임에서 면제해주는 그 이상의 일이다. 용서는 나에게 해를 입힌 사람, 상처를 준 사람을 마음의 올무에서 벗어나게 해준다. 용서하지 않는다면 평생 마음의 상처가 아물지 않을 것이다.

용서란 들판의 꽃이 짓밟힌 후에 내는 향기다. 용서란 참으로 대단한 마음이 아니고서는 할 수 없는 용기 있는 결단이다. 우리는 사람들을 보살피고 있는지 아니면 괴롭히며 사는지 분명하게 알아야한다. 어려움이 있을 때 인내하는지 아니면 방종하는지 알아야 한다. 스스로 관대한 사람인지 아니면 이기적인 사람인지 잘 알아야한다. 자신이 착한 사람인지 나쁜 사람인지 알아야 한다. 누구나 실수를 저지르고 잘못을 저지르고 산다. 그러나 절제하지 못하고 방관할 때 불행이 터지고 마는 것이다.

용서할 수 있는 사람이 되자. 남을 용서할 줄 아는 사람은 자신의 삶을 의미 있게 살아가는 사람이다. 용서는 평화다. 용서는 진정한 자유다. 우리의 삶을 행복으로 인도해주는 길이다. 비처는 "'용서는 해도 잊을 수 없다'고 하는 것은 '용서할 수 없다'는 것이다"라고 말했다. 용서했다면 지나간 세월에 모든 것을 떠나보내고 묻어버려야 한다. 과거에 매달려 있으면 내일을 향해 발걸음을 옮길 수가 없는 것이다. 아무런 희망이 없는 절망적인 삶을 사는 것이다.

용서할 수 있는 사람은 마음과 도량이 넓은 사람이고 용서하지 못하는 사람은 마음이 좁고 수양이 덜 된 사람이다. 누구나 잘못과 실수를 저지를 수 있기 때문에 남을 이해하고 배려하고 용서할 수 있는 마음을 가져야 한다. 이런 사람은 용서받을 자격이 충분하다. 이 세상에 용서가 없었다면 늘 잔인하게 복수하며 비참하게 살아갈 사람이 너무나 많을 것이다.

용서는 뼈아픈 과거를 지우는 지우개다. -제럴드 잼폴스키

용서는 상대가 나에게 잘못을 저질렀을 때 꼭 해야 할 행동이다. 상대방이 나에게 손해를 입히거나, 실수를 저지르거나, 상처를 입혔을 때 그에 대한 반성과 사죄의 표현을 보여준다면 용서 또한 뒤따라야 한다. 우리가 남을 먼저 용서하지 않는다면 용서는 멀리 달아나 숨어버릴 것이다. 우리는 아주 작은 부분까지 다 용서할 수 있어야 한다. 그리고 용서받아야 한다.

용서는 나를 해롭게 하고 괴롭게 하던 사람들이 다시는 나를 해롭게 할 수 없도록 만드는 것이다. 용서를 통해 남을 해치려는 마음보다 도리어 사랑할 수 있는 마음을 가져야 한다. 용서는 쓰라린 과거의 악몽에서 벗어나서 내일을 위한 꿈을 성취해나갈 수 있는 힘을 준다. 용서는 이 땅을 살아가는 사람들이 꼭 해야 할 필수과목이다. 용서의 마음은 독이 사라지게 하고 마음을 뜨겁게 한다. 용감한 사람이 남을 용서하는 마음을 갖는다.

마틴 루서 킹은 "용서는 이따금 하고 싶을 때 하는 행위가 아니라 변하지 않는 마음의 자세다"라고 말했다. 우리는 살면서 때때로 몸과 마음에 크고 작은 상처를 입는다. 마음에 깊은 상처를 입었을 때 스스로 용서를 시작하지 않으면 상처는 쉽게 아물지 않는다. 넓은 마음으로 다른 사람의 잘못을 받아들이고 감싸줄 때 깊은 마음으로 남을 움직일 수 있다. 상처 입었을 때 너무 아파하지 말고 용서해라.

용서를 하는 것은 자신의 생각의 마음을 넘어야 하는 매우 힘든 도전이다. 용서받으려면 먼저 용서해라. 용서는 우리를 자유롭게 한다. 용서는 나를 해친 사람을 해칠 수 있는 나의 권리를 포기하는 것이다. 용서란 갈등과 반목이 심한 오늘의 시대에 가장 필요한 것이요, 인간이 마땅히 해야 할 당연한 책임이자 의무다.

수덕사에 오르다 보면 돌비에 이런 말이 새겨져 있다. "삼 일 동안 닦은 마음은 천 년의 보배요, 백 년 동안 탐한 물건은 하루아침의 티끌이로다." 사람의 마음은 용서와 사랑과 감사로 늘 닦여 있어야 한다. 사람의 마음속에 들어 있는 것이 무엇이냐에 따라 삶이 전혀 달라진다.

용서는 가장 고귀한 승리다. –영국 속담

용서는 허락과 너그러움을 의미한다. 용서를 받거나 용서하는 일은 우리의 마음속 깊은 곳에서 우러나오는 연민과 공감과 지혜를 필요로 하는 상당히 복잡한 심리 과정이다. 다른 사람을 용서하지 못한다면 자신이 용서받는 것 또한 기대할 수 없다.

체스터필드는 "자신의 의견이 다른 사람의 의견과 다를 수 있는 것처럼 다른 사람도 나와 의견이 당연히 다를 수 있다. 그리고 그것은 용서할 수 없는 그 무엇도 아니고, 설사 의견이 다르더라도 서로 진지하면 그것으로 족하다"라고 말했다.

용서는 우리의 마음을 모든 악한 감정에서 벗어나게 하고 삶을 더욱더 신실한 자세로 임하게 한다. 일반적으로 누군가를 용서해준다는 것은 그의 실수를 눈감아 주고 그것에 대해 생각하지 않는 것을 의미한다. 하지만 우리가 용서를 말할 때는 실패나 죄를 용납하는 데서 그치는 것이 아니라 죄인까지도 감싸주고 다시 일으키고 회복시켜주는 것까지 말하는 것이다.

용서와 화해의 손을 내밀 때 우리는 분노에서 벗어나게 된다. 깊은 상처 자국까지 없어지기를 바랄 수는 없지만 그 상처를 가지고 다른 사람에게까지 고통을 주는 일은 없게 된다. 용서를 하지 못하면 치명적인 정신적 고통을 당한다. 용서받지 못해도 마찬가지다. 왜냐하면 상처의 기억이 가슴에 풀지 못한 응어리로 남아 있기 때문이다. 이 세상에 용서하지 못할 일이 있겠는가? 따뜻한 마음으로 용서할 때 자신감이 생긴다.

정신병원에 입원 중인 환자들의 절반 정도는 그들이 진정으로 용서받았다는 것을 알게 되면 퇴원할 수 있는 환자들이라는 임상 보고가 있다. 용서를 행하거나 용서를 받는 일이 정신 건강에 있어서 얼마나 중요한 영향을 미치는가를 단적으로 설명해주는 것이다. 남모르는 죄책감이나 억울함으로 인해 갖가지 정신 질환에 시달리는 사람들에게는 더욱 그렇다. 용서를 받은 사람, 용서할 줄 아는 사람들은 참 행복한 사람들이다.

윌리엄 아더 월드가 이렇게 말했다. "우리가 무언가를 죽일 때는 마치 짐승과 같다. 우리가 누군가를 판단할 때는 사람 같다. 우리가 누군가를 용서할 때는 하나님 같다. 용서란 참으로 대단한 일이다. 삶을 성숙하게 만들고 새로운 변화를 일으킨다."

마음속 미움을 용서하지 않으면 절대로 다른 사람을 용서할 수 없다. 용서라는 것은 잊어버리거나 그냥 모른 척 눈감아 주는 것을 의미하지 않는다. 용서한다는 것은 의식적인 결단을 통해 증오하는 행위를 멈추는 것을 의미한다. 춥고 싸늘한 겨울을 용서하고 보내야 봄이 온다. 비꼬고 뒤틀고 엉키게 하지 말고 다 풀어주고 다 놓아줄 수 있는 마음의 여유가 필요하다.

왜 진리를 말하고 진실하게 살아야 하는가? 행한 대로 심은 대로 거두게 되기에 참되고 바르게 살아야 하는 것이다. 진리가 살아나려면 양심이 살아 움직여야 한다. 홀로 살아가지 말고 함께 살아가고 실망시키는 사람이 되지 말고 믿을 수 있는 사람이 되어야 한다. 남을 도울 줄 아는 마음으로 살아가며 꿈을 가지고 땀 흘리며 늘 완주하는 사람이 아름답다.

하나님이 세상을 세탁하는 것을 보았다

지난밤에 나는
하늘에서 부드러운 비를 내려
하나님이 이 세상을 세탁하고 있음을 보았다

그리고 아침이 왔을 때

하나님이 이 세상을 햇볕에 내걸어

말리고 있는 것을 보았다

모든 풀줄기 하나

모든 떨고 있는 나무들을 씻어놓았다

산에도 비를 뿌리고

물결 이는 바다에도 비질하셨다

지난밤에 나는

하나님이 세상을 세탁하고 있음을 보았다

아, 하나님이 저 늙은 자작나무의 깨끗한 밑둥처럼

내 영혼의 오점을 씻어주실 것이다.

－월리엄 스티저

　지난 일들을 후회하거나 낙심할 때가 많다. 지난날의 아픔을 돌이켜 한탄하기보다는 내일을 기대하며 살자. 운명의 핵심은 선택이니 일부러 슬픔을 선택할 필요는 없다. 기쁨과 희망을 선택했을 때 새로운 날들이 찾아온다. 삶도 하나의 예술이고 작품이다. 어머니의 태중에서 시작한 인생의 아침부터 죽음에 이르는 황혼까지 삶 전체는 약속으로 이루어졌다. 사람의 얼굴에는 그들의 삶이 표현되어 있다. 사랑의 약속을 지키며 살아가는 사람들의 얼굴은 빛난다.

서로서로 마음에 깊은 정을 하나씩 주고받으며 살아가자. 꽃도 피면 질 때가 있고 삶도 어느 날인가 훌쩍 떠나야 할 때가 있다. 살며 만나고 헤어지는 사람들에게 정을 주며 살자.

인도의 성자 마하트마 간디도 어렸을 때는 평범한 아이였다. 하루는 친구들과 함께 놀다가 근처에 있는 가게에서 구워 파는 양고기가 먹고 싶었다. 궁리 끝에 집에 돌아온 그는 몰래 아버지의 침실로 들어가 장롱을 뒤져 동전을 찾아냈다. 그리고 그 길로 달려가서 고기를 사 먹었다. 그러나 양심의 가책을 느낀 그는 차라리 벌을 받을지언정 정직하게 고백하는 편이 좋겠다고 생각하고 주무시는 아버지를 깨울 수 없어서 밤에 편지를 썼다. 그는 돌돌 만 편지를 아버지의 침실 문 열쇠 구멍에 끼워 넣고 돌아왔다.

다음 날 새벽에 아버지가 노한 모습으로 방문을 열 것만 같아서 그는 일찍 잠에서 깨었다. 그가 아버지의 침실로 갔을 때 열쇠 구멍에 꽂아두었던 편지는 보이지 않았다. 그 구멍을 통해 방 안을 살펴보니 아버지가 편지를 읽으며 눈물을 닦고 있었다.

그 순간 간디는 방문을 열고 들어가서 용서를 빌었고 아버지는 그를 꼭 안아주었다.

아프리카의 밀림 깊숙한 곳에는 세계 어느 곳에서도 그 유래를 찾아볼 수 없는 하나의 풍습이 있다. 그것은 '용서 주간'이라는 것이다. 비가 오지 않는 건기나 날씨가 좋을 때 실시되는 이 풍습은 모든 사람이 어떤 이웃에게나 또 어떤 잘못일지라도 용서해주기로 서약하는 것이다. 그것이 현실이든 환상이든 오해든 서로 차가운 관계이든 부족 간의 싸움이든 다 용서해주는 것이다.

용서는 이따금 하고 싶을 때 하는 행위가 아니라 변하지 않는 마음의 자세다. 용서는 잘못을 너그럽게 이해해주는 것이며, 그 잘못을 죄가 아닌 잘못된 행위 그 자체로만 받아들이는 것을 말한다.

용서할 수 있는 사람이 되자. 남을 용서할 줄 아는 사람은 자신의 삶을 의미 있게 살아가는 사람이다. 용서는 평화다. 용서는 진정한 자유다. 우리의 삶을 행복으로 인도해주는 길이다.

자신에게 찾아온 불행을 이용해라. 제롬은 "불행을 받아들이는 사람에게는 불행이 결코 슬퍼할 것이 못된다. 왜냐하면 그런 사람들은 언제나 모든 구름 속에서 천사의 얼굴을 보기 때문이다"라고 말했다. 불행을 불행으로 끝맺는 사람은 지혜가 없는 사람이다. 불행 앞에 우는 사람이 되지 말고 딛고 일어서 하나의 출발점으로 이용할 수 있는 사람이 되어라.

불행은 예고 없이 다가오지만 새로운 길을 발견할 힘이 되고 때때로 유익한 자극제가 될 수 있다. 고통은 인간을 생각하게 만든다. 사고는 인간을 현명하게 만든다. 지혜는 인생을 견딜 만한 것으로 만든다. 성공하는 사람들은 지독한 아픔을 입술을 깨물며 이겨내며 정면으로 부딪쳐 돌파해 나간다. 추운 겨울이 지나고 봄이 오면 온 세상이 초록의 희망으로 가득하다. 씨앗들은 흙을 뚫고 나와 새싹이 되어 희망을 본다. 새싹도 땅속에서 싹이 트려면 200배의 힘을 주고 나와야 한다. 아픈 만큼 성숙한다는 말이 맞다. 아픔이 있어야 모든 것이 더 고귀한 줄 알게 된다.

삶의 모든 순간순간은 누군가의 기억 속에 남기에 잘 살아야겠다. 미워하며 살지 말고 상처 주지 말고 가슴 따뜻하게 배려하고 사랑하고 나누며 살면 누군가의 마음의 사진에 아름답게 남을 것이다.

용서는 사랑의 마음을 주는 것이다. 용서는 정신적인 발전의 단계를 한층 더 높여준다. 타인을 끊임없이 미워하고 증오하는 것처럼 힘을 빼앗는 일은 없다. 부정적이고 잘못된 감정은 행복과 평안을 앗아 간다. 용서하는 것은 쉽지 않다. 특히 불의의 사고가 일어난 후에는 더욱 어렵다. 그러나 원망하는 감정에 묻혀 불행하게 사는 것보다 남은 삶을 평화롭게 살아가는 것이 더 가치 있는 일이다.

진정한 용서를 해야 마음 편안하게 살 수 있다. 용서를 통해 감사하는 마음을 가져야 한다. 진정한 감사는 자신이 빚진 사람임을 아는 것이다. 많은 사람에게 은혜를 입은 것을 깨닫는 것이다. 그런 사실을 인지한다면 용서하는 마음도 어렵지 않게 생길 것이다.

용서는 사랑을 하기 위한 열쇠다. 용서는 지금 이 순간의 사랑이 유일한 진리가 되게 해준다. 용서가 없으면 자신도, 다른 사람도 사랑할 수 없다.

용서는 고통, 가슴 쓰라림, 절망, 분노, 그리고 상처를 뒤로하고 우리가 반드시 건너야 할 다리다. 그 다리를 건너려면 엄청난 용기와 의지가 있어야 하지만 그 건너편에는 평화, 기쁨, 사랑, 아늑함이 우리를 기다리고 있다. 모든 것을 용서할 때 우리는 충만한 삶을 살 수 있다. 용서해주지 않는 자는 자신이 건널 다리를 파괴하는 것이다.

용서하지 않는 것은 고통을 자처하는 것이다. -제럴드 잼폴스키

용서하는 것이 용서받는 것보다 낫다. 용서받고 싶은 자는 먼저 용서하는 것이 절대적으로 필요하다.

우리는 스스로 자신의 실수와 잘못을 용서할 수 있는 마음을 가져야 한다. 완벽한 사람은 없다. 스스로 자책에 빠져 있지만 않는다면 실수를 통해 더 성장할 수 있고 배울 수 있다. 스스로 자신을 용서하지 못하는 것은 성공과 행복의 방해 요인이 되기도 한다. 과거의 실수와 잘못이 오늘을 흔들어놓으면 안 된다. 용서는 이 세상에서 경험하지 못할 평화와 행복을 그 보답으로 준다.

습관의 변화

습관을 변화시키는 것은

몸과 마음에 혁명을 일으키는 것이다

잘못된 것을 잘라내고, 벗겨내고, 내버리는
엄청난 수술과 처절한 투쟁 속에
억세게 장악하고 있던
마음의 감옥에서 벗어날 수 있다

끝없이 자라나는 허욕과
쓸모없는 나태와 핑계와 변명을 던져버리고
이마에 땀 흘리는 열정으로 최선을 다하면
모든 것이 새롭게 달라지기 시작한다

비참하도록 구멍이 숭숭 뚫려 허술했던 삶이
알차고 견고하게 변화되고
축 처졌던 어깨가 제자리를 찾는다

게으름을 훌훌 털어버리면
눈빛에 생기가 돌아 내일이 보이고
근심 덩어리가 사라져 마음에 여유가 생긴다

늘 압박하며 발목을 잡고 있던

과거를 던져버리고

끝없이 괴롭히고 못살게 굴던

고질적인 잘못된 습관에서 벗어나

용기와 확신으로 살아가는 것은

가슴이 벅차도록 신 나는 일이다

사랑해라

사랑이란 실력 없는 수학자 같다. 이 세상에는 모든 사람으로부터 칭송을 받고
선망의 대상이 되는 것들이 많지만 사랑은 그런 걸 계산하거나 숫자로 따지지 않는다.
사랑은 결코 타산적이지 않다.

로버트 리

사랑이란 두 글자가 이 세상에 엄청난 일들을 만든다. 사랑은 놀라운 힘을 발휘한다. 역경과 고난을 이겨내게 하고, 병을 낫게 하고, 절망의 고독에서 벗어나게 한다. 사랑할 때 삶 속에 잊지 못할 가장 아름다운 풍경이 만들어진다. 사랑은 평생토록 익어가며 열매를 맺는다. 사랑보다 더 고귀하고 가치 있는 것은 없다.

사랑하고 싶다면 사랑에 빠져 행복을 마음껏 누려야 한다. 사랑한다는 것은 자신의 행복에 사랑하는 사람의 행복을 함께 담는 것이다. 이 세상의 모든 사람은 사랑하고 싶어 한다. 순수하고 황홀하고 달콤하고 영원한 사랑에 빠지고 싶어 열광한다. 온 마음으로 하는 진실한 사랑은 절대로 타산적이지 않다.

애정愛情이란 자신의 마음을 아낌없이 사랑하는 사람에게 주는 것이다. 어떤 괴로운 일도 다 감당하며 사랑하는 것이다. 사랑이 없으면 결코 멋진 삶을 살 수 없다.

누군가를 사랑한다는 것은 가슴 벅찬 일이다. 이 세상에서 단 한 사람을 목숨처럼 사랑할 수 있다는 것은 감동적인 일이다. 사랑하는 사람을 만나고 같이 웃고 기뻐하고 함께 살아갈 수 있다는 것은 최고의 축복이다. 사랑하는 사람과 유쾌하게 하루를 시작하며 살아간다면 행운도 비켜 가지 않고 찾아올 것이다.

미치 앨봄은 "인생에서 가장 중요한 것은 사랑을 나누는 법과 사랑을 받아들이는 법을 배우는 것이다"라고 말했다. 사랑할 때 마음도 고와지고 얼굴도 예뻐지고 얼굴에서 환하게 빛이 난다. 사랑에 빠져 있으면 이 세상에 아무런 부러울 것이 없다. 사랑하는 사람을 위해 살아간다는 것은 의미가 있고 행복한 일이다.

"사랑한다"라는 말은 아주 짧은 말이다. 정말 사랑하면서도 이 말을 고백하지 못해서 더 짧은 "안녕"이라는 말로 헤어져야 한다면 평생 후회가 될 것이다. 아무런 후회 없는 사랑을 해도 세월이 빨라 너무나 안타깝다. 사랑하기에도 짧은 시간, 자신에게 찾아온 사랑을 결코 놓치지 마라. 가장 가치 있는 사랑은 그 사람의 형편이나 조건을 보고 하는 사랑이 아니라 그 사람의 진실하고 참된 모습을 보고 하는 사랑이다.

사랑은 만남 속에 이루어진다. 서로의 개성을 존중해주고 대화를 들어주고 함께한다면 누구나 친구가 될 수 있다. 첫사랑은 잊을 수 없는 추억이다. 늘 가슴속에 남아 그리움을 만든다. 사랑은 시간을 잊게 만든다. 사랑을 아주 순수하게 달콤한 방식으로 즐겨라. 사랑에 충실하면 사랑은 굳건해진다. 사랑을 깊이 하면 할수록 애정은 깊어지고 모든 것이 소중해진다.

네 가지 사랑

1. 에로스eros는 교합과 창조와 출산의 욕구를 담은 사랑을 말한다. 보다 높은 상태의 존재감과 관계를 향한 충동을 내포한 사랑이다.
2. 리비도libido는 육체적 욕망과 성욕, 관능과 정욕의 사랑을 말한다.
3. 필리아philia는 친구나 형제자매에 대한 사랑을 의미한다.
4. 아가페는agape는 동정심이나 거룩한 소망을 담은 사랑이다. 다른 사람에 대한 존중과 행복을 위한 사랑을 말한다.

영화 〈누구를 위하여 종은 울리나〉에서 잉그리드 버그먼이 사랑하는 사람에게 "당신이 아침에 눈을 뜨면 커피를 가져다 드리고 싶어요!"라고 말한다. 얼마나 행복한 일인가. 날마다 사랑하는 사람과 함께 뜨거운 커피를 마시며 하루를 시작한다는 것은 진한 커피 향기만큼 행복한 일이다.

자신이 원하는 사랑이 있다면 바라만 보지 말고 흠뻑 빠져들어야 한다. 영화 〈편지〉를 보면 우리에게 전해주는 메시지가 있다. "사람은 누구나 스스로 건너야 할 자신의 사막을 가지고 있다. 나는 이제 사막을 건너는 법을 안다. 한때 절망으로 울며 건너던 그 사막을 나는 이제 사랑으로 건너려 한다. 어린 새의 깃털보다 더 보드랍고 더 강한 사랑으로."

사랑은 자연스럽게 찾아온다. 봄에 온 땅에 초록빛 물감이 드는 것처럼 사랑도 우리의 마음을 물감으로 적셔준다. 사랑은 우리의 마음속에서 한순간 일어나고 끝나버리는 단순한 감정이 아니다. 우리의 마음속에서 일어나는 감정 중에 가장 고귀하고 놀라운 것이다. 우리가 쏟아낼 수 있는 열정 중에서 가장 강렬하고 폭발적인 열정이다. 달라이 라마는 "사랑과 연민은 꼭 필요한 것이지 사치가 아니다. 사랑과 연민이 없으면 인류는 살아갈 수 없다"라고 말했다.

사랑을 색깔로 표현할 수 있다면 이 세상의 모든 색깔 중에서 가장 아름다운 색깔로 표현될 것이다. 사랑이 시작되면 우리의 마음과 생각 속에는 온통 사랑하는 사람으로 가득 차게 된다. 사랑하는 순간에 찾아오는 설렘은 말로 다 표현되지 않는다. 사랑은 우리의 생각과 지식만으로는 도저히 감당할 수 없고 정복할 수 없는 섬세

하고 세밀한 감정의 표현이다.

아내와 결혼하여 살아온 세월이 36년이다. 11월 11일 비 오는 날 결혼을 했다. 36년이 지난 후 결혼기념일에 아내에게 말했다. "36년 동안 함께해주어서 고마워요. 앞으로 36년 동안 같이 또 그렇게 삽시다." 아내는 웃으며 말했다. "그럽시다!"

사랑은 이 세상에서 가장 강력한 힘이다. 분노와 회한, 두려움보다 수천 배나 더 강한 힘을 가지고 있다. 사람들은 누군가를 사랑할 때 큰 힘과 에너지가 생긴다.

사랑은 좋아하는 사람에 대한 자신의 마음의 표현이다. 진정한 사랑은 좋아하는 사람을 위해 어떻게 하는 것이 가장 잘하는 것인지 표현하는 마음이다. 사랑의 고귀한 가치는 희생과 헌신에 있다. 사랑은 서서히 꽃피게 해야 한다. 누구에게도 사랑받지 못하는 것은 큰 고통이다. 사랑할 수 있다는 것은 모든 것을 할 수 있다는 것이다. 사랑은 두 사람이 마주 쳐다보는 것이 아니라 함께 같은 방향을 바라보는 것이다.

첫눈에 반하지 않고 그 누가 사랑한다고 말할 수 있을 것인가?
−조지 채프먼

참 아름다운 사랑 이야기가 있다. 미국 제인즈빌에서 71년간 결혼 생활을 해온 94세 동갑내기 부부가 같은 날에 운명했다. 이들

부부는 젊었을 때 위스콘신 주 제인즈빌 경영대학에서 결혼을 했다. 세상을 떠나기 전까지 다정한 연인처럼 손을 잡고 다녀서 살고 있는 동네에서 아름다운 부부로 소문이 났다. 이들 부부는 함께 살아온 71년을 마치 71일같이 짧게 느끼며 아름다운 사랑을 나누고 아름답게 떠났다. 사랑은 일생 동안 익어가는 열매다.

쉘리는 "모든 사랑은 달콤하며 주고받을 수 있는 것. 이런 달콤함을 일으킬 수 있는 사람은 행운아. 하지만 이것을 잘 느낄 수 있는 사람은 영원히 행복한 사람"이라고 말했다. 진실한 사랑을 하며 살아가는 사람이 세상을 멋지게 살아가는 사람이다.

사랑은 로맨틱해야 하고 낭만이 있어야 한다. 지나친 욕망은 동물적인 사랑을 만들어놓는다. 오랜 그리움과 여운을 만들지 못한다. 사랑은 황홀하고 달콤하며 강하고 유연하며 그 사랑에 빠져들고 싶게 만들어야 한다.

사랑은 단순한 감정이 아니다. 사랑은 우리의 머리와 몸과 마음을 동시다발적으로 공격해 들어온다. 그러므로 욕망적인 사랑이 다가올 때 감당하기가 참으로 어려워진다. 사랑이란 우리의 지혜만으로는 감당할 수 없는 수많은 변화를 만들어낸다. 우리가 욕망의 노예가 되지 않는다면 사랑을 통해 더욱더 성숙해질 수 있다.

자신에게 다가온 사랑을 기뻐하고 즐길 수 있어야 한다. 사랑에 최선을 다해야 오랫동안 지속된다. 진실한 사랑은 인생의 마지막 부분에 가장 멋지게 빛을 발한다.

사랑하고 싶다면 사랑의 능력을 키워야 한다. 사랑이라는 터널을 통과하고 나면 사람은 달라진다. 기쁨이 찾아와 두려움이 사라지고 새로이 변화하기 시작한다. 사랑을 하면 현재의 모습과 전혀 다른 새로운 모습을 만들어간다. 사랑은 삶을 지루하게 만들지 않는다. 사랑은 꿈과 같이 즐거운 시간들을 만든다. 사랑은 동행하는 기쁨을 누리게 한다. 사랑의 기쁨이 순간일 것 같지만 오래도록 지워지지 않는 여운이 남는다. 깊이 사랑을 해본 사람만이 인생을 아는 사람이다. 영화 〈번지 점프를 하다〉에서 이런 대사 나온다. "그 사람을 사랑하기 때문에 사랑하는 것이 아니라 사랑할 수밖에 없기 때문에 사랑하는 것이다."

아주 작은 씨앗들이 자라나 큰 나무가 되어가듯이 사랑도 우리의 마음과 삶 속에서 커가는 사랑이 된다. 어린아이가 자라 어른이 되듯이 사랑은 우리를 성숙하게 만든다. 사랑은 때와 장소에 따라 우리에게 가장 자연스럽게 찾아온다. 봄이 오면 들판에 꽃들이 피어나듯이 우리의 마음에도 사랑이 찾아와 마음껏 꽃을 피우고 싶어 한다. 우리가 하고픈 사랑, 우리가 원하는 사랑을 우리의 마음에 초대하자. 사랑을 반갑게 맞아들일 수 있는 우리가 사랑의 주인공이다.

사랑으로 극복하지 못할 어려움은 없다.

사랑으로 치유하지 못할 병은 없다.

사랑으로 열지 못할 문은 없다.

사랑으로 건널 수 없는 심연은 없다.

사랑으로 무너뜨리지 못할 장벽은 없다.

사랑으로 구원받지 못할 죄는 없다.

아무리 큰 잘못을 저질렀어도, 아무리 사태가 꼬여도,

아무리 전망이 어두워도, 아무리 후미진 곳에서 신음하고 있어도,

사랑은 그 모든 것을 녹일 수 있다.

충분히 사랑할 수만 있다면, 당신은 세상에서 가장 행복한 사람,

가장 강한 사람이 될 것이다.

-에밋 폭스

똑같은 얼굴을 가진 사람들은 없고, 똑같은 삶을 살아가는 사람도 없다. 각자 자신의 삶을 살아가고 삶의 모습에 따라 이미지와 성격과 행동이 달라진다. 어떤 역할을 하고 어떤 사랑을 하며 사느냐는 자신의 선택에 달려 있다. 괴로움은 두 가지 문을 가지고 있다. 그 둘은 같은 힘, 같은 무게, 같은 넓이로 나타나지 않는다. 대부분 사람들이 여는 문은 가볍고 크고 누구나 다가가기 쉬운 절망의 세계로 통하는 문이다. 또 다른 문은 좁고 무거워 여는 데는 힘이 들지만 생명을 열어주는 문이다.

사랑할 시간도 많지 않은데 권태기에 빠져 시들해지면 안 된다. 권태란 무엇인가? 어떤 일이나 상태에 시들해져서 싫증이 나는 것을 말한다. 남자와 여자의 권태기의 차이점은 여자는 권태기에 빠

졌을 때 떠날 마음이 없다면 권태기를 극복하려고 노력하는 경우가 많지만 남자는 권태기에 빠졌을 때 극복할 생각은 하지 않고 관계만 유지하려고 한다는 것이다.

아내를 행복하게 하는 말

1. 당신은 갈수록 예뻐져요!

2. 당신 음식 솜씨는 정말 최고야!

3. 나는 아내 복이 참 많은 남자야!

4. 장모님이 최고예요!

5. 당신은 애들을 참 잘 키웠어요!

6. 사랑해요!

7. 다 당신 덕분이에요!

8. 당신을 안 만났으면 어떻게 살았을까?

9. 언제 이런 것을 배웠어. 참 대단해!

10. 평생 동안 같이 살 수 있다는 것이 참 행복해요!

남편을 행복하게 하는 말

1. 사랑해요!

2. 아이들이 당신을 닮아서 지혜롭고 똑똑해요!

3. 나는 당신과 결혼하길 참 잘했어요!

4. 고마워요!

5. 당신이라면 이 일을 꼭 해낼 수 있어요!

6. 나는 당신을 존경해요!

7. 두 다리 쭉 펴고 편안하게 낮잠 좀 주무세요!

8. 시어머니가 참 좋아요!

9. 당신 덕분에 이렇게 잘 살게 되어서 행복해요!

10. 당신이 원하는 것은 다 해주고 싶어요!

사랑으로 마음의 문을 열어놓지 않고 이웃들이 다가오지 못하게 마음의 길목을 막아버리는 까칠한 성격의 가시철조망을 제거해라. 남을 함부로 무시하고 경멸하고 오만하게 큰소리를 치며 거만하게 행동하는 못된 버릇을 버려라. 그러지 않으면 외톨이로 남아 쓸쓸한 황혼을 보내게 될 것이다. 밤은 깊어가는데 잠들지 못하고 뒤척이는 날이면 다정한 친구를 만나듯이 마음을 다독거려주어야 한다. "잘 살고 있잖아. 곧 편안하게 잠이 들 거야!" 어느 사이에 잠이 들어 기분 좋고 상쾌한 아침을 만나게 될 것이다.

산다는 것은 그리 쉬운 일이 아니다. 무수한 고통과 절망이 몰려올 때가 많다. '태어나지 않았더라면 좋았을 텐데'라는 생각이 문득문득 떠오를 때도 있다. 현실에서 얼마나 많은 사람이 삶을 축복으로 받아들일 수 있을까? 사람에게 삶이 주어졌다는 것은 행복이며 축복이 시작된 것이다.

사랑하라

사랑하라

모든 것을 다 던져버려도

아깝지 않을 만큼

빠져들어라

사랑하라

인생에 있어서

이 얼마나 값진 순간이냐

사랑하라

투명한 햇살이

그대를 속속들이 비출 때

거짓과 오만

교만과 허세를 훌훌 털어버리고

진실 그대로 사랑하라

사랑하라

뜨거운 입맞춤으로

불타오르는 정열이 흘러내려

사랑이 마르지 않도록

사랑하라

사랑하라

사랑하며 정직하게 살면 이 험한 세상을 살 수 없다지만 더욱 사랑하며 더욱 정직하게 살아야 한다. 세상이 온통 흙탕물이고 먹물일지라도 마음을 더럽히면서 행복하기를 바라면 안 된다. 물이 더럽혀지면 맑은 물을 찾듯이 진실을 잃어가는 세상일수록 순수해야 한다. 사랑이 삶의 신용장이고 마음의 보물이다.

저녁 늦도록 가족 누구도 귀가하지 않아 혼자서 라면을 끓여 먹을 때, 왠지 혼자 먹기가 쓸쓸하다. 사랑하는 사람이 해주는 밥을 감사하며 고마워하며 맛있게 먹어야겠다. 사랑이 나에게로 오던 날 나는 이 지상에서 최고로 행복한 사람이 되었다. 누군가를 사랑하고 그 사람을 기다리고 좋아한다는 것은 얼마나 기쁜 일인가? 사랑하는 사람을 위해서 일을 하고 사랑하는 사람을 위해서 선물을 사고 그를 만나러 달려간다는 것은 행복이다.

물도 99도에서는 끓지 않는다. 물을 끓이기 위해서는 마지막 1도의 열이 더 필요하다. 마찬가지로 사랑과 온정의 완성을 위해서 우리는 관심을 더 쏟아부어야 한다. 인생의 온도도 100도 이상 높여서 사랑도 일도 열정으로 펄펄 끓게 만들어야 한다.

루스벨트는 소아마비 장애인이었다. 그래서 늘 자학하고 고민했다. 그는 어느 날 사랑하는 아내에게 물었다.

"내가 이렇게 장애를 가졌는데 정말 나는 사랑하오?"

이 말을 들은 아내는 사랑스런 눈빛으로 루스벨트를 바라보며 말했다.

"나는 당신 다리만 사랑하는 것이 아니라 당신의 모든 것을 사랑해요!"

디팩 초프라는 "사랑은 자유다. 집착은 우리에게서 사랑을 앗아간다. 집착은 배타적이다. 사랑은 주로 포용한다. 집착은 매임이다. 집착은 요구하는 것이다. 사랑은 어떠한 요구도 하지 않는다"라고 말했다. 진정 아름다운 사랑은 사랑하는 사람의 전부를 사랑하는 것이다. 그리고 사랑은 한순간에 완성되는 것이 아니라 평생토록 익어가는 열매다. 나무가 싹이 나고, 가지가 자라고, 꽃이 피고, 열매를 맺고, 단풍이 들고, 낙엽이 지는 모든 과정이 놓치지 싶은 않은 멋진 순간들이다. 사랑에 푹 빠져 있는 사람을 보라. 그들의 표정이 얼마나 행복하고 아름다운지. 덩달아 사랑에 빠지고 싶어진다.

무성영화 시대에 전 세계인에게 웃음을 선물한 코미디언 찰리 채플린은 네 번째 아내를 만나 이렇게 고백했다. "우나 오닐을 좀 더 일찍 만났다면 사랑을 찾아 헤매는 일은 없었을 것이다. 세상에서 단 한 사람에게만 느낄 수 있는 것이 바로 사랑이다." 얼마나 많은 사람이 진정한 사랑을 찾아 헤매고 있는가? 내 사랑은 과연 어디에 있는가? 내 사랑은 언제 내 눈앞에 나타날까? 사랑하는 사람을 만나면 먼저 무엇이라고 말해야 할까? 당신은 분명히 진실한 사랑을 만날 것이다. 그리고 지금 사랑하고 있다면 순수한 사랑을 해야 한다. 요구하는 것이 아니라 주는 사랑, 강요하는 것이 아니라 함께하고 친구처럼 동행하는 사랑을 해야 한다.

미국의 클린턴 전 대통령이 백악관에서 바람을 피워 전 세계 여론을 떠들썩하게 만든 적이 있었다. 아내인 힐러리는 이 한마디로 남편과 자신을 구출하고 지금 세계 정치 무대에서 열정적으로 일하고 있다. "극심한 고통과 분노의 시간이 있었지만 내 인생의 절반을 그와 함께했다. 그는 좋은 사람이다. 어떤 일이 있어도 이어질 깊은 끈이 우리 사이에 존재한다. 그것이 사랑이다." 힐러리 클린턴은 언어의 마술사이고 통이 큰 여장부다. 자신의 아픔도 고스란히 받아들이고 세상을 향해 할 말을 했다. 두 사람은 지금도 세계를 위해 일하고 있다. 그러나 남성들이여, 당신의 아내는 힐러리 클린턴이 아니다. 바람을 피웠다 들키면 큰일이 난다는 것을 명심해야 할 것이다.

플로라 데이비스는 "결혼한 사람들은 거의 모두가 싸우면서 산다. 많은 이들이 인정하지 못하지만 그것은 사실이다. 전혀 다투지 않는 부부가 있다면 서로에 대해 무관심하거나 정서적인 고갈 상태에 있는 것이다. 상대방에게 관심이 있다면 싸우게 된다"라고 말했다.

조지 맥도날드는 "이 세상에 태어나 우리가 경험하는 가장 멋진 일은 사랑을 배우는 것이다"라고 말했다. 주베르는 "언제나 사랑하고 있는 사람은 불평을 늘어놓거나 불행에 빠지거나 할 겨를이 없다"라고 말했다. 사랑에 조건을 달고 이유를 대고 요구만 하면 불행해진다. 사랑은 무조건 주는 것이다. 아픔도 슬픔도 받아들이고 삭히면 사랑이 되고 행복해진다. 이별이 있으면 사랑도 다시 찾아오는 법이다.

우리 모두가 연극 무대에 같이 서 있는 것처럼 함께 외치자! "사랑한다! 사랑한다! 너의 모든 것을 다 사랑한다!" 아름다운 여배우 줄리아 로버츠는 "사랑이란 온 우주가 단 한 사람으로 좁혀지는 기적이다"라고 말했다. 우리도 이런 기적을 만들자. 사랑할 수 있을 때 사랑하자. 아무런 후회 없이 사랑을 하자.

살면서 때때로 가슴 한 곳이 시리도록 고통의 바람이 세차게 불어와도 내 가슴에 안겨 기뻐할 수 사랑하는 사람이 있다면 행복하다. 영화 〈중경삼림〉에서는 "만약에 사랑에도 유효기간이 있다면 나의 사랑은 만 년으로 하고 싶다"라고 말하고 있다. 진정 온 마음을 다 바쳐 사랑하고 싶은 사람이 있다면 정말 그런 마음의 표현이 꼭 필요할 것이다. 삶을 멋지게 살고 싶다면 사랑을 마음껏 표현하며 행복하게 살아라.

천 년을 해도 좋을 사랑, 만 년을 해도 좋을 사랑을 해야 한다. 사랑에 빠지면 아주 오랫동안 사랑을 하고 싶은 것이다. 영화 〈라스베가스를 떠나며〉에서 "사랑이 짧으면 슬픔이 길어진다"라고 말했다. 사랑하자. 아주 오랫동안 가슴에 남기고 싶고 언제나 기억해도 좋을 멋진 사랑을 하자! "나는 사랑에 풍덩 빠졌다!"라고 행복하게 외칠 수 있을 만큼 멋진 사랑을 하자. 살아가는 날 동안에 강렬한 사랑을 불태워라!

사랑한다는 말을 하고 싶을 때

내 심장에 사랑의 불이 켜지면
목 안 깊숙이 숨어 있던
사랑한다는 말이 하고 싶어
입안에 침이 자꾸만 고여든다

그대 마음의 기슭에 닿아서
사랑의 닻을 내려놓을 때
나는 외로움에서 벗어날 수 있다

내 가슴을 진동시키고

눈물겹도록 사랑해도 좋을

그대를 만났으니

사랑의 고백을 멈출 수가 없다

견디기 힘들었던 시간이 지나고 나면

속 태우던 가슴앓이 다 던져버리고

그대에게 사랑한다는 말을 할 때

내 슬픔은 끝날 것이다

외로웠던 만큼 열렬하게 사랑하며

무성하게 자랐던 고독의 잡초를 잘라버리고

사랑의 새순이 돋아 큰 나무가 될 때까지

그대를 사랑하겠다

건강을 잘 지켜라

제일 으뜸가는 부는 건강이다. 반면에 병은 정신적으로 나쁜 상태이고 어느 사람에게도 도움이 되지 않는다. 건강은 살아가는 데 있어 재원을 절약할 수 있으나 그 자체의 목적, 즉 이웃에게 만족을 주고 다른 사람의 필요를 충족시켜주는 일 등에 사용되어야지 함부로 낭비되어서는 안 된다.

랠프 월도 에머슨

건강은 행복하고 멋진 삶의 필수조건이다. 건강健康은 육체와 정신적으로 아무 탈이 없는 것을 말한다. 건강은 자기 스스로 책임을 져야 한다. 보험에 아무리 잘 가입해 있고 좋은 병원이 많고 잘 아는 명의가 있어도 큰 병이 들면 아무 소용이 없다. 병들면 결국 자기 손해다. 그렇기에 병을 예방하고 건강에 관한 지식을 배우는 것은 매우 중요하다. 건강하려면 자기 몸이 무엇을 원하는지를 알아야 한다. 쉼을 원한다면 쉬고 치료를 원한다면 치료를 먼저 해야 한다.

건강을 위해선 음식을 잘 먹어야 한다. 방부제가 많이 들어가 있는 것, 호르몬제가 많이 들어 있는 것은 피해야 한다. 자연식품을 잘 먹어야 더 건강하다. 육류나 지방질 음식을 줄이고 백설탕을 덜 먹어야 한다. 화학조미료가 들어간 음식이나 가공식품, 인스턴트식품을 줄여야 한다. 술과 커피 양을 줄이고 담배를 끊어야 한다. 신선한 채소와 과일, 그리고 곡류 등 건강에 좋은 음식을 찾아 먹어야 한다. 무엇보다 음식을 맛있게 먹어야 건강하다. 체중을 조절하기 위해 일정한 시간을 정해 꾸준히 운동을 해야 한다.

날마다 규칙적인 생활을 하고 정신 건강을 위해 음악도 듣고 영화 등 문화생활을 즐기고 가끔은 여행도 떠나야 한다. 건강하려면 자연을 가까이해야 한다. 자연을 떠나면 건강한 삶을 살 수 없다. 자연 속으로 삶이 들어가야 한다. 건강과 행복이 잘 조화되어야 인생을 멋지게 살 수 있다. 삶 속에서 가장 소중한 것은 건강이다. 병에 대한 걱정과 근심이 온갖 병을 부르고 건강할 수 있다는 당당한 자신감이 몸과 마음을 건강하게 만들어준다.

몸이 아프다면 즐거운 마음으로 지내도록 노력해라. 그러면 훨씬 더 몸이 좋아질 것이다. 건강하지 못하면 아무것도 할 수 없다. 건강이 제일이다. 잠을 잘 자고, 잘 웃고, 잘 먹어야 건강하다. 건강해야 쾌활하고 즐겁게 일할 수 있고 삶을 즐겁고 신 나게 살 수 있다. 삶을 건강하고 즐겁고 쾌활하게 살 때 더 좋은 성과가 나타난다. 건강한 삶은 자랑해도 좋을 삶이다. 몸과 마음을 아름답게 만들어준다. 성공한 사람들은 모두 다 건강한 에너지와 열정을 소유한 사람들이다.

성공을 위해 매진한다고 긴장하면 번민이 생겨 건강을 잃게 된다. 열정을 쏟는 것도 중요하지만 충분한 수면을 취하고 몸에 좋은 음식을 먹어야 한다. 무엇을 하든지 무리하면 꼭 탈이 나게 마련이다. 일을 잘하기 위해서는 숙면하는 것이 매우 중요하다. 잠을 잘 자지 못하고 영양을 제공받지 못하면 병이 찾아온다. 잘 먹고 잘 쉬어야 두뇌도 발달하고 몸에 활력이 생긴다. 정말 일 잘하는 사람은 쉴 때는 쉬고 일할 때 집중해서 열심히 일한다. 건강은 삶에 행복을 선물해준다. 유베날리스는 "건강한 신체에 건강한 정신이 깃든다"라고 말했다.

일어서세요! 두 팔을 올리세요! 따라 외쳐보세요! "나는 건강하다! 나는 행복하다! 나는 너무 멋있다!"–클레멘트 스톤

건강하려면 자연과 가까이하는 삶을 살아야 한다. 자연은 충분한 휴식을 제공해주고 마음을 안정시켜주며 자신의 질병의 원인을 깨닫게 해준다. 자연과 교감하는 것이 얼마나 중요한가를 알게 될수록 몸이 더 건강해진다. 건강은 최고의 재산이다. 건강은 멋진 인생의 필수조건이다. 건강한 몸은 정신의 사랑방이며, 병든 몸은 정신의 감옥이다. 세상에서 가장 어리석은 일은 어떤 이익을 위해 건강을 희생시키는 것이다.

건강 유지는 우리의 의무다. 건전한 정신이 항상 머물게 하기 위

해서는 육체를 건강하게 지키고 가꾸어야 한다. 항상 웃음이 넘치고 밝은 마음을 가져야 한다.

건강하려면 늘 태도가 바르고 질서가 있는 삶을 살아야 한다. 무질서하고 방탕하면 삶의 태도가 바르지 못해 언제든 병이 찾아오기 마련이다. 헬렌 헤이즈는 "긍정적인 자세가 인생의 초기에 확립된다면, 지속적인 건강을 유지하는 데 가장 중요한 토대가 된다"라고 말했다. 긍정적이고 적극적인 마음을 가져야 건강하게 장수하며 살 수 있다. 자신의 마음 상태를 항상 긍정적으로 만들어야 한다.

건강한 삶을 만드는 즐거운 감정 10가지

1. 즐거운 음악을 감상한다.

2. 가고 싶은 곳으로 여행을 떠난다.

3. 사랑하는 사람들과 함께 노래를 부른다.

4. 사랑하는 사람과 함께 데이트를 한다.

5. 즐거운 놀이를 한다.

6. 풍경이 아름다운 곳을 산책한다.

7. 몸을 가볍게 할 수 있는 운동을 한다.

8. 하고 싶었던 취미 생활을 한다.

9. 맛있는 음식을 즐겨 먹는다.

10. 보고 싶은 공연이나 전시회를 보면서 즐긴다.

이 땅에 살면서 먹는 것에 감사해야 한다. 세상에는 아직도 굶어 죽는 사람들이 많다. 굶주림보다 비참한 것은 없다. 주어진 음식에 늘 감사하며 먹어야 한다. 건강하려면 담배를 피우지 말아야 한다. 술을 적게 마시고 나이가 들수록 소식하는 것이 좋다. 특별한 보약보다는 즐겁게 지내고 기쁘게 웃으며 사는 것이 건강의 비결이다. 모든 병은 자신의 잘못된 습관에서 생긴다. 앉아 있는 시간이 길어질수록 몸이 건강하지 못하다. 가볍게 운동하고 걷는 것이 몸에 좋다. 숲을 산책하면 더욱 건강하게 살 수 있다.

현대인들은 스트레스에 시달려 건강을 해치는 경우가 많다. 스트레스는 부정적인 생각에서 시작한다. 스트레스는 자기가 해낼 수 없는 일들을 만날 때 생긴다. 위기에 봉착하거나 갑자기 삶이 추락할 때, 앞으로 나아갈 길이 보이지 않을 때 더 심해진다. 스트레스가 심하면 건강이 치명적으로 나빠진다. 그러므로 마음을 안정시키고 긍정적인 사고로 스트레스를 빠른 시일 내에 통과해야 한다. 스트레스를 만들지 말고 스트레스를 받는 일이 생기더라도 기분 전환을 해 한 방에 스트레스를 날려 보내고 아주 기분 좋게 살아야 한다. 짧게만 느껴지는 삶을 스트레스에 쌓여 살 수는 없다.

벤 존슨은 "질병과 진단법만 해도 수천 가지에 이른다. 그것들은 모두 약한 사슬이 끊어져 생긴 현상이다. 모두가 한 가지 원인, 곧 스트레스에서 비롯된다. 사슬을 강하게 잡아당기면 약한 곳이 끊어지게 마련이다"라고 말했다. 스트레스를 날려 보내라. 스트레스가 많은 사람은 사소한 일에도 지나치게 걱정하고 고민을 하고 지나치게 예민하다. 타인의 시선을 의식하면서 자신이 어떻게 비춰지고 있는지 불안해한다. 자신을 과소평가하는 경향이 강하기 때문에 자기혐오에 빠져 스스로를 피곤하게 만든다. 스트레스를 단 한 방에 날려 보내야 한다.

건강하지 못하면 용기를 잃는다. 영화 〈프린세스 다이어리 2〉에서 "용기란 겁이 없는 것이 아니라 겁보다 중요한 것이 있음을 깨닫는 것이다"라고 했다. 스트레스에서 벗어나려면 생각을 밝게 가져야 한다. 자신의 능력을 철저히 활용하고 매사에 쉽게 실망하지 말아야 한다. 어떤 일이든지 마음이 중요하다. 기분을 좋게 갖고 긍정적으로 생각하면 스트레스도 날아갈 것이다. 모든 질병의 원인은 마음에서 찾을 수 있다.

건강한 자는 모든 희망을 안고 희망을 가진 사람은 모든 꿈을 이룬다.
ㅡ아라비아 격언

사람의 정신과 마음에는 온갖 병을 치유하는 능력이 있다. 상처받은 감정들은 병을 일으키지만 온유하고 따뜻한 마음은 질병을 치료한다. 자신에게 다가오는 스트레스를 잘 관리하여 이겨내는 자부심을 가질 수 있다면 도리어 삶에 활력을 얻을 수 있다. 부정적인 마음을 버리고 자유로운 마음을 갖는 것이 중요하다. 급한 성격으로 행동부터 하지 말고 마음을 차분하게 가져야 한다. 산책과 운동으로 건강한 몸과 마음을 유지하는 것도 좋다.

음식을 먹고 마시는 것은 모든 사람에게 큰 즐거움이다. 먹는 것을 즐기지 못하는 사람은 어떤 일도 제대로 할 수 없다. 피곤하면 나른해지고 싫증이 난다. 몸이 지치고 힘들면 아무것도 할 수 없고 귀찮아진다. 이것이 반복되면 무기력증에 걸리는 것이다.

충분한 휴식을 취하지 않는 삶은 가혹하다. 짜증 나고, 맑은 정신으로 생각할 수 없으며, 쉽게 흥분하고, 생산성이 떨어진다. 그리고 저항력이 약해져서 질병에 잘 걸리고 사고를 당하기 쉽다. 육체와 정신의 건강을 지키는 데는 충분한 휴식이 중요하다. 잠들기 전에 피로를 풀기 위해 온몸을 쏟아져 내리는 물로 씻는 것은 즐겁고 상쾌하다. 타월로 온몸을 닦아내면 피로가 사라지고 몸이 한결 가벼워진다. 잠도 편안히 들 수 있기에 이런 기분에 목욕을 하고 싶다.

우리의 몸은 늘 활동을 위한 열량이 필요하다. 그래서 하루에 세 번 식사를 하고 차를 마시고 간식을 먹는다. 몸은 아주 많은 양의 음식을 원하는 것이 아니다. 적당한 단백질, 넉넉한 채소와 과일, 물을 먹으면 건강을 잘 유지할 수 있다. 음식을 탐하여 많이 먹으면 스스로 감당할 수 없도록 비대해지고 병이 찾아온다.

밥을 먹는 즐거움이 있어야 한다. 매일매일 먹는 밥에 고마움을 가져야 한다. 밥을 먹을 때마다 준비해준 사람에게 감사를 느끼며 맛있게 먹어야 한다. 국수도 후루룩 소리를 내며 맛있게 먹는 사람을 보면 기분이 좋다. 밥을 맛있게 먹어야 건강하다. 밥이 보약이라는 말을 잊지 말아야 한다. 특히 아침을 꼭 챙겨 먹어야 한다. 빈속으로 하루를 시작하면 능률이 오르지 않고 컨디션도 나빠진다.

건강해지는 비결

1. 고기는 적게 먹고 채소를 많이 먹는다.
2. 음식은 싱겁게 먹는다.
3. 음식을 골고루 적게 먹고 여러 번 씹는다.
4. 설탕은 적게 먹고 물을 많이 마신다.
5. 자극적이고 탄 음식을 먹지 않는다.
6. 화를 적게 내고 많이 웃는다.
7. 스트레스를 피하고 잠을 푹 잔다.
8. 하루 30분씩 규칙적으로 운동을 한다.
9. 좋아하는 취미 생활을 즐긴다.
10. 하루에 한 번씩 명상의 시간을 갖는다.

어느 중소기업 경영자는 신입 사원을 채용할 때 가장 중요하게 보는 것 중에 하나가 식사하는 태도라고 한다. 식사를 맛있게 하는 사람은 부지런하고 적극적이라고 한다. 음식을 너무 많이 먹거나 맛없게 먹는 사람은 성격도 불안하고 게으르고 불화를 잘 일으킨다고 한다. 그리고 맡겨진 일도 제대로 해내지 못한다는 것이다.

시몽 프랑수아 베르뇌는 "병은 천 가지가 있으나 건강은 한 가지 밖에 없다. 오직 하나뿐인 건강을 어찌 소홀히 할 것인가. 오직 하나뿐인 건강을 어찌 포기할 것인가. 병은 수천 가지가 되어 호시탐탐 건강을 노리고 있다. 병의 화살이나 채찍에서 벗어나기 위해 정신 차려야 한다. 조심스레 건강을 돌보아야 한다"라고 말했다. 병이 든다는 것은 슬픔이고 아픔이다. 늘 자기 몸을 잘 관리하고 무리하지 말아야 한다.

레오나드 라스코는 "우리가 치료의 과정에서 심원하게 사용할 수 있는 힘과 에너지가 있다. 이 에너지는 육체적인 형태의 치료에도 자연적인 치유가 가능할 만큼 충분한 힘을 가진 것이다. 이 에너지는 바로 사랑이다. 생리학적인 효과뿐만 아니라 전달될 수도 있는 진정한 에너지가 바로 이 사랑인 것이다"라고 말했다. 모든 병은 치료될 수 있다는 마음을 가져야 한다. 특히 웃음과 행복한 마음은 건강에 도움을 준다. 늘 즐겁고 기쁘게 살아야 한다.

건강은 몸과 마음을 편안하게 하고 삶에 기쁨을 준다. 건강은 자기의 본분을 감당하기 위해서 꼭 필요하다. 자신의 건강을 방관하는 것은 어리석은 자의 행동이다. 가난한 사람도 병약한 부자보다 행복하다. 건강의 고마움을 절실히 느껴야 한다.

늘 명랑한 마음, 긍정적인 생각, 절제하는 생활을 유지하도록 해야 한다. 건강한 몸과 마음은 성공을 좌우하는 가장 큰 요소다. 그러므로 지적인 노동에 종사하는 사람도 건강에 충분히 유의할 필요가 있다. 토머스 칼라일은 "건강한 사람은 자기의 건강을 모른다. 병자만이 자기의 건강을 알고 있다"라고 말했다. 건강한 사람이 건강에 얼마나 소홀한지를 알려주는 말이다. 건강은 건강할 때 지켜야 그러한 상태를 오래 유지할 수 있다.

행복한 도보 여행가 권오상 씨를 강의 때 만났다. 그의 명함 뒤에 이런 글이 있었다. "행복이 건강입니다. 살을 빼려고 걷지 말고 건강해지려고 걸어요. 건강해지려고 걷지 말고 행복해지려고 걸어요. 나중에 행복하게 걷지 말고 지금 행복하게 걸어요." 말대로 된다고 하는데 권오상 씨는 참 건강하게 보이고 얼굴에 행복한 웃음이 가득했다.

몸과 마음이 건강하면 풍요로운 삶을 살 수 있다. 새뮤얼 스마일스는 "풍요로운 마음가짐은 빈부귀천이나 생활 조건 따위와는 전혀 상관이 없다. 어느 시대건 진정한 인격자는 풍요로운 심성을 소유한 사람이다"라고 말했다. 심성이 밝고 고와야 마음도 몸도 건강해진다.

막국수 한 사발

궁기가 가득해
춥고 떨리고 배고플 때

재래시장통에서 파는

막국수 한 사발이면

싸늘한 세상살이도

푸근해지고 배부르다

시장기가 목구멍까지 차오를 때

김이 모락모락 나는

막국수를 젓가락으로

한 움큼 집어 들고

뻘건 배추김치와 함께 먹으면

입맛이 살아난다

인생 뭐 별건가

때때로 막국수 한 사발에도

기분이 좋고 살맛 나는 걸 보면

역시 배부르고 등 따스운 게

인생의 맛이다

질병이 없는 것만으로 몸이 건강하다고는 할 수 없다. 몸과 마음이 건강한 것은 열정과 자신감 그리고 에너지가 충만하다는 것을 말한다. 건강하다는 것은 삶의 질과 즐거움을 말해준다. 몸이 건강해지기 위해서는 지속적으로 음식을 잘 먹고 운동을 잘 하고 마음을 건강하게 가져야 한다. 몸을 건강하게 하고 활력을 높이면 삶을 생동감 있게 살아갈 수 있다. 대부분의 사람들은 병이 찾아왔을 때, 다쳤을 때 건강에 관심을 두기 시작한다. 건강하게 살려면 무엇이든 극단적인 것을 피해야 한다.

삶을 잘 살아가는 사람들은 건강을 소홀히 하면 매우 큰 대가를 치르게 된다는 사실을 잘 알고 있다. 건강을 잃으면 모든 것을 잃는다. 우울증이 생기고, 자괴감이 생기고, 사람 만나기가 싫어진다. 아침에 일어나서 거울을 보고 행복을 느껴라. 얼굴이 잘생기고 못생기고는 문제가 안 된다. 자신 스스로 행복을 느끼면 몸과 마음이 행복해지고 삶의 모습이 확 달라진다. 항상 밝은 마음으로 사는 것이 중요하다.

외모를 잘 관리하고 늘 부지런하게 몸을 움직여야 한다. 건강 비결은 무엇인가? 에드워드 영은 "건강을 유지하는 첫 번째 방법은 가정의 화목과 마음의 안정이다"라고 말했다. 일을 즐겁게 하는 습관을 가지고 휴식을 즐겨야 한다. 사람들을 좋아하고 만족할 것을 찾아야 한다. 역경을 통과하는 마음을 가지고 명랑하게 살며 음식을 맛있게 먹고 건강할 수 있도록 운동을 해야 한다.

유쾌한 성공 법칙

1. 쾌소 – 유쾌하게 웃으니 행복해진다.

2. 쾌심 – 생각이 긍정적이니 마음이 즐겁다.

3. 쾌활 – 활동이 적극적이니 생활이 아름답다.

4. 쾌식 – 맛있게 음식을 먹으니 건강하다.

5. 쾌면 – 잠자리가 편안하니 인생이 즐겁다.

6. 쾌변 – 마무리를 잘하면 만사가 형통이다.

삶 속에는 갖가지 고통과 아픔이 찾아온다. 각종 사고와 재난을 겪을 때도 있다. 시시때때로 아픔과 시련이 오지만 대처하는 마음 자세가 항상 견고하면 보다 쉽게 건강을 회복할 수 있고 보다 강하게 살아갈 수 있다. "세상만사 마음먹기에 달렸다." 이 말은 매우 중요하다. 사람의 마음이 견고하면 어떤 병마도 시련도 잘 이겨낼 수 있다.

하루

아침이 이슬에 목을 축일 때

눈을 뜨며 살아 있음을 의식한다

안식을 위하여

접어두었던 옷들을 입고

하루만을 위한 화장을 한다

하루가 분주한 사람들과

목마른 사람들 틈에서 시작되고

늘 서두르다 보면

잊어버린 메모처럼

적어 내리지 못한 채 넘어간다

아침은

기뻐하는 사람들과

슬퍼하는 사람들 속에서

저녁으로 바뀌어가고

이른 아침

문을 열고 나서면서도

돌아올 시간을 들여다본다

하루가 짧은 것이 아니라

우리들의 삶이 너무도 짧다

감동을 만들어라

감동은 자신의 가능성과 만나는 것이다. 사람마다 각자 가지고 있는
감동의 안테나가 다르고 따라서 감동하는 대상도 다르다.

히라노 히데노리

삶에서 만족하고 감동하면 행복해진다. 감동感動은 깊이 느껴 마음
이 움직이는 것을 말한다. 우리는 멋진 영화를 보면 감동한다. 멋진
공연을 보면 감동한다. 멋진 그림과 멋진 연주에 감동한다. 멋진 여
행에 감동하고 맛있는 음식에 감동한다. 그리고 멋진 사랑에 감동
하고 그런 사랑에 빠져들고 싶어 한다. 때로는 사소한 일에도 가슴
벅차도록 감동할 때가 있다.

키얼스틴 다이엔사이는 "땅속에서 잠자고 있는 씨앗은 모두 빛을
기다린다"라고 말했다. 이 세상에 살고 있는 사람 중에 감동을 원하

지 않는 사람은 없다. 그래서 사람들은 감동을 만들고 감동하는 것이다. 그리고 다른 사람의 감동에도 박수를 쳐주고 기뻐하는 것이다.

어떤 일에 감동이 생기면 근사한 마음이 들고 행복이 가득 차오르는 것을 느낄 수 있다. "내가 이런 일을 하다니!" 참으로 놀랍고 신기하다는 것을 깨닫게 된다. 자신을 스스로 자랑스럽게 여기게 된다. 자신감이 생기고 무엇이든지 할 수 있다는 열정이 꽃핀다. 살아감 속에 감동할 일이 많은 삶은 정말 이 세상에서 가장 축복을 많이 받은 삶이다. 살아갈수록 감동할 일이 점점 더 많아졌으면 참 좋겠다.

자신이 살아온 삶을 바라보며 눈물을 흘리며 감동할 수 있다면 얼마나 좋고 감격할 일인가. 우리는 노래나 영화뿐만 아니라 역경을 이겨낸 실화에 감동하고 남의 인생에 감동한다. 때로는 기다리던 전화 한 통에 감동하고 뜻밖에 받은 작은 선물에도 감동한다. 가장 중요한 것은 자신 스스로의 인생에도 감동하고 자신을 바라보는 사람들에게도 감동을 주는 삶을 살아야 가치 있고 멋진 삶이라는 것이다.

모든 예술가는 관객들과 팬들에게 감동을 주어야 성공한다. 가수들의 콘서트는 더욱더 그렇다. 40대의 록 가수 김경호의 콘서트를 가보았다. 김경호는 최고의 로커였다. 관객들을 사로잡았다. 그의 겸손한 태도와 말솜씨와 그가 부르는 록은 세 시간 동안 전혀 지루할 틈 없이 동화하게 만들었다. 50대가 되면 〈가요무대〉에서 최초로 록을 부르고 싶다고 그는 희망을 말했다. 모든 관객은 박수를 치며 환호했다. 김경호는 그렇게 될 것이다. 그는 살아 있는 전설이 될 것이다. 그와 함께하는 밴드도 한 호흡이 되었다. 김경호의 콘서트는 오래도록 기억에 남을 것이다. 그는 감동을 주는 로커다.

꿈은 무엇인가? 단 한 번뿐인 삶을 어떻게 살기를 원하는가? 꿈을 마음껏 펼치며 멋지게 날아올라야 한다. 삶을 멋지게 살고 싶다면 날마다 행복을 자신의 것으로 만드는 방법을 알고 실행해나가야 한다. 사람들은 무엇을 하고 싶을 때 늘 마음은 가지고 있다고 말한다. 그러나 마음만 가지고 있으면 안 된다. 행동으로 옮겨야 삶에 감동과 환호와 기쁨을 만들 수 있다. 살면서 남에게 박수를 치는 일도 행복하지만 박수를 받는 일도 너무나 행복한 일이다.

> 삶은 세 권의 책으로 만들어진다.
>
> 첫 번째 책은 흘러가는 과거다. 이미 만들어져 있다.
>
> 두 번째 책은 현재 써 내리고 있다.
>
> 세 번째 책은 미래의 책이다.
>
> 가장 중요한 것은 현재의 책이다.
>
> 자신의 몸짓과 말과 행동으로 쓰이고 있다.
>
> 자신의 책을 읽고 감동하도록 만들어야 한다.

자신이 원하는 간절한 소원이 손을 잡아줄 때 사람은 누구나 감동한다. 소원所願은 바라고 원하는 일을 말한다. 삶 속에 자기의 소원이 이루어지는 감동을 누려야 한다. 링컨은 "나는 절실한 소원이 한 가지 있다. 내가 이 세상에 살았기 때문에 세상이 조금 더 나아졌다는 것이 확인될 때까지 살고 싶다"라고 말했다. 자신의 삶을 감동하도록 만들고 싶다면 성공으로 가는 길을 분명하게 선택해라. 확고부동한 결심과 함께 성공의 발걸음이 시작된다. 단단한 자신감속에 목표를 향하여 도전하고 돌진해나가는 것이다. 이 세상에서 나도 감동하고 나와 함께하는 사람도 감동할 수 있다면 진정 멋진 삶을 살아가는 것이다.

꿈과 소원이 이루어질 그날을 위해 사람들은 노력하고 열정을 쏟으며 살아간다. 어떤 이는 우리의 삶 안으로 들어왔다 바로 사라진다. 그러나 어떤 이는 우리의 마음과 영혼을 일깨우는 감동으로 머무르며 영원히 우리를 변화시킨다. 디 호크는 "돈은 최고의 인재나 최고의 자질을 자극하지 못한다. 단지 몸을 움직일 수 있는 것은 정신이나 마음을 감동시키지는 못한다. 정신과 마음을 사로잡는 것은 믿음과 원칙과 도덕성이다"라고 말했다.

자신의 삶에서 감동을 받을 수 있는 것은 그만큼 삶의 목적이 분명하고 최선을 다해 살았다는 것이다. 다른 사람을 감동하게 만들려면 먼저 자신이 스스로 감동해야 한다.

이 세상에서 떠날 때 가지고 갈 수 있는 것은 돈이 아닌 감동이라는 추억뿐이다. ─히라노 히데노리 자신 스스로 이 세상에 필요한 사람이라는 것을 바로 인식하고 당당하게 살아야 한다. 남에게 박수만 쳐주지 말고 자신도 박수 받는 삶을 살자. 우리가 마음껏 행복할 시간을 만들자.

삶을 살아가며 가끔씩 벅차오르고 너무 기뻐서 마음껏 소리를 질러도 좋도록 감동이 넘치는 날들이 있어야 한다. 뿌듯함과 벅찬 기쁨 속에 기분이 좋아지고 홀가분해져서 마음껏 즐거워하고 감사할 수 있는 날이 있어야 한다. 절망과 고통의 아픔 속에서도 끈질기게 견디고 이루어내면 스스로 한 일을 보고 자신도 놀라 입안에 맴도는 기쁨을 표현하게 된다.

고난과 역경 속에서도 기쁨을 마음껏 표현하고 싶어 소리 지르며 웃을 수 있는 즐거움이 있어야 한다. 기쁜 일이 있어 축하해주고 감동이 넘치는 일이 있을 때는 감사를 나누기 위해 축제는 멋지게 열려야 한다. 온 세상이 떠들썩하도록 마음껏 환호하고 박수를 치며 모두가 멋지게 화답할 수 있도록 축제는 열려야 한다.

감동

가슴 벅찬 즐거움으로

세상이 떠나도록 소리치는

기쁜 감동을 만들고 싶다

한순간에

지나가 버리는 삶

뭉개버리듯 살고 싶지 않다

세포 하나 핏줄 하나

살아 움직이는

생생한 삶을 만들어가야 한다

슬프고 괴로운 것도

살아 있음을 알려주는 것이기에

한순간에 허무하게 놓치며

살고 싶지 않다

삶의 순간순간마다

하늘을 향하여

환호를 지르도록

가슴 찡한 감동을 만들고 싶다

　사람들이 왜 대중가요에 감동하는가? 대중가요는 한국인의 희로
애락을 나타내고 있다. 대중가요의 가사는 사람들의 가슴속으로 촉
촉하게 배어들어 와 마음을 적셔놓는다. 리듬은 감성을 살려낸다.

삶 속에서 일어나는 그리움과 사랑 그리고 이별과 안타까움 등 갖가지 감정들을 독특한 리듬에 담은 멜로디로 심금을 울린다. 그리운 날은 그리운 날대로, 고독한 날은 고독한 날대로, 비가 오는 날에는 비 오는 날 대로 '내 마음을 어쩌면 이렇게 잘 알까?' 하는 마음이 들도록 감동을 주기에 사람들이 좋아하고 함께 부른다. 감동은 서로 공유할 수 있는 마음을 가질 때 생겨나는 것이다. 의견이 다르고 사상이 다르고 이념이 다르게 동떨어져 있으면 절대로 감동은 없다.

헤르만 헤세는 "이 세상이 얼마나 비참한 것인가를, 그런데도 인간이 얼마나 즐거운 듯이 살고 있는가를 보고 놀라지 않은 날이 없었다. 그리고 번뇌의 한편에 기쁜 웃음이 있고 장례식 종소리와 함께 아이들의 합창 소리가 들리고 곤궁과 비천 곁에 은근과 기지와 위로와 웃음이 있는 것을 보면 볼수록 이 세상은 훌륭하고 감동적이라고 생각하지 않을 수 없었다"라고 말했다. 삶에서 일어나는 감동은 잘 조화된 감동이 더 큰 감동이 된다. 나만 좋은 것이 아니라 함께하는 사람들도 행복한 감동이 진정한 감동이다.

인생은 정해진 것이 아니라 여로이다. 모든 것은 유동적이고 만들어지는 것이다. 인생은 짧다. 그러나 비열하게 지내기에는 너무나 길다.
－셰익스피어

어떤 것은 삶에 찾아왔다 한순간에 사라지고 만다. 그러나 마음과 영혼을 감동시키는 것은 기억이 아니라 추억 속에 머무르며 우리의 가슴에 영원히 남는다. 돈은 꼭 필요하지만 돈이 마음을 감동시키지는 못한다. 정신과 마음이 감동하는 것은 온갖 어려움을 극복하고 이겨내는 참된 삶의 모습이다.

전 국민에게 웃음을 선물했던 코미디언 이주일이 폐암 투병 중에 했던 인터뷰가 생각난다. "만약 건강이 회복된다면 무엇을 하겠는가?" 그는 이 질문에 "다시 생명을 얻게 된다면 오직 가족과 함께하는 삶을 살겠다"라고 말했다.

다른 사람을 감동시키려면 먼저 자기가 감동할 수 있는 일을 해야 한다. 그러지 않으면 아무리 좋은 것이라도 공감을 일으키지 못한다. 어떤 일을 해도 결국 우리의 가슴에 남는 것은 돈이 아닌 감동이라는 추억이다. 삶은 여행이다. 태어나면서부터 죽음을 향해 가는 여행이다.

살며, 생각하고, 사랑하는 모든 일은 사람의 마음을 어떻게 갖느냐에 따라서 달라진다. 스트레스는 외부적 요인에 의한 것도 있지만 스스로 만들어낼 때가 많다. 가만있으면 되는데 스스로 건드려서 부스럼을 만들 때가 많다. 그러므로 긍정적인 생각으로 잘 통제하고 조정하고 선택을 잘하면 삶이 힘 있고 멋지게 펼쳐진다. 영화 〈쇼생크 탈출〉에서 주인공 앤디가 그의 친구이자 감옥에 함께 수감되어 있던 레드에게 남긴 편지에 쓰인 글이다. "희망은 좋은 것이다. 아마도 최고라 할 수 있다. 그리고 좋은 것은 사라지지 않는다."

카네기는 "인생이라는 것은 영원히 즐거운 일만 계속되는 피크 닉의 드라마 같은 것이 아니다. 빛과 그늘, 산과 골짜기의 명암처럼 엇갈리는 변화가 교차하는 여행이다. 불행이나 괴로움은 그것과 직접 얼굴을 맞대기 싫다고 해서 담요를 뒤집어쓰고 눈을 가리고 있으면 언젠가는 없어져 버리는 유령 같은 것은 아니다. 불행도 괴로움도 그것대로 없앨 수 없는 인생의 한 부분이므로 우리의 성공과 성숙이 그것들에 대한 우리의 태도와 밀접하게 맺어져 있는 것이다"라고 말했다.

삶을 멋지게 살고 싶다면 매력 있게 살아라. 오스카 와일드는 "인간을 좋은 사람과 나쁜 사람으로 나누는 것은 무의미하다. 인간은 매력이 있는가, 없는가? 둘로 나누어질 뿐이다"라고 말했다. 매력이 있는 사람은 몸과 마음이 건강하고 삶이 정직하고 진솔하다. 매력 있는 삶을 산다는 것은 사람을 끌어당기고 함께 일하고 싶게 하고 주변 사람들을 행복하게 만드는 삶을 산다는 것이다. 매력 있게 살아가려면 겁쟁이가 되어서는 안 된다. 적극적인 생각을 하고 용기가 넘쳐야 한다. 매력은 남이 만들어주는 것이 아니다. 스스로 가꾸고 약속을 잘 지키고 신뢰를 쌓아가며 하나씩 만들어지는 것이다.

인생은 영원한 현재의 전쟁이며, 그곳에서는 과거와 미래가 끊임없이 싸우고 있다. 그리고 이 전쟁에서는 낡은 법칙이 끊임없이 타파되며 새로운 법칙이 대신하고 그 법칙도 다시 파괴된다. ─로랑 롤랑 삶은 생존경쟁이다. 어떻게 싸워서 어떻게 살아남을 것인가. 바로 자신의 능력과 지혜가 답이다. 인생의 가치는 생애의 길이에 있지 않고, 그 생애를 어떻게 활용하느냐에 있다. 사람은 오래 살아도 인생에서 아무것도 얻지 못하는 경우도 있다. 당신이 인생에서 만족을 얻느냐 못 얻느냐는 몇 년을 살았느냐가 아니라 당신의 의지에 달려 있다. 의지가 강한 사람이 마음의 심지가 굳다. 삶은 오래 산다고 꼭 좋은 것이 아니다. 어떤 모습으로 사느냐가 더 중요하다.

인생을 두려워하지 말라. 인생은 살 가치 있다고 믿으라. 그대의 믿음은 그 사실을 창조하는 데 도움을 줄 것이다. -W. 제임스

두려움을 갖는 것은 밝은 세상을 버리고 어둠 속을 찾아드는 것과 마찬가지다. 활기차게 열심을 다하여 내일을 화창하게 만들어야 한다.

인생은 단 한 번뿐이다. 누구에게나 동일하게 부여된 이 단 한 번뿐인 삶을 멋지게, 신 나게, 열정적으로 살아가야 한다. 자신의 삶에 열정적인 사람의 얼굴에는 웃음이 있고 여유가 있고 확신이 있다. 여름날 소낙비가 시원스럽게 쏟아지듯이 온 세상을 적실 만큼의 열정이 있다면 그 사람은 살아갈 가치가 있다. 삶은 그렇게 온몸에 젖어드는 비처럼 살아야 한다. 자신이 하고 있는 일에 꿈과 비전을 다 쏟아내고 사랑에도 온 열정을 다하며 젖어 산다면 결코 후회함이 없

을 것이다. 도리어 날마다 기뻐하는 일들이 많이 일어날 것이다.

우리에게는 생각이 중요하다. 자신의 삶을 어떻게 펼쳐 나갈 것인가 하는 기대감을 가진다면 분명히 좋은 결과를 얻어낼 수 있을 것이다. 영화 〈아름다운 비행〉은 우리에게 "때로는 사랑은 기적처럼 아름다운 여정이며 용기 있는 모험이다"라는 멋진 말을 전해주고 있다.

세월이 남기는 것은

세월이 남기는 것은
그리움보다
추억
안타까움이다

못다 이룬 사랑
못다 이룬 꿈 때문에
발 동동 구르던 때가 눈앞을 스친다

세월이 흘러가도
아무런 후회가 없다면

가슴에 따뜻한 온기가 남아 있을 것이다

지나온 세월을 뒤돌아봐도
오랜 꿈에서 깨어난 듯
개운할 것이다

　삶의 목표가 분명할 때 열정을 가지고 멋지게 추진해나갈 수가 있다. 화살을 쏘는 궁사는 과녁을 분명하게 보고 화살을 쏜다. 비행기 조종사도 분명한 목적지를 향해 비행을 한다. 예술가도 결과물을 상상하고 생명력 있는 작품을 만들어낸다. 우리의 삶을 가치 있게 만들어야 한다. 위대한 포부가 있는 사람이 위대한 일을 만들어내는 것이다. 아리스토텔레스는 "희망은 잠자고 있지 않는 인간의 꿈이다. 인간의 꿈이 있는 한 인생은 도전해볼 만하다. 어떠한 일이 있더라도 꿈을 잃지 말자. 꿈을 꾸자. 꿈은 희망을 버리지 않는 사람에게 선물이 된다"라고 말했다.

　롱펠로는 가치 없는 종이쪽지에 시를 써서 6천 달러의 가치를 만들었다. 록펠러는 종이쪽지에 자기 이름을 사인함으로 그것을 백만 달러가 될 수 있게 할 수 있었다. 미술가는 50센트짜리 캔버스 위에 그림을 그려 1만 달러짜리 작품도 만들 수 있다. 그것은 작품을 만드는 예술이다. 우리의 삶도 마찬가지다. 기회가 올 때 기회를 잡아 열정적으로 도전한다면 어떤 어려움도 극복할 수 있다. 샹폴이 이런

말을 했다. "기회란 두 번 다시 당신의 문을 두드리지 않는다." 실러
는 "기회는 새와 같은 것, 날아가기 전에 붙잡아라"라고 말했다.

실패에서 교훈을 얻는 사람은 시원치 않게 성공한 사람보다 큰
성공을 얻을 수가 있다. 우리에게 실패는 도리어 배울 수 있는 기회
가 주어지는 것이다. 누구나 실패하기 싫을 것이다. 그러나 실패를
체험하지 않은 사람은 참다운 성공의 가치를 알 수 없다. 삶을 멋지
게 펼쳐 나갈 수 있는 열정은 성공을 가져다주는 기본 조건이다. 늘
성공을 말하는 사람은 성공을 이룬다. 늘 실패만 이야기하는 사람
은 실패하고야 만다.

우리는 자신의 삶에 열정을 가지고 뜨거운 가슴으로 달려들어야
한다. 자신의 삶을 후회 없이 살아 꿈과 비전을 이루어낸 사람들은
모두가 하나같이 열정을 가진 사람들이다. 에드윈 마크햄은 "운명
의 핵심은 선택이다"라고 말했다. 열정을 가지고 삶을 살아가는 것
도 선택이다. 그러므로 후회 없이 살려 한다면 최선을 다해 최대의
효과를 나타내는 삶을 살아야 한다.

나무도 열정이 있어야 꽃을 피우고 열매를 맺는다. 흐르는 강물
도 열정이 있어야 바다까지 흘러갈 수 있다. 바다도 열정이 있어야
파도를 친다. 구름도 열정이 있어야 비와 눈을 내릴 수 있다. 우리
의 삶도 열정으로 멋지게 흘러야 한다.

성공하기 위해 필요한 12가지 지혜

1. 목표를 설정해라. 배가 떠날 때는 가야 할 항구가 있는 것이다. 삶도 무엇을 할 것인가를 먼저 결정하는 것이 필요하다.

2. 계획을 세워라. 구체적인 계획은 일의 성공을 가능하게 하는 지름길이다. 계획은 사람의 피를 열정으로 가득하게 만드는 매력을 가지고 있다.

3. 일을 사랑해라. 나의 일이 즐거울 때 삶이 즐겁다. 일하는 것을 재미있고 즐겁게 생각해라.

4. 결단력이 있어야 한다. 한번 결정을 내리면 앞만 보고 가라. 우유부단함은 기회만 놓치게 할 뿐이다.

5. 끈기를 가져라. 끈기야말로 성공의 기본 열쇠다. 물 한 방울 한 방울이 바위를 뚫는다. 끝까지 최선을 다해야 한다.

6. 노력해라. 천재를 만드는 것은 1%의 영감과 99%의 땀이다. 고통과 땀 없이는 얻어지는 것이 없다.

7. 도전해라. 대담하면 모든 공포는 사라진다.

8. 용기를 가져라. 용기는 모든 것을 정복한다. 용기가 있는 곳에 희망과 성공이 있다.

9. 믿음과 의지를 가져라. 청하는 곳에 얻음이 있고 구하는 곳에 찾음이 있으며 두드리는 곳에 문이 열린다.

10. 실천해라. 삶의 위대한 목표는 지식이 아니라 행동이다. 실천하는 사람만이 성공을 이룬다.

11. 검소히 생활해라. "모자는 빨리 벗되 지갑은 천천히 열어라"라

는 덴마크 격언이 있다. 낭비는 재앙을 부르는 것임을 마음에 새겨야 한다.

12. 자부심을 가져라. 모든 것을 빼앗겨도 견딜 수 있지만 자부심을 빼앗기면 견딜 수가 없다.

우리에게 중요한 것은 오직 현재 자신에게 주어진 길을 똑바로 보고 나가는 것이다. 남과 쓸데없는 비교로 시간을 낭비할 필요가 없다. 우리가 웃으면 세상도 함께 웃어주지만 우리가 울면 세상은 우리 혼자 울게 내버려 둘 것이다. 웃자! 그리고 멋지게 삶을 펼쳐 나가는 것이다. 이럴 때 우리의 삶은 더 매력 있는 삶이 될 것이다. 웃음은 우리의 삶을 멋지게 펼쳐준다. 우리는 삶에서 웃음꽃을 피워야 한다. 기쁨을 잃는 것은 모든 것을 잃는 것이다.

우리의 삶도 예술이다. 우리의 인생을 새롭게 만들기 위해 모든 열정을 다 쏟아내야 한다. 인생을 좋은 작품으로 만드느냐 못 만드느냐 하는 것은 우리의 마음가짐에 달려 있다. 이런 말이 있다. "배를 만들고 싶다면 나무를 잘라 손질하고 공구를 준비하고 일을 분배하여 나누어주며 일꾼들을 재촉하지 말라. 대신 그들에게 무한한 바다에 대한 그리움을 가르쳐주라." 우리는 일만을 위해 살아가는 사람이 아니다. 비전이 있을 때 꿈이 있을 때 그것을 이루어가는 보람과 기쁨이 있다.

삶의 열정을 갖기 위해 웨슬레의 말을 기억할 필요가 있다. "부지런하라. 한가하게 있지 말라. 쓸데없는 일에 부지런하지 말라. 꼭 필요한 것보다 더 많은 시간을 허비하지 말라. 시간을 정확하게 지키라. 모든 것을 제때에 정확하게 하라." 단 한 번뿐인 삶을 우리는 멋지게 신 나게 열정적으로 살아가야 한다. 조지프 캠벨은 "더없는 기쁨을 느끼게 하는 일을 하라. 장벽뿐이던 곳에 우주가 문을 만들어준다"라고 말했다.

멋있게 살아가는 법

나는야
세상을 멋있게
사는 법을 알았다네

꿈을 이루어가며 기뻐하고
마음을 나누며
만나는 사람들과
스쳐 가는 모든 것을
소중하게 여기면 된다네

넓은 마음으로

용서하고 이해하며

진실한 사랑으로 함께해주며

욕심을 버리고

조금은 손해 본 듯 살아가면 된다네

나는야

세상을 신 나게

살아갈 수 있음을

알았다네

아름다운 추억을 만들어라

추억은 현실보다 오래간다.
나는 꽃을 말려서 여러 해 보관해보았지만 열매는 그렇게 보관할 수 없었다.

셰익스피어

추억은 마치 가을에 단풍 들어 떨어져 쌓인 낙엽과 같다. 사람들이 가을을 좋아하는 이유는 봄과 여름에 찬란하게 푸름을 자랑하던 나뭇잎들이 떨어지는 모습이 마치 인생과 같기 때문이 아닐까. 어쩌면 자신의 삶도 나이가 들어갈수록 단풍처럼 아름답게 물들고 싶기 때문일 것이다.

추억은 자신이 살아온 시간들이 마음에 쌓아놓은 아름다운 순간들이다. 지나온 세월 속에 돌아볼 추억이 많은 사람은 행복하다. "당신을 잊을 수 없어요"라는 말은 "내 마음에 당신의 추억이 남아 있다"라는 말이다. 추억追憶은 지난 일을 돌이켜 생각하는 것이다. 누군가 문득 떠올렸을 때 만나고 싶은 좋은 사람이 되어야 한다.

나이가 들어갈수록 아름다운 추억을 만들며 살아가야 한다. 그래서 노부부가 손을 꼭 잡고 걷는 모습이 참 아름답다. 세월이 흘러갈수록 다정보다 더 고귀한 사랑은 없다. 삶을 살아갈수록 남겨놓은 추억이 없는 것은 얼마나 슬픈 인생인가. 결국에는 모두 다 떠나고 말 삶이지만 누군가의 기억 속에 한구석이라도 아름답게 남아 있을 순간이 있다면 결코 초라하거나 외롭지 않은 인생이다.

지나온 세월이 추억할 것이 없다면 헛되고 잘못 살아온 것이다. 추억할 일이 많은 삶이 행복하고 아름다운 삶이다. 일 년 열두 달 속에 희망과 행복이 가득하게 열매를 맺어야 한다. 찾아오는 계절마다, 살아가는 모든 날 동안에 언제나 기억해도 좋을 시간들이 점점 더 많아져야 한다. 보람 있고 의미 있고 가치 있는 시간들이 많아져야 한다.

나이가 들어갈수록 대학교 동창회보다 초등학교, 중고등학교 동창회에 나가는 것이 좋아진다. 동창들을 만나면 편하고 좋다. 다시 어린 시절에 돌아간 듯한 마음이 들기 때문이다. 서로를 너무나 잘 알기에 꾸밀 필요도 없고 부담도 없다. 만나면 아무런 허물이 없고 이해타산 없이 만나는 것이 편해서 좋다.

추억이라는 그림은 누구나 좋아하고 사랑하는 명작 중의 명작이다. 어느 가을날 강의하면서 어느 여성에게 물었다. "올가을에 무엇을 가장 하고 싶으신가요?" 여성이 대답했다. "가을비 내리는 날 사랑하는 사람과 우산을 쓰고 어깨가 젖도록 강변을 말없이 한없이 걸어보고 싶어요." 인생의 한 장면에 아름다운 추억을 만들고 싶다는 이야기였다. 추억을 아름답게 만들고 싶다면 날마다 아름답게 살아가려고 노력해야 한다. 인생의 어떠한 일도 그냥 만들어지는 것은 없다. 공들인 만큼 더 아름다워지고 멋있는 추억이 되는 것이다.

추억

눈 뜨면 보이는 것보다
눈 감으면
더 선명하고 아름답게
보이는 것이 추억이다

그대 내 마음에
한 장의 그림으로
남아 있다

그대를 만나던 날
그날의 풍경 그대로

보일 듯 말 듯

지울 수 없게 남아 있다

지긋지긋하도록 고생한 시절도 지나고 보면 그리움이 되어 찾아온다. '그날이 있었기에 오늘이 있구나!' 새삼스럽게 보람을 느낄 수 있다. 어린 시절부터 지금까지 살아온 추억이 마음을 즐겁게 해준다. 어두운 시절의 추억도 아름다운 기록이다. 떠나간 즐거움을 추억할 수 없다면 얼마나 괴로울까? 기억하고 싶은 순간들은 노트나 수첩에 적어두고 그때그때 추억하도록 만드는 것도 좋은 일이다. 헤르만 헤세는 "9월의 사프란 꽃길을 걸으면서 사프란을 찾으면 무척 헤맨 끝에 겨우 하나 발견하게 된다. 추억도 찾으려고 하면 전혀 발견되지 않지만 처음 하나나 둘만 발견되면 갑자기 열도 백도 셀 수 없을 만큼 많은 추억이 나타나서 새가 떼 지어 날듯이 추억에 휩싸이게 된다"라고 말했다.

생트뵈브는 "추억은 식물과 같다. 어느 쪽이나 다 싱싱할 때 심어두지 않으면 뿌리를 박지 못하는 것이니, 우리는 싱싱한 젊음 속에서 싱싱한 일들을 남겨놓지 않으면 안 된다"라고 말했다. 추억은 우리가 쫓겨나지 않고 언제나 꺼내 볼 수 그리움이 가득한 곳이다.

밝게 빛나는 태양도 노을이 질 때 붉고 아름답게 진다. 노을이 지고 난 뒤에도 한동안 붉게 빛나며 하늘을 더욱 멋지게 물들인다. 조병화 시인은 「추억」이란 시에서 "바다 기슭을 걸어보던 날이 하루

이틀 사흘"이라고 노래한다. 시인의 가슴속에는 바닷가 모래 위에 발자국이 선명하게 남아 있지만 파도는 몰려와서 흔적을 벌써 지워 놓고 말았다. 추억은 늘 가슴속에 남아 있는 삶이 지나온 발자국들이다. 나이가 들어갈수록 지난 삶은 보람과 아름다움으로 추억 속에 남아 있어야 한다. 사람은 나이가 들면 추억을 먹고 산다고 말한다. 시인 롱펠로는 "위인들의 모든 생애는 말해주노니, 우리도 위대한 삶을 이룰 수 있고 그리고 이 세상을 떠날 때는 시간의 모래 위에 우리의 발자국을 남길 수 있다는 것을……"이라고 말했다. 삶을 멋지게 살고 싶다면 삶 속에 아름다운 자취를 남겨야 한다.

늘 마음에 여유를 가지고 행복을 누리며 살아야 삶 속에 추억을 만들어낼 수 있다. 자신이 떠나도 사랑하는 사람이 잊지 못할 아름다운 추억을 남기며 살아야 한다.

길가에 핀 이름 모를 꽃이 아름답게 느껴질 때, 하늘에 떠 있는 뭉게구름과 새털구름이 아름답게 보일 때 마음속에도 추억의 공간이 생겨나는 것이다. 삶을 의미 있게 살아가면 결코 외롭고 슬프지만은 않은 것이다. 차가운 겨울 아침에도 창가에 쏟아지는 햇살 한 줌에도 행복을 느낄 수 있다. 인생에서 추억되는 시간이 많으면 많을수록 인생을 의미 있고 값지게 살아온 것이다. 삶에서 가장 빛나는 순간은 추억 속에서도 빛을 발한다. 삶은 항상 즐겁고 명랑하고 쾌활함이 넘쳐야 한다. 날마다 기쁨을 찾고 웃음을 찾아내는 탐험가가 되어야 한다. 릭 워렌은 "삶의 목적이란 우리 개인의 성취감,

마음의 평안과 행복감 이상의 것이며 가족과 직업 그리고 우리의 가장 큰 꿈과 야망보다 훨씬 더 큰 것이다"라고 말했다. 삶에 초대받은 것은 축복이며 행운이다. 이 소중한 삶을 어떻게 살 것인가? 최선을 다해 열정을 쏟아가며 후회 없이 살아야 한다.

삶은 리허설이 없고 바로 현실이다. 자신의 열정을 다 쏟아 멋진 순간을 만들어내야 한다. 자신의 삶은 자신이 만들어내는 하나의 작품이다. 살다 보면 소식이 끊겼던 친구의 반가운 소식이 종종 들려온다. 추억 속으로만 남겨져 있는 줄 알았는데 늘 기억하고 있었다니 얼마나 기쁜 일인가. 세상살이 수많은 만남 중에도 문득문득 찾아와 마음을 싱그럽게 해준다. 정다운 발길이 가장 힘겨웠던 날 찾아와 잔잔한 감동이 일어난다. 사람들이 친구를 좋아하는 것은 추억을 공감하고 아무런 부담 없이 삶을 이야기할 수 있기 때문이다. 추억은 삶을 아름답게 만들고 마음을 행복하고 즐겁게 만들어준다.

세월은 너무나 빠르게 쏜살같이 지나간다. 인생은 쏘아놓은 화살과 같다고 말한다. 세월이 강물같이 흘러간 후에도 결코 후회가 없도록 추억을 아름답게 만들어야 한다. 살아감 속에 떠나는 길마다 소중한 추억 한 장씩 행복의 발자국처럼 남아 있어야 한다. 인생이란 여행길의 다정한 동반자는 추억이다. 인생이란 낯선 곳에서 따뜻하고 정감 있게 살아야 한다.

존 워너메이커는 "일생 동안 한 번도 친절한 행위를 하지 않고, 남에게 참된 기쁨도 주지 않으며, 남을 돕는 일도 없이 보낸다는 것은 노후의 인생을 아름답게 비춰주는 즐거운 추억을 손에 넣게 되는 일을 놓치는 것이다"라고 말했다. 서로의 가슴을 따뜻하게 만들어줄 삶을 살아야 한다.

쿠바를 여행했을 때 노을이 질 무렵 카리브 해를 바라보며 정답게 손을 잡고 해변을 걷는 부부를 보았다. 정말 아름다웠다. 젊은 시절부터 황혼에 이르기까지 변치 않는 사랑을 할 수 있다는 것은 축복 중의 축복이다. 삶을 아름답게 추억하고 싶다면 마음의 문을 활짝 열어라. 삶을 즐겨라. 지혜롭게 산다면 삶을 멋지게 살 수 있다. 자신이 할 수 있는 것을 최선을 다해 하는 것이다. 그리하면 분명히 보답은 찾아오기 마련이다. 바람의 방향은 바꿀 수 없지만 돛의 방향은 언제나 조절할 수 있다. 사람의 감성은 살아 움직인다. 나의 감성이 능력을 나타낼 수 있다면 삶을 더욱 활기 넘치게 해줄 것이다.

삶이란

삶이란
가도 가도 끝없는
길인 줄 알았더니
어느 사이에 끝이 보이기 시작한다

이런 날이 올 줄 몰랐던 것도 아닌데

참으로 서글픈 생각이 든다

삶이란

뺄 것도 더할 것도 없이

흘러가고 마는 것을

미련 떨며 사소한 것에

애착 가지고 살면 후회만 남는다

외로운 사람

절망에 빠진 사람

따뜻하게 손 한 번 잡아준 적 있다면

그 삶은 참으로 따뜻하다

피곤에 지친 사람

고달픈 사람

어깨 한 번 정겹게 두드려준 적 있다면

그 삶은 참으로 괜찮다

영국의 시인 워즈워스는 "우리는 감탄과 희망과 사랑으로 산다"라고 말했다. 타인이 잘한 일에만 탄성을 보낼 것이 아니라 자신이 잘한 일에도 탄성을 보내야 한다. 자신이 한 일에 감탄할 수 있어야 보람을 느낀다. 멋지게 살아가는 사람은 목표가 분명하고 열망을 가지고 살아가는 사람이다. 자신이 하고자 하는 일에 열망이 있다면 이루어낼 수 있는 힘과 용기가 생긴다. 성공은 열망하는 사람이 만드는 작품이다.

우리가 어디에서 무엇을 하든 우리는 더 잘할 수 있도록, 또 탁월한 비전을 표현할 수 있도록 노력할 수 있다. 그로 인해 재능이 발전하며 우리의 모습은 더욱 진실하고 아름답고 소중해지는 것이다. 이 세상에 살아 있는 모든 것은 자신을 표현한다. 인간은 만물의 영장이다. 사람다운 삶을 살아야 한다.

윌리엄 맥피는 "기억을 가장 잘 살려주는 것은 향기다"라고 말하고 있다. 삶에 향기가 있다면 주변 사람들이 늘 추억해주는 사람이 될 것이다. 우리는 기억 속에 우리의 삶이 늘 아름답게 남아 있기를 원한다. 우리의 마음속에 간직하고 싶은 것이 있다면 참으로 행복한 삶이다. 그만큼 열심히 살아왔다는 증거다.

> 모든 사람은 다만 자기의 앞만 본다. 그러나 나는 자기의 내부를 본다. 나는 오직 자기만의 상대인 것이다. 나는 항상 자기를 고찰하고, 검사하고, 그리고 음미한다. –몽테뉴

삶과 예술을 음미할 수 있다는 것은 여유로운 마음을 가지고 있

다는 것이다. 잘 음미할 수 있는 사람이 행복하다. 행복하고 아름다운 삶, 여운이 남아 있는 삶을 만들어야 한다. 랠프 월도 에머슨은 "우리는 긴 인생을 갈망한다. 그러나 그것은 신중한 혹은 가치 있는 인생을 의미한다. 시간을 잘 활용하는 것은 기계적으로 사는 것이 아니라 진실하게 사는 것이다"라고 말했다. 갈망하고 원하는 것이 없다면 삶에는 생동감이 사라진다. 갈망하는 것이 있기에 역동적으로 살 수 있는 것이고 행복할 수 있는 것이다.

성공한 사람들은 언제나 "나는 할 수 있다", "나는 할 것이다"를 분명하게 외치며 산다. 실패자들은 실망과 실수와 패배만을 생각한다. 셰익스피어는 "사람은 마음이 즐거우면 종일 걸어도 싫지 않으나, 마음에 근심이 있으면 잠깐 걸어도 싫증이 난다. 인생행로도 이 것과 마찬가지니 언제나 명랑하고 유쾌한 마음으로 인생의 길을 걸어라"라고 말했다.

에머슨은 "사람의 인생은 낭만이라 하겠다. 용감하게 그 낭만을 살 때 인생은 소설보다 즐거움을 창출한다"라고 말했다. 사람들은 낭만을 가지고 싶어 한다. 그리고 멋과 낭만을 즐기는 사람을 부러워한다. 부러워하지 말고 낭만을 즐겨라.

조진국은 『외로움의 온도』에서 "이별은 공평하지 않다. 한 사람이 가볍게 생각한 마음을 다른 사람은 선물처럼 끌어안고 있다. 어떻게든 추억이라는 말로 포장하려 해도 세상에서 단 하나밖에 없던 이야기는 또 하나의 흔해빠진 사랑 이야기가 될 뿐이다"라고 말하고 있다. 놓치기 싫은 사랑을 떠나보내며 아쉬움과 함께 추억으로 남겨놓기에는 너무나 슬프다. 우리의 삶에는 아름다운 사랑 이야기가 더욱더 절실하게 필요하다. 가슴에 상처가 남으면 씻어내기에 너무나 많은 시간이 걸리고 그 흔적도 더 아려온다.

살면서 일기나 메모 속에 자신의 삶을 기록해두는 것도 행복한 일이다. 그때그때 기억해도 좋은 일들, 가슴 아픈 일들도 기록해놓으면 세월이 오래 지난 후 읽어봤을 때 모두가 아름다웠던 시간이 된다. 추억은 언제나 간직해도 좋을 우리의 유일한 낙원이다.

쾌락은 시드는 꽃이나 추억은 영원한 향료다. ─브플레

살아 있는 것은 행동한다. 우리의 삶은 결코 길지 않다. 가장 멋진 승리의 순간을 아주 근사하게 만들기 위해 자신 안에 있는 무한한 능력을 써라. 우리는 단 한 번밖에 살 수 없다. 내가 베풀 수 있는 작은 친절이 있다면 지금 베풀어야 한다. 지금 걷는 길은 두 번 다시 걸을 수 없는 길이기 때문이다.

추억이란

흘러간 세월

정지된 시간 속의 그리움이다

그리움의 창을 넘어

그리움이 보고 싶어

달려가고 싶은 마음이다

삶이 외로울 때

삶이 지칠 때

삶이 고달플 때

자꾸만 몰려온다

추억이란

잊어버리려 해도

잊을 수 없어

평생토록 꺼내 보고 꺼내 보는

마음속의 일기장이다

추억이란 지나간

시간들이기에

아름답다

그 그리움으로 인해

내 피가 맑아진다

삶을 멋지게 승리하는 사람들은 오늘도 내일을 만들어가며 살아간다. 인생의 가치는 우연히 주어지지 않는다. 그것을 얻기 위해 최선을 다해야 비로소 얻을 수 있다. 삶의 가치는 열정을 쏟은 만큼 노력한 만큼 올라간다. 최선을 다한 사람이 최고의 가치를 얻는 것이다. 인생은 공짜가 없다. 노력한 만큼 결과가 나타난다.

영화 〈프렌치 키스〉에서 "잊을 것은 잊을 것이다. 그건 시간이 해결해준다. 처음에는 그 사람의 코와 턱을 잊는다. 그 다음엔 목소리, 냄새, 얼굴, 성격 그러다가 점점 잊혀갈 것이다"라는 대사가 나온다. 삶은 누구나 만나고 사랑하고 잊으면서 살아가는 것이다. 잊힘 속에서 추억할 수 있다는 것은 참 행복하고 멋진 일이다.

태어나는 데는 순서가 있지만 죽음이 찾아오는 데는 순서가 없다. 그러므로 인생을 값지고 보람 있게 살아야 한다. 인생을 사랑한다면 시간을 낭비하지 말아야 한다. 미련해 보여도 끈기가 있는 사람이 자신이 원하던 일을 분명하게 해놓는다.

삶은 잡을 수 없는, 떠나버리는 시간이다. 주어진 시간 동안 자신이 삶을 어떻게 만드느냐가 중요하다. 다 버려도 좋을 것들을 잔뜩 끌어안고 숨 가쁘게 살지 말아야 한다. 서로에게 짐이 되지 말고 늘 홀가분하게 떠날 준비를 하며 살아야 한다.

퀴블러 로스는 "우리 모두는 별의 순례자이며, 단 한 번 즐거운 놀이를 위해 이곳에 왔다"라고 말했다. 자신의 마음속의 행복이 성공을 만든다. 성공한 사람들은 삶을 멋지게 살아갈 능력이 있다. 내일로 미루지 말고 지금 당장 행복을 느끼며 살자. 우리는 항상 오늘을 산다. 어제는 지나간 날이요, 내일은 다가오는 시간이다. 지금 당장이 중요하다.

삶을 즐겨라. 삶이란 경이적이지 않은가! 멋진 여행이 아닌가!
-밥 프록터

삶은 행복한 마음으로 살면 항상 행복하고 불행한 마음으로 살면 항상 불행하다. 우리의 삶은 아름답고 위대하다. 주어진 시간 동안 정말 멋지게 살자. 인생의 완벽한 정리는 마음속 추억으로 아름답게 남겨놓아야 한다. 태양이 지고 난 후에도 노을이 짙게 물들어 아름답듯이 황혼이 들수록 더 멋지고 아름답게 살아야 한다. 자기 모습을 있는 그대로 나이 그대로 돋보이게 하는 삶이 최고로 아름답다. 나이에 맞는 얼굴 모습과 삶의 모습이 자기가 만든 최고의 작품이다. 자기 스스로도 만족할 수 있는 삶을 살아야 한다.

우리의 삶은 선물이다. 자신에게 맞는 삶의 방식을 찾아내 항상 삶의 질을 끌어올려 멋지게 살아야 한다. 선물을 받은 사람은 행복해야 한다. 지금 당장 멋지게 살아야 한다. 영화 〈어느 멋진 날〉에

"오늘 하루를 이 남자가 망쳐버렸다. 너무나 근사하게"라는 대사가 나온다. 오늘 하루를 좋은 추억으로 남길 수 있도록 아주 근사하게 망쳐보는 것도 좋은 일이다.

추억 하나쯤은

추억 하나쯤은
꼬깃꼬깃 접어서
마음속 넣어둘 걸 그랬다

살다가 문득 생각이 나면
꾹꾹 눌러 참고 있던 것들을
살짝 다시 꺼내보고 풀어보고 싶다

목매달고 애원했던 것들도
세월이 지나가면
뭐 그리 대단한 것도 아니다

끊어지고 이어지고
이어지고 끊어지는 것이

인연인가 보다

잊어보려고
말끔히 지워버렸는데
왜 다시 이어놓고 싶을까

그리움 탓에 서먹서먹하고
앙상해져 버린 마음
다시 따뜻하게 안아주고 싶다